Tantchen lüftet das Bankgeheimnis

ECON **Krimi**

Kleine Morde unter Frauen

Das Beste vom Besten

Zum Buch:

Sterling & Sterling, die renommierteste Privatbank Amerikas, ist die letzte Bastion konservativer Vornehmheit und altmodischer Respektabilität an der Wall Street – bis einer der ältesten Seniorpartner erstochen und vor den Augen der ganzen Welt entblößt liegengelassen wird.

Die Boulevardpresse wittert einen Skandal und stürzt sich auf das ehrwürdige Unternehmen. T. S. Hubbert, der gerade in Pension gegangene Personalchef, wird in die Bank zurückbeordert, um Sterlings Ruf zu schützen und bei der Unterscheidung von Fakten und blutrünstiger Phantasie zu helfen. T. S. wird dabei unterstützt von seiner energischen und unverwüstlichen 84jährigen Tante Lil, einer unkonventionellen Frau, die anderen durch ihren puren Elan gewaltigen Respekt einflößt.

Gemeinsam folgen T. S. und Lil einer verwirrenden Spur, die weit über die Mauern von Sterling & Sterling hinausführt und sie mit mehr Mord und Geheimnissen konfrontiert, als sie je erwartet hätten.

»Tantchen lüftet das Bankgeheimnis« ist in einem Stil geschrieben, der die besten Traditionen des klassischen Kriminalromans mit dem trockenen Humor eines P. G. Wodehouse verbindet. In diesem lebendigen, spannenden und bewegenden Buch wird ein außergewöhnliches, köstliches Detektivteam eingeführt.

Die Autorin:

Gallagher Gray ist das Pseudonym einer bekannten New Yorker Schriftstellerin und Journalistin. Sie arbeitete zeitweise in der Personalabteilung einer Privatbank in der Wall Street.

Gallagher Gray

Tantchen lüftet das Bankgeheimnis

Ein Hubbert & Lil-Krimi

Aus dem Amerikanischen
von Anke Grube

ECON Taschenbuch Verlag

Veröffentlicht im ECON Taschenbuch Verlag
Neuausgabe 1997
Der ECON Taschenbuch Verlag ist ein Unternehmen der
ECON & List Verlagsgesellschaft

First published by Donald I. Fine, Inc.
Titel des amerikanischen Originals: Hubbert & Lil
Aus dem Amerikanischen übersetzt von Anke Grube
Umschlaggestaltung: Init GmbH, Bielefeld
Titelabbildung: Reiner Tintel
Gesetzt aus der Baskerville
Satz: Formsatz GmbH, Diepholz
Druck und Bindearbeiten: Ebner Ulm
Printed in Germany
ISBN 3-612-25984-9

Tantchen lüftet das Bankgeheimnis

Als das Telefon klingelte, träumte er gerade einen bizarren Traum, in dem riesige Marshmallows vorkamen, eine brennende Sonne und ein Motorboot, das sich endlos im Kreis drehte. Er hob den Kopf vom Kissen und blinzelte, aber Brendas enormes Hinterteil verdeckte den Wecker. Er schob sie zur Seite, und ihr lautes Schnurren brach abrupt ab. Als er nach dem Hörer griff, wandte sie ihm den Kopf zu und betrachtete ihn verärgert. Der Schwanz zuckte hin und her. Eddie hob den massigen Kopf von seinem Lieblingsplatz auf der wärmsten Stelle der elektrischen Heizdecke und blickte sie beide schläfrig an.

»Ja?« T. S. blickte auf das Leuchtzifferblatt des Weckers und sah, daß es fast acht Uhr war. Er setzte sich mit einem Ruck auf, wobei das Telefon krachend auf den Teppich fiel. Beide Katzen starrten ihn mißbilligend an.

»Ja?« fragte er noch einmal. Er würde zu spät zur Arbeit kommen – das erste Mal seit dreißig Jahren. Wieso hatte der Wecker nicht geklingelt?

»Mr. Hubbert?« Es war die Stimme einer Frau, aber sie klang so atemlos, daß er kaum seinen eigenen Namen verstehen konnte.

»Hier ist T. S. Hubbert«, sagte er. »Mit wem spreche ich?« Hatte er irgendwelche frühen Termine?

Die Stimme wurde kräftiger. »Hier ist Sheila.«

»Sheila?« Er schwang ein Bein auf den Boden. »Ich bin schon unterwegs.«

»Woher wissen Sie es?« fragte sie.

»Woher weiß ich was?«

»Daß sie ihn erstochen haben.«

Er starrte den Hörer an. »Spreche ich mit Sheila O'Reilly von Sterling & Sterling?«

»Natürlich tun Sie das!« Jetzt klang sie entrüstet. »Mit wem denn sonst? Mr. Hubbert, was ist los mit Ihnen? Ich rufe an, um es Ihnen zu sagen. Mr. Cheswick ist erstochen worden.«

»Was?«

»Ja. Man hat ihn erstochen. Hier bei Sterling & Sterling. Im Büro der Teilhaber.« Ihre Stimme bebte. »Meine Mutter hat ihn gefunden.«

Er stand auf und blickte auf den Schalter der elektrischen Heizdecke. Kein Wunder, daß er wie in Schweiß gebadet war. Brenda oder Eddie hatten wieder an der Einstellung gespielt, und der Thermostat stand fast auf neun.

»Es tut mir leid, daß ich Sie an Ihrem ersten Tag im Ruhestand stören muß«, fügte Sheila höflich hinzu.

Natürlich. Er setzte sich wieder auf die Bettkante. Heute war Freitag, der 1. März. Er war pensioniert worden. Zum erstenmal seit drei Jahrzehnten hatte er ausschlafen wollen.

»Jemand hat also Robert Cheswick erstochen«

»Ja.« Sheila war wieder die tüchtige Assistentin, gewohnt, ihn mit Informationen zu versorgen. »Ich bin wie jeden Morgen mit meiner Mutter ins Büro gefahren – Sie wissen, daß sie gern spätestens um halb acht hier ist. Heute war sie ein paar Minuten zu spät dran und war völlig aufgelöst deswegen. Ich ging gerade zu den Fahrstühlen, um in den zweiten Stock zu fahren, als ich sie schreien hörte. Natürlich bin ich sofort zurückgelaufen ... Es war gräßlich, einfach gräßlich. Er saß zurückgelehnt in seinem Bürosessel.«

»Sie haben ihn gesehen?« Er war jetzt völlig wach und warf einen Blick auf seinen Kleiderschrank. Was zog man an, wenn man im Ruhestand war?

Er hörte Stimmen im Hintergrund und ein hektisches Flüstern von Sheila.

»Sheila? Ich bin noch dran.« Vielleicht die gelbbraune Freizeithose und einen Pullover.

»Hubbert?« Eine überselbstsichere männliche Stimme dröhnte in den Hörer. Brenda und Eddie hörten das Echo und rührten sich.

T. S. seufzte. Edgar Hale.

»Hubbert? Sind Sie da, Mann? Sagen Sie was.«

Ein gleichmäßiger Nieselregen tröpfelte gegen die Fenster. Genau der richtige Tag zum Ausschlafen.

»Ja, ich bin da. Natürlich bin ich da. Wo sollte ich um acht Uhr morgens wohl sonst sein?«

»Sie werden herkommen«, dröhnte die Stimme zurück. Edgar Hale war fast Sechzig, und seine Stimme hätte einen Feldwebel mit Stolz erfüllt.

»Ich bin jetzt im Ruhestand, Edgar. Erinnern Sie sich?« Jemand hatte Robert Cheswick erstochen? Das kam zweifellos unerwartet.

»Jetzt nicht mehr«, erklärte Hale herrisch. »Die Sache ist ernst. Das Mädchen hat recht. Sie haben Robert erstochen.«

»Wer sind ›sie‹? Warum sagen Sie ständig ›sie‹?«

»Woher zum Teufel soll ich das wissen? Das ist Sache der Polizei.«

»Warum rufen Sie mich dann an?« Er war jetzt pensioniert und durfte Edgar Hale widersprechen.

»Hören Sie auf zu widersprechen, und kommen Sie sofort her. Die Schwachsinnige, die Ihre Position eingenommen hat, wird alles vermasseln. Vermutlich wird sie als erstes Fragebögen unter den Mitarbeitern verteilen, um ihre Ängste zu erfassen, oder sonst irgendwelchen Blödsinn. Ich brauche jemanden, der die Sache in die Hand nimmt. Ich sehe die Schlagzeilen schon vor mir. Sterling & Sterling ist nie in der Boulevardpresse erwähnt worden, seit zwei Jahrhunderten nicht. Sie müssen uns helfen.«

»Ich kann die Zeitungen nicht aufhalten, Edgar. Das wissen Sie.«

»Egal. Sie wissen, was ich meine. Wir brauchen Sie hier.«

Ob sie ihn nun wirklich brauchten oder nicht, es war befriedigend, den geschäftsführenden Direktor betteln zu hören. Außerdem war in all den Jahren, die T. S. als Personalchef bei Sterling & Sterling verbracht hatte, nie jemand ermordet worden. Zumindest nicht im Büro der Firmenteilhaber.

»Ich komme sofort«, versprach T. S. Ein Mord. Das war zweifellos interessanter, als mit den schlaffen Söhnen von Kunden Einstellungsgespräche zu führen. Er pfiff vor sich hin, als er Freizeithosen und einen Pullover überzog. Keine Krawatte. Er war jetzt sein eigener Herr, Bestimmer seines eigenen Schicksals und nicht länger Sklave des Kleidungskodexes von Sterling & Sterling. Außerdem würde es Edgar Hale rasend machen.

Er trottete die triefnassen Stufen hinunter, hinein in die Schwärze des U-Bahn-Eingangs, und mischte sich unter die gutgekleideten Menschen, die die Bahn in Richtung

Innenstadt bestürmten. Die Glühbirne im Waggon war kaputt, und er drängte sich blind in die nasse, stampfende Menge. Wasser tropfte von Regenhüten und Schirmen und spritzte ihm ins Gesicht. Es erfüllte ihn mit perverser Befriedigung, daß er wahrscheinlich der einzige Mann im Umkreis von mehreren Kilometern war, der keine Krawatte trug. Es war wirklich ziemlich absurd – Millionen von Männern, die sich jeden Morgen einen Streifen Stoff um den Hals banden. Warum war ihm das vorher nie klargeworden?

Ich seinem Abteil war ein Kampf im Gange, wie er unbeteiligt registrierte. Die übliche Morgenzankerei. Ein makellos gekleideter Manager hatte versehentlich mit seinem Regenschirm einer extrem temperamentvollen alten Frau eine Laufmasche gezogen. T. S. hatte die *New York Times* gekauft, aber als er sah, daß der Mord nicht erwähnt wurde, legte er die Zeitung beiseite. Wer um alles in der Welt könnte Robert Cheswick erstochen haben?

Es hätte jeder gewesen sein können, wirklich. Sogar er selbst. Er hatte den Mann nicht besonders gemocht. Genauer gesagt, er hatte ihn auf den Tod nicht ausstehen können, und zwar seit fünfundzwanzig Jahren. Und er hatte den Verdacht, daß alle anderen das auch taten, mit Ausnahme der deutschen und japanischen Kunden der Bank, die sich insgeheim über ihn zu amüsieren schienen.

Cheswick war ein echtes Arschloch und aufgeblasen wie nur was. Als T. S. vor dreißig Jahren in der Bank angefangen hatte, widmete Cheswick sich bereits seiner Lebensaufgabe, Sekretärinnen und untere Büroangestellte einzuschüchtern. Es hatte nie einen Zweifel daran gegeben, daß Cheswick aufgrund seiner hochgeschätzten Vorfahren bis ganz zur Spitze aufsteigen würde. T. S.' eigener

Aufstieg war weitaus steiniger und weniger gesichert gewesen.

Aber es war nicht die Silberlöffel-Herkunft, die T. S. Cheswick vorwarf. Es waren seine Zähne. Er hatte große und vorstehende Zähne, und wenn er lachte, warf er den Kopf zurück und wieherte, wobei er die Lippen zurückzog wie ein Esel.

Was für eine Ironie, daß Cheswick gestern abend auf T. S.' Empfang die große Ansprache zu seinen Ehren gehalten hatte.

Angenommen, Cheswick war von einem Einbrecher getötet worden, nur weil er das Pech gehabt hatte, so spät abends noch im Büro zu sein? Andererseits war sich T. S. nicht sicher, ob er schon bereit war, Cheswick seine grauenhafte Rede zu vergeben. Seine Worte wären für einen in Pension gehenden Mechaniker passender gewesen, und die Rede war so unbeschreiblich langweilig gewesen, daß der Mörder möglicherweise auf Notwehr plädieren und geltend machen könnte, daß Cheswick versucht hätte, ihn zu Tode zu langweilen.

Solche Gedanken brachten T. S. nicht weiter. Die Ruhestandsfeier erinnerte ihn nur an die Golfschläger. Warum um alles in der Welt hatten sie ihm Golfschläger geschenkt? Er hatte nie im Leben Golf gespielt.

Golfschläger. Es war ein deprimierender Gedanke, daß man irgendwo dreißig Jahre arbeitete und die Kollegen überhaupt keine Vorstellung hatten, wer man wirklich war.

Es war ein Gedanke, der sich nicht verdrängen lassen wollte, als die U-Bahn kreischend an der Haltestelle Wall Street zum Stehen kam. Er schloß sich der Menschenmenge an, die schweigend die Stufen hochschlurfte, und fragte sich: Hatte irgend jemand Robert Cheswick wirklich gekannt?

Albert, der Liftführer, hatte bereits alles über den Mord gehört, als T. S. die von einem Steinmetz gearbeitete Schwelle der Privatbank Sterling & Sterling betrat.

Am diskreten Wall-Street-Eingang wurde eine Fassade der Vornehmheit aufrechterhalten, aber T. S. entdeckte Dutzende von amtlichen Autos, die die Seitenstraße verstopften, und am Seiteneingang waren zusätzliche Wachen aufgestellt.

»Morgen, Albert«, sagte T. S. zu dem kleinen, adretten Mann in der schicken burgunderroten und silbernen Uniform. Die Fahrstühle fuhren automatisch, aber Sterling & Sterling hatte sich für ältere Kunden einen Touch unterwürfigen Services bewahrt, indem Albert während der Öffnungszeiten in der Eingangshalle postiert wurde. Er war seit mehr als fünfundvierzig Jahren bei der Firma und verdiente mittlerweile 50 000 Dollar pro Jahr dafür, daß er gelegentlich auf einen Knopf drückte und sich an die Mütze tippte. Gütiger Himmel, wann würde der alte Kerl sich endlich pensionieren lassen?

»Guten Morgen, Mr. Hubbert, Sir.« Albert senkte respektvoll die Augen, die an die eines Bassethundes erinnerten. »Schreckliche Sache, Sir, nicht wahr?«

T. S.. nickte. »Ganz bestimmt, Albert. Direkt hier in den Büros von Sterling & Sterling.« Er ertappte sich beim Pfeifen einer Melodie, während er zusah, wie die Stockwerksanzeige nach unten kroch.

Albert fixierte ihn mißtrauisch. »Ich bin überrascht, Sie hier zu sehen, Sir.«

»Wieso das?« fragte T. S., als sich die Fahrstuhltür öffnete und er von einem Schwarm von Leuten in die Kabine gestoßen wurde.

Albert stellte sich auf die Zehenspitzen und rief: »Ich dachte, Sie würden in Ruhestand gehen, Sir.«

»Ja, nun.« T. S. fiel keine andere Erwiderung ein, während die Menge sich umdrehte und ihn anstarrte. Er entdeckte bei mehreren eine Aura des Mitleids und war sich plötzlich des krawattenlosen Kragens sehr bewußt, der unter seinem Regenmantel hervorlugte. Wahrscheinlich starrten sie die Falten an seinem Hals an, die er kürzlich entdeckt hatte. Sie krochen über seine Haut wie eine Warnung: Es lauert ein alter Mann in dir, er wartet, bis seine Zeit kommt, und du kannst nichts tun, um ihn aufzuhalten.

Nun, laß sie starren. Er war zwar im Ruhestand, aber noch lange nicht tot. Er musterte die schick gekleideten Angestellten und entschied, daß die beste Verteidigung immer noch ein energischer Angriff war. »Morgen, McIntryre. Johnson. Felstein. Jeffers. Miss Block.« Er nickte jedem zu, als er seine Bestandsaufnahme durchführte. Die meisten waren so vertieft in die gefalteten Zeitungen, die sie in der Hand hielten, daß sie nur zurückmurmelten. Cheswick hätte in einem Fahrstuhl in Gegenwart von fünfundzwanzig dieser Leute erstochen werden können, ohne daß es einen Zeugen gegeben hätte.

»Morgen, Mr. Hubbert«, echote ein unglaublich junger Mann pflichtbewußt. Sein Haar war mit irgendeinem Gel glatt am Kopf festgeklebt und zu einer Frisur zurückgebürstet. Er sah aus wie ein aufgeblasener, gealterter Gigolo mit dem Gesicht eines Sechzehnjährigen.

T. S. erinnerte sich dunkel. Der Neffe von irgend jemandem. Vor kurzem angestellt. Jetzt fiel es ihm wieder ein – ein Name wie ein Schokoriegel.

»Guten Morgen, Clarkson«, entgegnete er mit so viel praktischem Durchblick, wie er aufbringen konnte. Nach einem Schweigen, das ihm endlos vorkam, öffneten sich die Türen des Fahrstuhls, und er entkam in sein Königreich – den zweiten Stock von Sterling & Sterling, die Personalabteilung.

Die Empfangssekretärin hatte offensichtlich Tränen über die Tragödie vergossen und war verblüfft, ihn zu sehen. »Mr. Hubbert«, sagte sie und tupfte an ihren Augen herum. »Was machen *Sie* denn hier?«

Er überhörte die unbeabsichtigte Beleidigung. Sie konnte einem leid tun, jung und uninformiert, wie sie war.

»Schreckliche Sache, Margaret. Schreckliche Sache.« Er stellte fest, daß er den Kopf schüttelte, eine automatische Reaktion, die er sich bei zahllosen Beerdigungen von Mitarbeitern angewöhnt hatte. Er kam an Dutzenden von fassungslosen Angestellten vorbei, die der Mord offensichtlich so erschüttert hatte, daß niemand arbeitete. T. S. seufzte.

Im Laufe der vielen Jahre im Beruf hatte er diese emotionale Massenreaktion oft beobachtet. Durch einen unerwarteten Todesfall wurde sie unter Garantie ausgelöst. Besonders auch durch Herzanfälle. Es spielte keine Rolle, daß wenige den Toten gekannt oder gemocht hatten. Ein plötzlicher Todesfall hatte irgend etwas an sich, das allen das Wasser in die Augen trieb. Es war eine großartige Gelegenheit, etwas Würze in den langweiligen Arbeitsalltag zu bringen.

Er stand schon mitten in seinem Büro, als ihm klarwurde, daß Miss Fullbright bereits eingezogen war. Hängepflanzen baumelten von der Decke und streiften gegen seinen Kopf. Na, dachte er, sie kann ohne Zweifel schnell handeln, wenn ihr danach ist. Sonst brauchte Miss Fullbright ungeheuer lange, bis sie zu einer Entscheidung gelangt war, da sie stets unzählige psychologische Pros und Contras abwog. Einige Teilhaber der Bank, die es leid waren, von einem erfahrenen Personalchef ausmanövriert zu werden, der wild entschlossen war, *ihr* Geld auszugeben, hatten sie zu T. S. Nachfolgerin gemacht.

Sie hatten entschieden, daß es an der Zeit war, eine ihnen freundlich gesonnene Marionettenregierung einzurichten. In Miss Fullbright hatten sie zweifellos genau die Richtige gefunden. Sie war zum Gehorsam erzogen worden und war bei Sterling & Sterling in ihrem Element.

»T. S.!« Miss Fullbright war von seinem Erscheinen ganz offensichtlich überrascht. Sie saß auf der nach seinen Angaben angefertigten Heizkörperplatte und sah auf die Wall Street hinaus. Menschen eilten durch den morgendlichen Nieselregen. Ein trauriger Ausblick.

»Felicia.« Einen Augenblick lang war er verwirrt, was untypisch war; den Mantel hielt er zusammengefaltet im Arm. Wie verhielt man sich in einer solchen Situation?

»Ach, machen Sie schon, hängen Sie den Mantel auf«, murmelte sie und wandte sich wieder der deprimierenden Aussicht zu.

Felicia Fullbright war eine winzige, zierliche Frau voll natürlicher Anmut, aber diese Anmut war ihr so gleichgültig, daß sie statt dessen wirkte, als würde sie durch die Gegend schleichen, womit sie andere Leute häufig nervös machte.

Die wohlgeformten Beine wurden durch den klappernden, kompromißlosen Konservatismus der Schuhe verunstaltet, Schuhe von der Art, die männliche leitende Angestellte abfällig als »Karriere-Pumps« bezeichneten. Das hübsche, herzförmige Gesicht und die zarten, fast katzenhaften Züge wurden gleichermaßen von einem unangenehmen Ausdruck des Mißtrauens überschattet. Sie lebte in dem Glauben, andere Leute hätten es nur darauf abgesehen, sie zugrunde zu richten. Er fragte sich manchmal, wo sie diese hartnäckige Abwehrhaltung erworben hatte und warum sie ihre Weiblichkeit geopfert hatte.

Er hängte seinen Mantel auf dem gewohnten Haken im Kleiderschrank auf, was ihm nur gelang, indem er ihn neben ihren massigen Pelzmantel quetschte. Es war nicht Miss Fullbrights Art, sich Gedanken über die Rechte von Tieren zu machen. Sie hatte sich ihren Pelzmantel verdient, und sie beabsichtigte, ihn auch zu tragen.

T. S. setzte sich auf die Kante des Sofas und wartete. Er hatte keine Ahnung, was er als nächstes tun sollte.

»Sie sind heute sehr zwanglos angezogen«, stellte sie fest und musterte seinen Pullover und die Freizeithosen.

»Nun, ich bin im Ruhestand.« Er rückte seine Ärmelaufschläge gerade und entfernte einen kleinen Schmutzfleck vom rechten Schuh. Sie war der letzte Mensch, bei dem er sich für sein Aussehen entschuldigen würde.

»Freut mich, daß Sie das noch wissen.« Sie sah sehr unattraktiv aus, wenn sie schmollte. Miss Fullbright war nie sehr gut darin gewesen, ihre Gefühle vor T. S. zu verbergen. Vielleicht dachte sie, daß sie ihm sowieso nichts vormachen konnte, wozu dann erst die Mühe? T. S. war tatsächlich ungewöhnlich begabt darin, die Motive anderer Leute zu durchschauen, aber das war ein Ergebnis der vielen Jahre, die er in der Personalabteilung verbracht hatte. Felicia betrachtete diese Fähigkeit jedoch als Angriff auf ihre Würde und benahm sich daher ihm gegenüber oft ziemlich ungehobelt.

»Edgar bestand darauf, daß ich ins Büro komme, um die Presse abzuwehren«, erklärte er. »Ich weiß nicht genau, warum. Ich bin sicher, daß er will, daß alle anderen Aufgaben des Personalchefs wie geplant von Ihnen übernommen werden.«

»Sicher.«

Sie schlurfte mürrisch auf seinen riesigen Eichenschreibtisch zu und setzte sich in den Drehstuhl. Die schmale Gestalt wirkte zwergenhaft darin, und wenn sie den Stuhl zurückkippte, hingen die Füße in der Luft. Sie wirkte wie ein kleines Mädchen, das in Papas Büro spielte.

»Felicia, ich will diesen Job nicht mehr. Er gehört Ihnen. Ich versichere Ihnen, daß ich nicht die Absicht habe, mich daran zu klammern.« Sie war so verblüfft, daß sie in momentane Sprachlosigkeit verfiel, und er fuhr fort: »Aber ich konnte aus Edgars Tonfall entnehmen, daß es Ihnen absolut nichts nützen würde, gegen diese Maßnahme zu protestieren. Besonders nicht als allererste Amtshandlung. Für den Personalchef von Sterling & Sterling wäre das unangebracht. Und ganz besonders für eine Personalchefin.«

»Ja, ich verstehe, was Sie meinen.« Das Winseln war aus ihrer Stimme verschwunden, und das einzig Gute an ihr, ihre Tüchtigkeit, kam wieder zum Vorschein.

Er seufzte. »Wo soll ich meine Zelte aufschlagen?«

Sie runzelte die Stirn und zerrte ungeduldig an ihren untadelig kurzgeschnittenen Haaren. »Darüber habe ich noch nicht nachgedacht.«

»Wie wär's bei Sheila?« schlug er vor. »Da ist noch ein leeres Büro.«

Sterling & Sterling hatte vor kurzem eine Anzeige aufgegeben, in der eine Assistentin für die Sachbearbeiterin gesucht wurde, die für die firmeninternen Sozialleistungen zuständig war. Bis sie gefunden war, war ein passables Büro frei. Wenn er es benutzte, war die Wahrscheinlichkeit auch geringer, daß die Leute merken würden, daß er zurückgekehrt war. Außerdem, wenn irgend jemand wußte, was los war, dann war es Sheila.

»Wie wär's bei Sheila?« wiederholte Miss Fullbright. Sie lächelte, als sie aufsah. »Das ist wirklich eine gute Idee. Sie wären ganz hinten.« Sie dachte über ihre Worte nach und errötete leicht. Ihre Würde lag ihr sehr am Herzen. »Was ich sagen wollte, es ist ein diskreter Standort. Ich werde Sheila gleich anrufen.«

Wenn es um Sprechanlagen, Computer und die sonstigen technischen Spielereien eines modernen Büros ging, ähnelte Miss Fullbright einer gutgeölten Kobra. Sie machte automatisch und rücksichtslos von ihnen Gebrauch. Knips, knips, und schon war sie bereit, zur nächsten Aufgabe überzugehen.

»Sie ist auf dem Weg hierher. Armes Kind. Ihre Mutter hat die Leiche entdeckt, wissen Sie.«

»Ja, das habe ich gehört.«

»Schrecklich, nicht wahr?« Ihr Ton strafte die Worte Lügen. »Ich wage mir gar nicht auszumalen, wie es auf die Mitarbeiter wirken wird. Sie könnten ein echtes Trauma davontragen.« Sie beugte sich vor und sah ihn erwartungsvoll an. »Was meinen Sie, T. S.? Soll ich einen Psychologen kommen lassen und eine spezielle Trauerberatung anbieten? Vielleicht sollte ich einen Mitarbeiter-Puls machen.« So hatte sie die endlose Reihe von Meinungsumfragen getauft, die sie ständig mit großer Begeisterung unter allen Angestellten durchführte. Gewöhnlich waren es Umfragen zu wichtigen Themen wie beispielsweise, ob die Köche der Cafeteria weiterhin Rosinen an den Reispudding tun sollten.

T. S. stand auf, als Sheila das Büro betrat. »Ich denke, Felicia, das Beste wäre, die Sache einfach ihren natürlichen Gang nehmen zu lassen.« Er strebte dankbar auf die Tür zu und hielt inne, um eine letzte boshafte Bemerkung loszuwerden. »Außerdem, wenn Sie mich fragen, die Mitarbeiter scheinen ihren Spaß daran zu haben.« Er winkte zum Abschied und ließ eine verblüffte Nachfolgerin zurück, die ihm hinterher starrte.

»So«, sagte er, als er sich in Sheilas Büro bequem hingesetzt hatte. »Ich habe die Fackel weitergegeben.«

»Oh, bitte.« Sie verdrehte die Augen, griff nach einem frischen Taschentuch, putzte sich kräftig die Nase und warf es mit der Zielsicherheit eines Boston Celtics in den

Papierkorb, der am anderen Ende des Raums stand. »Für diese Frau zu arbeiten wird eine echte Qual werden.«

»Na, na, Sheila. Sie hat eine sehr gute Ausbildung und Berufserfahrung.« Er hatte noch nie in dem Sessel für Sheilas Besucher gesessen. Es war ein riesiges Gebilde aus Holz und Leder, so übergroß wie Sheila selbst und scheinbar entworfen, um verzweifelten Mitarbeitern die Befangenheit zu nehmen, wenn sie der »Krankenversicherungsdame« ihr Herz ausschütteten. T. S. sank tiefer in das Leder, wobei ihm der Verdacht kam, daß der Sessel wahrscheinlich eher zu dem Zweck entworfen worden war, die Leute am Entkommen zu hindern.

»Sie ist eine Jammerliese«, entgegnete Sheila, als würde das die Diskussion beenden. Das Telefon klingelte. Sie ignorierte es. »Ich kann keine Anrufe mehr annehmen«, erklärte sie. »Margaret wird das übernehmen müssen.« Sie seufzte und rieb sich die Schläfen. »Wie geht es Brenda und Eddie?« Da sie selbst Katzen hatte, versäumte Sheila es nie, sich nach ihnen zu erkundigen.

»Denen geht's gut. Schlank wie immer.« In Wirklichkeit waren sie fast so groß wie Seehunde. »Erzählen Sie mir, was heute morgen passiert ist«, bat T. S., als Sheila stumm blieb. Er wollte wissen, auf was er sich einließ, bevor er sich auf den Opferaltar von Edgar Hale und der New Yorker Polizei begab. Er konnte sich darauf verlassen, daß er von Sheila ein genaues Bild der Ereignisse bekommen würde.

Sheila, sündenlos großgeworden in einer irischen New Yorker Mittelschichtsfamilie, hatte vor fünf Jahren als Empfangssekretärin in der Personalabteilung angefangen und einen steten Strom von männlichen Mitarbeitern angezogen, die ganz offensichtlich das Terrain erkundeten. Sie sah aus wie eine Amazone mit widerspenstigem, ewig kindlich wirkenden blondem Haar. Sie überragte alle anderen Frauen der Abteilung – und viele Männer. Aber ihre imponierende Erscheinung stand im Widerspruch zu ihrem mitfühlenden und oft schüchternen Verhalten, ein Widerspruch, der ihr umwerfendes Lächeln um so wirkungsvoller machte. Tatsächlich entwaffnete sie unbewußt fast jeden Menschen, der ihr begegnete. Das, in Verbindung mit der unfehlbaren Höflichkeit, mit der sie Bewerber um Bewerber behandelte, egal, wie abgerissen er aussah, hatte wahre Wunder für Sterlings & Sterlings Image bewirkt.

Wenn Sheila einen Fehler hatte, war es ein übersteigertes Einfühlungsvermögen und eine hyperaktive Vorstellungskraft für das Leiden ihrer Mitmenschen. Wahrscheinlich lag es daran, daß sic eine katholische Schule besucht hatte. Folglich fiel es ihr schrecklich schwer, Bewerber um eine Stelle abzulehnen, aber diese Eigenschaft machte sie zur idealen Kandidatin für die freiwerdende Stelle der Sachbearbeiterin für firmeninterne Sozialleistungen. Sie hatte sich schnell als die ideale Anlaufstelle für Mitarbeiter etabliert, deren Frau kränkelte, deren Kind der Versuchung der Drogen nachgegeben hatte oder die eine zweite ärztliche Meinung vor der Hämorrhoiden-Operation einholen wollten. Nie würde sie deine Sorgen auf die leichte Schulter nehmen – deine Sorgen waren ihre Sorgen.

Sheila wischte sich über die Augen, als ob die Erinnerung an die Entdeckung der Leiche eine neue Tränenflut auslösen könnte. »Es ist sehr traurig.« Fast wimmerte sie. »Mr. Cheswick hat mir meine erste Stelle hier verschafft, wissen Sie.«

Sheilas Mutter war seit fast fünfunddreißig Jahren Robert Cheswicks Sekretärin, und der Firmenteilhaber hatte Sheila aus Gefälligkeit in die Personalabteilung vermittelt.

»Oh, Blödsinn, Sheila!« T. S. konnte sich nicht helfen, er mußte es einfach sagen. »Ihre erste Stelle war unterbezahlt. Wie dankbar kann man dafür sein?«

Sie schniefte und murmelte etwas. »Die Sozialleistungen waren gut.«

»Das waren sie nicht. Nicht für Cheswick. Jetzt nehmen Sie sich zusammen. Erzählen Sie mir, was passiert ist.«

Sie schneuzte sich dramatisch, machte eine Pause, als wolle sie sich sammeln, und begann mit ihrem Bericht. »Mama hat ihn heute früh gefunden. Er war sehr, sehr tot. Es war überhaupt nicht wie im Film.« Sie sah ihn mit leeren Augen an. »Es war wirklich ziemlich häßlich.« Sie seufzte und spielte mit ihrem Brieföffner herum, warf ihn von einer Hand in die andere und stach, ohne sich etwas dabei zu denken, auf die Schreibunterlage ein. Plötzlich hörte sie auf, starrte den Brieföffner an und warf ihn entsetzt und unwillkürlich schaudernd von sich.

»Wir sind wie immer zusammen gefahren, mit der U-Bahn. Mama hat es gern, daß wir diese Zeit miteinander verbringen. Gibt ihr die Gelegenheit, in meinem Leben herumzuschnüffeln.« Sie wartete, bis er mitfühlend genickt hatte, und fuhr dann fort: »Jedenfalls, weil wir ein bißchen spät dran waren, hatte sie keine Lust zum Reden. Sie benahm sich, als wäre es meine Schuld. Sie macht immer einen Aufstand, wenn wir nur zwei Minuten hinter dem Zeitplan zurück sind. Er hat sie wirklich gut geschult.« Sie schüttelte den Kopf. »*Hatte* sie gut geschult. Ich weiß nicht, was jetzt aus Mama werden soll.«

»Einer der anderen Partner wird sie sofort zu sich holen. Sie ist wirklich eine hervorragende Sekretärin.«

»Ja. Das ist sie.« Sheila griff nach einem Taschentuch, als rechne sie damit, daß ihre Selbstbeherrschung sie jeden Augenblick im Stich lassen könne. »Ich habe sie zu ihrem Schreibtisch begleitet, weil die Bank so früh am

Morgen völlig verlassen ist. Manchmal ist es richtig unheimlich. Dieser Marmor läßt jeden Schritt widerhallen.«

T. S. wußte, was sie meinte. Er war überzeugt, daß es Absicht war. Jeder noch so selbstsichere leitende Angestellte, der durch die lange Marmorhalle zum Büro der Firmenteilhaber ging, würde bei jedem Schritt ein Stück seiner Entschlossenheit verlieren.

»Ich hatte wirklich gute Laune, wissen Sie. Ich hatte so viel Spaß auf Ihrer Ruhestandsfeier, und später bin ich noch in eine Bar gegangen und ... na ja, ich hatte viel Spaß.« Sie errötete leicht und fuhr fort: »Ich pfiff leise vor mich hin, als ich die Halle herunterging. Sonst war kein Mensch da, natürlich. Ich dachte, vielleicht sollte ich mir die Haare so schneiden lassen wie ...«

»Was war mit Mr. Cheswick?« unterbrach er taktvoll.

»Na ja, ich hatte die halbe Halle durchquert, als ich Mama schreien hörte. Und ich meine *schreien*. Es war ein schriller Schrei, der lauter und lauter wurde und einfach in der Luft hängen blieb. Ich bekam einen solchen Schreck, daß ich meine Einkaufstasche fallen ließ, und die Orangen, die ich mit zur Arbeit gebracht hatte, rollten überall hin. Ich mache wieder eine Diät, wissen Sie. Diesmal halte ich ganz bestimmt durch.«

Er nickte. Sie neigte dazu, ziemlich schnell zuzunehmen. Trotzdem wollte er, daß sie zur Sache kam.

»Ich rannte so schnell zurück, wie ich konnte.« Sie hielt ihm ein wohlgeformtes Bein hin. »Natürlich machen diese blöden Absätze das praktisch unmöglich, aber trotzdem raste ich durch die Schwingtüren ins Büro der Teilhaber, und da war er. So tot, wie es nur geht. Zusammengesackt in seinem Drehsessel. Und dieser blöde altmodische Sessel war am Drehgelenk zurückgekippt, und meine Mutter hatte eine Hand auf die Armlehne gelegt, während sie schrie, so daß der Sessel auf und ab wippte.

Die Leiche bewegte sich ruckartig wie eine Marionette. Es war unbeschreiblich.« Sie war zu versunken in die morbiden Details, um an Weinen zu denken, fiel ihm auf. »Auf seinem Gesicht war ein breites Grinsen wie festgefroren. Und Mama hörte nicht auf zu schreien. Ich mußte sie an den Schultern packen und sie schütteln, bis ihre Brille runterfiel. Praktisch hätte ich meine eigene Mutter schlagen müssen.«

Sie machte eine Pause und sah T. S. an, um zu sehen, welchen Eindruck diese furchtbare Äußerung auf ihn machen würde.

»Vielleicht hätten Sie es tun sollen.«

»Nun, ich habe es nicht getan.« Sie griff nach dem Brieföffner und musterte ihn nachdenklich. »Ich dachte, es wäre ein Herzanfall. Ich meine, Sie kennen diese alten Typen. Man erwartet, daß sie an einem Herzanfall sterben. Sie denken nur daran, Geld zu machen, den ganzen Tag lang. Sie verdienen es, an einem Herzanfall zu sterben. Aber es war kein Herzanfall, das kann ich Ihnen sagen.« Sie starrte T. S. direkt in die Augen und machte eine Kunstpause. »Es war ein Messer. Ein langes, dünnes Messer mit einem merkwürdigen Elfenbeingriff. Es ragte aus seinem Brustkorb, genau über dem Herzen. Ich kenne mich aus.« Sie betonte die letzten Worte und beugte sich vor. »Ich habe einen Erste-Hilfe-Kurs gemacht. Es steckte genau über dem Herzen und hing schräg runter. Jemand wußte genau, wo er zustechen mußte.«

Er hatte keine Ahnung, was man auf so eine Bemerkung zu entgegnen hatte, und nickte nur.

»Also fühlte ich ihm den Puls. Er war eindeutig tot.« Sie schauderte wieder. »Seine Hand war sehr kalt und sehr schwer. Mama stand natürlich nur da, völlig entsetzt, daß ich einen Toten anfassen konnte. Sie machte den

Mund auf, als wolle sie wieder anfangen zu schreien, aber es kam kein Laut heraus. Dann fing sie an, zu flüstern: ›Geh, hol Hilfe, hol Hilfe, hol Hilfe‹. So ungefähr. Wieder und wieder. Es war fast so unheimlich wie der tote Mr. Cheswick. Also brachte ich sie dazu, den Mund zu halten, sich hinzusetzen und tief Luft zu holen, und dann ging ich durch die Schwingtüren, um einen der Wachmänner zu suchen. Aber so früh am Morgen konnte ich niemanden finden, und ich hatte Angst, daß Mama in Ohnmacht fallen würde, wenn ich sie mit dem Toten allein zurückließ, also ging ich wieder zurück. Sie saß einfach nur da, umklammerte ihr Taschentuch und murmelte vor sich hin. Ich führte sie aus dem Zimmer und rief die Polizei. Die Vermittlung wollte mir zuerst nicht glauben. Ständig bat sie mich, die Adresse noch mal zu wiederholen. Es war wirklich ziemlich ärgerlich. Sie wollte, daß ich im Nieselregen wartete, um die Ambulanz einzuweisen. Ich sagte, daß eine Ambulanz nicht viel nutzen und daß die Lage nicht besser werden würde, wenn ich mir eine Lungenentzündung holte. In dem Moment sah ich Frank durch die Halle kommen.«

»Frank?« fragte T. S.

»Sie wissen doch, der Wachmann mit dem Bürstenschnitt. Ich schickte ihn an den Seiteneingang, um die Polizei anzuhalten, und sagte Mama, sie solle sonst niemanden ins Büro der Teilhaber lassen. Nicht, daß sie irgendwie eine große Hilfe gewesen wäre, sie war immer noch wie in Trance. Dann brachte ich ihr etwas heißen Tee aus dieser kleinen versteckten Kammer, die sie vom Büro der Teilhaber abgetrennt haben.« Sheila beugte sich vor und senkte leicht die Stimme. »Wußten Sie, daß sie da drei Flaschen Scotch hinter den Styroporbechern versteckt haben?« Sie zog die Augenbrauen hoch.

»Ja, das wußte ich.« Das war seit Jahren so. Aber sie

gehörten einem alten Partner, der keine wirklichen Aufgaben mehr hatte, und T. S. gönnte ihm seine kleinen Schlückchen.

»Jedenfalls, ich brachte Mama den Tee. Mittlerweile hatte sie sich in einen Zombie verwandelt, also versuchte ich, meinen Vater anzurufen, um ihm zu sagen, er solle kommen und sie abholen. Sie kann Miss Tüchtigkeit selbst sein, wissen Sie, aber wenn irgend etwas ihre Routine durcheinanderbringt, verwandelt sie sich in eine Dreijährige.« Sie brachte diese Beobachtungen mit der wissenden Miene eines populären Psychologen bei einer Talk-Show vor. »Papa war nicht zu Hause, und mittlerweile war es zehn Minuten vor acht, und ich konnte hören, wie der Fahrstuhl sich in Gang setzte. Ich wußte, daß bald alle reinkleckern würden, und ich wollte nicht, daß sie Mama einen Haufen Fragen stellten und sie noch mehr verwirrten. Also brachte ich sie in den kleinen Empfangsraum direkt vor dem Büro der Teilhaber. Glücklicherweise war Mr. Hale einer der ersten, der kam, und da er der geschäftsführende Direktor ist, na ja, niemand wird sich mit ihm herumstreiten oder ihm dumme Fragen stellen. Ich ließ ihn einen kurzen Blick auf Mr. Cheswick werfen und erklärte ihm, daß die Polizei unterwegs wäre und daß es sehr wichtig sei, nichts anzufassen. Das weiß ich von Brian, natürlich.« Sheilas Mann war Polizist, genau wie ihr Vater, und sie liebte es, als Beitrag zur Unterhaltung am Kaffeewagen grauenhafte Details über Zusammenstöße mit Mördern und verpatzte Drogendeals zu erzählen.

»Mr. Hale war selbst total durcheinander, natürlich. Er konnte nicht aufhören, Mr. Cheswick anzustarren. Sah sein eigenes Gesicht auf der Leiche, nehme ich an.« Sie schüttelte den Kopf. »Wissen Sie, dafür, daß es Firmenteilhaber sind, führen sie sich manchmal auf wie ein

Haufen kleiner Kinder.« Er wußte genau, was sie meinte. »Ich machte zufällig eine Bemerkung darüber, was Sie wohl zu alldem sagen würden, und Mr. Hale griff die Idee begeistert auf. Er sagte, wir müßten Sie sofort anrufen. Er bestand darauf, daß ich Sie anrief. Ich erinnerte ihn daran, daß Sie im Ruhestand seien, aber davon wollte er nichts wissen. Als er mir den Hörer weggeschnappt hatte – ich hasse es, wenn Leute mir den Hörer aus der Hand reißen –, trafen die anderen Partner ein. Die wollen ja immer eher da sein als alle anderen. Einer nach dem anderen kam durch die Schwingtüren und blieb wie erschlagen stehen.« Sie war etwas verwirrt durch ihre Wortwahl. »Schließlich sagte ich zu Mr. Hale, er solle sich vor die Schwingtüren stellen und alle am Hereinkommen hindern. Sie waren ziemlich wütend, weil sie nicht an ihre Schreibtische konnten.«

Sie spielte mit ihrem leeren Aschenbecher herum und klopfte leicht mit ihm gegen den Schreibtisch. »Ich fand es immer schon albern, daß sie alle im selben Raum arbeiten müssen. Wie können sie da irgendwas schaffen? Wie zur Zeit von Ebenezer Scrooge. All diese Rollpulte.«

»Ich nehme an, den größten Teil ihrer Arbeit erledigen sie sowieso bei Arbeitsessen, bei Kundenbesuchen und in den Geschäftsräumen der Bank«, erklärte T. S. Es *war* wie zur Zeit von Ebenezer Scrooge. Sie hatte eine große Begabung dafür, die Wahrheit in kürzester Form zusammenzufassen.

»Die Polizei kam nach zehn Minuten. Es überrascht mich, daß sie so lange gebraucht haben. Wenn man Brian reden hört, könnte man annehmen, die Leiche wäre immer noch warm, wenn sie kommen.« Wieder verdrehte sie die Augen. T. S. hatte in den letzten paar Monaten festgestellt, daß es mit dieser Ehe stetig bergab ging und daß Sheila diese Entwicklung nicht sonderlich zu beunruhigen schien. »Ein großer, fetter Kommissar übernahm das Kommando. Er war ziemlich aggressiv. Sagte nicht mal danke schön dafür, daß ich den Tatort gesichert hatte. Nahm mich nur in die Mangel, als wäre ich eine Verdächtige oder so. Er wollte wissen, warum ich nicht verstörter war. Er hat mich praktisch beschuldigt, die Spuren durcheinandergebracht zu haben. Ich sagte ihm, ich wäre mit einem Polizisten verheiratet und wüßte es besser, und wenn ich nicht gewesen wäre, hätte er einen Raum voll mit vierzehn lebenden Partnern und einem toten vorgefunden, alle Spuren wären vernichtet gewesen, und sie hätten gearbeitet, als wäre nichts Ungewöhnliches passiert.«

»Ein Glück, daß es Cheswick war«, unterbrach T. S. sie. »Bei manchem andern hätte es Tage dauern können, bevor irgend jemandem aufgefallen wäre, daß er tot ist.«

»Wie bitte?« Sie starrte T. S. mit großen Augen an.

»Ich habe nur einen Witz gemacht, Sheila.«

»Oh.« Sie konzentrierte sich wieder auf ihren Bericht. »Jedenfalls, der fette Kommissar nahm sich dann Mama vor, es kümmerte ihn überhaupt nicht, daß sie so verstört war. Aber sie erwachte sofort aus ihrem Trancezustand, setzte sich gerade hin und informierte ihn, daß sie mit Tommy Shaunessy verheiratet sei, der einen weitaus höheren Rang habe als er und daß er gut daran täte, sie mit ein bißchen mehr Respekt zu behandeln. Das brachte ihn zum Schweigen. Er gab klein bei, entschuldigte sich bei Mama und befahl einem Polizisten, sie in einen der Konferenzräume zu bringen, wo sie warten sollte, bis sie Papa gefunden hatten. Ich hab' das auch versucht – ihm zu erzählen, daß ich mit einem Polizisten verheiratet bin –, aber ich nehme an, Brian hat ihn nicht so beeindruckt wie Papa. Ich mußte meine Aussage bei einer Polizistin machen, die völlig gelangweilt war und mich offenbar für irgendeine hohlköpfige Sekretärin hielt. Keine Ahnung, für wen sie sich hielt.« Sheila schüttelte ärgerlich den Kopf. »Aber ihre Uniform war ganz hübsch. Graue Hose und blauer Blazer. Sie hatte auch so ein goldenes Schild. Sah gut aus. Mir fiel auf, daß sie ihre Haare zu einem geflochtenen Knoten zusammengedreht hatte.«

Da ihm nichts einfiel, was er dazu hätte sagen können, seufzte er einfach.

»Aber schließlich sagten sie, ich könne gehen, wenn ich versprechen würde, in der Firma zu bleiben, falls sie noch weitere Fragen hätten. Ich kann Ihnen sagen, es war eine ausgesprochene Erleichterung, durch diese Schwingtüren zu gehen. Und wissen Sie was?« Sie wartete geduldig, bis T. S. fragte.

»Was?«

»Es war widerlich.« Ihre Augen glitzerten aufgeregt.

»Was war widerlich?«

»Es wimmelte da nur so von Mitarbeitern, die sich in der Nähe des Eingangs zum Büro der Teilhaber herumdrückten. Sie taten so, als müßten sie da unbedingt was erledigen.«

T. S. nickte. Das Syndrom war ihm bestens bekannt. Dasselbe passierte, wenn jemand gefeuert worden war und sich das herumgesprochen hatte. Die Kollegen schienen dann wie die Lemminge von dem Drang überwältigt zu werden, zum Ort des Geschehens zu kommen und zu gaffen.

»All die Sekretärinnen der Partner versuchten, einen Blick in den Raum zu werfen und mich auszuhorchen – insbesondere Mrs. Quincy. Die leitenden Angestellten versuchten, sich völlig cool zu geben, aber man konnte sehen, daß sie versuchten, zwischen den Schwingtüren hindurchzusehen. Sie waren wild darauf, zu wissen, was los war.« Sie schüttelte wieder den Kopf. »Ich stand praktisch unter Belagerung, und mein Telefon hat pausenlos geklingelt. Aber mir war wirklich nicht danach, mit irgend jemandem zu reden.«

Wenn diese Worte auch nicht ganz mit ihrem enthusiastischen Erzählstil übereinstimmten – T. S. hatte nicht vor, sich zu beschweren.

»Ich habe mich hier eingeigelt und darauf gewartet, daß Sie kommen. Es hat mich wirklich schwer getroffen. Es war gräßlich, einen Toten zu sehen. Mit einem Messer, das aus ihm herausragte, und alles.«

»Ja, das kann ich mir vorstellen.« Das Messer faszinierte ihn. Es erinnerte ihn an etwas, aber er kam nicht darauf, an was.

»Vielleicht sollten Sie früher nach Hause gehen«, schlug er vor.

»Ja. Das wäre gut. Wenn der Kommissar mich läßt.« Sie machte keine Anstalten, wegzugehen. »Jemand muß Mama nach Hause bringen, wenn sie ihre Aussage gemacht hat. Sie ist völlig fertig. Ich bezweifle, daß sie im Augenblick allein den Weg ins Badezimmer finden würde.«

»Sie hat viele Jahre für ihn gearbeitet«, erinnerte T. S. sie. »Wahrscheinlich hat sie Mr. Cheswick genauso oft gesehen wie ihren Mann.«

»Öfter, nehme ich an. Jedenfalls sollte sie jetzt im Bett liegen und einen Becher heiße Limonade mit Rum trinken.«

»Klingt gut«, bemerkte T. S. »Vielleicht sollten Sie das auch in Erwägung ziehen. Hat Brian heute Dienst?«

Sie starrte die Wand an. »Ich kann auf mich selbst aufpassen.« Plötzlich grinste sie schalkhaft. »Glauben Sie, es würde auffallen, wenn wir eine dieser Scotchflaschen klauten?«

Er kannte einen Partner, dem es auffallen würde.

»Wahrscheinlich nicht«, sagte er.

»Wissen Sie, was das Schlimmste an der ganzen Sache war?« fragte Sheila.

»Was denn?« Er hatte das Gefühl, daß er gleich etwas sehr Wichtiges zu hören bekommen würde. Er hatte dieses Gefühl oft bei einem Vorstellungsgespräch, wenn er eine Zeitlang geschwiegen hatte, bevor er eine Frage stellte. Schweigen machte die Leute nervös und brachte sie dazu, Dinge auszuplaudern, und er hatte einen sechsten Sinn dafür entwickelt, wann jemand kurz davor war, mit etwas Bedeutsamem herauszuplatzen.

»Sein Hosenschlitz war offen.« Sie flüsterte fast.

»Wessen Hosenschlitz?« flüsterte er zurück, bevor er sich wieder fing und zu seiner normalen Lautstärke zurückkehrte. »Wessen Hosenschlitz war offen?«

»Mr. Cheswicks.« Sie lehnte sich zurück und erklärte ihre Worte. »Natürlich ist es keine Angewohnheit von mir, diese Dinge zu überprüfen.« T. S. schüttelte den Kopf und murmelte irgendwelchen zustimmenden Unsinn. »Aber so war es. Man konnte es unmöglich übersehen. Ich konnte sogar sehen, daß er weiße Boxershorts trug mit kleinen grünen Schleifen darauf. Ziemlich albern für einen Teilhaber der Bank. Es war keine Haut zu sehen, aber irgendwas an diesem offenen Hosenschlitz ließ mir das kalte Grausen kommen.«

T. S. nickte zustimmend. Er wußte, was sie meinte.

»Es erschien mir irgendwie so böse – so niederträchtig«, sagte sie.

Es war an der Zeit, sich die Sache selbst anzusehen. Er hörte das Stimmengemurmel der Angestellten, als er mit schnellen Schritten die Haupthalle hinunterging, einem höhlenartigen Raum mit Marmorfußboden, der einer Kathedrale ähnelte. Er wurde geteilt von einem großen Mittelgang, der zu einem kleineren, eichengetäfelten Foyer führte. Aufmerksame Diener standen in der Nähe zweier riesiger Schwingtüren. Hinter diesen Türen lag das Allerheiligste – das Büro der Teilhaber der Bank selbst. Er fragte sich kurz, ob er überhaupt durch die Schwingtüren kommen würde, aber er hätte sich keine Gedanken zu machen brauchen. Jimmy Ruffino, seit zwei Jahrzehnten loyaler Kammerdiener der Teilhaber der Bank, stand neben einem uniformierten Polizisten Wache und griff sofort nach T. S.' Ellbogen.

»Gott sei Dank, daß Sie da sind, Mr. Hubbert«, rief er aus, als erwarte er von T. S., Cheswick irgendwie von den Toten wiederauferstehen zu lassen.

»Ja, nun. Danke, Jimmy.« Ihm fiel keine andere angemessene Antwort ein. Der Polizist starrte sie neugierig an.

»Das ist Mr. Hubbert, der Personalchef«, erklärte Jimmy.

»Der ehemalige Personalchef«, korrigierte T. S. mit schwachem Lächeln.

»Der, den Mr. Hale unbedingt dabeihaben wollte«, fügte Jimmy hinzu.

»Ach, ja? Junge, kann der Alte brüllen.« Den Polizisten schien seine Rolle ungeheuer zu langweilen. »Wenn der alte Kauz uns in Ruhe läßt, jetzt wo Sie hier sind, sind Sie *entre nous* willkommen. Jeder ist besser als der.« Der Uniformierte stieß ruckartig seinen Daumen in die Luft und gab ein Zeichen, daß T. S. das Allerheiligste betreten konnte. Er war so dick, daß T. S. Schwierigkeiten hatte, sich an ihm vorbeizuzwängen.

Andererseits, obwohl der Polizist Übergewicht hatte und sein Französisch schlecht war, in bezug auf Edgar Hale hatte er absolut recht. Jeder war besser als der geschäftsführende Direktor.

T. S. schob sich durch die Schwingtüren. Die Leiche wurde durch einen teuren marokkanischen Wandschirm aus Leder, der gewöhnlich Dekorationszwecken diente, von den Augen der Allgemeinheit abgeschirmt. Die Techniker der Spurensicherung bewegten sich schnell und leidenschaftslos in einer effizienten Choreographie von distanziertem Engagement um den Wandschirm herum. Gefesselt von dem klinischen Tanz, der sich vor ihm abspielte, blieb T. S. an der Tür stehen und starrte, bis eine vertraute dröhnende Stimme sein Nachdenken unterbrach.

»Wird auch langsam Zeit, Hubbert«, bellte Edgar Hale zur Begrüßung. »Wo sind Sie so lange geblieben?«

Edgar Hale, Teilhaber und geschäftsführender Direktor von Sterling & Sterling, stand steif in Hab-Acht-Stellung unter dem Portrait von Samuel T. Sterling und seinen vier Söhnen, das über einem nie benutzten Kamin an einem Ende des Raums zur Schau gestellt wurde. Hale wies eine unheimlich Ähnlichkeit mit dem Gründer selbst auf: die faßartige Figur, die Streitlust, der finstere Gesichtsausdruck und Haare, die trotz seines Alters eigensinnig dunkel blieben. Allein durch Temperament und Stellung war er mit Samuel Sterling verwandt. Vielleicht war es das Bewußtsein von Macht, das sie zu solchen Ebenbildern gemacht hatte.

Heute jedoch wirkte Edgar Hale alles andere als mächtig. Mit verschränkten Armen stand er da und musterte böse jeden Mann und jede Frau, die es wagten, sich um ihn herum zu bewegen, als wäre er gar nicht da. Sein grimmiger Gesichtsausdruck machte klar, daß er sie verdächtigte, mit voller Absicht Dreck und Matsch in Sterlings & Sterlings makellosen Rosenteppich zu treten. Mit seinen merkwürdigen rauchig grünen Augen, die vor unterdrückter Wut und Frustration glommen, starrte er auf die Menge. »Tolle Idee von Boswell, heute nicht ins Büro zu kommen«, brüllte er schließlich. Die ungewohnte Situation, nicht beachtet zu werden, schien ihn erheblich zu belasten. John Boswell war der Vorsitzende des geschäftsführenden Ausschusses der Bank und kam in der Hackordnung der Firmenteilhaber direkt nach Edgar Hale.

»Soweit ich weiß, ist er übers Wochenende weggefahren«, wagte T. S. zu sagen.

»Und was zum Teufel haben Sie zu Ihrer Entschuldigung vorzubringen?« Edgar Hale hatte eine Zielscheibe für seine Wut gefunden. »Wo sind Sie gewesen? Ich habe vor über zwei Stunden angerufen.«

»Ich habe erst meinen Mantel aufgehängt«, schrie T. S. zurück. »Was dagegen?« Er erhielt keine Antwort auf diese relativ mutige Entgegnung, was ungewöhnlich war. Der Direktor war als cholerisch verschrien. Nach dem Tod seiner Frau war Edgar Hale zu einem Miesepeter allererster Klasse geworden. Auch deswegen hatte T. S. sich so früh pensionieren lassen.

T. S. zählte ganz leise bis drei und beschloß, nicht zu vergessen, daß er jetzt im Ruhestand war, außerhalb der Reichweite der Politik der Firmenteilhaber. Das Schicksal hatte die vornehme Fassade von Sterling & Sterling gründlich besudelt und die Bank in eine Panik versetzt, in der es keine festgelegten Regeln für angemessenes Verhalten mehr gab. Jetzt brauchten sie *ihn*, damit er ihnen die Hand hielt. Edgar Hale würde sich das einfach bewußt machen müssen, früher oder später.

»Was glauben Sie, was das hier ist? Ein Golfplatz?« Der alte Mann musterte abfällig T. S.' Pullover und seine lässige Hose.

»Sehen Sie, Edgar«, entgegnete T. S., der wußte, wie sehr der alte Mann es haßte, beim Vornamen genannt zu werden. »Ich bin jetzt im Ruhestand und nur hier, um Ihnen einen Gefallen zu tun. Ich ziehe an, was mir paßt.«

Der alte Mann versuchte, ihn niederzustarren, gab aber bald mit einem Grunzer äußerster Unzufriedenheit auf und änderte seine Taktik. »Wen schert's, was Sie anhaben«, sagte er schroff. »Machen Sie sich an die Arbeit, klären Sie diesen Schlamassel.«

»Ich bin kaum qualifiziert, einen Mord aufzuklären«, erklärte T. S.

»Ich habe nicht gefragt, ob Sie qualifiziert sind«, donnerte Edgar Hale. »Ich habe gesagt, tun Sie es.« Er stapfte zur Tür hinaus und ließ T. S. in einem Meer verschiedenster amtlicher Uniformen und Aktivitäten stehen.

»Wer zum Teufel sind Sie?« Eine nasale Stimme mit schwerem New Yorker Akzent schreckte ihn aus seiner Verwirrung auf. T. S. stellte fest, daß er auf die Stirn eines molligen dunkelhäutigen Mannes blickte, dessen dünnes schwarzes Haar in einer letzten verzweifelten Anstrengung, die drohende Kahlheit zu verbergen, quer über den Kopf gekämmt war. T. S. nahm den Anzug – der direkt von der Stange kam und schlecht saß – zur gleichen Zeit wahr wie den massiven Torso des Mannes. Sein Hemd spannte sich über einem gewaltigen faßförmigen Brustkorb. Der Mann war klein und leicht dicklich, aber unverkennbar stark. T. S. trat nachdenklich einen Schritt zurück, worauf Kaminabschirmung und Feuerzangen mit einem fürchterlichen Krachen zu Boden fielen. Augenblicklich richteten sich prüfend Dutzende geschulter Augen auf T. S., bis wie auf ein Stichwort das stetige betriebsame Summen wieder begann und eine Vielzahl von Pflichten wiederaufgenommen wurden.

T. S. sammelte angewidert die Feuerzangen auf und knallte sie wütend dorthin zurück, wo sie hingehörten. Er war es *wirklich* leid, daß ihm Leute ins Gesicht brüllten. »Mein Name ist T. S. Hubbert. Ich bin der pensionierte Personalchef von Sterling & Sterling. Ich bin auf Bitten von Edgar Hale, dem geschäftsführenden Direktor, hier, und mir gefällt das nicht besser als Ihnen. Und da wir gerade dabei sind, dürfte ich fragen, wer zum Teufel *Sie* sind?«

Während dieser Ansprache hatte der Mann T. S. mit einer Mischung aus Verachtung und Belustigung angesehen. Dann entfernte er lässig etwas Schmalz aus einem Ohr und zuckte die Achseln. »Ich bin Kommissar Abromowitz. Ich leite die Ermittlungen. Sie können hierbleiben, wenn der alte Mann solchen Terror gemacht hat. Aber bleiben Sie da, wo Sie sind. Ich will nicht, daß irgend jemand die sächlichen Beweismittel durcheinanderbringt. Es sieht sowieso schon aus, als wäre ein Stamm von Ubangis hier durchgetrampelt.«

»Soweit ich weiß, hat die junge Dame, die die Polizei gerufen hat, hervorragende Arbeit bei der Sicherung des

Tatorts geleistet«, entgegnete T. S. steif. Wenn dieser Bursche irgendwie bezeichnend für die brillanten Köpfe war, die hier am Werk waren, konnten sie den Fall gleich unter »ungelöst« ablegen.

»Sagt sie das?« erwiderte Kommissar Abromowitz. »Das sagen sie alle.«

Bevor T. S. eine passende Antwort darauf eingefallen war, wurden sie von einem dürren jungen Polizisten unterbrochen, dessen Uniformhemd nach T. S.' Schätzung mindestens drei Nummern zu groß war. Die Hose hingegen war zu kurz. Die dünnen Beine des Jungen guckten unter dem Hosensaum hervor, so daß ein fünf Zentimeter breiter Streifen blasser, weißer Haut zu sehen war, die dann auf schwarze Lederstiefel traf. Sein Haar stand ab wie Büschel getrockneten Strohs, obwohl es vorne glattgebürstet war, als hätte er wenigstens den Versuch unternommen, es zu zähmen. Er sah aus, als wäre er aus einer Gefängnisfarm für Minderjährige in Ohio ausgebrochen und hätte irgendwo die falsche Abzweigung erwischt, so daß er versehentlich in der großen Stadt gelandet war.

»Äh, Herr Kommissar«, stammelte der kleine Polizist nervös. »Wir können Tommy Shaunnessy nicht finden.« Er schluckte, als erwarte er, daß der Kommissar ihn jeden Augenblick mit einer Reitgerte schlagen könnte.

»Wer zum Teufel ist Tommy Shaunnessy?« fragte Kommissar Abromowitz.

»Sie wissen doch. Der Mann der Sekretärin.«

»Ach, der.« Der Kommissar sah finster drein. »Er ist noch nicht zu Hause?«

»Nein, Sir. Er hat seiner Frau erzählt, er hätte Nachtschicht, aber sein Vorgesetzter sagt, das wäre gar nicht wahr. Er müßte jetzt jede Minute zum Dienst kommen.«

Abromowitz seufzte. »Man sollte doch annehmen, die

Leute würden sich etwas originellere Geschichten ausdenken.« Er verdrehte die Augen und wandte sich an T. S. »Jeder fremdgehende Polizist denkt, er könne damit durchkommen, wenn er behauptet, er hätte Nachtschicht.«

Der jüngere Polizist wartete nervös. Er schluckte, als hätte er eine trockene Kehle. T. S. fragte sich, wie irgend jemand sich durch den Kommissar eingeschüchtert fühlen konnte.

»Versuch es weiter«, befahl Abromowitz seinem Untergebenen. »Aber sag der Frau nichts. Man weiß nie, wann man selber einen guten Vorwand braucht.« Sein Gelächter lag zwischen Lüsternheit und Vertraulichkeit, was nach T. S. Einschätzung gleichbedeutend war mit Widerwärtigkeit. »Wenn er nicht innerhalb der nächsten zehn Minuten auftaucht, werde ich sie selbst verhören, ohne ihn. Könnte sowieso nicht schaden, wenn der Beste das erledigt. Schließlich war sie als erste am Tatort und kannte das Opfer gut. Vielleicht ist ihr was Nützliches aufgefallen. Ja, sag allen, sie sollen die Finger von ihr lassen. Ich werde das selbst in die Hand nehmen. Dann werden wenigstens keine Fehler gemacht.«

Der dürre Polizist eilte mit seinen Befehlen davon, und T. S. mußte entsetzt feststellen, daß der Kommissar sich tatsächlich zu ihm umgedreht hatte und ihm zuzwinkerte. »Sind Sie verheiratet?« fragte er T. S. in abstoßend vertraulichem Tonfall.

T. S. war nicht prinzipiell gegen Zwinkern. Er hatte es sogar selbst schon getan, besonders im Falle von Staubkörnern im Auge, Augenkrankheiten und, gelegentlich, bei kleinen Kindern. Aber er war entschieden dagegen, sich wegen billiger Indiskretionen zuzuzwinkern und tat so, als hätte er es nicht bemerkt. »Nein, bin ich nicht«, entgegnete er steif.

Der Kommissar starrte ihn an, als fände er das seltsam.

»Nun, sind Sie verheiratet?« fragte T. S. abwehrend zurück.

»Ich war es«, konterte der Kommissar, als würde er T. S. herausfordern, sich ja nichts dabei zu denken. »Bis vor ein paar Monaten. Was geht Sie das an?«

T. S. machte sich die gedankliche Notiz, der frisch geschiedenen Mrs. Abromowitz zu ihrem Glück zu gratulieren, sollten sie einander je vorgestellt werden.

Der Kommissar warf T. S. noch einen mißtrauischen Blick zu, dann steckte er sich sein Klemmbrett unter die schweißgetränkte Achselhöhle und machte ein paar Schritte auf die abgeschirmte Stelle zu, bevor er innehielt und sich wieder zu T. S. umdrehte.

»Sie sind hier der Personalchef, sagen Sie?« knurrte er T. S. an.

»Ich war der Personalchef. Seit gestern bin ich im Ruhestand.«

»Sie sehen nicht wie ein Personalchef aus.« Abromowitz betrachtete T. S.' Pullover und seine Hose.

T. S. richtete sich zu seiner vollen Größe auf. »Vielleicht bin ich ja auf dem Weg zu einem Golfspiel. Wieso interessieren sich alle so dafür, wie ich angezogen bin?«

»Bei diesem Wetter?« Der Kommissar wies mit dem Daumen auf ein mit schweren Gardinen eingefaßtes Fenster. »Seien Sie doch nicht so defensiv. Lieber Himmel. Was ich sagen wollte, mir gefällt Ihr Pullover.«

»Danke.« T. S. spie das Wort mit einem auffallenden Mangel an Freundlichkeit hervor. »Ich versichere Ihnen, ich werde Ihnen nicht im Weg sein. Ich zweifle nicht daran, daß Sie sehr gut in der Lage sind, ohne meine Einmischung Ihren Pflichten nachzukommen. Aber da meine Anwesenheit hier der Geschäftsleitung ein Trost ist, finde ich nichts dabei.«

»Meinetwegen.« Der Mann klopfte sich mit dem Kugelschreiber gegen die Vorderzähne und starrte T. S. geistesabwesend an. »Nicht, daß hier irgend jemand viel Trost zu brauchen scheint. Wenn Sie wissen, was ich meine.«

»In dieser Firma ist man sehr reserviert«, erläuterte T. S. »Tradition.«

»Ja. Tradition.« Abromowitz verschränkte die Arme und balancierte den Kugelschreiber zwischen zwei Fingern. »Die Traditionen dieser Firma interessieren mich. Sind Sie schon lange hier?«

»Seit dreißig Jahren.« T. S. bemerkte ein grelles Licht hinter dem ledernen Wandschirm. Ein Fotograf kam zum Vorschein und winkte einem Video-Kameramann, der seine Ausrüstung schulterte und hinter die Abschirmung trat. Robert Cheswick war ein reicher Mann gewesen. Sie gingen kein Risiko ein. Bei diesem Fall zogen sie alle Register.

»Dreißig Jahre? Das ist lange genug. Wahrscheinlich wissen Sie eine ganze Menge über diesen Laden. Schließlich waren Sie in der Personalabteilung.« Der Kommissar studierte offen T. S.' Gesicht, als würde er seine Haut nach Blutspuren absuchen.

T. S. kämpfte gegen den Drang, sich an der Wange zu kratzen. Lässig hob er eine Hand. Der Kommissar verfolgte jede seiner Bewegungen.

»Sie sind der Typ, der gestern abend die Ruhestandsfeier gegeben hat, stimmt's?« bemerkte der Kommissar.

»Ja«, räumte T. S. ein. »Die Feier wurde für mich gegeben. Ich habe mir den Termin nicht ausgesucht.«

Abromowitz nickte und starrte ihn kommentarlos an.

T. S. starrte zurück und bemerkte zum erstenmal, wie müde der Kommissar aussah. Ein kleines Stück verkrustetes Ei hing noch an seinem Kinn. Wahrscheinlich war er auch aus dem Bett geholt worden. T. S. beschloß, es nicht Abromowitz persönlich anzulasten, daß er ein Blödmann war. Er würde es der Polizei von New York anlasten.

»Wahrscheinlich weiß ich mehr über Sterling & Sterling als sonst jemand«, gab T. S. widerstrebend zu. »Das war mein Job.«

»Trifft das auch auf die finanziellen Aspekte zu?«

»Was meinen Sie damit?« T. S. fragte sich, ob es auffallen würde, wenn er den Hals ein bißchen verrenkte und versuchte, über den Rand des Wandschirms hinwegzusehen.

»Wie werden die Gewinne aufgeteilt? Welcher Teilhaber kriegt wieviel? So in der Richtung.«

»Ich weiß, nach welcher Verfahrensweise jedem Teilhaber sein Anteil an den Profiten zugewiesen wird«, antwortete T. S. »Aber wie hoch die Anteile tatsächlich sind – das weiß niemand außer den Teilhabern selbst. Und dem Finanzamt, nehme ich an.«

Der Kommissar dachte darüber nach. »Im Augenblick kann ich ohne die genauen Summen auskommen. Die Verfahrensweise reicht. Sie können auch gern Ihre Eindrücke von den beteiligten Parteien schildern.«

Jetzt war es an T. S., den Kommissar mit einer Mischung aus Verachtung und Belustigung anzusehen. »Als offizielle Aussage?« fragte er ungläubig.

»Einiges offiziell. Einiges inoffiziell. Ich kann diskret sein.«

T. S. war entsetzt, als er feststellte, daß ihm schon wieder zugezwinkert worden war. »Die Sachlage ist kompliziert«, begann er.

»Ich habe schon manche komplizierte Sachlage aufgeklärt, zu meiner Zeit«, unterbrach ihn der Kommissar mit einem angespannten Lächeln. »Legen Sie los.«

»Einmal im Jahr halten sie eine Konferenz ab, wo geprüft wird, welcher Teilhaber welchen Prozentsatz des

Gesamtprofits erhält. Ein Hauptkriterium ist die Gewinnentwicklung des Geschäftsbereichs jedes Teilhabers.«

Der Kommissar schien aufrichtig interessiert zu sein. »Ich finde, das klingt ziemlich einfach.«

T. S. zuckte die Achseln. »Vielleicht. Aber wenn Sie andeuten wollen, daß Geld irgend etwas damit zu tun hatte, kann ich Ihnen versichern, daß Sie sich im Irrtum befinden.«

»Und warum?« Der Kommissar trat einen Schritt vor und blies T. S. seinen Atem ins Gesicht. Ein Geruch von Knoblauch-Zwiebel-Brötchen mit einem Anflug von Kaffee zog an ihm vorbei. Aber nicht weit genug.

T. S. konnte nicht weiter zurücktreten, ohne gegen den Ofenschirm zu prallen, also behauptete er sich, so weit es möglich war. Es endete damit, daß er sich weit nach hinten beugte, während der Kommissar über ihm stand wie ein Feldwebel, der sich anschickt, einen frisch einberufenen Rekruten zur Schnecke zu machen.

»Geld wäre der allerletzte Grund, aus dem ein Teilhaber von Sterling & Sterling ermordet werden würde«, versuchte T. S. zu erklären.

»Oh, ich denke, da wären Sie überrascht. Es ist fast immer Geld. Oder Liebe. Oder Liebe zum Geld.« Der Kommissar lachte über seinen eigenen Witz.

T. S. wartete.

»Aber dieser Bursche sieht ein bißchen alt aus für Liebe, wenn Sie mich fragen.« Abromowitz bedachte T. S. mit einem prüfenden Blick, der bei einem Verdächtigen angemessener gewesen wäre. Vielleicht der einzige Gesichtsausdruck in seinem Repertoire, der an Nachdenklichkeit erinnerte, entschied T. S. großzügig.

»Vielleicht«, räumte T. S. ein. »Ich wäre ganz sicher überrascht, wenn der Mord aus einem dieser Motive geschehen wäre.«

»Und warum?« verlangte der Kommissar zu wissen und bedachte T. S. mit einem weiteren Schwall Zwiebelatem.

»Die Teilhaber von Sterling & Sterling haben alle mehr Geld, als sie je brauchen könnten, und für sie wäre es der Gipfel der Taktlosigkeit, auch nur in einem Gespräch ihr Einkommen zur Sprache zu bringen. Noch viel weniger würden sie einen Konferenzbeschluß der anderen Teilhaber in Zweifel ziehen, wenn erst einmal ein Konsens erzielt wurde. Und meiner Ansicht nach würde keiner von ihnen um des Geldes wegen morden.« Ein »Hmpf« war alles, was er als Antwort auf diese wortgewandte Theorie zu hören bekam, eine häufige Reaktion von Menschen, die nicht an T. S.' gelegentlich recht formelle Art zu Reden gewöhnt waren. T. S. war sich dieser Eigenschaft unbehaglich bewußt, aber er konnte es nicht ändern. Die Steifheit und Gewandtheit seines Ausdrucks waren das Erbe seiner anspruchsvollen Mutter, einer Lehrerin.

Eine Stimme hinter dem Wandschirm unterbrach ihre Plauderei. »Hey, Manny!« rief eine weibliche Stimme. »Willst du noch einen Blick riskieren, bevor wir einpakken?« Eine andere unsichtbare Stimme lachte unfroh über dieses unbeabsichtigte Wortspiel, und der Kommissar sah irritiert auf.

»Ja. Wartet. Ich bin sofort da.« Er starrte T. S. einen Augenblick ins Gesicht, dann drohte er ihm mit dem Kugelschreiber, um seinen Worten größeren Nachdruck zu verleihen. »Ich will noch ein bißchen mit Ihnen reden. Gehen Sie nicht weg.« Er fixierte T. S., als hätte dieser vor, fluchtartig den Raum zu verlassen.

»Vielleicht.«

»Vielleicht? Was soll das heißen? Warten Sie hier, bis ich zurückkomme.«

T. S. hatte seine Entscheidung getroffen. »Ich würde gern die Leiche sehen.«

»Ach, würden Sie das? Doch nicht ganz der wohlerzogene Gentleman, der Sie zu sein scheinen, was?« Ein deutlicher Ausdruck von Verachtung hatte sich in die Stimme des Kommissars geschlichen.

»Ich habe mit der jungen Frau gesprochen, deren Mutter die Leiche entdeckt hat«, entgegnete T. S. ruhig. »Etwas, das sie gesagt hat, ist bei mir hängengeblieben, und ich komme nicht darauf, was es ist. Ich dachte, es würde meinem Gedächtnis etwas nachhelfen, wenn ich einen Blick auf die Leiche werfe.«

»Oh, dann . . . in dem Fall.« Der Kommissar verbeugte sich übertrieben und machte eine einladende Geste. »Aber bitte! Ich würde Sie gern auf dem Rücken hintragen. Wir können jede Unterstützung brauchen. Schließlich haben wir nur vierzehn Kriminalbeamte hier, deren Beruf es ist, Morde aufzuklären.«

T. S. biß die Zähne zusammen. Er haßte Sarkasmus bei anderen. »Es ging um das Messer, glaube ich.«

»Sie wissen von dem Messer?« Der Kommissar blickte jetzt auf einen Punkt direkt über T. S.' Kopf und nickte beim Sprechen.

»Die junge Frau, die die Leiche entdeckt hat, hat es mir erzählt. Ich glaube, ich weiß, wo es herkommt.«

Der Kommissar zuckte die Achseln und wies T. S. mit einer Geste an, ihm zu folgen.

»Was schert's mich?« sagte er mit einem Seufzer. »Kommen Sie.«

Es war genauso, wie Sheila es beschrieben hatte. Robert Cheswick lag zurückgelehnt in seinem Schreibtischsessel und bewegte sich leicht auf und ab, wenn die Spezialisten der Spurensicherung ihn streiften. Einer kniete vor dem Schreibtisch und kratzte Teppichfasern in einen Plastikbeutel. Ein anderer beschrieb sorgsam Etiketten und beklebte damit einen Stapel Plastikbeutel voll mit verschiedenen Objekten, die auf einem anderen Schreibtisch aufgehäuft lagen. Eine Frau mit grauer Hose und marineblauem Blazer hob mit einer kleinen Zange ein verwelktes Blumensträußchen vom Schreibtisch und ließ es in eine kleine Plastiktüte fallen. Ein Kameramann baute geräuschvoll Scheinwerfer ab.

»Kommt es Ihnen bekannt vor?« fragte Abromowitz.

»Wie bitte?« T. S. starrte auf die Leiche. Cheswicks Kopf war zurückgeworfen, der Hals ungeschützt. Erschreckt bemerkte T. S., wie alt der Tote aussah. Eine Haut wie Kreppapier spannte sich über dessen Knochen, und kleine Fäden hingen von seinem Kinn herunter. Das Grinsen, das Sheila beschrieben hatte, sah mehr wie eine Grimasse aus. Die fleischigen Lippen waren zurückgezogen und entblößten die vorstehenden Zähne, Cheswicks Wahrzeichen.

»Das Blumensträußchen«, sagte Abromowitz ungeduldig. »Warum trägt der Kerl auf Ihrer Ruhestandsfeier verwelkte Blumen? War das seine Vorstellung von einem Witz?«

T. S. sah sich die braunen, verwelkten Blumen genau an. »Das ist ein Ansteckbukett«, korrigierte er den Kommissar. »Ich kann mich nicht erinnern, daß er auf der Feier irgendwelche Blumen angesteckt hatte.«

Der Kommissar rieb sich das Kinn und sah weg.

Cheswicks Augen standen offen. Er sah hinauf zu dem riesigen Kronleuchter, der in die kuppelförmige Decke des Raums eingesetzt war. Seine Pupillen waren grau und leblos, und winzige Lichtpünktchen spiegelten sich in der matten Iris. Seine Jacke lag ordentlich zusammengefaltet auf dem Besuchersessel, der neben seinem Schreibtisch stand. »Das ist derselbe Anzug, den er gestern abend trug«, bemerkte T. S. Der Kommissar nickte, als wüßte er das bereits.

Genau oberhalb der Mitte des Brustkorbs steckte der mit Schnitzereien verzierte Elfenbeingriff eines Messers, der mit unpassender Zartheit nach oben ragte. Es war vom Alter nachgedunkelt und glänzte im Licht des Kronleuchters. Ein dunkler Blutfleck breitete sich auf der Vorderseite von Cheswicks maßgeschneidertem Hemd aus. Die Farbe wiederholte sich seltsam in den zarten burgunderroten Streifen, die das Gewebe durchzogen. Die Hände des Opfers hingen an der Seite herunter, und T. S. fiel auf, daß Altersflecken das klauenartige Fleisch überzogen. Wie hatte der Tod es nur geschafft, Cheswick so plötzlich so viel älter aussehen zu lassen?

Sheila hatte recht. Der Hosenschlitz des Firmenteilhabers stand offen. Neckisch gemusterte Boxershorts waren zu erkennen und lenkten die Aufmerksamkeit auf die Schrittgegend. T. S. seufzte. Er hatte Robert Cheswick nicht gemocht, aber niemand hatte es verdient, so zu sterben. Es war würdelos und ein Affront gegen den Stolz, mit dem er zu Lebzeiten an diesem Schreibtisch gesessen hatte.

»Also? Kommt es Ihnen bekannt vor?« fragte der Kommissar noch einmal, der rechts neben ihm stand und die Szene in sich aufnahm, als sehe er sie zum erstenmal. »Die Waffe, meine ich.«

»Ja.« T. S. beugte sich vor und betrachtete sorgfältig den Griff des Messers. Seine erste Vermutung stimmte. »Meines Wissens nach gibt es nur ein solches Messer auf der Welt. 1823 hat ein dankbarer afrikanischer König es der Firma zum Geschenk gemacht. Wir haben es ihm ermöglicht, sein Königreich an der Elfenbeinküste dem Handel zu öffnen. Nach allem, was man so hört, war er ein ungewöhnlicher Mann. Seiner Zeit voraus.«

»Sie sind eine wahre Schatzkammer an geschichtlichen Infos, was?« Der Kommissar sprach ohne großen Enthusiasmus. Er wirkte geistesabwesend und versenkte sich in die Szene vor ihm, als würde er den Fall lösen, wenn er nur lange genug hinsah. »Wo ist das Messer sonst?«

»Im ersten Konferenzraum, der von dieser kleinen Halle abgeht.« T. S. wies auf zwei kleinere Doppeltüren an der Seite des Büros der Teilhaber. »Der mit den elfenbeinfarbenen und blauen Vorhängen. Das Messer liegt gewöhnlich in einem Schaukasten. Auf Samt. Zusammen mit ein paar Goldmünzen und anderen Antiquitäten. Es war eine schöne Ausstellung für Besucher.«

»Wo?« fragte der Kommissar aufgeschreckt. Ohne auf eine Antwort zu warten, brüllte er nach dem dürren Polizisten, der ihm die Nachricht über Anne Maries Ehemann gebracht hatte. Der Junge schlitterte hastig herbei und tauchte fast augenblicklich neben dem Ellbogen des Kommissars auf.

»Wo ist die Sekretärin, die die Leiche gefunden hat?« verlangte Abromowitz zu wissen.

»Ich glaube, sie ist irgendwo in einem Konferenzraum,« wisperte der Polizist und schnappte nach Luft. Er blickte nervös zur Seite. Eine Anzahl von Zuschauern arbeitete langsamer, um die sich entwickelnde Szene im Auge behalten zu können. Die Augen des Kommissars verengten sich gefährlich. Er sah aus wie ein schlechtgelauntes Warzenschwein, das jeden Moment zum Angriff übergehen konnte. Sogar T. S. verspürte den Drang, einen Schritt zurückzutreten.

»Doch nicht etwa im ersten Konferenzraum, der von dieser Halle abgeht?« fragte der Kommissar mit gefährlich sarkastischer und ruhiger Stimme. »Zum Teufel, schafft sie *augenblicklich* von da weg«, schrie er plötzlich und erschreckte den Raum so, daß es zum zweiten sofortigen Stillstand innerhalb einer Stunde kam. »Charlie! Dennis! Jack!« Abromowitz brüllte jeden Namen wie eine

Anklage, und ein Inspektoren-Trio, das weiter hinten frech auf den Schreibtischen der Teilhaber gehockt hatte, war urplötzlich ganz Aufmerksamkeit. Sie starrten ihn nervös an.

»Charlie.« Der Kommissar versuchte, ruhig zu sprechen, verzichtete dann aber sofort auf den kühlen Ansatz und begann zu wüten. »Irgend jemand hat eine Zeugin aufgefordert, sich mit ihrem fetten Arsch mitten in einem Zimmer voll mit entscheidendem Beweismaterial niederzulassen. Der Bursche hier sagt, daß das Messer aus einem Schaukasten dort kam. Zur Hölle, schafft sie da jetzt raus, und zwar so schnell wie möglich. Stellt fest, welcher Idiot sie da reingesetzt hat und wieso niemandem aufgefallen ist, daß der Laden durchwühlt wurde. Ich will wissen, wer dafür verantwortlich ist. Jack, du gehst mit Charlie. Untersuch den Schaukasten auf Fingerabdrücke, und wenn du schon mal dabei bist, nimm der Sekretärin die Fingerabdrücke ab. Dennis, du hältst dich in Bereitschaft.«

Der Kommissar drehte seinen Männern den Rücken zu und wechselte ungeschickt das Thema, in der vergeblichen Hoffnung, daß T. S. nicht bemerkt hatte, was für ein kolossaler Fehler ihnen unterlaufen war. Er begutachtete gründlich die Doppelreihe von Rollschreibtischen. »Ich begreife nicht, wieso sie alle hier drin sitzen. Man könnte doch annehmen, eine Firma wie diese könnte es sich leisten, jedem ein eigenes Büro zu geben.«

T. S. ließ sich weder durch den Themenwechsel noch durch seine scheinbare Unwissenheit täuschen. Es war eine Taktik, die viele Führungkräfte auf Konferenzen anwandten, wenn sie einen Rivalen ins offene Messer laufen lassen wollten. »Die meisten haben irgendwo in der Bank ein eigenes Büro. Diese Einrichtung ist nur eine Tradition. Eine Tradition, die zweihundert Jahre zurückreicht.«

»Wo ist sein Büro?« Abromowitz wies mit dem Kopf auf Robert Cheswick.

»Im ersten Stock. Kapitalanlagen für Privatanleger. Er hat da ein kleines Büro mit ein paar Akten und einem Schreibtisch. Aber es gefiel ihm hier unten. Auch seine Sekretärin hat hier unten ihren Schreibtisch.«

»Jetzt sieht er nicht so aus, als würde es ihm besonders gut gefallen.« Abromowitz winkte Dennis heran, der in seine gelangweilte Pose zurückgefallen war. »Dennis – durchsuch das Büro des Opfers im ersten Stock. Sag diesem Typen im Affenanzug, er soll dir den Weg zeigen. Sorg dafür, daß Jack da die Fingerabdrücke abnimmt, wenn er hier fertig ist.«

Der Inspektor ging schweigend weg, und T. S. starrte auf die Leiche. Als er den offenen Hosenschlitz und den sich ausbreitenden dunklen Blutfleck ansah, fühlte er den Arm des Kommissars um seine Schultern.

»Ich will noch etwas ausführlicher mit Ihnen reden, Mr. Hubbert«, sagte Abromowitz und drückte herzhaft zu. »Über Traditionen, ja? Geben Sie mir eine halbe Stunde Zeit, die Tussie zu verhören, dann komme ich in Ihr Büro. Keine Sorge. Ich finde es schon.«

Die Tussi? Anne Marie war vieles. Eine Tussi war sie nicht. T. S. verließ das Büro der Teilhaber und schüttelte den Kopf. Er bezweifelte, daß der Kommissar fähig war, sein Büro zu finden, geschweige denn den Mörder. –

Das Gespräch dauerte länger als eine Stunde. Es bestand darin, daß der Kommissar T. S. interesselos Fragen über seine Ruhestandsfeier zubellte und außerdem erschöpfend Auskunft über alle finanziellen Regelungen von Sterling & Sterling haben wollte. T. S. saß ruhig an seinem Schreibtisch, während Abromowitz auf- und abging, mit den Rollos herumspielte, Kaugummi kaute und gelegentlich eine Notiz niederkritzelte.

T. S. hatte schon lange tief bereut, heute morgen ans Telefon gegangen zu sein, als Abromowitz noch mal von vorn anfing.

»Sie sagen, daß jeden November die neuen Teilhaber bestimmt werden?«

»Das ist richtig«, entgegnete T. S. »Wenn neue Teilhaber bestimmt werden.«

»Wer entscheidet, wer Teilhaber wird?«

»Die gegenwärtigen Teilhaber. Den genauen Ablauf kenne ich nicht. Ich bezweifle, daß abgestimmt wird. Wahrscheinlich ist es offensichtlich und zeichnet sich im Laufe des Jahres schon ab.«

Der Kommissar dachte angestrengt über diese Information nach. »Also könnte es hier ein paar enttäuschte Bosse geben? Leute, die Teilhaber werden wollten und es nicht geschafft haben?«

T. S. gestattete sich ein kurzes Lächeln. »Möglicherweise. Wahrscheinlich gibt es jedes Jahr ein Dutzend Leute, die finden, daß sie es verdient hätten, zum Teilhaber gemacht zu werden. Zwei oder drei hätten möglicherweise eine echte Chance gehabt und haben es nicht geschafft. Ihre Zahl steigt von Jahr zu Jahr.«

»Wieso?«

»Die Teilhaber von Sterling & Sterling sind im großen und ganzen sehr viel älter als die Teilhaber anderer Firmen an der Wall Street. Sie neigen dazu, spät in Ruhestand zu gehen, und, wenn ich das sagen darf, es widerstrebt ihnen, die Machtposition aufzugeben, die sie ein ganzes Leben lang aufgebaut haben.«

»Ja«, sagte der Kommissar zustimmend. »Ich habe ein paar von ihnen im Flur gesehen. Ich fand, sie sahen alt genug aus.«

»Alt genug für Mord?« fragte T. S. Der Gedanke, daß ein Teilhaber von Sterling & Sterling hinter den Vorhängen auf Cheswick gewartet haben sollte, kam ihm absurd vor. Abromowitz hatte aufgehört, auf und ab zu gehen und starrte nachdenklich auf sein Klemmbrett.

»Könnte sein. Oder vielleicht ein jüngerer Boß. Jemand, der nicht Teilhaber geworden ist.« Er sah auf.

»Wie erklären Sie sich dann den offenen Hosenschlitz?«

»Es sind schon merkwürdigere Dinge passiert.« Der Kommissar zuckte die Achseln. »Vielleicht hat irgendein junger Spitzentyp versucht, dem Alten zu zeigen, was er ihm geben könnte, wenn er ihn unterstützt, und etwas ist schiefgegangen.« Er ignorierte T. S.' ungläubiges Starren und wechselte das Thema. »Erzählen Sie mir von Robert Cheswick.«

»Die Wahrheit?« begann T. S. »Ich würde sagen, daß es nicht allzuviele Menschen gab, die ihn mochten. Obwohl ich keinen der Teilhaber als wirklich liebenswert bezeichnen würde, mit ein oder zwei denkwürdigen Ausnahmen. Das sind Männer, die sich fast ausschließlich dafür interessieren, Geld zu machen, Kommissar. Deswegen sind sie Teilhaber und wir nicht. Und meiner Erfahrung nach läßt einem das Geldmachen nicht viel Zeit für so unwichtige Zeitvertreibe wie den Aufbau von Freundschaften und herzliche Beziehungen zu Mitarbeitern.«

»Und Robert Cheswick?«

»Ich habe den Verdacht, daß die meisten Leute ihn für ein Arschloch hielten.«

Der Kommissar blickte T. S. an. »Soll das mit ins Protokoll?«

T. S. seufzte. »Sie scheinen zu glauben, daß ich das Ganze nicht ernst nehme. Ich versichere Ihnen, das tue ich nicht. Er mag nicht der netteste Mensch auf der Welt gewesen sein, aber er hatte es nicht verdient, so zu sterben.«

»Es freut mich, bei einem Public-Relations-Heini so viel Sinn für Kollegialität zu finden.«

»Ich bin der Personalchef«, erklärte T. S. müde zum wiederholten Mal. »Im Ruhestand.«

Der Kommissar wandte sich um und blickte wieder auf die schweren grünen Vorhänge. »Reden Sie weiter. Es interessiert mich, wie Sie ihn sehen. Nicht viele Leute mochten ihn, wie?«

»Nein. Nicht mal die anderen Teilhaber, denke ich.«

»Warum nicht?«

»Warum sie ihn nicht mochten? Aus dem gleichen Grund, aus dem der Rest der Welt ihn nicht mochte. Er war aufgeblasen, arrogant und inkompetent.«

»Wie hat er es geschafft, Teilhaber zu werden?«

T. S. lachte kurz. »Auf die altmodische Art. Familie. Sein Vater war Teilhaber der Bank, bevor er in die Politik ging. Sein Urgroßvater war die rechte Hand des Firmengründers.«

»Silberner Löffel, was?«

»Sterling«, sagte T. S. Der Kommissar lächelte nicht.

»Was ist mit seinem Privatleben?«

»Das war privat, soweit ich weiß.« T. S. zuckte die Achseln. »Das sollte kein Witz sein. Er hatte keine engen Freunde unter den anderen Teilhabern. Die meisten haben sich zu Grüppchen von zweien oder dreien zusammengeschlossen. Soviel ich weiß, gehörte er demselben Country Club in Connecticut an wie verschiedene der anderen Teilhaber, aber ich habe nie gehört, daß er an den üblichen Aktivitäten teilgenommen hätte. Er spielte nicht Golf. Er spielte nicht Tennis.«

»Was ist mit Sex?«

»Wie bitte?« Einen flüchtigen Augenblick lang dachte T. S., er hätte einen unsittlichen Antrag erhalten.

»Ist Cheswick fremdgegangen?«

T. S. überlegte einen Moment, bevor er antwortete. »Das müssen Sie seine Frau fragen. Soweit ich weiß, hat er sich nicht sehr für Sex interessiert.«

»Was ist mit dieser Sekretärin von ihm? Für so ein altes Weib sieht sie nicht schlecht aus.«

Erst war sie eine Tussi. Jetzt ein altes Weib. Er würde die Sache klarstellen müssen, bevor der Kommissar sie womöglich »Schnapsdrossel« nannte.

»Anne Marie Shaunessy ist fast fünfunddreißig Jahre lang seine Sekretärin gewesen«, erklärte T. S. mit so viel Würde, wie er aufbringen konnte. »Sie ist gläubige Katholikin, und sie wäre der letzte Mensch bei Sterling & Sterling, der eine Affäre anfangen würde.«

»Das denken Sie«, bemerkte der Kommissar. »Ihr Alter geht fremd. Vielleicht wollte sie sich rächen. Auge um Auge.« Er lachte schmierig.

»Und das ist nichts als *Ihre* Ansicht. Sie haben keinen Beweis dafür, daß ihr Mann fremdgeht, und selbst wenn, täte es nichts zur Sache. Außerdem, wenn Anne Marie und Robert Cheswick eine Affäre miteinander gehabt hätten, hätte ich Wind davon bekommen, das versichere ich Ihnen. Ich bekomme so gut wie alle Gerüchte zu hören, die in der Firma umgehen«, gab T. S. zu.

»Tatsächlich. Und was genau haben Sie über Robert Cheswick gehört?«

T. S. seufzte und gab auf. Es war jetzt fast zwei Uhr, und er wollte noch mit einigen Mitarbeitern sprechen, bevor er ging. »Über Robert Cheswick wurde gesagt, daß er nicht sehr helle sei, daß er mit Zulagen und Prämien für die Mitarbeiter außerordentlich geizig war, daß er jüngeren Führungskräften, die er als Bedrohung ansah, eine intensive Abneigung entgegenbrachte. Und daß er so eine Art Schwächling sei. Er hatte keine Hobbys, die seine Männlichkeit bewiesen hätten. Er hatte keine

Rennpferde, spielte weder Golf noch Tennis. Segeln lag ihm nicht. So in der Richtung. Die meisten anderen Teilhaber haben eine Freizeitbeschäftigung, mit der sie angeben können. Es sind konkurrenzbetonte Männer.«

»Nicht mal, als er jünger war?«

T. S. dachte einen Augenblick zurück an seine frühen Jahre bei Sterling & Sterling, als er und Robert Cheswick sich auf parallelen Pfaden bewegt hatten und es ganz offensichtlich gewesen war, wie unterschiedlich ihre Stellung im Leben sein würde. »Vor langer Zeit war er... mehr wie die anderen, glaube ich. Sie waren damals alle jünger. Haben sich die Hörner abgestoßen.«

»Sind Sie sicher, daß es lange her ist?« Der Kommissar sah zur Wanduhr hoch und blickte dann auf seine Armbanduhr.

»Ja, ich würde dreißig Jahre eine lange Zeit nennen. Als ich hier anfing, war Cheswick noch als Playboy bekannt. Wie jeder andere Junge, der in die Firma eintritt und weiß, daß er sich keine Gedanken darüber machen muß, ob er es zum Teilhaber bringen wird. Daß er die Teilhaberschaft schon in der Tasche hat. Die Mädchen haben sich wahrscheinlich um ihn gerissen. Er war eine gute Partie. Wenn er so weitergemacht hätte, hätte es ihm möglicherweise schaden können. Es gab Gerüchte, daß sein Vater extra aus Colorado angeflogen kam, um ein ernstes Wort mit ihm zu reden. Ich kenne die Einzelheiten nicht. Kurz danach hat er eine entzückende Frau geheiratet und ist häuslich geworden. Aber ich glaube wirklich nicht, daß das irgend etwas mit dem zu tun hat, was heute geschehen ist.«

»Wenn Sie nicht glauben, daß er wegen Geld oder Liebe ermordet wurde«, sagte der Kommissar mit erneutem Sarkasmus in der Stimme, »weswegen wurde er dann ermordet, Ihrer Meinung nach?«

»Das weiß ich wirklich nicht«, entgegnete T. S. »Aber ich habe vor, es herauszufinden.« Er zögerte, bevor er die gefürchtete Frage stellte. »Glauben Sie, daß er von einem Angestellten der Firma getötet wurde?«

»Lassen Sie mich nur sagen, daß er seinen Mörder wahrscheinlich gekannt hat.« Der Kommissar nickte. »Wie zuverlässig sind Ihre Wachmänner?«

»Äußerst zuverlässig. Das hier ist Sterling & Sterling.«

»Wenn die also behaupten, daß letzte Nacht niemand das Gebäude ohne ihr Wissen betreten oder verlassen hat, würden Sie ihnen glauben?«

»Ja, unbedingt«, sagte T. S. »Ich würde davon ausgehen, daß die Check-out-Liste korrekt ist. Unsere Wachleute sind zum größten Teil pensionierte Polizisten. Sie wissen, wie wichtig es ist, die Wahrheit zu sagen.«

Der Kommissar zuckte die Achseln. »Es sei denn, sie würden schlecht dastehen, wenn sie die Wahrheit sagen.« Er trommelte ungeduldig mit den Fingern auf den Schreibtisch. »Meiner Erfahrung nach sind diese Listen nutzlos. Ich brauche die Personalakten des Toten, aller anderen Teilhaber und der leitenden Angestellten sowie die Unterlagen über alle finanziellen Transaktionen dieser Leute. Wir werden uns genau ansehen, welche Effekten und Wertpapiere gehandelt wurden. Heutzutage kann man eine Menge Geld mit Insiderhandel machen. Ich brauche die Akten spätestens morgen.«

»Morgen ist Samstag«, protestierte T. S., obwohl er keine anderen Pläne hatte.

»Glauben Sie, daß Mörder sich das Wochenende freinehmen?« fragte der Kommissar in einem Tonfall, als hätte er es mit einem besonders begriffsstutzigen Kind zu tun. »Polizisten tun es nicht.«

»Ich sage Ihnen, Sie verschwenden Ihre Zeit, wenn Sie glauben, daß es um Geld geht.«

»Sagen Sie mir nicht, wie ich meinen Job zu machen habe.« Der Kommissar ging auf die Tür zu und drehte sich um, um T. S. mit einem letzten bösen Blick zu bedenken. »Ich habe nur eine beschränkte Anzahl von Leuten, und irgendwas sagt mir, daß wir die Antwort in diesen Akten finden werden.« Er stapfte hinaus.

Als Kommissar Abromowitz ihn freigegeben hatte, flüchtete T. S. in die Abgeschiedenheit des Waschraums. Vielleicht würde kaltes Wasser seine Würde neu beleben und die unerklärliche Angst lindern, die er empfand. Robert Cheswick hatte so alt ausgesehen, so furchtbar alt – nur schlaffe Haut und scharfe, vorstehende Knochen. Und doch waren sie gar nicht so viele Jahre auseinander.

T. S. fühlte sich besser, nachdem er sich reichlich kaltes Wasser ins Gesicht gespritzt hatte. Zum einen sah er heute nicht anders aus als gestern. Die Pensionierung hatte ihn nicht unverzüglich zu einem alten Mann gemacht, obwohl es Leute gab, die das angedeutet hatten. Da waren nur ein paar Falten um den Mund und die Augen herum und, wie er zugeben mußte, auf den Wangen. Aber nur ein paar. Schließlich hatte er sich früh pensionieren lassen, er war gerade erst fünfundfünfzig geworden. Außerdem war er fest entschlossen, nicht eitel zu werden, und bis jetzt hatte ihn sein Körper noch nicht im Stich gelassen.

Er war kräftig und hatte eine robuste Konstitution, was dazu geführt hatte, daß er jahrelang wenig gesundheitsbewußt gelebt hatte. Er konnte essen und trinken, was er wollte, zumindest vor ein paar Jahren noch. Wenn er mal krank wurde, dauerte es nie länger als ein paar Tage. Sein Körper war eindeutig leicht zu warten. Etwa zehn Pfund Übergewicht um die Hüften herum schienen der einzige Preis zu sein, den er für die Vernachlässigung seines Körpers zu zahlen hatte. Es war nicht so schlimm wie bei anderen Leuten, die er kannte. Schließlich war sein Rücken immer noch aufrecht, seine Schultern gerade und sein Gang fest und selbstsicher. Er schob sich eine langsam grau werdende Haarsträhne aus der breiten Stirn und legte damit ein neues Nest von Falten frei. Aber zumindest gingen ihm nicht die Haare aus. Im Gegenteil, er hatte üppiges, wenn auch ergrauendes Haar. Er hatte das Gefühl, im großen und ganzen noch Anspruch auf die Bezeichnung »ein Mann mittleren Alters« erheben zu können.

Die Tür schwang auf, und der junge Clarkson kam herein, das faltenlose Gesicht gerötet von der Begeisterung der Jugend für das Leben. Er sah mit überraschten, blitzenden Augen auf und nahm Haltung an, als er T. S. bemerkte. Es wurde Zeit, daß er sich wieder um seine Pflichten kümmerte, bevor das Kind ihn mit »Sir« anredete und seine Illusionen zerstörte. T. S. murmelte einen Gruß und entfloh.

Seine nächste Aufgabe erforderte Erfahrung, Haltung und großes Taktgefühl. Ein jüngerer Mann oder eine jüngere Frau hätten es sicherlich verpatzt. Es war an der Zeit, die bürokratische Public-Relations-Maschine anzuwerfen, die bei Sterling & Sterling wichtigen Todesfällen vorbehalten war. Zuletzt war sie in Gang gesetzt worden, als Hobert Cummings im Alter von 106 Jahren einer Lungenentzündung erlag, eine Tatsache, die mehr öffentliches Interesse hervorgerufen hatte als die illustre

Karriere des Mannes, der Sterling & Sterling in die moderne Wall Street-Ära geführt hatte.

Auch Robert Cheswicks Tod würde sicherlich keine Bedrohung des Dow Jones-Indexes nach sich ziehen, aber T. S. zog trotzdem pflichtbewußt den fertigen Nachruf aus der Akte. In seinem letzten Urlaub hatte er alle Nachrufe auf den letzten Stand gebracht. Er hatte eine batteriebetriebene Schreibmaschine benutzt, die gut in seine Strandtasche paßte. Sicher gab es Menschen, die es für makaber gehalten hätten, in St. Thomas am Strand zu sitzen, Rum zu trinken und munter die Nachrufe der Firmenteilhaber herunterzuklappern. Aber damals hatte es ihm große Befriedigung bereitet – die perfekte Kombination von Arbeit und Vergnügen.

Cheswicks Nachruf war letzten Endes ziemlich traurig. Er handelte hauptsächlich von seiner Herkunft und weniger von dem, was er erreicht hatte. Ein ganzer Absatz war seinen Vorfahren, insbesondere seinem verstorbenen Vater und Großvater, gewidmet. T. S. dachte darüber nach, wie schwer es war, davon loszukommen, sogar im Tod. Aber er mußte den Absatz stehenlassen. Denn schließlich war das Cheswicks größte Leistung gewesen – die Gene einer Finanzdynastie weitergetragen zu haben. Unglücklicherweise hatte Cheswick auch in dieser Beziehung versagt, da es ihm nicht gelungen war, Söhne zu produzieren. Statt dessen hatte er zwei pferdegesichtige junge Damen gezeugt, die das Pech hatten, ihrem Vater ähnlich zu sehen und nicht ihrer lieblichen Mutter. Was T. S. daran erinnerte, daß er die Witwe besuchen und ihr sein Beileid aussprechen mußte. Die Erinnerung an Lilah Cheswick überflutete ihn mit Wärme und löste Gefühle aus, die er in jüngeren Jahren gehabt hatte. Überraschenderweise beruhigte ihn das – seine Verwirrung gab ihm die Gewißheit, die er den ganzen Morgen gesucht hatte:

die Gewißheit, daß er noch jung war. Aber er würde jetzt nicht an Lilah denken. Schließlich hatte er noch Arbeit zu erledigen.

Vor dem Büro, das jetzt Miss Fullbright benutzte, traf er Kommissar Abromowitz wieder. Der Kommissar stand nachdenklich vor der Tür und blickte ausdruckslos auf seine Schuhe. Er bemerkte T. S. kaum, als er sich an ihm vorbeizwängte und in einer Art Trance davonschlich, um den Fahrstuhl zu suchen. War es vorstellbar, daß Miss Fullbright etwas zur Erhellung des Falls beigetragen hatte? Sie hockte wieder auf der Fensterbank und sah mit großer Konzentration in den Regen hinaus. T. S. hustete diskret, und sie fuhr zusammen. Ihr automatisches Lächeln verblaßte, als sie T. S. erblickte.

»Oh, Sie sind's.« Sie gab sich nicht die Mühe, ihre Enttäuschung zu verbergen.

»Ich habe den Nachruf aus den Akten gezogen. Ich dachte, Sie würden ihn vielleicht gern sehen.«

Die Neuigkeit versetzte sie in große Aufregung, und sie sprang auf die Füße. »Aber ich habe einen geschrieben«, sagte sie. »Ich habe den ganzen Vormittag dazu gebraucht.« Sie reichte ihm fünf einzeilig beschriebene Schreibmaschinenseiten. Sehr viele Worte waren unterstrichen oder fettgedruckt.

T. S. überflog rasch die Seiten, und es gelang ihm, ein Stöhnen zu unterdrücken.

»Miss Fullbright«, sagte er. Das anstößige Dokument hielt er vorsichtig zwischen zwei Fingern. »Es ist überraschend ... poetisch, würde ich sagen. Vielleicht haben Sie Ihre Berufung verfehlt.«

Sie starrte ihn nur an, mißtrauisch wie immer. »Ich komme mir etwas blöd vor«, meinte sie schließlich. »Ich wußte nicht, daß bereits ein Nachruf existiert.«

»Doch«, erwiderte T. S. munter und fuhr mit dem Arm

über einen diskreten Aktenschrank aus Eiche. »Die Kopien sind alle hier drin. Jede einzelne.« Er mochte es nicht, wenn seine Kompetenz in Frage gestellt wurde, und sei es indirekt, und daher konnte er es nicht lassen, hinzuzufügen: »Ich glaube, ich habe das in der Zusammenfassung erwähnt, die ich für Sie erstellt habe.«

Sie sah T. S. an, als würde sie ihm nicht glauben. »Das muß ich übersehen haben.«

»Teil zwei, Seite fünfzehn und sechzehn, wenn ich mich nicht irre.«

»Oh, ich bin sicher, Sie irren sich nicht«, antwortete sie boshaft.

Er kämpfte sich mühsam weiter. »Sie brauchen die Nachrufe nur auf den neuesten Stand zu bringen, wenn ein Teilhaber irgendeine außergewöhnliche Tat vollbringt, die im Falle seines Ablebens Erwähnung finden sollte.«

»Wie zum Beispiel erstochen werden?« fragte sie süß.

T. S. blieb stumm. Er hatte nicht gewußt, daß sie überhaupt irgendeinen wie auch immer gearteten Humor besaß. Der Gedanke war ermutigend. Der Humor weniger.

»Vielen Dank, daß Sie mich daran erinnern«, sagte er. »Im offiziellen Nachruf werden wir uns mit diesem Problem befassen müssen. Aber ich schlage vor, daß wir uns Ihre Version aufsparen und als Beilage der *Sterling Times* abdrucken, natürlich unter Ihrem Namen. Und daß wir zusammen die offizielle Version überarbeiten, bevor wir sie rausschicken.«

Aber nachdem sie das Revier umrundet und beschnüffelt und ihre Ansprüche angemeldet hatte, hatte Miss Fullbright offensichtlich beschlossen, sich um die Lebenden zu kümmern und die Toten T. S. Hubbert zu überlassen. Sie klopfte mit einem goldenen, mit ihren Initialen versehenen Kugelschreiber gegen ihre makellos polierten Zähne. Ihr Blick war leer, als wäre sie in Gedanken weit weg. T. S. kannte das. Es war ein Trick, ihre bevorzugte Art, zu versuchen, die Kontrolle über die Situation zu gewinnen – andere warten lassen, während sie ihre Gedanken sammelte.

Aber T. S. wußte auch, daß das unmöglich sehr lange dauern konnte, auch wenn Miss Fullbright jeden einzelnen ihrer Gedanken zusammensammelte, und so wartete er ruhig ab. Er setzte sich bequem hin und grübelte darüber nach, wie er die Gewalttätigkeit, die unten im Büro der Teilhaber an den Tag gelegt worden war, für die Öffentlichkeit in Worte kleiden konnte. Vielleicht so: »Mit größtem Bedauern geben die Teilhaber von Sterling & Sterling den unzeitigen Tod ihres hochgeschätzten Kollegen Robert Cheswick bekannt.« Ja, das würde gehen. Überhaupt nicht erwähnen, daß er erstochen worden war. »Unzeitig« würde reichen müssen. Die Formulierung war zweifellos passend. Es war ausgesprochen unzeitig, einen Tag, nachdem T. S. in Ruhestand gegangen war, zu sterben, obwohl es unwahrscheinlich war, daß die Öffentlichkeit diese Nuance zu würdigen wissen würde.

»Also, was halten Sie davon T. S.?« Miss Fullbright sah ihn munter an.

»Großartige Idee«, antwortete er prompt und fragte sich, was in aller Welt er gerade gutgeheißen hatte.

»Ich wußte, daß Sie mir zustimmen würden. Ich denke, ein Team von drei Psychologen sollte ausreichen. Wir werden sie hier in der Abteilung unterbringen, und alle, die das Bedürfnis haben, über ihre Gefühle zu reden, können sie während der Arbeitszeit aufsuchen.«

Lieber Himmel. Edgar Hale würde platzen. »Vielleicht sollten Sie vorschlagen, daß die Mitarbeiter die Psychologen in der Mittagspause aufsuchen oder dafür sorgen, daß das, äh, Team auch vor und nach der Arbeitszeit zur Verfügung steht«, wagte er vorzuschlagen.

»Dann wird niemand hingehen.« Sie wurde sichtlich mißmutig, wenn jemand anderer Meinung war, und bei solchen Gelegenheiten neigte sie zum Schmollen.

»Ich bin sicher, ein wirklich tief erschütterter Mitarbeiter wird die Gelegenheit begrüßen, einen Fachmann zu konsultieren. Sogar nach der Arbeitszeit.« Es war gut, daß er in Ruhestand ging – den Jargon des modernen Personal-Managements fand er absolut albern. Die Mitarbeiter würden begeistert jede Chance nutzen, Arbeitszeit zu verbummeln, selbst wenn sie dazu vorgeben mußten, Robert Cheswick zu vermissen.

Sie grunzte unverbindlich, wenn auch sehr damenhaft, und T. S. beschloß zu entfließen. Er erhob sich und gab ihr den Nachruf zurück. »Ein schönes Zeichen der Ehrung für Robert Cheswick.«

»Was?« Sie starrte mit leerem Blick auf das Papier. »Oh, das.« Sie sah zu T. S. auf. »Was halten Sie von Manny?«

»Wem?«

»Dem Kommissar.« Der Kugelschreiber klickte in schnellerem Rhythmus gegen ihre Zähne.

»Abromowitz? Er scheint, nun ja . . . sehr selbstsicher zu sein.« Mehr konnte er nicht tun. Er konnte ihr kaum erzählen, daß er den rüpelhaften Kommissar so trottelhaft fand wie einen tumben Bernardiner.

»Ja, nicht wahr? So selbstsicher und . . . so Herr der Lage.« Sie lächelte T. S. strahlend an und stapelte lebhaft ihre Zettel zu einem ordentlichen Stapel auf. »Es ist gut zu wissen, daß wir in so fähigen Händen sind.« Sie starrte wieder aus dem Fenster hinaus und seufzte.

Er brauchte eine Stunde, um den offiziellen Nachruf zu überarbeiten und per Boten an die Tageszeitungen zu schicken, zusammen mit Hochglanz-Fotos eines jüngeren

Robert Cheswick, dessen Pferdezähne hinter eng zusammengepreßten Lippen verborgen waren. Er hatte gerade telefonisch die Finanzzeitschriften verständigt, als jemand diskret an der Bürotür klopfte.

»Herein«, rief T. S., und Albert, der Fahrstuhlführer, trat zaghaft ins Zimmer. Die kleine burgunderfarbene Kappe zuckte in seinen zitternden Händen. Ihm folgte ein stämmiger Mann Anfang Fünfzig, prächtig anzusehen in der grauen und burgunderroten Uniform des Wachpersonals. Der Effekt wurde abgerundet durch das kurzgeschnittene graue Haar.

»Guten Tag, Albert. Mr. O'Hare.« T. S. nickte beiden Männern zu.

»Wir sind wegen der Liste gekommen, Mr. Hubbert, Sir«, begann Albert mit zitternder Stimme. Der Mann war so nervös, daß T. S. sich dabei ertappte, wie er im Rhythmus von Alberts ängstlichem Beben mit dem Fuß tappte. Oder war es Wut?

»Die Liste?« fragte T. S. »Kommen Sie rein. Kommen Sie rein.« Sie schoben sich zentimeterweise weiter vor.

»Die Liste der Leute, die sich gestern abend ausgetragen haben«, erklärte O'Hare. Er faltete ein Stück Papier auseinander und legte es behutsam auf T. S.' Schreibtisch. »Ich habe Ihnen eine Kopie davon gemacht, Sir. Damit Sie selbst sehen können, daß wir gründlich gewesen sind. Der Kommissar glaubt uns nicht.« O'Hares normalerweise sanfte Stimme schwoll wütend an. »Er denkt, wir wären zwischendurch einfach auf die Toilette gegangen oder wir hätten Leute durch die Halle gehen lassen, ohne dafür zu sorgen, daß sie sich eintragen.«

»Oder daß wir eingeschlafen sind«, meldete sich Albert entrüstet zu Wort.

Der Wachmann tippte ärgerlich mit dem Finger auf die Liste. »Er erinnert mich an meinen alten Vorgesetzten.

Und ich weiß wieder, warum ich mich so schnell wie möglich habe pensionieren lassen.« Wie viele der Wachleute von Sterling & Sterling war O'Hare ein pensionierter Polizist.

»Wir würden das nie tun, Mr. Hubbert«, unterbrach Albert. Seine Stimme kippte über vor Zorn. »Sterling & Sterling ist uns doch anvertraut. Wir würden nie jemanden durch die Halle gehen lassen, ohne ihn anzuhalten. Wenn Mr. Cheswick letzte Nacht umgebracht worden ist, steht der Name des Mörders auf der Liste da.« Er blickte ängstlich auf das Blatt Papier.

»Selbst wenn wir die Leute kennen, bestehen wir darauf, daß sie sich eintragen«, bemerkte O'Hare.

»Nicht nur mit Namen, sondern auch ihre Angestellten-Nummer.«

»Sogar Edgar Hale selbst, Sir. Ich habe immer darauf bestanden, daß er sich ein- und austrägt.«

T. S., der den Wortwechsel mit Interesse verfolgte, wandte den Kopf hin und her, um jeden der Männer beim Sprechen anzusehen. Er war nicht so sehr an den Worten interessiert als daran, wer aus diesem scheinbar endlosen Kampf um die Frage, wer sich als der kompromißloseste Wachhund erweisen würde, hervorgehen würde.

»Gestern abend hat Timothy sogar Mrs. Cheswick angehalten«, beteuerte Albert und gab damit den Wettstreit zugunsten seines Kontrahenten auf. »Nicht wahr?«

Timothy wirkte verlegen. »Nein, eigentlich nicht. Sie hat nicht gesagt, daß sie reingehen wollte. Sie wollte nur, daß ich oben anrufe und feststelle, ob ihr Mann noch da ist.«

»Lilah Cheswick? Wann war das?« fragte T. S. interessiert.

»So um neun herum, Sir. Ihre Limousine wartete draußen. Sie wollte nach Hause und dachte, Mr. Cheswick würde vielleicht gern mitgenommen werden.«

»Und bei ihm meldete sich niemand?«

»Nein, Sir. Und Mrs. Cheswick stieg einfach ins Auto und fuhr weg.«

»Haben Sie das dem Kommissar erzählt?«

»Natürlich.« O'Hare verdrehte die Augen. »Er zuckte die Achseln, als wäre das keine große Sache, und dann fing er wieder an, mich auszuquetschen. Wollte wissen, ob ich die Eingangshalle nicht doch irgendwann unbewacht gelassen hätte.«

»Ich hab' ihm immer wieder gesagt, daß wir das nie tun würden«, meldete sich Albert wieder.

»Er wird noch dafür sorgen, daß wir gefeuert werden, Sir. Sie wissen ja, wie Mr. Hale ist. Und je öfter ich dem Kommissar gesagt habe, daß ich meinen Posten nie verlassen würde, desto überzeugter schien er zu sein, daß ich lüge.«

»Ich habe dem Kommissar gesagt, daß Sie beide äußerst zuverlässig sind«, versicherte T. S.

»Ihnen glaubt er auch nicht, Sir«, erwiderte Albert. »Ich weiß das, weil er mich noch mal verhört hat, als er rausgegangen ist. Ich war bis abends um sieben da, genau wie ich gesagt habe.« Er wedelte wütend mit der Mütze.

»Ich bin sicher, daß Sie das waren, Albert«, beruhigte T. S. ihn.

»Und von da an habe ich übernommen«, fügte der Wachmann hinzu. »Um zehn habe ich Kaffeepause, und davor habe ich meinen Posten nicht mal verlassen, um zur Toilette zu gehen, und als ich weg war, ist ein anderer Wachmann für mich eingesprungen. Wir haben strikten Befehl, die Eingangshalle nicht unbewacht zu lassen, nicht eine Minute lang. Seit dieser ... na, Sie wissen schon. Seit dieser unglückseligen Überraschung im Fahrstuhl der Teilhaber. Und wir halten uns an den Befehl, Sir.«

T. S. erinnerte sich nur zu gut an die unglückselige Überraschung. Sie hatten sich eine Geschichte ausgedacht, um die Kultivierteren unter den Mitarbeitern zu beschwichtigen, irgendwas mit einem Hund, den ein Besucher mitgebracht haben sollte. Aber die wahre Botschaft war klar gewesen: Zumindest ein Mitarbeiter war der Ansicht, daß die Teilhaber nicht mehr wert seien als ein Haufen ... nun, T. S. würde nicht länger darüber nachdenken. Ein solcher Streich war nichts im Vergleich zu Mord.

T. S. sah auf die Uhr. Es wurde langsam spät. »Ich bin sicher, daß Sie beide sich genau an die Anweisungen gehalten haben«, sagte er zu den Männern. »Glauben Sie mir, ich werde mich für Sie einsetzen.«

»Er bellt den falschen Baum an, Sir«, fügte Albert hinzu. Seine braunen Augen waren noch trauriger und hundeähnlicher als sonst. »Wir halten diese Liste für wichtig.«

»Abends gibt es nur einen Weg, auf dem man rein- oder rauskommen kann,« erklärte Timothy. »Was glaubt er denn? Daß wir Fenster offenstehen lassen, damit Leute reinklettern können?«

T. S. nahm beide Männer beim Ellbogen und führte sie zur Tür. »Ich weiß es zu schätzen, daß Sie vorbeigekommen sind, meine Herren. Ich werde persönlich gegenüber Edgar Hale betonen, daß keiner von Ihnen in irgendeiner Weise seine Pflichten vernachlässigt hat.« Albert setzte zu einer Antwort an, und T. S. war gezwungen, fester zuzupacken und sie entschlossen zur Tür hinaus zu den Fahrstühlen zu führen.

Sie schüttelten immer noch wütend die Köpfe, als sie in den Fahrstuhl stiegen, und erfanden unwahrscheinliche Szenarios füreinander.

»Die Polizei muß denken, wir würden Einbrecher mit

der Wäsche reinschmuggeln«, murmelte Albert im Flüsterton.

»Oder uns Lehnstühle hinstellen und die Nacht verdösen«, antwortete O'Hare bitter, während sich die Fahrstuhltüren schlossen.

»Vielleicht denkt er, meine Großmutter hätte es getan«, hatte Albert als letzte Erwiderung anzubieten. Seine quäkende Stimme verklang allmählich, als der Fahrstuhl sich in Bewegung setzte.

Trotz ihrer übertriebenen Empörung sah T. S. ihnen voller Traurigkeit nach – Traurigkeit, weil er ihnen glaubte. Und wenn sie recht hatten, stand der Name des Täters auf dieser Liste. Einer Liste, die die Namen einiger der besten Mitarbeiter von Sterling & Sterling enthielt.

T. S. sah auf die Uhr und steckte die Kopie der Check-Out-Liste ein. Um sechs Uhr war er mit Tantchen Lil zum Abendessen verabredet. Es blieb ihm gerade noch genug Zeit, sich heimlich einen frühen Drink zu gönnen. Er hoffte, daß Frederick heute Dienst an der Bar hatte.

Das hatte ja so kommen müssen. Die *Daily News*, die mit einer lähmenden Streikwelle zu kämpfen hatte und Leser zurückgewinnen wollte, hatte eine behelfsmäßige Nachmittagsausgabe herausgebracht – und holte aus Cheswicks grausigem Tod heraus, was nur herauszuholen war. Als T. S. auf den Bürgersteig trat, hörte er die Zeitungsverkäufer rufen: »Blaues Blut auf der Wall Street vergossen! Blaues Blut auf der Wall Street vergossen!«

Es wurde von jeder Ecke gebrüllt. Auch von der, die kaum dreißig Fuß von dem Eingang entfernt war, aus dem die Leiche herausgetragen worden war. Eine Ansammlung von neugierigen Menschen, die Zeitungen in der Hand hielten, hatte sich auf der Straße gebildet.

Alle starrten auf den imposanten Eingang von Sterling & Sterling. Einen kurzen Augenblick lang dachte T. S., die Menge hätte den Ruf aufgenommen. Aber natürlich waren es nur die Zeitungsschreier, die ein ausgesprochen gutes Geschäft machten. T. S. widerstand für etwa dreißig Sekunden der Versuchung, dann fischte er Kleingeld aus der Hosentasche und klemmte sich schnell das Blatt mit der reißerischen Überschrift unter den Arm. Er sah sich um, aber kein Bekannter hatte ihn dabei beobachtet.

Nun, in einer solchen Situation war es kein Verbrechen, eine Boulevardzeitung zu kaufen. Außerdem, vielleicht hatten sie ihn zitiert. War doch möglich.

Und da stand es in einem Absatz über mögliche Motive: »Wie aus einer gut unterrichteten Quelle verlautete, hatte das Opfer keine Feinde. Er hatte auch keine persönlichen Probleme, die zu seinem Tod geführt haben könnten.«

»Verdammt schwaches Lob«, murmelte er im Flüsterton.

»Was sagten Sie, Mr. Hubbert? Wollen Sie noch einen?« Frederick stand würdevoll hinter seiner Bar. Sein Lenkstangen-Schnurrbart war sorgfältig gewachst, und die Arme hatte er breit auf der polierten Theke ausgestreckt. Er war der perfekte Mann für die Bar von Harvey's Chelsea Restaurant, einem Etablissement, das sich den Anstrich von Vornehmheit und stiller Eleganz erhalten hatte.

»Oh, warum nicht?« sagte T. S. liebenswürdig zu Frederick. Schließlich war er eine unbekannte und gut unterrichtete Quelle. Und ohne Zweifel war er gut genug unterrichtet, um zu wissen, wann ein weiterer Drink angebracht war.

»Sie treffen sich heute mit Tante Lil?« Frederick stellte einen großen Whisky Soda vor T. S. hin. Einen von olympischen Ausmaßen. Der Mann konnte Gedanken lesen.

»Mit wem sonst?« Er hob sein Glas, prostete Frederick zu und nahm einen Schluck.

»Sie könnten es schlechter treffen«, meinte der Barkeeper. »Glauben Sie mir, ich kenne sie alle. Da lobe ich mir doch Tante Lil.«

Wie aufs Stichwort betrat Tante Lil das Restaurant, scheinbar von einem kalten Windstoß hereingeweht. Ohne Zeit zu vergeuden, kam sie sofort zur Sache. Sie zischte T. S. laut etwas zu, während der Oberkellner noch darum kämpfte, ihr den Mantel abzunehmen. Sie gab ihn nie bereitwillig ab.

»Es war eine Frau«, wisperte sie unheilverkündend. »Ich weiß es.«

T. S. sah sich um, aber das Stimmengemurmel bei Harvey's ging weiter, in seliger Unkenntnis von Robert Cheswicks Tod.

»Also, Tante Lil.« Er nahm ihren Ellbogen und steuerte sie in Richtung Restaurant, wobei er hoffte, daß es ihm gelingen würde, sie ohne Zwischenstop an der Bar vorbeizuschleusen. »Woher willst du das wissen?« Sie trug einen Hosenanzug aus schwarzer Seide – Tante Lil liebte Hosen –, und der raschelnde Stoff fühlte sich angenehm an. Ihr Parfüm duftete nach Äpfeln, und das weiße Haar war mit einem eleganten Lackkamm hochgesteckt. Es umrahmte ein starkes, fast maskulines Gesicht. In ihrer Glanzzeit hatte sie als gutaussehend gegolten, hauptsächlich wegen ihrer eigensinnigen und selbstsicheren Ausstrahlung. Für ihr Alter war ihre Haut bemerkenswert faltenlos. Tante Lil schwor, daß sie nie etwas anderes als Seife benutzte, aber T. S. neigte dazu, ihr das nicht zu glauben; sie schwor nämlich auch, daß ihre Augen tadellos seien, und er hatte eines Nachmittags auf ihrem Sofa eine Lesebrille entdeckt, die unter einem Kissen versteckt war.

Ihre deutsche Abstammung zeigte sich an dem ausgeprägten Kinn und den auffallenden Apfelbäckchen – sie war T. S. sehr ähnlich. Sie hatte etwas Puder und eine Spur von Rouge aufgelegt, weil es zu ihrer eleganten Kleidung paßte, nicht weil sie es nötig hatte. Tante Lil, robust und kräftig, war der Typ Frau, der zu Pionierzeiten ganze Bundesstaaten aufgebaut hatte.

Bei Harvey's warteten sie nie darauf, daß sie an einen Tisch geleitet wurden. Tante Lil zog es vor, ungehindert vorzupreschen und das Restaurant im Sturm zu nehmen. Da ihr Lieblingstisch so früh am Abend selten besetzt war, hatte der Oberkellner es längst aufgegeben, Tante Lil zügeln zu wollen. Sie strebte mit großen Schritten durch den Saal, und ihr entschlossener Gang strafte ihre vierundachtzig Jahre Lügen. Tante Lil saß gern ganz hinten, wo sie die anderen Tische überblicken und während des Essens Bemerkungen über die Restaurantbesucher machen konnte. Auch schätzte sie es, in der Nähe des reich bestückten Dessertwagens zu sitzen, da sie dann in aller Ruhe beurteilen konnte, welche Kreationen sich als am beliebtesten erwiesen, bevor sie ihre Wahl traf.

Sie warf einen langen, scharfen Blick auf die doppelte Mousse-au-Chocolat-Torte, bevor sie ihrem Neffen antwortete. »Er ist erstochen worden, oder nicht? Das Messer steckte genau über dem Herzen?«

»Ich sehe, du hast die *News* gelesen.« Er unterließ es, seine Zeitung zu erwähnen, die er inzwischen Frederick gegeben hatte.

»Wie soll ich mich sonst auf dem laufenden halten?« Sie sah sich im Restaurant um und orderte mit einem kräftigen Schwung ihres stämmigen Arms den Kellner heran.

»Was muß man tun, um hier einen Drink zu kriegen?« brummte Tante Lil.

»Und wieso beweist die Tatsache, daß er erstochen worden ist, daß es eine Frau war?« T. S. dachte darüber nach, ob er sich noch einen Drink bestellen sollte, wenn sie schon dabei war. Aber Tante Lil blickte betont auf sein volles Glas, und er vergaß die Idee.

»Weil ich es schon mal gesehen habe.« Sie verkündete dies im Flüsterton und mit großer Überzeugung, wobei sie sich vorbeugte und ihm eindringlich ins Gesicht blickte. Sie hatte die einschüchternde Angewohnheit, ihre Ansichten auf so konspirative und selbstsichere Art auszudrücken und dabei so nahe an einen heranzurücken, daß Widerspruch praktisch unmöglich war.

»Ms. Hubbert.« Der Kellner nickte und strahlte. Sie gab gewohnheitsmäßig zuviel Trinkgeld. »Das übliche?«

»Ja, bitte. Mit viel Tabasco.« Sie trank Bloody Marys, ausschließlich Bloody Marys, ohne Rücksicht auf die Tageszeit. Sie konnte T. S. leicht unter den Tisch trinken.

»Du hast es schon mal gesehen?« fragte er. Tante Lil, die sechs Jahrzehnte lang als Assistenzdesignerin in der Modebranche gearbeitet hatte, war eine nie versiegende Quelle von Informationen und Geschichten über die menschliche Natur. Der Beruf kam ihrer praktischen Natur sehr entgegen. Sie griff die Illusionen und Träume einiger der bekanntesten Persönlichkeiten der Haute Couture auf und ließ sie mit geschickten Händen und kompromißloser Perfektion Wirklichkeit werden. Sogar heute noch war sie in der Hochsaison sehr gefragt, trotz ihres fortgeschrittenen Alters.

»Ja. 1938. Es war meine beste Zuschneiderin, eine Sizilianerin, deren Mann mit einer Tänzerin durchgebrannt war. Sie hieß Maria, glaube ich. Wenn nicht, hätte sie so heißen sollen. Sie hatte sich einen Liebhaber genommen. Einen Albaner, soweit ich mich erinnere. Er wohnte in der Nachbarschaft. Sie hat ihm eine Stelle im Lager verschafft, er hat Kleider abgeladen. Kurz nach seiner Anstellung hatte er die Geschmacklosigkeit, sie wegen einer fetten Hausfrau seiner eigenen Nationalität zu verlassen. Zumindest sagte Maria, sie wäre fett. ›Ein fettes Schwein von einer Frau‹ – das waren ihre Worte. Wer weiß, vielleicht sah sie aus wie Sophia Loren. Die ist doch Albanerin, oder?«

»Nein, das ist sie nicht«, entgegnete er fest. Tante Lil mußte man entschieden und sofort widersprechen, sonst war sie fähig, eine irrige Auffassung mit ins Grab zu nehmen. »Und sie erstach die Hausfrau?«

»Sophia Loren?«

»Nein, Tante Lil. Maria. Deine Angestellte.« Müdigkeit überfiel ihn. All dieses Gerede vom Erstechen. Er winkte besorgt den Kellner heran. Vielleicht doch ein frischer Drink.

»Nein. Das tat sie nicht.« Tante Lil zog eine Brotstange aus dem Korb und begutachtete sie, bevor sie genußvoll hineinbiß. »Sie erstach den Albaner.« Krümel flogen, während sie sprach. Tante Lil wedelte mit dem Rest der Brotstange herum, als wäre es ein Taktstock, um ihre Feststellungen zu unterstreichen. »Sie stach ihm direkt ins Herz. Ich habe alles gesehen. Im Korridor neben dem Wasserspender, während einer Pause. Ohne jede Warnung. Sie benutzte ihre beste Schere, deutsche Fabrikation. Tadellos gearbeitet natürlich.«

»Er ist gestorben?«

»Sicher. Niemand konnte so gut mit der Schere umgehen wie Maria. Sie hatte einen untrüglichen Sinn dafür, wo und wann sie zu schneiden hatte. Er starb, ohne einen Laut von sich zu geben. Brach vor ihren Füßen zusammen. Sie starrte auf ihn hinunter, als hätte ein Penner es gewagt, ihr den königlichen Weg zu verstellen. Es war majestätisch und entsetzlich. Ihre schwarzen Augen flammten. Das dunkle Haar wallte über ihren weißen Arbeitskittel.«

Tante Lil hätte sich in ihrer Jugend ohne Zweifel auf die Bretter gestellt, die die Welt bedeuten, wenn das zu ihrer Zeit für ein ehrbares und anständiges junges Mädchen möglich gewesen wäre.

»Was geschah dann?« fragte er.

»Ich habe sie entwaffnet. Ich bin direkt auf sie zugegangen und habe verlangt, daß sie mir die Schere aushändigt. Hat sie auch getan. Sie war sanft wie ein Lamm. Dann ließ ich sie im Büro warten, bis die Polizei kam. Für den Albaner kam jede Hilfe zu spät, natürlich.«

Natürlich. Tante Lil spielte in all ihren Geschichten eine bedeutende Rolle. Er hatte keinen Zweifel daran, daß die meisten von ihnen wahr waren.

»Und daraus schließt du, daß Robert Cheswick von einer Frau erstochen worden ist?«

»Ja, das tue ich.«

Ihre Drinks kamen, und sie tranken einen Augenblick lang schweigend, nachdem Tante Lil mit großer Geste die Schärfe des Getränks geprüft hatte, bevor sie den Kellner entließ.

»Ich glaube, ich werde heute Shepherd's Pie nehmen«, verkündete sie aus heiterem Himmel. Es war nie ihre Gewohnheit gewesen, sich an die konventionellen Vorstellungen vom Ablauf eines Gesprächs zu halten. »Du nimmst Leber mit Zwiebeln«, befahl sie. »Sag ihnen, sie sollen sie nicht zu lange braten.«

»Ich dachte mehr an Rippchen«, protestierte T. S.

Sie schnaubte nur. »Du mußt die Leber nehmen. Sieh dich bloß mal an. Du bist schrecklich blaß.«

»Das wärst du auch, wenn du dich den ganzen Tag mit unerfreulichen Polizisten hättest herumschlagen müssen.«

»Ja, sie sind gräßlich, nicht? Denken, sie wüßten alles. Was haben sie der Presse verschwiegen?« fragte sie.

T. S. machte eine Pause und ließ Tante Lil ein bißchen zappeln, nicht über eine kleinliche Rache erhaben, wenn er sie haben konnte.

»Na, mach schon. Was ist es?« Sie sprach fast wie ein Mann, wenn sie warten mußte. Ihre rauchige Stimme wurde tiefer, und die Ungeduld verlieh ihr eine gewisse Kraft.

Abromowitz hatte nichts davon gesagt, daß T. S. schweigen sollte. Wahrscheinlich hielt er ihn für zu unwichtig.

»Er ist mit offenem Hosenschlitz gefunden worden.«

»Ich wußte es!« rief sie. »Eine wichtige Einzelheit halten sie immer zurück. Immer. Und jetzt weiß ich es auch. Wie aufregend.«

»Außerdem lag ein verwelktes Ansteckstäußchen auf seinem Schreibtisch.«

»Verwelkt, sagtest du?« Sie beugte sich vor.

»Ja. Verwelkt und braun.«

»Wie merkwürdig. Symbolisch, kein Zweifel.« Sie lehnte sich zurück, um die erhaltenen Informationen gedanklich zu verarbeiten. »Es könnte sein, daß er auf dem Weg zur Toilette war«, sagte sie schließlich. »Und deshalb war sein Hosenschlitz offen.«

»Die ist ein halbes Stockwerk höher.«

»Vielleicht hat er, äh, mit sich selbst gespielt«, bemerkte sie.

»Tante Lil!«

Sie winkte den Kellner heran, damit er ihre Bestellung aufnahm. »Ich wollte dich nur aufziehen, Theodore. Ich bin sicher, es ist ein bedeutsames Detail.«

Sie bestellte für beide, dann sah sie ihn plötzlich scharf an. »Wo ist deine Krawatte, Theodore? Du siehst aus, als wärst du auf dem Weg zum Golfplatz.«

»Ich bin im Ruhestand.« Das kam praktisch mit einem Stöhnen heraus.

»Ja. Das hatte ich fast vergessen.« Wieder fixierte sie ihn. »Ich denke, in dem Fall ist deine Kleidung durchaus angemessen. Steht dir gut. Was für ein schöner Pullover. Ich habe ihn dir geschenkt, stimmt's?«

»Nein, das hast du nicht.« Ständig nahm sie das Verdienst für sich in Anspruch, seine beste Kleidung ausgesucht zu haben. »Ich habe ihn letztes Jahr in Irland gekauft.«

»Hmm. Du hast mir keinen mitgebracht.«

»Ich habe dir einen schönen Schal geschenkt«, protestierte er.

Das besänftigte sie. »Das hast du«, sagte sie und schloß damit das Thema ab.

Sie fing wieder an. »Ich bin ganz sicher, daß es eine Frau war.«

T. S. hatte geahnt, daß der Mord einziges Gesprächsthema beim Abendessen sein würde. Er hatte sich sogar auf die Gelegenheit gefreut, alles mit ihr durchzusprechen. Tante Lils Beobachtungen waren gewöhnlich bemerkenswert scharfsinnig und zutreffend, obwohl sie zusammengenommen ein recht düsteres Bild von der menschlichen Natur zeigten.

Er erzählte ihr die ganze Geschichte, von Sheilas Bericht bis zu seinen eigenen Beobachtungen und den Gesprächen mit Kommissar Abromowitz und den Wachleuten.

»Klingt so, als wäre der Kommissar ein aufgeblasener Esel«, bemerkte sie lebhaft. Sie hatte aufmerksam zugehört. Sogar ihre Kaugeräusche, die gewöhnlich kraftvoll und ein echtes Ereignis waren, waren still und unauffällig gewesen.

»Er scheint absolut sicher zu sein, daß Geld das Motiv

für den Mord ist oder irgendein Insiderhandel-Skandal. Er ist auch überzeugt davon, daß der Mörder sich leicht an den Wachleuten hätte vorbeischleichen können.«

»Er könnte recht haben«, räumte sie großzügig ein. »Aber ich bezweifle es. Aufgeblasene Leute haben keine Intuition. Sie sind zu sehr mit sich selbst beschäftigt, um klar sehen zu können.«

»Unglücklicherweise bedeutet seine Vermutung, ob sie nun zutrifft oder nicht, daß ich morgen ins Büro muß, um die Unterlagen zusammenzusuchen, die er angefordert hat. Es sind eine ganze Menge. Die Personalakten aller Teilhaber und Top-Manager. Die anderen Unterlagen muß er sich vom Finanzmanager besorgen.«

»Morgen ist Samstag«, bemerkte sie.

»Um so besser. Niemand wird im Büro sein außer den Wachleuten und dem Reinigungspersonal.«

An der vorsichtigen Art, mit der sie ihre Bloody Mary erhob und hineinstarrte, als würde sich in den trüben Tiefen ein Bild formen, erkannte er, daß sie etwas plante.

»Ich will mitkommen«, verkündete sie.

»Wozu, um alles in der Welt?«

»Um den Tatort zu sehen.«

»Die Leiche ist entfernt worden.«

»Natürlich ist sie das.« Seine Annahme, solche polizeitechnischen Vorgehensweisen seien ihr unbekannt, kränkte sie. »Vielleicht gibt es etwas, das die Polizei übersehen hat.«

»Ich weiß nicht, ob sie uns noch mal hereinlassen werden.« Er fragte sich, ob die Polizeiwache immer noch vor der Tür postiert war.

»Ich werde es darauf ankommen lassen.« Sie starrte ihn streng an, fast, als wolle sie ihn herausfordern.

Mit ihrer Neugier würde sie ihm im Büro gewaltig auf den Geist gehen, wenn sie erst die Reihen von Personalakten sah, die ausführliche Informationen über gut fünfzehnhundert Menschenleben enthielten.

»Hast du morgen nichts vor?« fragte er.

Sie schnaubte und spießte genußvoll den letzten Bissen Sherpherd's Pie auf. »Was sollte ich vorhaben? Wer würde sich schon mit einer alten Frau wie mir abgeben?«

Er wußte, daß das nicht stimmte, aber er wußte auch, wann er geschlagen war. »Gut, von mir aus. Ich denke, das kann ich schaffen.« Er würde sich mit Würde in sein Schicksal ergeben. Die Veränderung, die mit ihr vorging, war erstaunlich. Sie wischte sich lebhaft den Mund mit der Leinenserviette ab, faltete sie ordentlich zusammen und legte sie neben den Teller, schob die Bloody Mary zur Seite und griff nach dem Eiswasser. Sie stürzte das Wasser herunter wie Whisky, knallte das Glas zurück auf den Tisch und holte aus den Tiefen ihrer schwarzen Stofftasche ein Notizbuch und einen goldenen Füllfederhalter heraus. »Wir werden folgendes tun«, begann sie.

T. S. starrte sie an. Ein halbzerkautes Stück kalter Leber hing ihm aus dem offenen Mund heraus.

»Um Gottes willen, Theodore. Mach den Mund zu. Du gehst ganz falsch an die Sache heran. Genau wie dieser Kommissar Abromowitz, Gott segne seine arrogante Seele.«

»Du hast das geplant«, warf er ihr vor.

»Natürlich. Wann werden wir je wieder solch eine Chance haben?« Sie beugte sich vor und flüsterte eindringlich in sein Ohr. »Wann werden wir je wieder solch eine Chance haben, Theodore? Du hast Zeit. Ich habe Zeit. Und wir beide haben genug Grips.«

»Vielen Dank, daß du im Zweifelsfall zu meinen Gunsten entschieden hast«, unterbrach er sie.

Sie schnaubte wieder. »Natürlich hast du genug Grips. Den hast du von mir geerbt.«

Er machte nicht den Versuch, ihr zu erklären, wie

unmöglich es war, irgend etwas von der Schwester seines Vaters zu erben. Außerdem hatte seine eigene Mutter diese Anschuldigung auch schon erhoben. »Du bist genau wie diese Hubbert«, pflegte sie in ätzendem Tonfall festzustellen. »Stur wie ein Maulesel.«

Tante Lil hatte sich alles genau überlegt. »Sie sind auf der falschen Spur. Und sie werden nicht auf uns hören.«

»Wer sind wir denn?« fragte sie gerade, als der Kellner sich ihrem Tisch näherte. Er blieb verblüfft stehen, als Tante Lil beide Hände von sich warf und verkündete: »Für die sind wir ein Paar Verrückter, wenn wir versuchen, uns in die Ermittlungen einzumischen! Du magst vielleicht bis zu einem gewissen Grade ganz nützlich für sie sein, aber ich, ich bin eine unbekannte Größe.«

Wieder beugte sie sich vor. Diesmal schüttelte sie ihre Faust und flüsterte: »Wir haben die Macht. Verglichen mit der Polizei sind wir unsichtbar. Wir können Dinge herausfinden, die sie nie erfahren würden.« Sie setzte sich wieder aufrecht hin, fixierte den Kellner mit einem durchdringenden Blick und knurrte fast: »Heute kein Dessert. Die Rechnung bitte.«

Er starrte sie überrascht an und wanderte vor sich hinmurmelnd davon. Sein Trinkgeld war in Gefahr.

»Die Leute reden mit dir. Ich weiß, daß sie das tun. Du erzählst mir ständig von den Eheproblemen irgendwelcher Leute. Oder daß jemand plant, mit jemandem aus der Buchhaltung durchzubrennen.«

Er nickte und schob den Teller zur Seite. »Ja, die Mitarbeiter reden mit mir.«

»Sie wissen es«, sagte sie weise und nickte mehrmals.

»Was willst du damit sagen, sie wissen es?«

»Es gibt einen Grund, warum Robert Cheswick erstochen wurde, und dieser Grund ist bei Sterling & Sterling zu finden. Ich fühle es.«

»Wie?« fragte er ernsthaft verwirrt. »Was meinst du damit?«

»Er wurde mit Absicht da liegengelasen, Theodore. Aus purer Verachtung. Sie ließen ihn da liegen, kalt und leblos und machtlos, allen Lebens und aller Würde beraubt, vor den Augen seiner Kollegen.« Sie schüttelte ärgerlich den Kopf. »Und entblößt haben sie ihn auch.«

»Es war keine Haut zu sehen«, korrigierte er sie.

»Oh, wen schert's, ob sein Ding raushing oder nicht? Das ist nicht der Punkt. Der Punkt ist, es geht um Leidenschaft. Häßliche Leidenschaft. Es hat nichts mit Geld zu tun.« Sie schnaubte wieder. »Was für ein Quatsch. Diese Männer sind feige. Oder glaubt du, Ebenezer Scrooge hätte den Mut gehabt, einen Mord zu begehen? Ich glaube nicht. Geld und Geldverdienen ist das einzige, was sie interessiert. Es ist ein Spiel für sie. Das Vergnügen, das ihnen das Spiel bereitet, würden sie nie aufs Spiel setzen, nur um ein kleines bißchen mehr zu kriegen.«

»Also, was ist das Motiv?« fragte er, wobei er wünschte, er könnte ihre Überzeugung teilen. Es stimmte, die älteren Teilhaber würden nie wegen Geld morden. Aber was war mit den jüngeren? Verstand er die neue Generation von Wall Street-Wunderkindern wirklich? T. S. war sich nicht sicher. Er war alt und wurde jeden Tag älter.

»Das Fehlen eines offensichtlichen Motivs macht dieses Motiv nur um so wichtiger«, beharrte Tante Lil. »Es wird etwas sein, das uns geringfügig erscheint. Aber nicht dem Mörder.«

»Wo fangen wir an?« Er war fasziniert von dieser Idee. Wie gewöhnlich riß ihr Enthusiasmus ihn langsam mit. Diese Begeisterungsfähigkeit hatte er bedauerlicherweise nicht von ihr »geerbt«.

»Morgen gehen wir in die Bank. Du suchst deine

Akten zusammen. Ich möchte sie durchsehen, bevor wir sie diesem Polizisten geben. Dann werfen wir einen Blick auf den Tatort.«

Als er nickte, hakte sie etwas in ihrem Notizbuch ab und blätterte um. »Außerdem müssen wir Anne Marie Shaunessy dazu bewegen, Sonntag zum Brunch zu mir zu kommen. Sie war seine Sekretärin, und wahrscheinlich sind ihr Dinge bekannt, die niemand wissen sollte. Kannst du auch Sheila anrufen?« fragte sie. »Und sie ebenfalls zum Brunch einladen?« Tante Lil wußte, wie gern T. S. Sheila hatte, und alle Einzelheiten über die Familie waren ihr vertraut.

»Sicher«, sagte er, glücklich, etwas zur gemeinsamen Sache beitragen zu können. Es war ein reizvoller Gedanke, an einem ansonsten langweiligen Sonntag mit Sheila beim Brunch zusammen zu sein.

»Aber nur die Frauen«, stellte Tante Lil klar.

»Ich nicht?«

»Natürlich du. Ich meinte, sag beiden, sie sollen ihre Ehemänner zu Hause lassen. Wir brauchen keinen Haufen großer, als Polizisten verkleideter Jungs, die sich in die Unterhaltung mischen und Überlegenheit demonstrieren.«

Er stimmte völlig mit ihrer Einschätzung von Shaunessy und O'Reilly überein. »Gut.«

»Wir werden auch mit Cheswicks Witwe sprechen müssen«, entschied sie. »Ich erinnere mich gut an sie. Zuletzt habe ich sie 1986 bei diesem Wohltätigkeitsessen gesehen. Lilah heißt sie, stimmt's? Sie ist eine vernünftige Frau.«

»Das stimmt.« Wieder dachte er an Lilah. Eine große, sportliche Frau mit einem ausdrucksstarken Gesicht und offenem und freimütigem Verhalten, die mit Anmut alt geworden war und sich weigerte, sich die Haare färben zu lassen. Bei den seltenen gesellschaftlichen Anlässen der Teilhaber von Sterling & Sterling war sie die einzige Ehefrau mit grauen Haaren. Eine Insel der Ehrlichkeit in einem Meer von silbern getönten Damen.

»Du hattest mal ziemlich viel für sie übrig«, erinnerte ihn Tante Lil überflüssigerweise.

T. S. seufzte. Tante Lil vergaß nie auch nur eine einzige Kleinigkeit seines so gut wie nicht vorhandenen Privatlebens. Vor fast dreißig Jahren hatte er mal für Lilah geschwärmt, das war alles. Kurz nach seinem Eintritt in die Firma hatte er Lilah auf einer Feier für die Nachwuchsmanager von Sterling & Sterling getroffen. Sie war noch nicht mit Robert Cheswick verheiratet, es war eine ihrer ersten Verabredungen mit dem künftigen Teilhaber gewesen. T. S. hatte den Abend damit zugebracht, sich mit ihr über Opern zu unterhalten, entzückt von ihrer Intelligenz und ihrer Offenheit.

Entsetzt darüber, daß sie vorhatte, ein Arschloch wie Cheswick zu heiraten, hatte T. S. den Fehler gemacht, Tante Lil von dieser Begegnung zu erzählen. Sie hatte damals schon sehr dazu geneigt, sich in sein Privatleben einzumischen. Noch Monate nach der Hochzeit hatte sie von Lilah Cheswick gesprochen und die Sache nur zögernd fallengelassen, als er eine schnippische junge Sekretärin in der Auslandsinvestitions-Abteilung erfunden hatte, nur um nicht ständig an etwas erinnert zu werden, was er nicht haben konnte.

»Es ist nie zu spät«, verkündete Tante Lil und unterbrach damit seinen Gedankengang.

Er starrte sie an. »Was schlägst du vor? Daß ich sie anrufe und sage: ›Es tut mir leid, daß dein Mann erstochen worden ist. Übrigens, willst du mich heiraten?‹«

»Natürlich nicht.« Sie rümpfte die Nase, gekränkt bei der Vorstellung, daß ihr derartig schlechte Manieren zugetraut wurden. »Das wäre unverzeihlich unhöflich. Ich meinte, daß es noch nicht zu spät ist, eine Frau zum Heiraten zu finden.«

»Du hast nie geheiratet«, bemerkte er.

Sie warf ihm einen kalten Blick zu, und ihre Augen funkelten. »Das, mein lieber Theodore, bedeutet nicht, daß ich nie gefragt worden wäre.«

Nachdem sie ihn so an seinen Platz verwiesen hatte, wechselte sie wieder das Thema. »Und schließlich möchte ich, daß du mir in allen Einzelheiten erzählst, was bei deiner Ruhestandsfeier geschehen ist. Und wir werden die Liste der Mitarbeiter durchgehen müssen, die gestern abend spät gegangen sind.«

»Das wird eine Weile dauern.«

»Ich weiß. Deswegen gehen wir jetzt auf einen Schlummertrunk in deine Wohnung.« Sie riß dem Kellner die Rechnung aus der Hand und durchwühlte ihre Handtasche auf der Suche nach einer Kreditkarte.

»Du hältst die Liste für wichtig?« fragte T. S.

»Für unsere Zwecke muß sie das sein.« Sie legte zwei bestickte Taschentücher, ein Adreßbuch mit Eselsohren, ein großes Schweizer Armeemesser, mehrere Kugelschreiber und einen Kasten Buntstifte, drei Rollen Pfefferminzbonbons und etwas, das wie ein zerbrochenes Amulett-Armband aussah, auf das Tischtuch, ehe sie aus den Tiefen der Tasche eine Kreditkarte herausfischte. Sie lächelte T. S. triumphierend an. »Ich hab' sie gefunden.«

»Jedenfalls müssen wir irgendwo anfangen«, fuhr sie sachlich fort. »Im Gegensatz zu dem Kommissar haben wir kein Heer von Leuten, die über dem Wertpapierhandel brüten könnten. Und ganz bestimmt können wir nicht jeden Mitarbeiter von Sterling & Sterling überprüfen. Ich halte es für unwahrscheinlich, daß der Täter versucht haben soll, sich die ganze Nacht im Gebäude versteckt zu halten. Es gab keine Garantie dafür, daß die Leiche erst am Morgen entdeckt werden würde. Und ich denke, es gab lange vor dem Morgen eine Leiche.«

»Aber wenn er am Abend ermordet wurde, heißt das, daß es eine Verbindung zwischen meiner Feier und seinem Tod geben könnte«, stellte T. S. fest.

Sie fuhr geistesabwesend mit der Hand durch die Luft. »In der Zeitung stand, daß er zwischen zehn Uhr abends und drei Uhr morgens ermordet wurde. So früh kam er nie ins Büro, oder?«

»Meines Wissens nach nicht«, antwortete T. S. widerstrebend.

»Dann müssen wir davon ausgehen, daß er nach deiner Ruhestandsfeier erstochen wurde.« Sie starrte ihn unbewegt an.

»Das klingt, als würde mich das irgendwie mitschuldig machen«, protestierte er.

»Du hast Schuld, wenn du auf deiner Feier zuviel getrunken hast, obwohl deine Erinnerungen sich als entscheidend hätten erweisen können, wie sich herausgestellt hat. Aber wir werden sehen, was wir da machen können.«

»Was, wonach suchen wir denn?« Er wurde von ihrem Jagdfieber angesteckt, hinkte aber hinter ihrem Einfallsreichtum hinterher. Der Effekt war ärgerlich, als würde er an einem Gesellschaftsspiel teilnehmen, dessen Regeln er als einziger nicht kannte, was ihn von vornherein zum Scheitern verurteilte.

»Wir suchen nach *Spuren*, Thodore. Um Himmels willen. Hast du nie einen Kriminalroman gelesen?«

»Einen oder zwei.« In Wirklichkeit waren es Hunderte. »Und du?«

»Vielleicht« sagte sie vage. T. S. stellte erleichtert fest, daß sie sich selbst treu geblieben war und zuviel Trinkgeld gab, als sie den Scheck unterzeichnete und schnell die Summe niederkritzelte. Beim Sprechen hatte sie automatisch den Betrag zusammengerechnet. Sie öffnete die Handtasche und warf den Haufen gemischten Schrotts wieder hinein, wobei sie in der Hast eine Serviette mitgehen ließ. T. S. sah kommentarlos zu, wie das Leinentuch verschwand.

»Worauf warten wir?« fragte sie, erhob sich und schritt majestätisch durch das mittlerweile gut gefüllte Restaurant, nickte verschiedenen Gästen zu und winkte den Kellnern.

T. S. folgte ihr gehorsam und fragte sich, wo um alles in der Welt er sich hinführen ließ.

Sie saßen am Eßzimmertisch vor den gläsernen Schiebetüren, die auf die Terrasse seiner im vierunddreißigsten Stock gelegenen Wohnung hinausführten. Vor ihnen zog sich die York Avenue durch die Schatten der Hochhäuser in Richtung Innenstadt. T. S. mußte sich damit begnügen, die Aussicht durch das Glas hindurch zu bewundern, da Tante Lil sich weigerte, auch nur einen Fuß auf die Terrasse zu setzen. Sie fürchtete, herunterzufallen, von einem Windstoß erfaßt oder plötzlich von dem Impuls ergriffen zu werden, herunterzuspringen. Sie war eine überzeugte Anhängerin der Theorie, daß die menschliche Rasse hauptsächlich durch Impulse gesteuert wurde und wartete ständig darauf, daß ein Impuls sie überwältigen würde; sie war sich der Tatsache nicht bewußt, daß bei ihrer stählernen Selbstkontrolle kein Impuls der Welt auch nur die geringste Chance hatte.

T. S. hingegen war das bekannt. Er hatte noch nie erlebt, daß sie etwas getan hatte, ohne vorher genau darüber nachzudenken, aber das würde er ihr nicht sagen. Außerdem machten die große Höhe und die endlosen Lichterketten, die sich unter seinen Füßen erstreckten, ihn selbst etwas schwindelig. Er war durchaus zufrieden damit, in den gemütlichen Grenzen seiner Wohnung zu bleiben.

Sein Privatleben war selbstverständlich ebenso gründlich durchorganisiert wie sein Berufsleben. Jedes Zimmer seiner Wohnung diente einem bestimmten Zweck, und die Einrichtung war sorgfältig darauf abgestimmt, diesen Zweck so gut wie möglich zu erfüllen. Das Wohnzimmer war sparsam und schlicht möbliert – ein großer blauer Teppich war sein einziges Zugeständnis an die Mode. Er zog die Schlichtheit von blankem Holz vor, weil das einfacher sauberzuhalten war. Ein langes, elegantes Sofa stand an einer Wand, daneben an jeder Seite zwei passende Lehnsessel. Er hatte sich für einen speziellen grauen Bezugsstoff entschieden, der Dreck, Staub, Katzenhaare und andere Fremdkörper garantiert abweisen würde, entweder für die Dauer seines Lebens oder für die Lebensdauer der Couch. Die Monatszeitschrift *Der Personalchef* hatte er ordentlich in vertikalen Reihen auf dem Couchtisch angeordnet, flankiert von entsprechend versetzten Reihen der Zeitschriften *The New Yorker* und *Der Katzenliebhaber.* Die Aschenbecher hatte er in eine spezielle Schublade verbannt, die mit Zedernholzstückchen ausgelegt war. T. S. empfand Rauchen meistens als unsauber und aufdringlich, je nach Raucher, und seine Gäste mußten fragen, bevor er ihnen erlaubte, seine sorgsam feucht gehaltene Luft zu verpesten.

Da er ein Mann von einfachem Geschmack war und selten Besuch hatte, war die Küche winzig. Der einzige Luxus, den er sich erlaubte, waren Mineralwasser und ein ganzes Bord voller Gläser mit schwarzen, mit Anchovis gefüllten Oliven, die nur in Spanien erhältlich waren. Der Lebensmittelhändler nebenan brachte T. S. jedesmal einen Karton mit, wenn er seine Familie in Spanien besuchte. T. S. hatte einen Teil seines verhältnismäßigen Wohlstands in eine Kaffeemaschine investiert, die aussah, als bräuchte man eine Lizenz, um sie zu betreiben, in ein schlichtes Porzellanservice und schweres Besteck aus Sterlingsilber mit einem geometrischen Muster, das Tante Lil aus irgendeinem, ihm nicht klar ersichtlichen Grund nicht mochte. Daneben lag das Eßzimmer, in dem ein schwerer Eichentisch und vier dazu passende Stühle standen. Die Möbel waren zwar ein bißchen groß für den Raum, aber es waren die einzigen Erbstücke, die er aus dem Haus seiner Eltern mitgenommen hatte. Die Möbel hatten seiner Mutter gehört, und er war keineswegs über ein bißchen Sentimentalität erhaben, wenn sie in einem vernünftigen Rahmen blieb. An der Wand stand eine niedrige Vitrine, die je ein Dutzend Wasser- und Weingläser enthielt. Beide Sets besaß er seit über einem Jahrzehnt, ohne daß ihm ein einziges Glas kaputtgegangen wäre, eine Leistung, die Tante Lil amüsant fand.

Der Rest der Wohnung war ebenso zweckmäßig eingerichtet. Im Schlafzimmer standen ein Bett und eine Kommode von guter Qualität, wenn auch das Design für Tante Lils Geschmack zu modern war. An der Wand hingen mehrere Poster von Broadway-Shows, ein seltener Einblick in seine privaten Leidenschaften, ebenso wie der Stapel Programme der Metropolitan Opera (Parkett, zehnte Reihe, rechts von den Oboen) auf dem Nachttisch, die er seit fünfzehn Spielzeiten sorgfältig aufbewahrte.

Für den unwahrscheinlichen Fall, daß T. S. einmal Übernachtungsgäste haben sollte, gab es ein Gästezimmer. Manchmal übernachtete Tante Lil da, wenn sie noch spät unterwegs gewesen waren, aber meistens benutzte er das Zimmer als Arbeitszimmer. Es hatte den ganzen Charme eines Einsatzbesprechungsraums im Pentagon.

In hohen Bücherregalen standen dicke Wälzer über Theater, Oper und Psychologie sowie die neuesten Sachbücher. Er ordnete seine Bücher nach Themen und Größe; sollten zwei Bücher genau gleich hoch sein, entschied die alphabetische Reihenfolge des Autorennamens. Es waren ausschließlich gebundene Ausgaben in makellosen Schutzumschlägen, vor allem deshalb, weil er die Taschenbücher, seine Bestseller-Kriminalromane, einem Nachbarn gab, bevor Tante Lil ihn mit ihnen aufziehen konnte. Sie waren seine Leidenschaft. Er liebte es, jede Nacht vorm Einschlafen von Mord und Totschlag zu lesen. Dann fühlte er sich in seinem eigenen friedlichen, wohlgeordneten Königreich noch sicherer und, nicht zu vergessen, zufriedener.

Aber den größten Stolz bereitete T. S. sein Badezimmer, das von einer Putzfrau makellos sauber gehalten wurde, die der Mangel an Schmutz so langweilte, daß sie fast die Emaille-Oberflächen weggeschrubbt hätte. Er war stolz darauf, weil er in einer Ecke ein spezielles Schränkchen konstruiert hatte, das Brendas und Eddies Katzenklo enthielt. Eine diskrete kleine Schwingtür erlaubte den Katzen ungehinderten Zugang. T. S. mußte nur die Schranktür leicht öffnen und wieder schließen, damit sich automatisch ein Schwall Deodorant-Spray über den Inhalt ergoß, wenn die Katzen fertig waren. Es war eine geniale, bakterienfreie Lösung für die Haushaltsprobleme, die Brenda und Eddie aufgeworfen hatten, jede Neckerei von Tante Lil wert.

Jedesmal, wenn Tante Lil die Wohnung betrat, mußte er wegen der auffälligen Sauberkeit seiner Wohnung den gleichen alten Witz über sich ergehen lassen, natürlich. »Ist jemand zu Hause?« pflegte Tante Lil zu rufen, dann ging sie von Raum zu Raum und rief: »Nein. Und es wohnt auch niemand hier, das ist offensichtlich.« Sie beendete die Sache, indem sie einen Finger ihrer weißbehandschuhten Hand hochhielt und sagte: »Es tut mir leid, dir das sagen zu müssen, Theodore, aber ich habe schon wieder ein Staubkorn gefunden.«

Heute abend war ihm diese Komödie erspart geblieben. Tante Lil war zu interessiert an dem Mordfall. Sie tranken heißen Tee, während T. S. ihr, so gut er konnte, den Ablauf der Ereignisse auf seiner Ruhestandsfeier schilderte. Da es schon das zweite Mal war, fiel es ihm leichter, und die nachmittägliche Probe mit Kommissar Abromowitz hatte seine Erinnerungen aufgefrischt. Tante Lil unterbrach ihn häufig mit Fragen, die nirgendwohin zu führen schienen. Aber er ließ sich nicht täuschen – Tante Lils Fragen führten immer irgendwohin.

»Wo fand die Feier statt?« fragte sie ihn.

»In einem Konferenzraum im dreizehnten Stock.«

»O je.«

»Es war ein sehr netter Konferenzraum«, protestierte er. »Wir halten da Kundenseminare ab. Schwere rote Brokatvorhänge an den Wänden. Schöne Möbel.«

»Es gab etwas zu essen?«

»Natürlich.« Er war ein bißchen gekränkt, weil Tante Lil nicht zu begreifen schien, was für eine große Sache seine Pensionierung gewesen war. »Sie haben alle Register gezogen, weißt du. Die Kellner aus dem Speisezimmer der Teilhaber haben ordentlich was aufgetischt: Krabben, Roastbeef, Kaviar. Normalerweise stellen sie nur Käse-Dips und Chips hin.«

Sie beugte sich vor und tätschelte seine Hand. »Ich verstehe, mein Lieber. Es war viel netter als bei der Pensionierung eines, sagen wir, Hausmeisters oder Büroboten.«

Er war sich nicht sicher, ob er sich besänftigt fühlen sollte oder nicht.

»Wer hat entschieden, wer eingeladen wird?« fragte sie.

»Ich. Das heißt, alle, die mehr als fünfundzwanzig Jahre bei der Bank sind, waren automatisch eingeladen, und ich habe eine Liste der Mitarbeiter eingereicht, die ich sonst noch dabeihaben wollte.«

»Warum wurde ich nicht eingeladen?« fragte sie verschmitzt.

»Ausschließlich Mitarbeiter.«

»Hast du die Gästeliste noch?«

»Natürlich.« Er wußte genau, wo die Liste war – in seinem Arbeitszimmer im dritten Aktenordner von hinten in der mittleren Schublade seines großen Schreibtischs. Alles an seinem Platz und ein Platz für alles. Er fand sie innerhalb von Sekunden.

Tante Lil überflog sie sorgfältig. »Wer hat entschieden, daß Robert Cheswick die Rede hält?«

»Er selbst.« T. S. getattete sich ein reumütiges Lächeln. »Technisch gesehen war er mein Vorgesetzter. Ich hätte es vorgezogen, wenn überhaupt keine Reden gehalten worden wären. Aber es war die Mühe nicht wert, einen großen Wirbel darum zu machen.«

»Wann ist er gekommen?« Der Stil ihrer Befragung war dem von Kommissar Abromowitz bedrückend ähnlich.

T. S. dachte einen Augenblick nach. »So ungefähr anderthalb Stunden nach Beginn. So um sechs herum. Als die Riesengarnelen alle waren. Ich erinnere mich, daß Mrs. Quincy, Edgar Hales Sekretärin, sich gerade lang und breit über den Geiz der Teilhaber beklagte, die uns nur fünf Pfund Riesengarnelen gegeben hätten – was völlig ausreichend gewesen wäre, wenn sie nicht alle aufgegessen hätte –, als Cheswick hereinkam und sie mitten in ihrer Tirade *und* mitten im Bissen innehielt.«

»War es üblich, daß er zu solchen Anlässen zu spät kam?«

Wieder dachte T. S. nach. »Nein. Gewöhnlich kam er gleich zu Beginn und ging früh. Ich hatte immer den Verdacht, daß er einen Vorsprung beim Run auf die Bar haben wollte.«

»Hat er gestern abend mehr getrunken als üblich?«

»Es gab kein ›üblich‹ bei ihm«, gab T. S. zu. »Manchmal trank er schnell und viel. Versuchte wahrscheinlich, alles runterzukippen, was da war, bevor die anderen Teilhaber kamen.«

»Hat er gestern abend viel getrunken?«

»Er legte sofort los, soweit ich mich erinnere«, sagte T. S. »Jimmy machte den Barkeeper, und er hatte eine Flasche Dewars für mich beiseite gelegt, hinter der Bar. Cheswick hat sie sofort erspäht. Ich habe einen Scherz daraus gemacht und sie mit ihm geteilt. Er hat meine Großzügigkeit voll ausgenutzt.«

»Vor den Augen der anderen Teilhaber?«

»Es waren nur fünf oder so da, aber, ja. Er hat ziemlich viel getrunken, vor ihren Augen. Ich denke, John Boswell hat mit ihm darüber gesprochen.«

»John Boswell?« fragte sie. »Der gutaussehende Teilhaber?«

»Ja. Ich sah, wie er Cheswick beiseite nahm und ihn hinter die schweren Gardinen zog. Sie hatten eine Auseinandersetzung.«

»Das kann wichtig sein, Lieber.«

»Nein, wahrscheinlich nicht. Vielleicht ging es um eine geschäftliche Angelegenheit, die an dem Abend noch geklärt werden mußte, oder er hat Cheswick gesagt, er solle die Finger vom Schnaps lassen.«

»Wie war die Rede?«

»Cheswicks? Grauenhaft. Es klang, als würde er über seinen Butler reden. Oder über sonst jemanden, dem ich nie begegnet bin.«

»Das ist bei diesen Reden immer so«, tröstete Tante Lil. »War irgend jemand auf der Feier, den du nicht wiedererkannt hast?«

»Nein, natürlich nicht. Es war meine Party.«

»Wirklich niemand? Was ist mit dem Sicherheitsdienst? Kellner? Dienstpersonal?«

»Es waren die gleichen Leute wie immer. Festangestellte, an die ich mich erinnern kann«, beharrte T. S.

»Wann sind die Gäste gegangen?«

»Na ja, die Feier hatte um halb fünf angefangen. Ich nehme an, die Teilhaber können es nicht ertragen, mehr als eine halbe Stunde Arbeitszeit für derartige Dinge zu opfern. Manche Leute sind tatsächlich um fünf gegangen. Du kennst den Typ. Um fünf ist Feierabend, auch wenn sie nicht arbeiten müssen. Die meisten sind gegen halb sieben, sieben gegangen, als Essen und Trinken knapp zu werden begannen. Der harte Kern blieb ungefähr bis acht. Eine Handvoll blieb noch etwas länger, die meisten, um beim Aufräumen zu helfen.«

»Ab wann muß man sich in der Eingangshalle austragen?«

»Ab sechs. Und Albert und der Rest der Leute nehmen das sehr genau. Ich neige dazu, ihnen zu glauben, wenn sie sagen, daß niemand an ihnen vorbeigekommen ist, ohne sich ein- oder auszutragen.«

Tante Lil nickte weise, als hätte sich irgendeine großartige Vermutung bestätigt.

»Was ist?« verlangte T. S. zu wissen. »Wieso nickst du?« Es war wirklich ausgesprochen ärgerlich, dieses Gefühl, immer einen Schritt hinterherzuhinken.

»Nichts, mein Lieber, wirklich, gar nichts. Reg dich nicht auf.« Sie tätschelte ihm das Knie. »Aber ich denke, es ist an der Zeit, deine Gästeliste mit der Check-Out-Liste zu vergleichen.«

Sie gingen zum Eßzimmertisch. Brenda lag breit ausgestreckt auf der glatten Glasfläche. Tante Lil zog die Serviette hervor, die sie bei Harvey's entwendet hatte, und wedelte damit vor der Nase der Katze herum, in dem vergeblichen Versuch, sie zu verscheuchen. Als Brenda nur den Kopf hob und sie böse anstarrte, versetzte Tante Lil dem Tier mit ihrer Handtasche einen Klaps aufs Hinterteil. Diesmal gab Brenda ein leichtes Grollen von sich und sprang mißgelaunt mit einem schweren Plumps vom Tisch.

»Ehrlich, Theodore. Kannst du sie nicht besser erziehen?«

»Nein«, sagte er und zog sich einen Stuhl heran. »Kann ich nicht.« Er setzte sich an den Tisch und sah zu, wie sie Füllfederhalter und Notizbuch aus der Handtasche zog. »Übrigens, Tante Lil«, bemerkte er, »du hast diese Serviette bei Harvey's gestohlen.«

»Habe ich das?« Sie hielt die Serviette in der Hand und starrte vage darauf. »O je. Nicht schon wieder. Ich dachte, es wäre mein Taschentuch.« Seufzend putzte sie sich die Nase und verstaute die Serviette sorgfältig in ihrer Tasche. »Wo sind diese Listen?«

Er legte die beiden Listen zwischen ihnen auf den Tisch und strich sie glatt. Zusammen blickten sie eine Weile schweigend auf die Namen. Schließlich wandte T. S. den Kopf und fragte: »Wonach suchen wir überhaupt?«

Tante Lil zog einen leeren Schreibblock zu sich heran. »Das ist die Liste der Mitarbeiter, die spät gegangen sind und sich austragen mußten, stimmt's?«

»Stimmt. Jeder, der nach sechs geht, muß sich austragen.« Er überflog die fotokopierte Liste.

»Wir fangen oben an, und ich möchte, daß du mir sagst, ob die betreffende Person zu deiner Party eingeladen war. Wenn nicht, muß die Person aus einem anderen Grund länger geblieben sein, und den müssen wir überprüfen. Wenn die Person auf der Feier war, mußt du nur dein vom Gin umnebeltes Gedächtnis bemühen und dich zu erinnern versuchen, ob sie sich zur richtigen Zeit ausgetragen hat.«

»Scotch«, sagte er.

»Wie bitte?«

»Vom Scotch umnebeltes Gedächtnis.«

»Natürlich. Wie gedankenlos von mir.« Sie numerierte den Block waagerecht auf einer Seite durch. »Dann suchen wir einfach nach etwas, das nicht paßt.«

»Zum Beispiel?«

»Zum Beispiel nach jemandem, der auf deiner Feier war und lange geblieben ist, sich aber nicht ausgetragen hat. Oder nach jemandem, der nicht zu deiner Feier eingeladen war, aber zum erstenmal in seinem Leben Überstunden gemacht hat. Oder nach einem Namen, den wir nicht kennen. Denk daran, die Feier war um acht zu Ende, also müssen wir unsere besondere Aufmerksamkeit darauf richten, ob jemand ohne gute Entschuldigung nach acht noch da war.«

»Trotzdem wird das ewig dauern«, protestierte T. S.

»Nein, eigentlich nicht. Wann hast du Robert Cheswick zum letztenmal lebend gesehen?«

Er dachte einen Augenblick nach. »Gegen halb acht. Ich erinnere mich daran, weil wir die Flasche Dewars um Viertel nach sieben geleert hatten, und Jimmy sagte, so ein Tempo hätte er noch nie erlebt. Dank Cheswick, natürlich. Er ging bald darauf. Er sagte, er müßte noch arbeiten. Ich hielt es für unwahrscheinlich, daß er zu dem Zeitpunkt noch dazu fähig war.«

»Dann können wir alle streichen, die vor halb acht gegangen sind.« Tante Lil machte einen Strich durch mehr als die Hälfte der Liste.

»Was ist mit den Leuten, die ich persönlich kenne?« fragte T. S. »Ich denke, einige von ihnen können wir ruhig streichen.«

Tante Lil sah ihn über den Rand der Brille hinweg an und schüttelte traurig den Kopf, als wäre sie enttäuscht von einem Lieblingsschüler. »Mein lieber Theodore. Vertrau niemandem. Ich bin gewillt, mit dir eine Ausnahme zu machen, aber sogar das ist ein Risiko, weißt du.«

Er wollte protestieren, sah das Zwinkern in ihren Augen und beruhigte sich.

»Laß uns anfangen. Alle, die nach halb acht gegangen sind.« Sie teilte das leere Blatt Papier in mehrere Spalten auf. »Das ist natürlich nur eine vorläufige Liste. Wenn die Todeszeit erstmal offiziell feststeht, können wir vielleicht noch mehr ausschließen.«

»Wenn die Wachleute die Wahrheit sagen. Wenn sich wirklich jeder ausgetragen hat«, fügte T. S. hinzu.

»Wenn die Wachleute die Wahrheit sagen. Das erinnert mich ...« Tante Lil notierte sich etwas auf dem Block. »Wer von den Wachleuten hatte in der Nacht Dienst?«

Er sagte es ihr, und sie schrieb die Namen auf. Dann blickte sie auf und lächelte dünn, wobei ihr Gesichtsausdruck verdächtig dem vom Brenda ähnelte. »Das sind unsere beiden ersten Verdächtigen.«

Ihr würde ich ungern in die Quere kommen, dachte er – und nicht zum erstenmal.

Es dauerte fast eine Stunde, die beiden Listen miteinander zu vergleichen und das Kommen und Gehen der Mitarbeiter anhand von T. S..' Erinnerungen zu überprüfen. Als sie durch waren, hatten sie eine Liste von über einem Dutzend Namen, neben denen Kommentare und Notizen standen. T. S. unterdrückte ein Gähnen, und Eddie, der zu seinen Füßen lag, regte sich und streckte sich aus Sympathie mit.

»Halt durch, Theodore. Wir haben es bald geschafft. Ich möchte, daß du mir sagst, was du über diese Leute weißt, und ich notiere es auf ihren Bögen.«

Dieser Schritt kostete sie weitere zwanzig Minuten, aber als sie fertig waren, mußte T. S. zugeben, daß es befriedigend war, einen geordneten Stapel mit Namen von Verdächtigen zu haben.

Tante Lil klopfte mit dem Finger auf den Stapel. »Es ist gut möglich, daß unter diesen Leuten ein Mörder ist.«

Er überflog die Namen und seufzte. Ein paar Teilhaber, der größte Kunde der Bank und einige ihrer loyalsten Mitarbeiter. Unter anderem mehrere, die er gern hatte. T. S. seufzte wieder und starrte auf das Notizbuch.

»Was ist los, Lieber?« fragte Tante Lil und tätschelte zärtlich seine Hand.

»Mir fiel nur gerade ein – wenn der Mörder auf dieser Liste steht, habe ich wahrscheinlich denjenigen eingestellt, der Robert Cheswick ermordet hat.«

»Es wird wohl kaum jemand behaupten, daß es dein Fehler war.«

»Nein, aber ich fühle mich trotzdem verantwortlich.«

»Nun denn, Theodore«, sagte Tante Lil ruhig, »mach es wieder gut.« Sie setzte sich aufrecht hin und sah ihm fest in die Augen. »Sorg dafür, daß ich morgen da reinkomme, und hilf mir, den Menschen zu finden, der Robert Cheswick ermordet hat.«

»Und wenn ich bei dem Versuch sterbe, oder was?«

»Klopf auf Holz, wenn du sowas sagst«, befahl sie, streckte die Hand aus und klopfte ihm blitzschnell gegen den Schädel.

T. S. war erleichtert, als er am Samstag morgen sah, daß nur ein Wachmann von Sterling & Sterling vor dem Büro der Teilhaber stand.

»Guten Morgen, Frank«, begrüßte T. S. ihn herzlich. »Das ist meine Tante Lil.«

»Sehr erfreut, Sie kennenzulernen, Ma'am.« Der Wachmann tippte sich grüßend gegen die Mütze.

»Sind Sie Frank, der in der Nacht Dienst hatte, in der Mr. Cheswick ermordet wurde?« erkundigte sich Tante Lil beinahe atemlos vor Aufregung.

»Ich fürchte ja, Ma'am, obwohl ich überhaupt nichts gesehen habe. Auf unseren regulären Runden kommen wir hier nachts nicht durch, wenn die Türen ordnungsgemäß verschlossen sind.«

»Sie arbeiten am Wochenende?« fragte T. S. ihn.

»Ja, Sir«, antwortete der Wachmann. »Ich brauche die Überstunden. Ich muß zwei Kinder durchs College bringen, wissen Sie.«

T. S. nickte mitfühlend. »Ja, natürlich. Frank junior und Tiffany, wenn ich mich recht erinnere.«

»Das ist richtig, Sir. Frank junior wird mal Rechtsanwalt werden.«

T. S. widerstand der Versuchung, Frank sein Beileid auszudrücken. »Es überrascht mich, daß hier kein Polizist als Wache aufgestellt ist«, sagte er statt dessen.

»Die Polizei hielt das für unnötig, Sir. Weil ja Wochenende ist und ich bereit war, Dienst zu tun.« Franks Haltung hatte sich entspannt, und er schien Tante Lils wenig subtile Versuche, an ihm vorbei in den Raum zu spähen, nicht zu bemerken.

»Wie ich gehört habe, war der Kommissar ein bißchen barsch«, bemerkte T. S.

»Kann man wohl sagen. Er ist ein richtiger Fiesling«, stimmte Frank zu. »Wollte auf Teufel komm raus hören, daß jemand an uns hätte vorbeischlüpfen können.« Er nickte Tante Lil zu. »Entschuldigen Sie meine Ausdrucksweise, Ma'am.«

»Nun ja, Sie sind nicht der einzige, der es nicht leicht hatte.« T. S. trat näher an den Mann heran und senkte die Stimme, als wolle er Tante Lil nicht mit den grausigen Einzelheiten verstören. »Das war schon was, sehen zu können, wie er arbeitet. Ich war natürlich während der Ermittlungen anwesend. Mr. Hale bestand darauf. Ich habe den Tatort gesehen, die Leiche und alles. Den ganzen Nachmittag mußte ich die Fragen der Polizei beantworten.«

Frank nickte beeindruckt. »Ich fand die Polizeiarbeit immer schon sehr interessant, Sir«, sagte er. »Einige der anderen Wachmänner waren bei der Polizei, und ich höre gerne zu, wenn sie davon erzählen.«

Tante Lil sah aus, als würde sie jeden Moment an Frank vorbei in den Raum rennen. T. S. machte seinen Zug, solange noch Zeit war. »Sie haben doch nichts dagegen, daß meine Tante Lil mal einen kurzen Blick in den Raum wirft, oder?« Er blinzelte dem Wachmann zu. »Es ist das Aufregendste, was ihr seit Jahren passiert ist.«

Der Wachmann betrachtete Tante Lil liebevoll. »Natürlich nicht, Mr. Hubbert, Sir. Aber fassen Sie ja nichts an, Ma'am.« Er sprach so langsam und deutlich mit Tante Lil, als wäre sie ein Kind. Glücklicherweise hatte er sich schon wieder T. S. zugewandt, als Tante Lil in den Raum schlüpfte, und bekam so den Gesichtsausdruck nicht mit, mit dem sie auf diese Behandlung reagierte. T. S. war auch dankbar dafür, daß der Wachmann ihr nicht neckisch mit dem Finger gedroht hatte – Tante Lil hatte ausgesehen, als hätte sie ihn am liebsten gebissen.

»Was hat die Spurensicherung gestern getan, Sir?« fragte Frank, sein Pflichtversäumnis bereits vergessend.

T. S. erzählte es ihm in allen Einzelheiten, da er nicht wußte, wie lange Tante Lil den Raum für sich haben wollte. Er ließ sich ausführlich über die Anzahl der Leute von der Spurensicherung aus und erwähnte, daß der Tatort sowohl auf Video aufgenommen als auch fotografiert worden war. Er sprach von den Proben, die genommen worden waren, dem Zusammenkratzen von Fasern und davon, in welcher Haltung die Leiche gefunden worden war. Er fügte sogar ein paar Details hinzu, wie zum Beispiel, daß die Leiche ruckartig hochgeschnellt war, sobald jemand den Stuhl berührte. Das zu hören schien Frank besonders zu befriedigen. Aber T. S. vermied es sorgsam, den offenen Hosenschlitz des Toten zu erwähnen und die verwelkten Blumen, die am Schreibtisch zurückgelassen worden waren.

»Sie waren in der Nacht in der Eingangshalle?« fragte T. S., als ihm die saftigen Details ausgegangen waren.

»Nur ungefähr eine halbe Stunde«, gab Frank zu. »Timothy macht so um zehn herum Pause, und ich komm runter, um ihn abzulösen. Der ist echt pflichtbewußt, der Mann. Geht nicht mal aufs Klo, wenn ich nicht komme und für ihn übernehme. Also laß ich ihm gern viel Zeit.«

»Haben Sie irgendwas Ungewöhnliches bemerkt?«

»Nein, Sir. Ein paar Leute haben Überstunden gemacht. Nichts Ungewöhnliches. Die Nachtschichtarbeiter haben sich mal eben verdrückt, um zu Abend zu essen. Vielleicht. Manche rochen, als würden sie eine Flüssigdiät machen, wenn Sie verstehen, was ich meine. Ich hab' dafür gesorgt, daß sie sich alle aus- und eintrugen.«

»Es war also niemand dabei, den Sie nicht kannten?«

Frank schüttelte den Kopf. »Ich fürchte nein. Die Gesichter waren mir alle vertraut. Ich kenne vielleicht die Namen nicht, aber die Gesichter schon.«

»Und auf Ihren Runden? Ist Ihnen da etwas Ungewöhnliches aufgefallen?«

Frank schüttelte den Kopf. »Nein. Nichts. Natürlich sind da eine Menge Stockwerke, die ich allein abdecken muß«, fügte er fast entschuldigend hinzu.

»Das ist mir klar«, versicherte T. S. ihm. »Ich weiß, vor ein paar Jahren haben wir die Nachtwachen reduziert.«

T. S. hatte gerade erklärt, daß er inoffiziell die Polizei bei den Ermittlungen unterstützte, um Edgar Hale einen persönlichen Gefallen zu tun, als Tante Lil lässig aus dem Büro der Teilhaber geschlendert kam. Sie legte eine Hand auf Franks Arm.

»Vielen Dank, Frank«, sagte sie und gab ein fast mädchenhaftes Kichern von sich. »Das war sehr aufregend.«

»Es war mir ein Vergnügen, Ma'am.« Diesmal verbeugte sich der Wachmann fast, als er seine Mütze berührte.

»Theodore.« Sie sah ihn mit großen Augen an. »Durch die ganze Aufregung fühle ich mich etwas mitgenommen. Meinst du, ich könnte mich in deinem Büro etwas ausruhen?«

»Natürlich.« Er nahm hilfsbereit ihren Arm und winkte dem Wachmann zum Abschied zu. »Ich werde Ihnen später alles erzählen, Frank. Vielen Dank fürs Zuhören.«

Frank nickte und starrte hinter ihnen her, als sie zum Fahrstuhl schlenderten.

Sie zischte ihm böse zu: *»Das Aufregendste, was ihr seit Jahren passiert ist?* Wirklich, Theodore. Wie herablassend.«

»Du wolltest den Tatort sehen, oder etwa nicht?« zischte er zurück. »Außerdem hast du mich unterbrochen, als ich gerade zum spannenden Teil übergehen wollte.« Ihre Fußtritte hallten laut durch die höhlenartige Halle.

»Es war äußerst informativ«, gab sie zu, als sie allein im Fahrstuhl waren.

»Hast du etwas gefunden?«

»Es war mehr das, was ich nicht gefunden habe. Sein Schreibtisch war leer«, sagte sie.

»Vielleicht hat die Polizei die Sachen mitgenommen. Alles in Tüten getan«, schlug T. S. vor.

»Nein.« Tante Lil schüttelte den Kopf. »Ich meinte nicht buchstäblich leer. Er hatte die üblichen Sachen. Einen Federhalter aus Messing, einen Tischkalender. – Einen Hefter. Ein paar Büroklammern in einer Silberschale. Aber da stand kein einziges Familienfoto, kein einziges persönliches Andenken.«

T. S. dachte gründlich nach. »Du hast wahrscheinlich recht. Er war kein sentimentaler Mensch. Trotz seiner entzückenden Frau.«

»Es ist mehr als das«, beharrte sie. »Die anderen Teilhaber haben alle irgendwelche persönlichen Andenken auf ihrem Schreibtisch stehen. Das Messingmodell einer Segelyacht. Goldene Eisenbahnmodelle. Miniatur-Golfschläger. Abiturfotos der Kinder. Und fast alle haben denselben ungewöhnlichen Briefbeschwerer, einen schweren, übergroßen Löffel aus Sterlingsilber auf einem runden Sockel. Auf dem Griff sind ihre Initialen eingraviert. Aber Cheswick hatte keinen. Er hatte gar nichts. Nicht einen einzigen persönlichen Gegenstand. Ist dir klar, was das beweist?«

»Nein, das ist es nicht«, gab T. S. zu, verärgert darüber, daß er dazu gezwungen war. »Was beweist es?«

»Er war ein Mann, der seine Gefühle total abgeblockt hatte. Absichtlich. Als ob er versuchen würde, irgend etwas nicht an sich herankommen zu lassen.«

T. S. hatte Zweifel. »Vielleicht.«

»Nicht vielleicht. Eindeutig. Er hat die bewußte Anstrengung unternommen, die Welt um ihn herum nicht wahrzunehmen. Nur die Bank. Er wollte nicht zugeben, daß sein Privatleben überhaupt existierte. Nichts davon durfte zu sehen sein. Ich finde das merkwürdig. Du nicht?«

Er dachte über die Frage nach. »Ich glaube, ich finde es traurig«, antwortete er schließlich.

»Und noch etwas.« Tante Lil legte die Hand ans Kinn und grübelte. »Ich konnte in seinem Aktenschrank nicht einen einzigen Ordner mit der Aufschrift »Korrespondenz« oder »Privatkorrespondenz« oder »Privat« oder sowas in der Richtung finden.«

»Du hast seine Akten durchsucht?« fragte T. S. schwach.

»Oh, mach dir keine Sorgen, Theodore – ich hatte ja meine Handschuhe an.«

»Deswegen hatte ich keine Bedenken.«

»Ich habe nichts durcheinandergebracht.« Die Fahrstuhltüren öffneten sich. Tante Lil trat forsch aus der Kabine und wartete auf T. S. »Ich muß morgen Anne Marie nach dem Briefbeschwerer und diesen Ordnern fragen.« Er trat hinaus in die stille Dunkelheit der verlassenen Personalabteilung. Tante Lil drängte hinter ihm vor und trieb ihn praktisch in die Schatten hinein. Er stieß mit dem Kopf gegen einen Türpfosten. Sie war begierig darauf, mit der Durchsicht der Akten zu beginnen.

T. S. suchte nach dem Lichtschalter. »Bist du sicher, daß du nichts durcheinandergebracht hast?« Unter dem grünlich flackernden Schein der Neonröhren erwachte die Personalabteilung langsam zum Leben.

»Natürlich nicht. Ich war nicht da, um seine Sachen zu durchwühlen. Ich wollte nur Beobachtungen machen.« Sie folgte T. S. schnell den Korridor hinunter. Es war Monate her, daß er an einem Wochenende dagewesen war, und die normalerweise belebten Büros wirkten in ihrer Leere plötzlich bedrohlich. Er zögerte an jeder Ecke, bis ihn Tante Lil rüde mit ihrem Regenschirm in den Hintern stach.

»Wirklich, Theodore. Wovor hast du Angst? Vor dem schwarzen Mann?«

»Hier im Haus ist ein Mord geschehen«, erwiderte er steif und bog zögernd um eine Ecke. Was war bloß los mit ihm? Er war zweifellos ängstlich.

»Der Mörder ist der letzte Mensch, der sich hier aufhalten würde«, verkündete sie und versetzte ihm wieder einen Knuff. Geduld gehörte nicht zu ihren Tugenden.

»Laß uns hier reingehen«, sagte er schnell und führte sie in sein altes Büro. Miss Fullbright hatte noch ein paar Pflanzen mehr hineingestellt, bevor sie ins Wochenende gegangen war. Das Betreten des Raums ähnelte dem Versuch, sich einen Weg durch den Dschungel zu bahnen.

»Gütiger Himmel.« Tante Lil stieß mit dem Regenschirm gegen einen hängenden Farn. »Wen haben sie zu deinem Nachfolger gemacht? Mister ›Grüner Daumen‹?«

»Felicia Fullbright. Und die Pflanzen sind nur deshalb grün, weil sie sie gerade gekauft hat.« T. S. schaffte Platz auf dem Sofa. »Sie werden bald genug eingehen. Ich habe schon einen Kaktus in ihrer Gegenwart vertrocknen sehen. Aber sie versucht es weiter.«

»O je, du meinst, die törichte Frau mit den kurzen braunen Haaren ist deine Nachfolgerin geworden?« Tante Lil erinnerte sich an Miss Fullbright als eine von den Gästen, die sie bei T. S.' jährlicher Weihnachtsfeier zu treffen pflegte.

»Ich würde mein Geld nicht darauf verwetten, daß sie die Mörderin ist. Sie würde einen Menschen eher psychologisch zu Tode testen als ihn erstechen.« T. S. fand schnell die Personalakten der Teilhaber, die in der untersten Schublade des hölzernen Aktenschranks neben dem antiken Globus lagen. »Hier sind sie.« Er ließ eine Handvoll Ordner auf die Kissen neben Tante Lil fallen. »Das sind die Personalakten der Teilhaber. Die will Abromowitz als erstes sehen.«

»Warum?«

»Er sagt, wenn ein Dieb ermordet wird, wird man unter Dieben nach dem Mörder suchen. Wenn eine Prostituierte erschossen wird, überprüft man die Zuhälter. Und wenn ein Finanzhai erstochen wird, steckt wahrscheinlich die Hochfinanz dahinter.« T. S. durchstöberte die Schublade nach den restlichen Akten.

»Wie engstirnig von ihm.« Sie hielt einen dünnen Ordner in die Luft. »Sie sind nicht sehr dick, nicht wahr?«

Er holte den Rest aus dem Aktenschrank und setzte sich neben sie. Die Ordner lagen zwischen ihnen aufgestapelt. »Zeig mir einen Personalchef, der seine Arbeitgeber mit ewiger Wachsamkeit verfolgt, und ich zeige dir einen Arbeitslosen.«

»Also werden diese Personalakten nur so lange geführt, bis die Herren zum Teilhaber gemacht werden?« fragte sie. Edgar Hales Akte lag aufgeschlagen auf ihren Knien.

»Ja. Das heißt, der offizielle Nachruf kommt noch in die Akte. Und es existieren Ordner mit Presseausschnitten, die von einem Pressebüro erstellt werden. Obwohl es hier bei Sterling & Sterling im allgemeinen nicht gern gesehen wird, wenn ein Teilhaber in der Zeitung erwähnt wird.«

Tante Lil überflog die erste Seite der Akte, ein eingeheftetes Inhaltsverzeichnis, in dem die zahlreichen Unterlagen aufgelistet waren, die in der Akte enthalten waren. Hinter jeder Eintragung standen Initialen und ein Datum. Bei vielen von Edgar Hales Unterlagen war die Eintragung in einer spinnwebartigen Handschrift mit altmodischer Füllfederhaltertinte gemacht worden.

»Das ist eine ziemlich alte Akte, wenn ich das sagen

darf«, bemerkte Tante Lil, ohne aufzusehen. »Wer ist R. I. P.?«

»Ralph Peabody. Mr. Ralph Peabody. Er war vor mir Personalchef von Sterling & Sterling. Er war seit Jahren hier. Ich dachte schon, er würde nie gehen und mir eine Chance geben, die Stelle zu bekommen. Einen stellvertretenden Personalchef hatte er bereits ausgesessen. Aber 1973 schmiß er endlich das Handtuch und ich übernahm.«

»Ich erinnere mich. Du warst ziemlich begierig darauf, den armen Mann rauszudrängen.«

»Um Himmels willen – er war steinalt!«

»Wofür steht das I.?«

»Keine Ahnung«, gab T. S. zu. »Wir nannten ihn alle Mr. Peabody, sogar die Teilhaber. Er war ein altmodischer Mensch. Er gehörte zu den Angestellten, die so unterwürfig sind, daß du sie ›Mister‹ nennst, um die Peinlichkeit für dich selbst etwas abzumildern.«

»Ziemlich makabre Initialen, findest du nicht?« bemerkte Tante Lil fröhlich.

»Ja, ziemlich. Ist das Edgar Hales Ordner? Rangiert hoch oben auf deiner Liste von Verdächtigen, was?«

Sie nickte, versunken in die vergilbten Unterlagen. »Ich habe die Akte aufs Geratewohl herausgezogen«, murmelte sie, verärgert über die Unterbrechung.

»Steht irgendwas Interessantes drin?«

»1957 hat er sich ein paar Monate freigenommen, um mit seinen Eltern eine Reise durch Südamerika zu machen, aber für seine Hochzeitsreise ein paar Jahre später hat er sich nur eine Woche Zeit gelassen.«

»Das klingt nach dem Edgar Hale, den ich kenne.« T. S. hielt eine in Auflösung befindliche Akte hoch. Der Rükken des Ordners hatte sich abgelöst, und die Dokumente darin waren so säuberlich geschrieben, daß man die

Schrift fast für Kalligraphie hätte halten können. »Erinnerst du dich an den alten Hobart Cummings? Sieh mal, der erste Eintrag ist von 1892.«

»Nun, als Verdächtiger kommt er nicht in Frage«, stellte Tante Lil geschäftsmäßig fest. »Gib mir noch einen Teilhaber, und dann bin ich bereit für Robert Cheswick.«

T. S. hatte die Personalakten der Teilhaber nie zuvor durchgesehen, da er es als unter seiner Würde erachtete, seiner Neugier nachzugeben. Aber jetzt blätterte er glücklich die zahlreichen juristischen, medizinischen und sonstigen offiziellen Unterlagen durch. Fast jede Akte enthielt irgendein Abgangszeugnis oder Diplom, das Ergebnis der gründlichen ärztlichen Untersuchung, der jeder Bewerber vor der Einstellung unterzogen wurde, den Untersuchungsreport über familiären Hintergrund und Werdegang, der erforderlich war, bevor jemandem gestattet wurde, mit vertraulichen Unterlagen umzugehen, Empfehlungsschreiben von Pastoren und Schuldirektoren und oberflächliche Leistungsbeurteilungen über ihre Arbeit bei Sterling & Sterling. Jede Akte endete mit der kurzen Notiz »Zum Teilhaber gemacht« und einem dahintergekritzelten Datum. Diese drei Worte schlossen buchstäblich das Buch der Beschäftigung bei Sterling & Sterling und wiesen auf ihren Aufstieg in die Reihen der herrschenden Klasse hin. Tante Lil klappte schließlich die Personalakte des letzten Teilhabers zu und starrte lange zum Fenster hinaus. T. S. beobachtete sie und wartete.

»Was hast du herausgefunden?« fragte er schließlich, als sie immer noch keinen Ton von sich gab.

»Es ist merkwürdig«, sagte sie schlicht und klappte den auf ihrem Schoß liegenden Ordner wieder auf.

Sie hielt die Akte hoch. Es war Robert Cheswicks, und sie sah genauso aus wie die aller anderen Teilhaber. »Hast du etwas gefunden?« fragte er.

»Es geht mehr um etwas, das nicht da war«, sagte sie. Sie tippte mit einem Finger auf den Rückendeckel der aufgeschlagenen Akte, knapp über der Innentasche. Verschiedene Dokumente steckten in der Tasche, der Rest der Unterlagen war mit Metallverschlüssen eingeheftet. »Sieh dir das an«, befahl sie und reichte ihm die Akte.

Er betrachtete die Innenseite des Rückendeckels. Der Ordner bestand aus schwerer brauner Pappe, die jetzt verblichen und an manchen Stellen vergilbt war. »Was soll ich mir ansehen?«

»Siehst du da den Umriß von einem größeren Blatt Papier?«

Er sah genauer hin, und der Umriß eines großen, braunen Vierecks kam zum Vorschein. Direkt vor dem Rückendeckel hatte ein Dokument gesteckt, das ein Vergilben eines Teils der Pappe verhindert hatte.

»Das Blatt ist entfernt worden«, sagte Tante Lil. »Und sieh dir das an.« Sie blätterte zurück zur Innenseite des Vorderdeckels, an der das Inhaltsverzeichnis festgeheftet war, und zeigte auf eine sorgsam geschwärzte Eintragung unter der Überschrift »Sonstiges«. Jemand hatte eine frühere Eintragung fein säuberlich ausgestrichen, ebenso das Datum. Neben der getilgten Eintragung standen die Initialen »R. I. P.«. »Dein Mr. Peabody hat ein Dokument entfernt«, bemerkte Tante Lil überflüssigerweise.

T. S. sah sich die letzte Eintragung auf der Seite an und nickte. »Es ist entfernt worden, kurz bevor Cheswick zum Teilhaber gemacht wurde. Daran ist nichts Ungewöhnliches.«

»Es ist nichts Ungewöhnliches daran, vertrauliche Dokumente aus Personalakten zu entfernen?« fragte Tante Lil ungläubig.

»Nein, ich fürchte nicht. Es handelte sich wahrscheinlich um einen einfachen Verweis eines früheren Vorgesetzten. Peabody hatte das Gefühl, es wäre peinlich, das in der Personalakte eines Teilhabers zu lassen, und hat die Aktennotiz entfernt. Ich fürchte, sowas ist immer schon gemacht worden.« Tante Lil sah so entmutigt aus, daß er versuchte, sie aufzumuntern. »Aber trotzdem, du hast eine sehr gute Beobachtungsgabe. Daß dir das aufgefallen ist.«

Sie schmollte einen Augenblick, aber dann lebte sie wieder auf. »Und was ist mit der Tatsache, daß Cheswick, Hale und dieser John Boswell sich alle im Sommer 1957 ein paar Monate freigenommen haben? Ich nehme an, das ist auch nichts Ungewöhnliches?«

Er schüttelte den Kopf und zuckte die Achseln. »Tut mir leid. Seit einiger Zeit ist es offenbar Tradition, daß junge Männer, die den Sterlingmantel erben werden, sich ein paar Monate freinehmen, wenn sie einige Jahre hiergewesen sind. Sie sollen die Chance haben, sich selbst ihre Männlichkeit zu beweisen, bevor sie sich ganz ihrem langweiligen Beruf widmen.«

»Wie ausgesprochen albern«, bemerkte Tante Lil. »Schuljungen, die auf Safaris und Expeditionen herumrennen und um die Welt segeln. Wahrscheinlich haben sie keine Menschenseele täuschen können. Ich nehme an, sie haben ihre Dienstboten mitgenommen.«

»Vielleicht ist es affektiertes Gehabe. Ich weiß es nicht. Aber man scheint es von ihnen zu erwarten.«

»Theodore«, begann Tante Lil in einem Ton, der ihn innehalten ließ. »Ich weiß es einfach nicht.«

»Was weißt du nicht?« Er fing an, die Personalakten der Teilhaber einzusammeln und sie in einen Karton zu legen.

»Ob Robert Cheswicks Akte so harmlos ist, wie du sagst. Ich denke immer noch, da stimmt irgendwas nicht. Vielleicht ist es die fehlende Aktennotiz.«

»Möglicherweise, aber die Akte geht heute noch zur Polizei.« T. S. sah auf die Uhr. »Der Kommissar glaubt nicht, daß die Personalakten ihm viel nützen werden, aber ich habe versprochen, ihm die Unterlagen heute vorbeizubringen, damit seine Männer sie durchsehen können. Würdest du hier warten, während ich noch ein paar Akten ziehe? Er will auch die Personalakten der Top-Manager und der Angestellten, die mit Cheswick zusammengearbeitet haben.«

Sie nickte. »Wenn ich einen Blick auf die restlichen Akten werfen kann.«

»Du willst alle sehen?« Er hielt inne. »Du hast gesagt, du würdest dich beherrschen.«

»Nur ein kurzer Blick«, versicherte sie ihm munter. »Man kann nie wissen.«

T. S. machte die restlichen Akten, die Abromowitz angefordert hatte, schnell ausfindig. Sie waren dicker und vollständiger als die früheren Personalakten, da Sterling & Sterling auf die Herausforderungen des modernen Lebens reagiert und die Überwachung der Angestellten verstärkt hatte. Als er in sein altes Büro zurückkehrte, blätterte Tante Lil wieder die Personalakten der Teilhaber durch.

»Hast du noch was entdeckt?« fragte er. Obwohl sie seine Schritte auf dem dicken Teppich unmöglich gehört haben konnte, zuckte sie nicht zusammen. Sie war nicht leicht zu erschrecken.

»Ich weiß es wirklich nicht, Theodore«, gab sie zu. »Ich habe noch nie aktiv Ermittlungen durchgeführt. Laß uns die mal ansehen.«

Er reichte ihr die Ladung neuer Akten. Sie sah jede mit der Präzision einer Maschine durch, überflog jedes Dokument mit einem Blick und blätterte mit skeptischem Schnauben weiter, als glaube sie kein Wort von dem, was da stand. »Was für ein langweiliger Haufen«, sagte sie schließlich, und irgendwie irritierte diese Bemerkung T. S. außerordentlich.

Sie blätterte weiter und hielt erst inne, als sie zur Akte von Anne Marie Shaunessy, Cheswicks Sekretärin, kam. »Gütiger Himmel«, sagte sie. »Für eine Sekretärin verdient sie wirklich gut. Meine Mutter hatte recht – ich hätte Tippen lernen sollen.«

T. S. zuckte die Achseln. »Langjährige Angestellte verdienen manchmal unverhältnismäßig viel. Wir können schließlich nicht irgendwann aufhören, ihr Gehalt zu erhöhen. Sie würden sich bei den anderen Mitarbeitern beklagen, und das gibt eine schlechte Publicity, die die Sache nicht wert ist. Aber es stimmt, Anne Marie verdient mehr als die meisten Sekretärinnen. Das ist immer ein ziemlicher Zankapfel zwischen ihr und den anderen gewesen. Cheswick ist geizig, aber zu ihr ist er immer sehr großzügig gewesen.«

Tante Lil blickte ihn mit hochgezogenen Augenbrauen an.

»Nein«, entgegnete er fest. »Ganz bestimmt nicht. Glaub mir, ich hätte davon gehört. Keiner von beiden hatte eine Affäre, weder miteinander noch mit jemand anderem.«

Tante Lil warf den Ordner zurück auf den Stapel. »Nicht schlecht für ein junges Mädchen aus Brooklyn, das in den fünfziger Jahren direkt aus der Sekretärinnenschule ›Unserer lieben Frau der immerwährenden Hilfe‹ kam.«

»Ja.« T. S. nickte. »Ich habe immer gern junge Sekretärinnen eingestellt, die frisch aus dieser Schule kamen. Es war ein so passender Name. Und es waren entzückende Mädchen. Die Schule ist jetzt geschlossen. Anne Marie war eine der allerersten Kräfte, die wir direkt von der Schulbank weg eingestellt haben. Es war eine perfekte Ausbildung für die Arbeit bei Sterling & Sterling. Es gibt nichts Besseres als eine katholische Schulbildung, wenn man lernen will, wie man sich anpaßt.«

Als sie zum Polizeirevier fuhren, schien Tante Lil in Gedanken versunken zu sein. Sie sagte kaum etwas, ignorierte T. S. und machte gelegentlich kurze Notizen in ihr Buch. Sie bot sogar freiwillig an, geduldig im Wagen zu warten, während er die Aktenordner abgab.

Abromowitz war nirgends zu finden, und ein vielbeschäftigter Sergeant nahm T. S. barsch den Karton ab und schob ihn ohne große Begeisterung an die Seite des Schalters.

»Schönen Tag noch«, sagte T. S. sarkastisch, was ihm ein mißtrauisches Grunzen als Antwort einbrachte.

Tante Lil hüllte sich auf der Fahrt zu ihrer Wohnung in Queens weiter in Schweigen, aber als sie in ihre Straße einbogen, wurde sie wieder munter. Es war eine ruhige, mit Bäumen bestandene Seitenstraße mit großen, geklinkerten Wohnblocks, die nicht höher waren als sechs Stockwerke. Kinder spielten unter der strengen Aufsicht ihrer Mütter auf den Gehwegen, und der Lärm und das Gedränge von Manhattan schienen sehr weit weg zu sein.

»Hast du Anne Marie und Sheila für morgen zum Brunch eingeladen?« fragte sie, als er sie zum Fahrstuhl begleitete.

»Ja. Sie kommen sehr gern. Ich habe Sheila mit deinen berühmten Bloody Marys bestochen.«

»Gute Arbeit. Wir werden ihrer Mutter ein paar einflößen müssen. Damit sie auftaut. Als seine Sekretärin weiß sie vielleicht etwas, ohne daß es ihr bewußt ist.« Manchmal bewies Tante Lil eine beunruhigende Vertrautheit mit wenig orthodoxen Mitteln zur Erreichung eines Ziels.

»Ich mach' gern den Barkeeper, wenn du die Drinks mixt«, bot er an.

»In dem Fall übernehme ich gern das Kochen, wenn du abwäschst.« Sie lachte fröhlich, die Fahrstuhltüren schlossen sich, und nur die leere Eingangshalle sah sein Abschiedswinken. Schon spürte er, wie sehr ihm Tante Lils lebhafte und erfrischende Gesellschaft fehlte.

Der Brunch war auf zehn Uhr angesetzt, trotz Tante Lils energische Proteste. Sie empfand jede Zeit vor zwölf Uhr mittags als absolut barbarisch. Sheila hatte jedoch angedeutet, daß sie für später wichtige Pläne hatte und es vorziehen würde, nach der Kirche vorbeizukommen. T. S. wußte, daß es ihre Gewohnheit war, jeden Sonntagmorgen zusammen mit ihrer Mutter die Frühmesse in der Kirche »Unserer schmerzensreichen Madonna« zu besuchen, und er wollte sich da nicht einmischen. Wahrscheinlich konnte sie die Religion diese Woche besonders gut gebrauchen, überlegte er, nachdem sie – buchstäblich – dem Tod von Angesicht zu Angesicht begegnet war.

Und außerdem, während Sheila auf den Knien lag und betete, würde T. S. auf den Knien liegen und putzen. Für eine Frau von so methodischem Geist, wie Tante Lil es war, hatte sie eine bemerkenswert chaotische Wohnung. Von außen sah man nur einen für Queens typischen Mittelstands-Wohnblock aus Backstein, aber Tante Lils Wohnung sah aus, als hätte jemand versucht, Museumsstücke aus sechs Jahrzehnten in vier kleinen Zimmern unterzubringen. Überall standen Tische und hingen Regale, und auf ihnen stapelten sich geschnitzte Figuren, Musikboxen, antike Kosmetikkoffer, Kostümstücke und Schnittmusterteile, Aschenbecher aus jedem Hotel zwischen New York und San Francisco, mindestens zehn Scheren, angebrochene und nicht angebrochene Keks- und Crackerschachteln und Notizzettel, die sie erst als Gedächtnishilfe geschrieben und dann prompt vergessen hatte. Er fand eine in eine Vase gestopfte Notiz von vor über einem Jahr: »Weihnachtsmannkostüm aus der Reinigung holen.« Er fragte sich, ob sie es schon abgeholt hatte, vergeudete aber weiter keine Zeit, darüber nachzudenken, was Tante Lil mit einem Weihnachtsmannkostüm gewollt hatte.

Um das Durcheinander noch zu steigern und, wie er argwöhnte, jede Frage nach Anstellung einer Reinmachefrau im Keim zu ersticken, stellte Tante Lil absichtlich die wertvollsten Besitztümer neben Ramsch vom Flohmarkt auf. Sie erklärte, sie möge all ihre Sachen gleich gern, und nannte ihn einen Snob, wenn er dagegen protestierte. Im Wohnzimmer hatte sie eine Kollektion exquisiter Vasen in einer Vitrine nach hinten geschoben, um Platz für einen großen Bowling-Pokal zu schaffen, den sie auf der Straße gefunden und ins Herz geschlossen hatte. Im Schlafzimmer stand eine wertvolle Zinnschale aus dem frühen achtzehnten Jahrhundert, die sie mit Tausenden von Pokerpfennigen gefüllt hatte. Die gleiche demokratische Vorgehensweise wurde bei den Büchern angewandt, die in planlosen, schwankenden Stapeln auf dem Flur lagen, gebundene Ausgaben und Taschenbücher gleichermaßen. Erstausgaben von Poe lagen begraben unter *Reader's Digest*-Romankurzfassungen aus den fünfziger Jahren.

Aber Tante Lil sammelte eigentlich keine Sachen. Wie es von jemandem erwartet werden konnte, der so neugierig war wie sie, zog sie es vor, Menschen zu sammeln.

Dutzende gerahmter Fotografien ihrer Lieblinge hingen an den Wänden. Aufnahmen von Tante Lil, die an der Seite afrikanischer Könige lächelte, die Hand eines früheren japanischen Premierministers schüttelte oder inmitten einer Gruppe ernster deutscher Geschäftsleute posierte, hingen verstreut zwischen Fotos gewöhnlicherer Gesichter. Eine ihrer Lieblingsaufnahmen war ein Bild, das vor mehreren Jahrzehnten entstanden war: Sie stand auf einem riesigen Stapel alter Autoreifen neben einer ganzen Familie von breitgesichtigen Fremden, die vor Vancouver einen Schrottplatz betrieben. Sie konnte sich inzwischen nicht einmal an ihre Namen erinnern, wie bei vielen der anderen Bilder auch, aber die Gesichter waren ihr immer noch lieb und teuer. Und die Erinnerungen, für die sie standen, wie T. S. annahm.

Die Einrichtung bestand aus einer kunterbunten Mischung verschiedenster Antiquitäten und Stilmöbel, die sie von dankbaren Arbeitgebern und ihren zahlreichen Verehrern geschenkt bekommen hatte. Sie neigte dazu, die Schönheit dieser Stücke zu verhüllen, indem sie Stoffbahnen über alle Tische, Stühle und Sofas breitete. Vielleicht, weil sie sich dann mehr wie zu Hause fühlte, nach all den Jahren, die sie in Modeateliers zugebracht hatte. Aber die Arbeit in der Haute Couture hatte offensichtlich wenig Auswirkung auf ihren Sinn für Ästhetik gehabt. Schwere Brokatstoffe waren wahllos auf fröhliche Baumwollgewebe gehäuft und bildeten eine Kakophonie von Mustern und Farben.

Tante Lils Kleiderschrank war der einzige Platz in der gesamten Wohnung, der einen Anflug von Disziplin verriet. Da herrschte peinliche Ordnung. Aufeinander abgestimmte Ensembles, meistens Hosenanzüge, hingen nach Farbe und Material sortiert im Schrank. Der Schmuck und die Schuhe waren an speziellen Haken aufgehängt, die in die Tür des Kleiderschranks eingelassen waren, ein System, das T. S. so bewunderte, daß er es in seiner eigenen, viel ordentlicheren Wohnung übernommen hatte.

Unglücklicherweise würden Anne Marie und Sheila ihre Zeit nicht in Tante Lils Kleiderschrank verbringen. Was bedeutete, daß es für T. S. noch sehr viel zu tun gab, bevor sie kamen. Bei der grundlegenden Organisation des Haushalts konnte er wenig erreichen, und er hatte schon vor langer Zeit gelernt, daß der Versuch, Tante Lils Gewohnheiten zu ändern, sinnlos war. Aber er konnte zumindest für oberflächliche Sauberkeit sorgen. Die Stunde vor dem Brunch brachte er damit zu, Stoffbahnen zusammenzufalten, die, wie er aus langer Erfahrung wußte, unter ihr Bett paßten. Während der Arbeit konnte er Tante Lil in der Küche klappern und singen hören. Wahrscheinlich, um nicht hören zu müssen, wie er saubermachte, da sie sonst Schuldgefühle bekommen würde.

Er staubte Dutzende von Fotografien ab und ordnete den Inhalt ihrer Regale, so gut er konnte. Im Prinzip schaufelte er das Wohnzimmer frei und verbannte ihren kostbaren Krams auf die entlegene Seite ihres Betts. Als er damit fertig war, saugte er Staub in dem gemütlichen Freiraum, den er geschaffen hatte, wobei er zu seiner Überraschung bemerkte, daß das Sofa weiß war. Er hätte schwören können, daß es geblümt war, aber vielleicht war das nur eine Stoffbahn gewesen, die Tante Lil besonders schätzte. Wenn Sheila oder ihre Mutter den Wunsch äußerten, durch die Wohnung geführt zu werden, war das Spiel aus. Aber T. S. vermutete, daß beide scharfsinnig genug waren, um zu wissen, daß man sein Glück nicht überstrapazieren sollte, und wahrscheinlich waren sie auch zu höflich, um neugierig herumzuspähen.

Sie klingelten pünktlich um zehn an der Tür. T. S. hieß

sie mit einer Verbeugung in der Wohnung willkommen. Anne Marie segelte an ihm vorbei, gekleidet wie eine Königin in einem grauen Kostüm, das bei jeder Bewegung fast schimmerte – allerfeinster Sonntagsstaat. Nicht, daß sie je schlecht angezogen wäre. Sie war immer noch eine Schönheit, sogar mit Mitte Fünfzig. Sie war klein und besaß das dunkle irische Aussehen, das es heutzutage nur selten so rein und unverfälscht gibt. Ihre Haut war wie blasses Porzellan, aber die Augen und die Augenbrauen waren fast schwarz. Das Haar hatte einen leuchtenden Ebenholzton, an diesem Punkt ihres Lebens zweifellos mit ein bißchen Hilfe von Clairol.

Sheila hingegen sah aus, als hätte sie weit bessere Tage gesehen. In Tante Lils vollgestopfter Wohnung wirkte sie eindeutig recht beengt, und sie überragte ihre zierliche Mutter mit dem ganzen Charme eines Roboters. Sie hatte einen erfolglosen Versuch unternommen, ihr kurzes blondes Haar zu kämmen: Kleine Klümpchen zierten ihren Hinterkopf wie winzige Heuschober. Darüber trug sie einen mitgenommenen Strickhut, der aussah, als wäre er von einem Holzfäller ausrangiert worden. Sheilas rotgeränderte Augen, an denen noch eine kaum wahrnehmbare Kruste Make-ups vom Vortag klebte, blickten leblos und resigniert.

»Kommen Sie herein, meine Damen«, sagte T. S.

»Hallo, Mr. Hubbert«, grüßte Sheila hölzern, zog sich den Strickhut vom Kopf und schüttelte sich kräftig. Regentropfen spritzten durch die Wohnung, und Anne Marie verdrehte die Augen.

»Wirklich, Sheila. Manchmal benimmst du dich wie ein Labradorhund.« Ihre Mutter zog mit schnellen, damenhaften Bewegungen die Handschuhe ab und drapierte sie im Vorbeigehen über T. S.' ausgestrecktem Arm. Seit Freitag hatte sie zweifellos die Haltung wiedergefunden.

Sie ließ sich genau in der Mitte von Tante Lils Sofa nieder, wo ihr graues Seidenkostüm einen gedämpften Kontrast zu dem Schneeweiß bildete. Sheila trug das schwarzgrüne Hemdblusenkleid, das sie gewöhnlich montags hervorzerrte, wenn sie zu müde war, sich etwas anderes herauszusuchen.

Die purpurnen Schatten unter Sheilas Augen verrieten sie. »Und wie ist Ihr Wochenende bislang verlaufen, Ms. O'Reilly?« fragte T. S. unschuldig. Anne Marie nahm keine Notiz davon, sie begutachtete statt dessen sorgfältig jedes Detail von Tante Lils Einrichtung. Wiederholt strich sie den Rock ihres Kostüms glatt und hörte abwesend zu, wie T. S. ihre Tochter neckte.

»Ich fühle mich furchtbar«, murmelte Sheila zurück. »Zuviele Drinks letzte Nacht.«

T. S. rieb sich die Hände auf eine Art, die er für vornehm hielt. »Ach ja. Drinks. Wer hätte gern einen von Tante Lils berühmten Bloody Marys?« Er richtete die Frage an Anne Marie, aber der Schauder, der Sheila erfaßte, entging ihm nicht.

»Für Sie ist es vielleicht noch ein bißchen früh, Sheila«, bemerkte er taktvoll.

»Vielleicht«, echote sie matt. »Ich glaube, ich nehme erstmal ein Ginger Ale.«

»Eine Bloody Mary wäre genau das Richtige«, sagte Anne Marie munter. »Nach dem Martyrium, das ich durchgemacht habe.« Ihre Haut war noch blasser als gewöhnlich, aber die Aufregung hatte den Glanz ihrer dunklen Augen noch erhöht. T. S. verblüffte die Intensität ihres Ausdrucks. Es sah fast so aus, als würde sie die tragische Unterbrechung ihrer alltäglichen Routine genießen.

»Guten Morgen, meine Damen!« Der überschwengliche Ausruf kam von Tante Lil, die aus der Küche trat und aussah wie eine verrückt gewordene und übergroße Tinkerbell. Über einem blaßrosa Overall trug sie eine riesige, rüschengeschmückte weiße Schürze, genau über dem Po zusammengebunden mit einer großen Schleife, die an beiden Seiten hervorguckte. Tante Lil schaute Sheila glücklich an, begutachtete mit einem berufsmäßigen Blick Anne Maries Kostüm und blinzelte kurz, bevor sie sich wieder fröhlich an Sheila wandte. »Und wie geht es Ihnen heute, meine Liebe?« fragte sie.

Sheila starrte auf die Schürze. Der Anblick hatte sie mit Stummheit geschlagen, aber Anne Marie zeigte sich der Situation gewachsen. »Wie reizend Sie aussehen, Tante Lil«, sagte sie, sprang auf und küßte sie auf die Wange. »Es war wirklich sehr freundlich von Ihnen, uns zum Tee einzuladen. Mein Mann hat heute Dienst, wissen Sie, und ich hätte ganz allein in diesem großen, großen Haus gesessen.«

Anne Marie hatte die verwirrende Angewohnheit, bei gesellschaftlichen Anlässen ziemlich atemlos zu sprechen, aber den abgehackten Tonfall eines Feldwebels anzunehmen, wenn sie als Sekretärin Dienst tat. Heute hatte sie sich für ihre gesellschaftliche Sprechweise entschieden, und ihr mädchenhafter Tonfall bildete einen seltsamen Kontrast zu ihrer reifen Erscheinung.

»Ich dachte, im Augenblick sollten Sie besser nicht allein sein müssen«, sagte Tante Lil zu Anne Marie und wedelte mit dem Rührlöffel herum, als wäre es ein Zauberstab. »Es ist wichtig, über diese Dinge zu sprechen, sonst zehren sie an einem.«

Bevor irgend jemand auf diese Bemerkung antworten konnte, verschwand Tante Lil wieder in der Küche. T. S. fragte sich nur, wer hier an wem zehrte, und holte die Karaffe mit den Bloody Marys.

Tante Lil hatte sehr genaue Anweisungen gegeben.

T. S. sollte Anne Marie zum Trinken von mindestens drei Bloody Marys nötigen, bevor er das Thema Mord anschnitt. Essen sollte es gegen Ende des vierten Bloody Marys geben, und während der Mahlzeit sollte T. S. Tante Lil die Befragung überlassen. Es war eine enorme Menge Alkohol für eine normale Frau, aber, wie Tante Lil ihren Neffen erinnerte, Anne Marie war in einer leidenschaftlich irischen Familie aufgewachsen, und an Alkohol war sie durchaus gewöhnt.

Während Tante Lil in der Küche herumklapperte, plauderte T. S. mit Anne Marie. Er hatte schon vor langer Zeit gelernt, bei all diesen faszinierenden Themen sein Gehirn auf automatische Steuerung zu stellen. Sie nippte glücklich an ihren Drinks, nahm sie sogar mit auf ihre häufigen Gänge ins Badezimmer und schien sich nicht bewußt zu sein, daß sie mit rapider Geschwindigkeit ungeheuerliche Mengen von Alkohol zu sich nahm. Jeder Drink verstärkte das Glänzen ihrer Augen und den Enthusiasmus, mit dem sie am Gespräch teilnahm. Zwei rote Zwillingskreise erschienen auf ihren Porzellanwangen und verliehen ihrem Gesicht eine mädchenhafte Hübschheit.

T. S., der sich ein bißchen wie eine Ratte vorkam, schenkte ihr zum viertenmal nach und fragte sie, wie sie die schrecklichen Ereignisse am Freitag überstanden hatte.

Es war kein Drängen nötig, damit sie lang und detailliert schilderte, wie sie die Leiche gefunden hatte, eine Geschichte, die T. S. mittlerweile vertraut war. Aber in ihrer Version war Sheila diejenige, die völlig verstört gewesen war, während Anne Marie sie beruhigt hatte und ihr gesagt hatte, was sie tun sollte. Als ihre Mutter bei diesem Teil der Geschichte angekommen war, verdrehte Sheila die Augen und bat nun doch um eine

Bloody Mary. Nach ein paar Schlucken entspannte auch sie sich und ertrug die Version ihrer Mutter mit Geduld.

Das Klappern und Klirren in der Küche wurde lauter. T. S. war beunruhigt. Tante Lil war nicht die beste Köchin der Welt, und man wußte nie, was schließlich auf dem Tisch stehen würde. Schließlich kapierte er jedoch, daß der Lärm ein Zeichen sein sollte. Er stemmte sich aus Tante Lils tiefem Polstersessel und verkündete, es sei angerichtet.

Er führte die Gäste in einen kleinen, engen Eßbereich zwischen dem Wohnzimmer und der Küche. An einer Wand stand ein Büffet mit exquisitem Porzellan aus Hongkong, das ein dankbarer Modeschöpfer Tante Lil in den dreißiger Jahren mitgebracht hatte. Tante Lil hatte den Tisch wunderschön gedeckt mit Leinen, Silber und einem riesigen Blumenstrauß und damit ein Flair von Eleganz geschaffen, das darauf abzielte, Anne Marie zu beeindrucken. T. S. bestand darauf, daß ihr Gast sich auf den Ehrenplatz setzte. Die drei tranken ihre Bloody Marys und warteten auf Tante Lil, T. S. voll Beklommenheit und die beiden Frauen in gnädiger Unwissenheit.

Er hätte sich keine Sorgen zu machen brauchen. Tante Lil hatte die Zeit in der Küche gewinnbringend verwendet und marschierte jetzt mit großem Tamtam zwischen Küche und Eßzimmer hin und her. Sie schaffte Platten voll knuspriger Waffeln und Erdbeeren heran, eine obszöne Menge gebratenen Frühstückspeck, Rühreier mit Paprika und Zwiebeln, Obstsalat, eine Karaffe frischgepreßten Orangensaft und eine Kanne frischen Kaffee. Dankbar dafür, daß seine Pflichten so gut wie erledigt waren, langte T. S. mit einer Begeisterung zu, die nur von Sheila übertroffen wurde. Erstaunlicherweise schien der Kater ihren Appetit nicht beeinträchtigt zu haben, und die beiden schlangen glücklich ihr Essen herunter, während Tante Lil geschickt die Erzählung ihres Gastes steuerte.

»Es ist wirklich sehr seltsam, daß jemand Robert Cheswick ermordet hat«, sagte Tante Lil und häufte Erdbeeren auf Anne Maries Waffel. »Finden Sie nicht auch?«

Anne Marie nahm noch einen gesunden Schluck von ihrer Bloody Mary und nickte zustimmend. »Wer sollte ihn umbringen wollen?« Sie stocherte geziert in ihrem Essen herum und schob es auf dem Teller hin und her.

»Sie wissen nicht, wer es gewesen sein könnte?«

»Die Polizei denkt, daß Insiderhandel dahintersteckt«, wiederholte Anne Marie mit großer Überzeugung. Da sie mit einem Polizisten verheiratet war, hatte sie großen Respekt vor der New Yorker Polizei, und sie hatte die Erklärung des Kommissars automatisch wiedergegeben. T. S. fiel auf, daß sie etwas undeutlich sprach, eine Schwäche, die mal mehr, mal weniger deutlich hervortrat.

»Ach je, und ich dachte immer, die Polizei würde sich nicht um Modetorheiten kümmern«, sagte Tante Lil geistesabwesend, während sie den Tisch nach dem Orangensaft absuchte, als hätte sie nichts Wichtigeres im Kopf. »Aber was denken Sie *wirklich* meine Liebe?« fragte sie beiläufig. »Schließlich standen Sie ihm sehr nahe. Sie haben, sagen wir, die Intuition, die der Polizei fehlt.«

Anne Marie nickte zustimmend, schloß die Augen und schien gründlich über die Sache nachzudenken. T. S., den Mund voller Rührei, beobachtete sie, und einen Moment fürchtete er, sie wäre eingeschlafen. »Ich weiß es wirklich nicht«, sagte sie schließlich. »Mr. Cheswick war ein sehr verschlossener Mensch. Ich kann es wirklich nicht sagen. Es könnte Insiderhandel sein. Vielleicht hat er versucht, jemandem das Handwerk zu legen. Ich nehme an, wenn genug Geld auf dem Spiel steht, würde jeder töten.«

»Vielleicht wurde er wegen seines Geldes getötet?« schlug Tante Lil vor.

Anne Marie zerbiß knackend eine Stange Staudensellerie und dachte darüber nach. Die Idee schien ihr zu gefallen. »Das könnte sein. Wär' doch was, wenn es seine hochnäsige Frau war.« Sie griff wieder nach der Bloody Mary, wirbelte die Flüssigkeit mit dem kleinen Finger herum, nahm dann einen Schluck und lächelte T. S. anmutig zu.

T. S. konzentrierte sich auf das Sezieren einer Waffel. Sein Gewissen plagte ihn. Sie waren wirklich tief gesunken. Respektable Frauen mittleren Alters betrunken machen und sie aushorchen. Das war nicht das glanzvolle Detektivleben, das er sich ausgemalt hatte. Es war wirklich ziemlich schäbig.

Sheila aß eifrig Schinken, während sie schnell von einem zum anderen blickte. Kater hin oder her, sie hatte nicht vor, sich etwas entgehen zu lassen.

»Aber wenn es nicht um Geld ging«, fragte Tante Lil Anne Marie, »was könnte es sonst gewesen sein, was meinen Sie?« Tante Lil hatte weder Cocktails noch Essen angerührt und schob lediglich geschickt Eier auf ihrem Teller hin und her. Sie zog es vor, vor dem Nachmittag ausschließlich schwarzen Kaffee zu sich zu nehmen.

Ein träumerischer Ausdruck trat in Anne Maries Gesicht, und sie starrte die Wand an. Die Worte kamen ihr langsam von den Lippen. »Das ist das Merkwürdige daran«, sagte sie leise.

»Was?« unterbrach T. S. sie, unfähig, sich zurückzuhalten. Tante Lil war wenig erbaut über seine Einmischung, sagte aber nichts.

»Daß es so geheimnisvoll ist«, entgegnete Anne Marie. »Er war ein so gewöhnlicher Mann, und jetzt wird er auf so ungewöhnliche Art ermordet. Es ist ein Witz, der sich gegen uns alle richtet. Finden Sie nicht?« Anne Marie sah jedem ins Gesicht, während sie sprach. »Wir dachten alle, wir würden ihn so gut kennen. Robert Cheswick. Tweedjacken. Pfeife. Herrenhaus in Connecticut. Aber irgendwo, hinter all dem, hatte sogar er ein dreckiges kleines Geheimnis.« Sie lachte dünn, aber das Lachen wurde schnell zu einem Seufzer. »Ich denke, er wurde aus einem Grund ermordet, den nur er selbst kennt.«

»Er und der Mörder«, korrigierte Tante Lil.

Anne Marie sah unbehaglich drein und suchte Zuflucht bei ihrer Waffel.

»Sie müssen die meisten seiner Geheimnisse gekannt haben, meine Liebe«, bemerkte Tante Lil sanft. »Schließlich waren Sie seit vielen Jahren bei ihm.«

»Seit ich mit der Schule fertig war. Er war so freundlich zu mir. Damals waren wir beide noch jung.« Der verträumte Blick trat wieder in ihre Augen, die Bloody Marys trugen sie um Jahrzehnte zurück. »Als ich bei Sterling & Sterling anfing, war ich erst achtzehn und kannte keine Menschenseele. Keinen einzigen Menschen. Damals waren alle noch jung und attraktiv – die heutigen Teilhaber, meine ich. Sie waren noch menschliche Wesen. Hatten Witz. Bevor Geld und Macht kamen.« Sie seufzte. »Robert Cheswick war einer der menschlichsten von allen. Als Sheila geboren wurde, hat er mir Urlaub gegeben. Er war so freundlich, mir die Stelle freizuhalten. Er hatte ein anderes Mädchen, aber er ließ sie gehen, damit ich meinen Job zurückbekam.«

»Ich denke, es gibt ein Gesetz, das das regelt, Mama«, sagte Sheila zwischen enorm großen Bissen Rührei. Sie hatte drei Toast vertilgt und nahm sich den vierten vor.

»Damals gab es das nicht«, korrigierte Anne Marie steif. »Er gab mir ganze anderthalb Jahre frei. Er war wirklich ein sehr rücksichtsvoller und aufmerksamer Mensch.«

»War er das?« Jetzt war es an T. S., skeptisch zu sein. Diese unerwartete Heiligsprechung von Robert Cheswick paßte nicht so recht zu dem, was er von ihm wußte. »Mir schien er kein besonders rücksichtsvoller Mensch zu sein.«

Anne Marie sah beleidigt aus. »Er sprach nicht viel über diese Dinge.« Sie wischte sich affektiert einen Mundwinkel ab. »Ich nehme an, er wird sich im Grabe umdrehen, wenn er herausfindet, daß die Polizei über seinen persönlichen Papieren brütet. Ich vermute, sie werden sogar seine privaten Finanzen überprüfen?«

»Darauf können Sie wetten«, teilte T. S. ihr mit. »Ich bin sicher, die Polizei wird Sie danach fragen.«

»Ich habe nichts zu verbergen.« Sie sah ihn scharf an, dann entspannte sie sich und nahm einen Schluck von ihrem Drink. »Sie werden nur herausfinden, daß ich recht habe«, sagte sie voraus. »Wußten Sie, daß er seiner Frau seit fast fünfzehn Jahren jede Woche Blumen schickt? Steht in seinem Scheckheft.«

Das überraschte T. S. wirklich. Er hatte immer den Eindruck gehabt, daß Robert Cheswick seine Frau nicht im mindesten zu würdigen gewußt hatte.

Tante Lil wurde munter. »Sie wissen natürlich alles über seine kleinen aufmerksamen Gesten. Ich nehme an, Sie kennen sogar seine Unterlassungssünden. Die Fehler, die er vor anderen verbarg.«

»Natürlich«, gab Anne Marie zu. »Ich wußte alles über ihn.« Sie starrte unerwarteterweise T. S. an, der, überrascht, sich so plötzlich im Zentrum der Aufmerksamkeit zu sehen, ein Waffelviertel herunterschluckte, ohne zu kauen, und es schaffte, gleichzeitig den Kopf zu schütteln und fast zu ersticken. Sheila klopfte ihm kräftig auf den Rücken, während Tante Lil und Anne Marie weiterplauderten.

»Stand Mr. Cheswick sehr unter Streß?« fragte T. S. mit erstickter Stimme, als er wieder in der Lage war zu sprechen. »Hat er mehr Fehler gemacht als gewöhnlich?«

»Nicht, daß ich wüßte.« Anne Marie schüttelte den Kopf. »Unter uns gesagt, er war natürlich nie besonders *freundlich* zu den meisten Leuten. Er war wie immer, steif und förmlich. Der arme Jimmy hat letzte Woche eine Gehaltserhöhung beantragt, und Mr. Cheswick hat sie rundweg abgelehnt. Kaum überraschend. Man mußte wissen, wie man ihn zu nehmen hatte.«

Sie wußte das zweifellos, wenn man sich ihr eigenes gesundes Gehalt ansah. »Jimmy Ruffino?« fragte T. S. »Der Hausdiener der Teilhaber?«

Anne Marie nickte. »Er ist seit fast zwanzig Jahren bei der Bank. Und glauben Sie mir, ich weiß, wie schwer es sein kann, wenn man Mr. Cheswick, möge er in Frieden ruhen, um eine Gehaltserhöhung bitten muß. Aber die Frau des armen Jimmy ist krank, und er braucht das zusätzliche Geld wirklich, und Mr. Cheswick ließ ihn nicht einmal ausreden. Er sagte nur, es sähe schlecht aus, die Bank würde Verluste machen und dieses Jahr würde niemand eine Gehaltserhöhung bekommen.« Sie kaute geziert ihren Toast.

»Aber das ist nicht wahr«, sagte T. S. empört. »Sterling & Sterling hat letzten Monat mehr Geld gemacht als in den letzten zweihundert Jahren.«

»Oh, ich weiß das. Aber Mr. Cheswick sagte immer so etwas, wenn jemand um eine Gehaltserhöhung bat. Manchmal frage ich mich, warum ich ...« Ihre Stimme verlor sich, und sie bekam einen Schluckauf.

»Haben Sie mit seiner Frau gesprochen, Liebes?« fragte Tante Lil. »Es muß sie schrecklich mitgenommen haben.«

»Oh, das bezweifle ich.« Anne Marie warf Tante Lil einen Blick zu, der T. S. total verwirrte, obwohl Sheila weise nickte. »Natürlich ist sie verstört, weil das die angemessene Reaktion ist und alle es von ihr erwarten.«

T. S. nahm pikiert die Andeutung zur Kenntnis, daß Lilah Cheswick vielleicht nicht absolut vollkommen sein könnte, aber er unterdrückte seinen Ärger und ignorierte bewußt Tante Lils hochgezogene Augenbrauen.

»Sie standen sich nicht sehr nahe«, erklärte Anne Marie. »Wenn Sie wissen wollen, wie es Lilah Cheswick geht, fragen Sie besser einen anderen Teilhaber, den wir kennen ...« Sie hielt plötzlich inne, als wäre sie zu weit gegangen, beschloß, nicht weiterzusprechen, und nippte schweigend an ihrem Drink.

Tante Lil räusperte sich vorsichtig und verfolgte die Angelegenheit nicht weiter. Sie schenkte mit großem Aufwand allen Kaffee nach. T. S. wußte, daß sie versuchte, Zeit zu gewinnen.

»Kümmern Sie sich um seine privaten Rechnungen?« fragte Tante Lil beiläufig. »Amüsant, nicht wahr, wie Männer wie Mr. Cheswick ihre eigene finanzielle Haushaltung vernachlässigen.«

»Ich bezahle alle Rechnungen. Den Friseur, die Reinigung, die Weihnachtsgeschenke von Bloomingdale's. Er hatte jemanden, der ein paar nette Sachen für seine Frau und die Töchter aussuchte. Geld war kein Thema.«

»Haben Sie in letzter Zeit irgendwelche ungewöhnlichen Rechnungen oder Schecks bemerkt?« fragte T. S.

Sie dachte einen Augenblick nach. »Nein. Die Polizei hat mich das auch schon gefragt. Nur das Übliche.«

»Ich nehme an, die Polizei hat Sie nach seinen persönlichen Papieren gefragt?« meinte Tante Lil.

Anne Marie zuckte die Achseln und betrachtete ihren Toast.

»Nein. Sie taten so, als hielten sie mich für blöde. Aber sie haben seinen Schreibtisch gründlich durchsucht. Ich bin sicher, sie haben sie gefunden. Es war nicht meine Schuld, daß sie mich in einen Raum gesetzt haben, in dem wichtige Beweismittel waren«, fuhr sie indigniert fort. »Wie hätte ich wissen sollen, daß ich nichts anrühren durfte?«

»Sie haben den Schaukasten angefaßt, aus dem das Messer entnommen wurde?« fragte T. S. matt.

»Natürlich. Der Schaukasten stand offen. Ich wollte aufräumen, falls einer der Teilhaber den Konferenzraum brauchen sollte. Ich wußte nicht, daß das Messer da drin gewesen war.«

T. S. dankte dem Schicksal, das ihn in seinen Beruf gesteuert und davor bewahrt hatte, für Abromowitz zu arbeiten. Jemand würde ordentlich eins aufs Dach kriegen. Sheila zappelte ruhelos neben ihm auf ihrem Stuhl herum und versuchte, unauffällig einen Blick auf Tante Lils antike Kuckucksuhr zu werfen. Ihre Pläne für den Nachmittag mußten wichtig sein.

»Was ist mit diesem ungewöhnlichen Briefbeschwerer, den Cheswick hatte?« bemerkte Tante Lil, die sich keine Gedanken über Sheilas wachsendes Verlangen machte, den Brunch zu beenden. »Mir ist aufgefallen, daß viele der Teilhaber so einen Briefbeschwerer haben. Haben die eine bestimmte Bedeutung?«

Anne Marie starrte Tante Lil an. »Sie meinen die Silberlöffel? Wann haben Sie die bemerkt?«

»Nun«, wich Tante Lil aus, plötzlich eifrig damit beschäftigt, das Geschirr zusammenzustellen. »Einmal bin ich da drin gewesen, und aus irgendeinem Grund erinnere ich mich an die Briefbeschwerer. Sieht mir ähnlich. Immer fallen mir irgendwelche albernen Details auf.« Sie hatte nicht vor, Anne Marie gegenüber zuzugeben, daß sie den Schauplatz des Verbrechens durchstöbert hatte, fiel T. S. auf.

Anne Marie stützte ihr Kinn auf die Hand, als könne ihr Kopf die zusätzliche Stütze mittlerweile gut vertragen. »Ich glaube nicht, daß er je einen hatte« sagte sie. »Aber das wäre ein echter Fehler. Fast alle der älteren Teilhaber haben so einen Briefbeschwerer. Sie bekamen ihn von Mr. Peabody, dem alten Personalchef, vor langer Zeit. Es war damals ein echtes Statussymbol, wenn Mr. Peabody ihnen am Tag ihrer ersten Beförderung einen von diesen Löffeln überreichte. Nicht jeder bekam einen, sondern nur die, von denen er dachte, daß sie eines Tages Teilhaber werden würden. Es war ein Spiel für ihn. Auf der Rückseite steht: ›Sie sind auf dem Weg zur Spitze‹ oder so was ähnliches.« Anne Marie schwieg einen Augenblick. »Wer keinen erhielt, stand in dem Verdacht, daß er es nie zu etwas bringen würde.«

»Aber bei Cheswick war es von Anfang an klar, daß er zum Teilhaber gemacht werden würde«, protestierte T. S. »Er hätte sicher einen Löffel bekommen.«

Anne Marie nickte langsam und zuckte die Achseln. »Das ist wahr. Er hätte schon Gelder in der Unterhose unterschlagen müssen, um das zu vermasseln.«

»Mutter!« Sheila sah Anne Marie entsetzt an und wurde mit einem trotzigen Blick ihrer Mutter belohnt.

»Vielleicht irre ich ich«, gab Anne Marie zu. »Er ist mir nur nie aufgefallen, das ist alles.«

Sie wußten noch immer nicht mit Sicherheit, ob der Briefbeschwerer nun von Cheswicks Schreibtisch verschwunden war oder nicht. T. S. nahm sich vor, herauszufinden, ob die Polizei ihn beschlagnahmt hatte. Er konnte sich nicht erinnern, ihn am Morgen des Mordes gesehen zu haben.

Es war kurz nach zwölf, als Tante Lil gekonnt den Brunch beendete. Der Nieselregen hatte aufgehört, und strahlender Sonnenschein strömte durch die winzigen

Fenster der Wohnung herein. Anne Marie hatte leichte Schwierigkeiten damit, sich ins Wohnzimmer zurückzumanövrieren, und schließlich mußte Sheila, grimmig lächelnd und mit festem Griff, ihre beschwipste Mutter zur Tür hinaus führen.

»Liegt in der Familie«, sagte Sheila zum Abschied und lehnte ihre Mutter gegen die Fahrstuhltür. »Ein Glück, daß ich sie nach Hause fahre.«

»Messe«, verkündete Anne Marie plötzlich. »Setz mich zu Hause ab, dann zieh ich mich um und geh zur Nachmittagsmesse. Ich will für seine Seele beten.«

Großartig, dachte T. S. Sie wird umkippen, sobald sie auf die Knie sinkt.

»Vielleicht haben wir es mit den Drinks für Anne Marie etwas übertrieben«, meinte T. S., als sie auf Tante Lils prallem Sofa saßen und verglichen, was ihnen aufgefallen war.

»Vielleicht«, sagte Tante Lil wegwerfend. »Ich hätte gedacht, sie könnte mehr vertragen. Ich kann es.« Sie schniefte verächtlich. »Dabei fällt mir ein, ich denke, jetzt habe ich selbst einen Drink verdient. Hat sie uns was übriggelassen?«

»Das ist nicht fair«, protestierte T. S. und stand auf, um ihr eine Bloody Mary einzugießen. »Du bist schließlich diejenige, die gesagt hat, ich soll ihr das Zeug reinzwingen.«

Sie wechselte das Thema, anstatt sich auf eine Diskussion einzulassen. »Hast du das Kostüm bemerkt, das sie anhatte?« Tante Lil zog die Augenbrauen hoch, gab ein vornehmes *TsTs* von sich und nahm einen herzhaften Schluck.

»Was ist damit? Es stand ihr gut«, gab T. S. zu.

»Brillante Schlußfolgerung.« Sie sah ihn mit gespielter Irritation an. »Reine japanische Rohseide«, verkündete sie. »Hat mindestens 700 Dollar gekostet.«

»Tut mir leid, daß ich nicht deinen riesigen Wissensschatz über die Welt der Mode habe«, versetzte er gereizt. An Kleidern und Make-up und den Geheimnissen des unerforschlichen weiblichen Aussehens war etwas, das völlig jenseits seines Erfahrungsbereiches lag, und T. S. kam sich ziemlich dämlich vor.

»Egal«, entschied Tante Lil. »Ichs ehe schon, du fängst an, grantig zu werden. Du denkst auch, daß die persönlichen Papiere und der Briefbeschwerer weg sind, nicht wahr?«

Sie hatte recht, aber T. S. haßte es, ihr diese Befriedigung zu geben. »Höchstwahrscheinlich hat die Polizei die Sachen mitgenommen, bevor du die Chance hattest, da herumzuschnüffeln.«

»Kannst du es herausfinden?«

»Ich werde es versuchen«, sagte er. »Aber was würde das beweisen?«

»Das, was ich die ganze Zeit gesagt habe. Der Schlüssel zu seinem Tod ist in seinem Privatleben zu finden – einem streng abgeschirmten Privatleben. Was ist dir sonst noch aufgefallen?«

T. S. war bereit. »Diese Sache mit Jimmy Ruffino.«

»Ja. Was für ein geiziger Mensch Robert Cheswick gewesen sein muß.« Tante Lil dachte scharf nach. »Weißt du, für jemanden, der angeblich nur widerstrebend redet, ist es Anne Marie zweifellos gelungen, eine Menge Leute in Verdacht zu bringen.«

»Bloody Marys haben diese Wirkung, glaube ich.«

»Vielleicht.« Tante Lil sah sich suchend in ihrem Wohnzimmer um, als würde sich ein versteckter Hinweis hinter dem vertrauten Krimskrams verbergen. »Wir übersehen irgend etwas. Ich frage mich, ob Anne Marie uns etwas verschwiegen hat.«

»Tante Lil – wir haben ihr sechs oder sieben Bloody

Marys eingeflößt. Ich glaube nicht, daß sie in der Lage gewesen wäre, uns etwas zu verheimlichen, selbst wenn sie es gewollt hätte.«

»Diese irischen Frauen. Sie können Alkohol speichern wie Kamele Wasser.«

T. S. ging gedanklich noch einmal die Unterhaltung beim Brunch durch. »Wir wissen, daß er Anne Marie wirklich mochte. Da er ihr die Stelle offengehalten hat und alles.«

»Ja. Es ist ein bißchen ungewöhnlich für die damalige Zeit, einer Sekretärin anderthalb Jahre die Stelle freizuhalten. Wann wäre das gewesen, T. S.?«

»Sheila ist jetzt Anfang Dreißig. Es muß also um 1960 herum gewesen sein.«

»Ist 1960 irgend etwas Ungewöhnliches vorgefallen?«

»Das war das Jahr, in dem Kennedy Nixon geschlagen hat, nicht wahr?« sagte T. S. hilfsbereit.

Sie sah ihn an. »Ich hoffe, du wirst nicht versuchen, die Sache auch noch Richard Nixon in die Schuhe zu schieben«, erwiderte sie kühl. »Ich meinte, bei Sterling & Sterling.«

»Woher soll ich das wissen? Zu der Zeit war ich noch nicht bei der Firma. Sie mußten sich noch ohne mich durchkämpfen.« Er begegnete ihrem kühlen Blick. »Tut mir leid«, sagte er barsch, »aber wonach suchen wir denn überhaupt?«

»Nach *Hinweisen.* Hast du gehört, was sie über seine Frau gesagt hat?«

»Für mich klang es wie böswilliger Klatsch«, erwiderte er steif.

»Oh, Theodore.« Tante Lil schüttelte den Kopf und tätschelte seine Hand. »Aus dir hätte ein Romantiker werden können. Es besteht die Möglichkeit, daß Lilah fremdgegangen ist, fürchte ich.«

Er sah auf die prunkvolle Uhr neben der Anrichte. Es war später, als er gedacht hatte. Höchste Zeit, sich auf den Weg zu machen.

»Habe ich dich mit meiner Philosophiererei vertrieben?«

»Nicht im geringsten. Du hast mich nur an etwas erinnert. Ich muß jetzt wirklich los.« Er erhob sich, um den Regenmantel aus dem Garderobenschrank zu holen.

»Wo gehst du hin?« Sie sah so klein und erwartungsvoll aus, als sie da auf dem Sofa saß, daß er fast versucht gewesen wäre, sie mitzunehmen. Fast.

»Ich habe Lilah Cheswick gesagt, daß ich vorbeikommen würde, um ihr als Vertreter der Bank und ganz persönlich mein Beileid auszusprechen.« Sein Hut war von der Hutablage gefallen, und er durchstöberte den überfüllten Schrankboden auf der Suche nach ihm.

»Wie interessant. Sieh zu, daß du etwas herausfindest. Frag sie, ob ...«

»Ich weiß, was ich sie zu fragen habe«, rief er über die Schulter zurück, während er auf dem Boden herumkroch und sich durch Stiefel wühlte. »Ich ruf' dich später an und erzähl' dir alles.« Ganz hinten erblickte er seinen Hut, und als er danach griff, fiel ihm ein großer Stapel versteckter Zeitschriften vor die Füße. Er starrte auf die Titel: *Der wahre Detektiv, Der Verbrechensbeobachter, Detektivgeschichten, Wahre Fälle, Der Privatdetektiv* und ähnliches. Er blätterte rasch den Stapel durch. Tante Lil hatte jahrelang sämtliche Nummern der Magazine aufbewahrt.

Er stapelte die Zeitschriften sorgfältig wieder aufeinander und versteckte sie hinter ein paar Schals. Diese Information würde ihm vielleicht einmal nützlich sein. Bei Tante Lil wußte man nie, wann man ein Trumpf-As brauchen würde. Etwas, um sie im Zaum zu halten.

Er lächelte, stülpte sich munter den Hut auf den Kopf

und ging schnell ins Wohnzimmer, um ihr einen Abschiedskuß auf die Wange zu geben.

»Bitte grüß sie von mir«, murmelte Tante Lil zum Abschied. »Sie war immer schon eine reizende Frau«, fügte sie vage hinzu.

Er ging, bevor sie richtig loslegen konnte.

Das Haus der Cheswicks, das zwischen einem abfallenden grünen Rasen und einem Privatstrand am Long Island-Sund lag, war riesig. Die Tür wurde von einer verhutzelten, vom Alter gebeugten Frau geöffnet. Ihr weißes Haar lag in merkwürdigen Winkeln, und in den Händen hielt sie eine große Heckenschere. Über ihre Schultern hatte sie ein Tuch drapiert, und die Füße steckten in schmuddeligen Baumwollsocken und dicken schwarzen Lederschuhen. Sie sah genauso aus wie die Hexe aus *Hänsel und Gretel.* T. S. trat hastig einen Schritt zurück und erntete dafür pfeifendes Gelächter.

»Was glauben Sie denn? Daß ich Sie erstechen will, oder was?« Sie keuchte und pfiff, durchaus heiter, und T. S. hielt es für ratsam, zurückzulächeln. Die Stimme der alten Frau war hoch wie eine Flöte, durchdringend und gebrochen vom Alter.

»Nein, natürlich nicht. Ich hatte Lilah erwartet. Mrs. Cheswick«, sagte er hastig.

»Könnte ich wetten. Muß eine böse Überraschung gewesen sein.« Sie lachte meckernd und drängte sich an T. S. vorbei. »Sie ist hinten im Garten. Ich sag' ihr, daß Sie hier sind. Nun machen Sie sich nicht in die Hose.« Sie schob sich langsam an den Büschen vorbei, klapperte bedrohlich mit der Heckenschere und strebte auf die Ecke des riesenhaften Hauses zu. T. S. sah voll Staunen zu, wie sie um die Ecke verschwand. Nicht gerade der gepflegte Butler, den er fast erwartet hatte.

Lilah Cheswick kam augenblicklich um die Hausfront herum und führte ihn atemlos in das Herrenhaus. Das Haus selbst war voller gewundener Steinkorridore, zugiger Räume und antiker Möbel, die zweifellos Erbstücke beider Familien waren.

Lilah war so schön wie immer. Ihr mittlerweile weißes Haar hatte sie aus dem Gesicht gestrichen, das vor Anstrengung gerötet war. Vielleicht hatte sie im Park geritten, um sich abzulenken. Sie war eine unermüdliche Reiterin und hatte immer noch eine sportliche Figur. T. S. machte es Freude, zu sehen, wie sie sich bewegte, den Arm hob, mit selbstsicheren, großen Schritten voranging und eine gut koordinierte Drehung ausführte, als sie in der Bibliothek angelangt waren und sie ihn gebeten hatte, Platz zu nehmen.

Er bewunderte auch ihre Ehrlichkeit. Sie war ernst, aber kaum die trauernde Witwe. Es waren keine Anzeichen von Tränen zu sehen, und der Blick ihrer grünen Augen war fest. Die Trauer hielt sie nicht weinend im Haus fest.

Sie reichte ihm einen Dewars mit Soda, ohne daran erinnert werden zu müssen, was er trank. Er dachte an den Abend vor so vielen Jahren, als sie zusammen am Rande der Party gesessen hatten und sie ihm die ganze Nacht Drinks besorgt hatte. Sie hatten geredet und gelacht und Witze über die anderen Gäste gemacht.

»Habe ich mich richtig erinnert, Theodore?«

»Du hast dich erinnert.« Er lächelte und hob sein Glas, um ihr zuzuprosten. Mit Ausnahme von Tante Lil war Lilah der einzige Mensch in seinem Leben, der ihn Theodore nannte. Er hatte vergessen, was für eine Freude es war, sie seinen Namen sagen zu hören.

»Wer hat mir die Tür aufgemacht?« In seiner Stimme klang mehr Verwirrung mit, als er hatte verraten wollen.

Lilah lachte über seinen Gesichtsausdruck. »Das war Dierdre. Es tut mir leid, daß sie dich erschreckt hat. Sie ist bei Roberts Familie gewesen, solange ich denken kann. Sie hat sogar für ihn gesorgt, als er klein war, und sie war das Kindermädchen unserer Töchter.«

»Gütiger Himmel. Sie muß uralt sein.« Er dachte an die taktlosen Folgerungen, die man aus dieser Bemerkung ziehen konnte, und hatte den Anstand zu erröten.

Sie lachte sein Unbehagen weg. »Ich fürchte, du hast völlig recht.«

Er wurde ernst. »Es tut mir schrecklich leid, Lilah«, sagte er einfach. »Daß er auf so furchtbare Art gestorben ist.«

»Ja.« Sie saß auf einem Schemel zu seinen Füßen und starrte in das Feuer, das in dem riesigen Steinkamin loderte. »Es paßte gar nicht zu Robert, so zu sterben.« Sie sah zu T. S. auf. »Ich weiß, daß die Leute ihn nicht mochten, und ich kann es ihnen kaum verübeln. Er konnte sehr kalt sein. Aber ich hätte nicht geglaubt, daß jemand ihn genug hassen könnte, um ihn zu ermorden. Ihn zu erstechen, Du?«

Ihm fiel keine angemessen diskrete Erwiderung ein, und so schüttelte er nur den Kopf.

»Ich finde, Erstechen deutet auf Leidenschaft hin, und glaub mir, in Roberts Leben gab es keine Leidenschaft. Wenn er sich selbst umgebracht hätte, wäre ich weniger überrascht gewesen. Es war nur noch so wenig Liebe zum Leben in ihm.«

»Du scheinst dich gut damit abgefunden zu haben.« Das war alles, was ihm einfiel.

Sie starrte ins Feuer. »Ich kannte ihn kaum, Theodore. Als er starb, kam es mir fast so vor, als wäre ein Fremder erstochen worden.« Sie sah zu ihm auf. »Ich nehme an, das ist traurig. So wenig zu fühlen, wenn dein Ehemann stirbt. Aber es war seine Schuld, wirklich. Er hat sich selbst zu einem Fremden gemacht, all die Jahre lang. Es muß ihn wirklich Anstrengung gekostet haben.«

Zum erstenmal war in ihrer Stimme eine Spur von Bitterkeit zu hören. T. S. sah, wie die Glanzlichter des Feuers in ihren Haaren tanzten.

»Hättest du das auch getan?« fragte sie ihn.

»Hätte ich was getan?«

»Wenn du mich geheiratet hättest, wärst du ein Fremder geblieben? Bin ich denn so schrecklich? Ich dachte immer, es würde Spaß machen, mit mir zusammenzusein.« Sie sah wieder ins Feuer und seufzte.

»Ich dachte auch immer, es würde Spaß machen, mit dir zusammenzusein«, gab T. S. zu. Er konnte es nicht über sich bringen, mehr zu sagen.

»Na ja, Robert muß gedacht haben, ich wäre die Mühe nicht wert. Ich weiß, daß seine Eltern ihn unter Druck gesetzt haben, damit er mich heiratet. Aber ich hätte die häßlichste Frau der Welt sein können. Ich dachte immer, ich wäre einigermaßen attraktiv.«

»Das bist du«, versicherte er ihr.

»Und intelligent.«

»Mehr als die meisten«, beeilte er sich zuzustimmen.

»Also warum haßte Robert mich so sehr? Weißt du, daß er mir in fünfundzwanzig Jahren nicht ein einziges Mal ein Kompliment gemacht hat? Er schien nie zu bemerken, wie ich aussah. Nie hat er gesagt, was er von seinen Kindern hielt. Nie hat er mir Pralinen mitgebracht. Er hat mir nicht ein einziges Mal Blumen geschickt, nicht mal am Hochzeitstag. Und die Geschenke zu Weihnachten. Ich bekam immer nur das, was in dem Jahr gerade in war. Ich habe ihn nie verstanden, und ganz bestimmt verstehe ich nicht, warum er ermordet worden ist.«

»Möchtest du es wissen?« hörte er sich schwach fragen.

In Gedanken war er bei ihrer Bemerkung über die Blumen. Was hatte Anne Marie über Blumen gesagt?

»Ja, das will ich«, sagte sie sofort. »Ich würde gern herausfinden, was es war, das ich so viele Jahre lang nicht entdeckt habe.«

»Ich versuche, es herauszufinden«, sagte er ritterlich, eine Reaktion auf das Flehen in ihrer Stimme.

Sie sah ihn verständnislos an. »Was herausfinden?«

»Wer ihn getötet hat.«

»Ich dachte, die Polizei ermittelt.«

»Das tut sie. Aber ich denke, die Polizei ist auf der falschen Spur. Sie glaubt, daß Geld dahintersteckt.«

Sie lachte bitter und schüttete den Rest ihres Drinks hinunter. »Da hast du recht. Robert würde sich nie dazu herablassen, über Geld zu streiten. Wozu auch. Wir haben mehr Geld als Gott. Große Sache. Der einzige wirkliche Vorteil ist, daß man sich stets das Beste leisten kann. Da wir gerade davon sprechen, möchtest du noch einen Drink?«

Er nickte, hauptsächlich, um zusehen zu können, wie sie quer durch den Raum ging. Sie war eine außerordentliche Frau. An Robert Cheswick war sie verschwendet gewesen.

»Würdest du mir ein paar Fragen beantworten?« fragte er.

»Nur zu.« Sie ließ sich wieder zu seinen Füßen nieder. »Aber ich warne dich, du weißt wahrscheinlich mehr über ihn als ich. Ihr in der Personalabteilung habt doch alle möglichen Überwachungsmethoden.«

T. S. war in seinem Leben nur von sehr wenigen Menschen geneckt worden, und das Gefühl gefiel ihm durchaus.

»Nein. Wir hören auf, intime Details zu sammeln, sobald der Betreffende zum Teilhaber ernannt wird.«

Sie lachte wieder. »Keine Sorge. Falls Robert jemals etwas Interessantes zugestoßen ist, muß das gewesen sein, bevor er zum Partner gemacht wurde, glaub mir. Er war vorher schon ziemlich verknöchert, aber sobald er das große ›P‹ erreicht hatte, verwandelte er sich praktisch in seinen eigenen Großvater.«

T. S. fragte nach Cheswicks persönlichen Papieren. Er hatte keine, sie waren alle im Büro. Cheswick hatte vorgehabt, in der Nacht, in der er ermordet wurde, im Yale-Club zu übernachten, und deswegen hatte sie sich keine Sorgen gemacht, als er nicht nach Hause kam. Nein, sie war ganz sicher, daß er nie eine Affäre gehabt hatte. Er war stets pünktlich ins Büro gefahren und pünktlich wieder nach Hause gekommen. In diesem Punkt war sie sich sicher.

»Außerdem«, fügte sie hinzu, »er weiß, daß eine Affäre das einzige ist, das ich um keinen Preis tolerieren würde. Ich habe in eine Roboterehe eingewilligt, aber das hätte ich nicht toleriert. Als er mich heiratete, war der äußere Schein das einzige, das ihn noch interessierte, und er hätte alles getan, um den aufrechtzuerhalten.«

Er dachte an Anne Maries kurzen Kommentar über Lilahs eigene eheliche Treue, aber er hatte keine Ahnung, wie er das Thema ansprechen sollte.

»Gibt es jemanden, der dir nahesteht?« fragte er und kam sich augenblicklich wie ein Esel vor.

»Was meinst du damit?«

»Ich meine, einen der anderen ... Partner.« Er suchte wild nach einem Ausweg. »Partner, wie in Partner von Sterling & Sterling. Teilhaber. Oder Brüder oder ... Väter, vielleicht. Ja. Väter. Ich meine, gibt es jemanden, der dir hilft, die Beerdigung zu arrangieren, und der mit den Anwälten verhandelt.«

Sie unterbrach sein Gestammel. »Ich nehme es an«,

sagte sie. »John Boswell hat sich gestern um das Begräbnis gekümmert. Mit den Anwälten werde ich selbst fertig.«

»John Boswell?« fragte er. Seine Stimme kippte fast. Was in aller Welt war bloß los mit ihm?

»Ja. John Boswell.« Sie sah T. S. merkwürdig an. »Bist du in Ordnung, Theodore? Ist das Feuer zu heiß?«

»Nein. Überhaupt nicht«, antwortete er, richtete sich auf und machte den Versuch, kühler auszusehen. »Mir geht es gut.« War seine Stimme tatsächlich gekippt? »Hat dein Mann etwas zurückgelassen, das darauf hinweist, daß ihn in letzter Zeit irgend etwas belastet hat? Einen Brief? Eine Notiz? Hat er ungewöhnliche Telefonate geführt? Irgend etwas?«

Die Verzweiflung in seiner Stimme bewog sie dazu, so gründlich wie möglich über die Frage nachzudenken. »Na ja«, sagte sie langsam. »Ich weiß es nicht. Möglich. Wir haben getrennte Schlafzimmer. Er könnte nachts telefoniert haben, ich hätte es nicht bemerkt. Oder vielleicht liegt etwas in seinem Schlafzimmer. Soll ich mal nachsehen?«

»Würdest du das tun?« Natürlich wollte er, daß sie nachsah. Es war nicht das Feuer, das ihn blendete. Gütiger Himmel. Hier war er, fünfundfünfzig Jahre alt, und ließ sich von einer Frau in sprachlose Verlegenheit versetzen. Er brauchte einen Augenblick für sich, um seine Gedanken zu sammeln.

»Ich bin gleich zurück.« Sie verließ den Raum mit der sicheren Anmut einer Sportlerin und lief die Treppe hinauf. Ein hastiges Getrippel im Korridor machte T. S. darauf aufmerksam, daß ihr Gespräch nicht so privat gewesen war, wie er gedacht hatte. Es war nicht so sehr Zorn, sondern eher Scham darüber, daß jemand Zeuge seiner Tölpelhaftigkeit geworden war, was ihn bewog, der Sache nachzugehen.

Es überraschte ihn nicht, Dierdre neben einer Blumenvase vorzufinden, die sie mit einem schmutzigen Lappen polierte. Sie war kaum größer als das Gestell, auf dem die Vase stand.

»Die Blumen habe ich gerade geschnitten«, erzählte sie T. S., aber er ließ sich durch ihr unschuldiges Gehabe nicht täuschen.

»Sie haben gelauscht, oder?« fragte er.

Sie hob und senkte mehrfach die runden, hängenden Schultern. »Und wenn schon? Es ist mein gutes Recht. Ich kannte ihn besser als jeder andere.«

»Besonders traurig scheinen Sie nicht gerade zu sein«, bemerkte T. S.

Sie trotzte ihm mit einem Lachen. »Daß der Junge sich einfach hat ermorden lassen, ist das Überraschendste, was er seit langem getan hat.« Sie hielt plötzlich inne, als würde ihr bewußt werden, daß ein Fremder ihre Reaktion eigenartig finden könnte.

»Natürlich liebte ich ihn.« Sie zischte fast. »Wahrscheinlich war ich die einzige, die das getan hat. Ich habe ihm schon die Windeln gewechselt. Er war ein kluger Junge. Voller Witz. Voller Leben und Lachen. Ja, Lachen. Sie denken, ich bin verrückt. Aber es ist wahr. Er wollte immer etwas Neues ausprobieren. Aber sein Vater hat ihm all seine Lebensenergie abgezapft. Jeden Tropfen. Und schließlich hat er ihn ganz gebrochen. Ich könnte Ihnen den Tag nennen, aber ich tue es nicht.« Wütend bedrohte sie T. S. mit dem Putzlappen.

»Er ist seit gut dreißig Jahren nicht mehr mein Robert gewesen«, sagte sie leise. »Also werden Sie mir vergeben müssen, wenn sich in meine Trauer etwas Befriedigung über die überraschende Art mischt, auf die er sich hat umbringen lassen. Es war wie ein Aufblitzen des alten Robert, und ich war froh darüber. Er ist schon vor langer,

langer Zeit gestorben. Glauben Sie mir. Sie wissen nicht, wie das für ihn gewesen ist. Als Individuum aufzuwachsen und dann in die Form gepreßt zu werden, die sein Vater für ihn vorbereitet hatte.«

T. S. hatte diesem klaren, artikulierten Redeschwall sprachlos und staunend zugehört. Und noch erstaunter war er, als sie ihm plötzlich den Rücken zuwandte und eilig davonging. Als er Lilah die Treppe herunterkommen hörte, wußte er warum.

»Hast du dich mit Dierdre angefreundet?« fragte Lilah. In der Hand hielt sie ein kleines Stück Papier. »Sie ist wirklich eine reizende Frau, weißt du. Ziemlich belesen.«

Er war immer noch zu verdattert, um eine angemessene Erwiderung hervorbringen zu können. »Sie ... hat mir erzählt, wieviel sie von Robert hielt«, schloß er schließlich lahm.

»Sie hat ihn mehr geliebt als jeder andere. Mich eingeschlossen. Hier.« Lilah hielt ihm das Stück Papier hin. »Das hat er als Lesezeichen benutzt. Das ist alles, was ich finden konnte. Das Buch hieß *Das sich wandelnde Gesicht des Kapitalismus.* Willst du das auch haben?«

»Um Himmels willen. Nein.« Er faltete das Stück Papier auseinander und starrte es an. Die Worte ergaben absolut keinen Sinn. »Magritte«, las er laut. Lilah starrte ihn verständnislos an.

»Er hat zweimal ›Magritte‹ geschrieben und eines der Worte unterstrichen.« Er sah zu Lilah auf. »Kennst du einen Magritte?«

»Ich fürchte nein. Vielleicht war es einfach ein Buch, das er lesen wollte, oder ein Bild, das er kaufen wollte.« Sie zuckte die Achseln. »Ich würde dir helfen, wenn ich könnte, Theodore. Wirklich.« Sie lächelte ihn an, und er fühlte, daß ihn die alte Verwirrung wieder ergriff.

»Ich muß jetzt gehen.« Er schaffte es, die Worte auszusprechen, ohne seine Zunge zu verschlucken. Von jetzt an würde Tante Lil die Gespräche mit Lilah übernehmen. Er hatte alles vermasselt.

Lilah nahm seine Hände und lächelte. »Es war sehr nett von dir, daß du so weit gefahren bist, um mich zu besuchen, Theodore. Und wenn ich Hilfe brauche, bist du der erste, den ich anrufe.«

Er nickte, lächelte blöde zurück und versprach sich, zumindest seinen Abgang als Erfolg zu betrachten, wenn er auf dem Weg hinaus nicht stolperte. Sie holte selbst seinen Mantel, und er überlegte laut, wo wohl die anderen Dienstboten und die Kinder seien.

»Was für Dienstboten? Diedre habe ich behalten, weil das hier ihr Zuhause ist, aber natürlich ist sie pensioniert und bringt die meiste Zeit im Garten zu. Dreimal die Woche kommt ein Dienstmädchen, und die Kinder sind auf dem College. Sie kommen morgen zum Begräbnis. Auch ihnen stand er nicht nahe. Sie haben sich vor langer Zeit mit seinem Verlust abgefunden.«

»Warum hast du ihn nicht verlassen?« fragte er plötzlich.

»Wie? Und das Showgeschäft im Stich lassen?« Sie beschrieb mit dem Arm einen weiten Bogen durch die große Halle und lachte freudlos.

Er küßte sie zum Abschied auf die Wange. Die Haut unter seinen Lippen fühlte sich warm und weich an, und er wurde mit einem strahlenden Lächeln belohnt, das ihn den ganzen Weg bis zu seinem Wagen verfolgte. Als er sich umdrehte, um ihr noch einmal zuzuwinken, lehnte sie an der Tür und schaute ihm hinterher.

»Gute Nacht, Theodore«, rief sie und bezauberte ihn mit einem Kleine-Mädchen-Winken. »Laß dich nicht von den Wanzen stechen.«

»John Boswell«, dachte er bitter, als er aus der Auffahrt

fuhr und sich auf den Nachhauseweg machte. Er schüttelte den Kopf. Er hätte es erraten müssen. Er hätte es wirklich wissen müssen. Wie hatte sie sich nur mit einem Mann wie John Boswell einlassen können?

Er hatte kläglich versagt. Es war ihm nicht gelungen, das Problem unvoreingenommen und distanziert zu betrachten. Und er hatte vergessen, sie zu fragen, warum sie in der Mordnacht bei Sterling & Sterling gewesen war.

Das sonnige Wetter vom Sonntagnachmittag dauerte am Montagmorgen an, und T. S. erhob sich voller Energie. Die beunruhigenden Gedanken an Mord, gehässige Teilhaber, das Alter, untreue Ehefrauen, seltsame Dienstboten und verpaßte Chancen waren durch eine Nacht erholsamen Schlafs vertrieben worden.

In der Hoffnung, eine Wiederholung seiner Erfahrungen vom Freitag zu vermeiden, stand er mehrere Minuten vor seinem Krawattenständer und suchte nach einem Kompromißkandidaten. Er würde eine Krawatte tragen, aber nur eine, die ihm gefiel. Das würde ihnen zeigen, daß er jetzt sein eigener Herr war. Es gab verschiedene Alternativen, und er erwog sie gründlich. Er verwarf einen geflochtenen Cowboy-Schlips, den ihm seine Reinmachefrau aus Santa Fé mitgebracht hatte, und entschied sich statt dessen für eine breite, rote Seidenkrawatte, die er letztes Jahr von Herbert Wong zu Weihnachten bekommen hatte. Wong war ein loyaler Sterling & Sterling-Bürobote, jetzt im Ruhestand, der T. S. jahrelang von jeder Urlaubsreise ein Geschenk mitgebracht hatte, zum Dank dafür, daß T. S. ihn vor fünfzehn Jahren eingestellt hatte.

Die Auswahl der Andenken reichte von Plastiktabletts, die mit Hula-Hula-Tänzerinnen bemalt waren, bis zu einem mexikanischen Sombrero. Letztes Jahr hatte Wong eine Reise in seine alte Heimat Singapur unternommen und war mit einer ganz besonderen Krawatte für den geschätzten Mr. Hubbert heimgekehrt.

Mr. Wong gehörte nicht der amerikanischen Kultur an und war tatsächlich dankbar dafür, eine Stelle zu haben. Diese Art von Angestellten war im großen und ganzen die einzige, die T. S. heutzutage noch gefiel.

Die Krawatte war reich bestickt mit dem Bild eines riesigen Drachens, dessen flaschengrüne Schuppen in eine goldene Mähne und schwarze Augen übergingen. Der breiteste Teil der Krawatte hob das Glanzstück hervor, einen weit aufgerissenen Drachenschlund mit langen weißen Fangzähnen, der orangerotes Feuer spieh. Es war genau das Richtige, um ihn auf Trab zu halten. Dazu suchte er sich ein Paar passender roter Socken aus und vervollständigte das Ensemble mit einem untadelig geschnittenen schwarzgrauen Anzug.

In der U-Bahn entdeckte er auf Seite 1 des Lokalteils der *Times* einen Bericht über den Mord; ein Hinweis darauf, was für einen Einfluß Sterling & Sterling in den Finanzkreisen der Stadt hatte. Der kurze Artikel gab den Vorfall geschmackvoll wieder und enthielt keine neuen Informationen über das Verbrechen. Die Beschreibung des Mordes war so dezent, daß man fast den Eindruck gewinnen konnte, es hätte sich um einen routinemäßigen Vorfall gehandelt. Aber wenn der Mord in der *Times* stand, hatte sich die Geschichte inzwischen mit Sicherheit im ganzen Land verbreitet. Kunden, Spinner und die Presse würden Sterling & Sterling mit Telefonanrufen überschwemmen. Dieser Gedanke trieb ihn zur Eile an, und er wartete ungeduldig in der Schlange vor dem beweglichen Teewagen auf seinen Kaffee, bevor er in die Personalabteilung stürmte.

Er hätte im Bett bleiben sollen. Es war offenkundig, daß in seinem früheren Königreich das Chaos herrschte. Margaret, die Empfangssekretärin, hastete von Schreibtisch zu Schreibtisch, hinterließ Stapel von Telefonnotizen und nahm immer zwei der klingelnden Telefone gleichzeitig ab. Sie überreichte ihm einen Stapel Notizen, bevor er sich vorbeistehlen konnte, und warf ihm einen grimmigen Blick zu. »Mr. Hale hat schon dreimal angerufen«, rief sie und hastete davon. Er stopfte die Telefonnotizen in die Hosentasche, bog um die Ecke und prallte gegen Sheila. Sie hatte einen Bleistift hinter das Ohr geklemmt, hielt einen Stapel Krankenakten unter dem Arm und balancierte zwei aufeinandergestapelte Tassen Kaffee in der freien Hand.

»Ich versteck' mich. Die treiben mich zum Wahnsinn«, rief sie im Vorbeirasen, ein verzweifeltes Glimmern in den Augen. »Der blaugetönte Haufen ist hinter mir her. Sie haben nichts zu tun und rufen mich jetzt alle an, um Einzelheiten zu erfahren!«

Als Leiterin der Sozialleistungsabteilung wachte Sheila auch über das Wohlergehen der Sterling & Sterling-Pensionäre. Die Neuigkeit von dem Mord hatte sich verbreitet, und sie riefen aus Florida und Arizona und jedem Bundesstaat dazwischen und jenseits davon an. Zweifellos würde die verrückte Miss Turnbull die nächste sein.

Miss Turnbull, die früher in der mittlerweile abgeschafften Schreibzentrale gearbeitet hatte, zeigte ein morbides und unziemliches Interesse an den Todesfällen von Sterling & Sterling-Mitarbeitern und besonders an denen ihrer pensionierten Kollegen. Es gab keinen Todesfall, bei dem Miss Turnbull Sheila nicht die Todesanzeigen und alle persönlichen Details, die sie ausgraben konnte, schickte. Es war ein makabres Hobby für eine Frau im vorgerückten Alter. Obwohl T. S. sie seit Jahren nicht gesehen hatte, trug Miss Turnbull in seiner Vorstellung stets einen schwarzen Umhang mit einem weißen Kleid darunter und sah mit den scharfen Augen eines Geiers auf die Überlebenden von Sterling & Sterling herunter. Kein Wunder, daß Sheila untergetaucht war.

Er freute sich auf die Ruhe in seinem behelfsmäßigen Büro, aber es hatte nicht sollen sein. Kommissar Abromowitz saß auf T. S.' Schreibtischsessel und wartete geduldig auf seine Ankunft. T. S. blieb im Türrahmen stehen, Kaffeetasse in der Hand, und starrte ihn an. Abromowitz inspizierte fröhlich den Inhalt von T. S.' Schreibtischschubladen, ohne auch nur den Versuch zu machen, einen Anschein von Diskretion zu wahren.

»Da ist ja kaum was drin«, sagte der Kommissar anstelle einer Begrüßung. Er hielt eine Schachtel Büroklammern und einen Kugelschreiber hoch, stopfte sie in die Schreibtischschublade zurück, knallte sie zu und lächelte T. S. an. »Sie haben mir Kaffee mitgebracht? Großartig. Ich bin noch nicht ganz wach.« Abromowitz langte nach dem Kaffee, und T. S. ließ automatisch los.

»Guten Morgen, Kommissar. Bitte nehmen Sie doch Platz.« Jeder Sarkasmus war bei Abromowitz verschwendet, aber das hielt T. S. nicht davon ab, es zu versuchen. Er stand neben seinem eigenen Schreibtisch und hielt nach einer Sitzgelegenheit Ausschau.

Abromowitz nahm einen Stapel Personalakten von dem zweiten Sessel und klopfte auf die Sitzfläche. »Danke, schon geschehen. Hier, bitte. Sagen Sie, haben Sie Ihr altes Büro schon gesehen?«

»Ja. Am Wochenende, als ich auf Ihre Bitten hin ins Büro kam und meinen gesamten Samstag damit zugebracht habe, Akten herauszusuchen.«

»Sieht aus wie ein Botanischer Garten.« Er stemmte den Plastikdeckel des Kaffeebechers ab und sog anerkennend das Aroma ein. »Diese Miss Fullbright ist eine talentierte Frau.«

Talentiert? Sie war die Lizzie Borden der Pflanzenwelt. Beschnitt ihr armes Grünzeug zu Tode. T. S. setzte sich widerstrebend auf den zweiten Stuhl und starrte auf seinen beschlagnahmten Kaffee. »Kann ich Ihnen heute morgen irgendwie behilflich sein?«

»Ja, das können Sie.« Der Kommissar tunkte die Spitze seiner Zunge in die Flüssigkeit. »Ist da Zucker drin?«

»Zwei Stückchen«, erwiderte T. S. grimmig.

»Perfekt.« Laut schlürfte er den dampfenden Kaffee, und T. S. sah sehnsüchtig auf den aufsteigenden Dampf. Abromowitz ließ sich Zeit mit der Entscheidung, was er tun sollte, und dann schob er T. S. abrupt den Stapel Personalakten hin. »Die sind völlig nutzlos«, sagte er in einem Ton, aus dem deutlich hervorging, daß das nur T. S.' Fehler sein konnte.

»Das ist alles, was ich habe«, erinnerte T. S. ihn. »Ich habe Ihnen gleich gesagt, daß die Akten meiner Meinung nach von geringem Nutzen sein werden.«

»Sie sind nicht von geringem Nutzen. Sie sind nutzlos. Da steht nichts drin außer Kleinkram von vor zwanzig, dreißig Jahren. Ich will die Handelsunterlagen aller Teilhaber und leitenden Angestellten. Ich will wissen, was für Aktien sie gekauft haben. Welche Wertpapiere sie verkauft haben. Sie sind gesetzlich verpflichtet, die Unterlagen aufzubewahren. Wir können sie auch beschlagnahmen, wissen Sie.«

»Sie können sich gern alle Unterlagen ansehen, die Sie in die Finger kriegen können. Ich weiß nicht, was sonst noch da ist. Ich habe den Finanzmanager gebeten, Ihnen die Akten noch am Freitag zur Verfügung zu stellen.«

»Ja. Gut. Hat er nicht getan.« Der Kommissar zog eine Augenbraue hoch und betrachtete T. S. nachdenklich. »Sie haben nicht rein zufällig etwas zu verbergen und wollen mir deshalb diese Akten nicht zeigen?«

»Seien Sie nicht albern. Und geben Sie mir meinen Kaffee zurück.« T. S. langte über den Schreibtisch und griff sich seinen Kaffeebecher. »Ich werde Stanley Sinclair sofort anrufen, wenn Sie jetzt freundlicherweise meinen Platz räumen würden.«

Der Kommissar stand schweigend auf und ging zum Fenster. T. S. wischte den Rand der Tasse ab und starrte Abromowitz böse an, während er die Nummer des Finanzmanagers wählte. Er wußte nicht, was schlimmer war, Abromowitz oder Sinclair.

Stanley Sinclair, der Finanzmanager von Sterling & Sterling, war schon immer ein unverfrorener Speichellecker gewesen. Er lebte nur, um den Teilhabern zu dienen, stimmte jedem ihrer Worte zu und war immer schnell bereit, anklagend mit dem Finger auf andere zu zeigen, wenn irgend etwas schiefging. T. S. hatte die ausweichende, servile Art des Mannes schon seit langem verabscheut, und er war wütend, daß die angeforderten Akten nicht wie gebeten Abromowitz übergeben worden waren.

Natürlich ging Sinclair nicht selbst ans Telefon. Das wäre unter seiner Würde gewesen. Statt seiner meldete sich eine atemlose Stimme. »Guten Morgen. Sie sprechen mit dem Büro des Finanzmanagers von Sterling & Sterling, Privatbankiers, Mr. Sinclairs Apparat. Womit kann ich Ihnen dienen?«

Als die Vorstellung endlich vorbei war, hatte er fast vergessen, warum er angerufen hatte. »Hier ist Mr. Hubbert, Personalabteilung. Geben Sie mir Stanley.«

»Es tut mir leid, Sir. Mr. Sinclair hat die ausdrückliche

Anweisung hinterlassen, daß er von niemandem gestört werden möchte. Kann ich etwas ausrichten?« Dies wurde in zuversichtlichem Ton vorgebracht, in der vollen Erwartung, daß niemand es wagen würde, derartige Anordnungen zu mißachten.

»Stellen Sie mich sofort zu dieser Kröte durch, oder ich sitze in drei Minuten auf seinem Schreibtisch, mit Edgar Hale am Apparat.«

Jemand schnappte nach Luft, und die Stimme fragte: »Mit wem sagten Sie, spreche ich?«

»Mit Mr. Hubbert. Dem Personalchef.« Vergiß das »im Ruhestand«, laß sie schwitzen.

»Ja, Sir.«

T. S. konnte spüren, wie Abromowitz ihn anstarrte, und er sah auf und erwiderte den Blick böse. Abromowitz formte mit den Lippen die Worte »Äußerst gebieterisch«, und T. S. drehte dem Esel den Rücken zu. Er trank noch einen Schluck Kaffee, bevor er wieder die Beherrschung verlor. Sehnsüchtig starrte er aus dem Fenster hinaus auf den blauen Himmel und die weißen Wolken.

»Hier spricht Mr. Sinclair. Womit kann ich Ihnen dienen?« Der Finanzmanager hatte die Hochnäsigkeit zu einer Kunst erhoben, da er seit Jahren geübt hatte, den richtigen Tonfall zu treffen.

»Hören Sie auf damit, Stanley. Hier ist Hubbert. Am Freitag, bevor Sie gingen, sollten Sie die Finanzunterlagen der Polizei übergeben. Ist Ihnen etwas dazwischengekommen?«

»Es gibt da ein Problem. Mr. Hale ist ganz meiner Meinung.« Stanley Sinclair hatte eine hohe, dünne Stimme, die T. S. immer auf die Nerven gegangen war.

»Nein. Das Problem haben Sie jetzt. Kommissar Abromowitz wird in genau drei Minuten in Ihrem Büro sein, und ich erwarte von Ihnen, daß die Akten dann bereitliegen.« Er legte auf und entschied, daß es ihm völlig egal war, ob er noch irgendwelche Autoritätsbefugnisse hatte oder nicht. Er wollte nur, daß Abromowitz sein Büro verließ und in ein anderes ging. Vorzugsweise in das von Stanley Sinclair. Wenn je zwei Menschen einander verdient hatten, dann diese beiden.

»Sind wir tüchtig heute morgen, wie?« bemerkte Abromowitz sarkastisch auf dem Weg zur Tür.

T. S. zuckte die Achseln und zog seinen Mantel aus. »Sinclairs Büro ist zwei Treppen höher«, sagte er. »Ich nehme an, Sie finden den Weg.« Als der Kommissar ihn finster anblickte, ging T. S. zum Angriff über. »Übrigens, haben Sie im Konferenzraum irgendwelche Fingerabdrücke gefunden?«

Der Kommissar sah noch finsterer drein. »Nur die Fingerabdrücke dieser Sekretärin. Alles andere war sauber abgewischt. Auch der Schaukasten, in dem das Messer gelegen hat.« Er hielt inne und sah T. S. scharf an. »Ich sehe keine Notwendigkeit, über das zu reden, was passiert ist. Oder? Ich meine, über das Mißverständnis?«

»Sie meinen die Zerstörung von Beweismaterial durch die Nachlässigkeit Ihrer Leute?« T. S. hob die Handflächen. »Sie geben etwas. Sie bekommen etwas.«

Der Kommissar seufzte. Dieses Spiel war zu gefährlich, um länger gespielt zu werden als unbedingt nötig. »Was wollen Sie wissen?«

T. S. sah Abromowitz nachdenklich an. Wie konnte er seine Frage formulieren, ohne Verdacht zu erregen? »Mr. Hale würde gern wissen, ob irgend etwas aus dem Gebäude entfernt wurde«, sagte er schließlich. »Irgend etwas von dem, das auf Cheswicks Schreibtisch lag.«

Der Kommissar starrte zurück. »Verwelkte Blumen. Blutspuren. Das ist alles. Hätten Sie sie gern zurück?«

Der Mörder hatte den Briefbeschwerer mitgenommen. Aber warum? Wenn Cheswick je einen gehabt hatte. Anne Marie war sich nicht sicher gewesen. Wie konnte er das herausfinden?

»Was ist mit seinen persönlichen Papieren?« T. S. versuchte sein Glück.

»Der Kerl hatte keine. Zumindest haben wir bis jetzt keine gefunden. Ich werde noch mal mit der Sekretärin reden. Und mehr Gefälligkeiten bin ich Ihnen nicht schuldig.« Der Kommissar wandte sich zum Gehen, hielt aber an, kurz bevor er um die Ecke bog. »Noch was«, fügte er hinzu, »Ihr Partner hatte schwer geladen, als er starb. Er war stinkbesoffen.«

T. S. warf den Mantel auf die Fensterbank und lockerte seine Drachenkrawatte. Er haßte es, wenn er morgens nicht wenigstens ein paar Minuten Ruhe hatte. Und er hatte das Gefühl, daß das Chaos jetzt erst richtig losgehen würde. Er erinnerte sich an die vielen Telefonnotizen, blätterte sie rasch durch und warf sie in den Papierkorb.

Als er vier Schlucke Kaffee getrunken hatte, stürmte Mrs. Quincy zur Tür herein. Sie war Edgar Hales Sekretärin, die dienstälteste Bürokraft von Sterling & Sterling und selbsternannte Königin der Chefsekretärinnen sowie die Hauptwichtigtuerin der gesamten Firma. Sie hatte die unerfreuliche Angewohnheit, stets mit einem finsteren Gesichtsausdruck herumzulaufen und jeden herumzukommandieren, sogar die Teilhaber – mit Ausnahme von Edgar Hale. Versuche, sie an ihren Platz zu verweisen, zeigten keinerlei Wirkung. Wenn sie nur ein Original gewesen wäre, hätte sie ihm vielleicht gefallen, aber sie war eine unangenehme Frau und richtete für seinen Geschmack zuviel Unheil an.

»Was gibt's, Mrs. Quincy?« Er versuchte gerade, die für untauglich erklärten Akten neu aufzustapeln.

»Mr. Hale hat mich persönlich hochgeschickt«, verkündete sie, »da Sie sich weigern, ihn zurückzurufen.« Sie ließ sich mit dem selbstsicheren Auftreten einer Königin Elizabeth auf dem Besuchersessel nieder. »Er sagt, es gäbe eine Krise, und Sie sollen um elf Uhr zu ihm in den Konferenzraum im ersten Stock kommen.« Sie wartete ungeduldig auf seine Antwort.

»Eine Krise? Sehr schön. Ich werde da sein. Um was geht es denn?«

»Es steht mir nicht frei, das zu sagen, aber meiner Meinung nach hätten Sie es vorhersehen müssen. So mußte Mr. Sinclair für Sie einspringen.«

Er wandte sich ihr langsam zu. Es war, als würde der Drache auf seiner Krawatte ihm Signale der Stärke schikken. Wenn er das Maul öffnete und brüllte, würden Flammen über Mrs. Quincy zusammenschlagen und ihr Haar verkohlen. Es war ein erfreulicher Gedanke. »Mrs. Quincy, ich bin im Ruhestand. Technisch gesehen trage ich hier keine Verantwortung außer der, die ich aus persönlicher Gefälligkeit freiwillig übernommen habe. Ich habe nichts zu überwachen und kann daher nichts übersehen. Verstehen Sie mich?«

Sie zuckte nicht einmal mit der Wimper. »Ich sage ihm, daß Sie kommen werden. Die Unternehmensleitung wird anwesend sein, ebenso Mr. Sinclair. Mr. Hale hat darum gebeten, daß Sie ihm vor der Konferenz den neuesten Erkenntnisstand der Ermittlung mitteilen.«

Das bezweifelte er, aber es war ein guter Versuch von ihr. »Es gibt zwei neue Entwicklungen, Mrs. Quincy«, sagte er liebenswürdig. Sie blickte erwartungsvoll, ihre Ohren bebten fast. »Erstens, Sterling & Sterling wird eine sehr schlechte Presse bekommen, weil Stanlay Sinclair zu dumm ist, mit der Polizei zusammenzuarbeiten. Und zweitens gibt es konkrete Hinweise dafür, daß Robert

Cheswick von der Sekretärin eines Teilhabers ermordet worden ist.«

Sie starrte ihn mit großen Augen an, und er nickte weise. »Ja, wir haben ein Stück Papier auf dem Boden gefunden, vor seinen Füßen. Bevor er sein Leben aushauchte, gelang es ihm, mit seinem Blut den Anfang eines Namens zu schreiben: QUIN. Weiter ist er nicht gekommen. Sie wissen nicht zufällig, wer das sein könnte, oder?«

Sie warf ihm einen eisigen Blick zu. Er lächelte zurück. Mrs. Quincy sprang auf, sah aus, als wolle sie ihn schlagen, wirbelte auf dem Absatz herum und stampfte aus dem Raum, wobei sie Herbert Wong niedermähte. Der Bürobote hatte zögernd in der Tür gestanden und darauf gewartet, hereingebeten zu werden..

»Herbert«, sagte T. S. laut, in der Hoffnung, Mrs. Quincy zu beschämen. »Sind Sie in Ordnung? Lassen Sie mich Ihnen helfen, Ihre Jacke auszubürsten.« Mrs. Quincy war jedoch längst verschwunden, und T. S. winkte Herbert Wong herein.

»Mr. Hubbert, Sir«, sagte der ältliche Mann mit einer Verbeugung. »Einen guten Morgen an diesem schönen Tag.« Als er sich aufrichtete, legte sich Würde mit ruhiger Autorität um ihn. T. S. hatte den Verdacht, daß der sanftmütige Herbert Wong auf seine eigene ruhige Art ein sehr ungewöhnlicher Mann war. Er war winzig, makellos gekleidet und fing gerade an, im Alter etwas rundlich zu werden. Sienafarbene Altersflecken waren durch seine wie blankpolierte Haut gesickert, was ihm, zusammen mit seinem dicker werdenden Bauch, das Aussehen einer großen, reifenden Birne verlieh. Sein dünner werdendes weißes Haar war sorgfältig über einen extrem runden und glänzenden Kopf zurückgekämmt.

»Guten Morgen, Herbert. Sie sehen gut aus. Der Ruhestand bekommt Ihnen. Ich wünschte, ich könnte das gleiche von mir sagen.« T. S. setzte sich schnell auf seinen Schreibtischsessel und unterdrückte den reflexartigen Drang, die Verbeugung zu erwidern, der ihn immer ergriff, wenn er mit diesem Brauch konfrontiert wurde. »Bitte setzen Sie sich doch.« Er zeigte auf einen Stuhl, und der pensionierte Bürobote bewegte sich verstohlen und mit einem merkwürdigen, seitlichen Gang darauf zu. Was um alles in der Welt war bloß in den Mann gefahren?

»Sie tragen meine Krawatte!« rief Mr. Wong plötzlich aus.

T. S. sprang von seinem Stuhl auf und hätte fast den Rest seines Kaffees verschüttet.

»Sie tragen mein Geschenk!« rief Mr. Wong wieder aus. Ein breites Grinsen zog über sein Gesicht.

»Was? Oh, ja. Stimmt.« Sie starrten gemeinsam auf die Krawatte, und T. S. fingerte an dem gestickten Scharlachdrachen herum.

»Eine schöne Krawatte«, sagte Mr. Wong schließlich in das Schweigen hinein. »Eine schöne Krawatte.«

»Ja«, stimmte T. S. zu. »Eine meiner Lieblingskrawatten. Absolut.« Er setzte sich wieder hin und faltete die Hände auf seinem Schreibtisch zusammen, wobei er diskret hustete. Der pensionierte Bürobote strahlte ihn an. »Also, Mr. Wong«, sagte T. S. schließlich. »Was kann ich für Sie tun?«

»Für mich?« Er sprang auf die Füße. »Nein. Nicht für mich. Ich bin gekommen, um zu sehen, was ich für Sie tun kann.« Er verbeugte sich wieder und stand dann aufrecht und stolz da. »Ich habe gehört, daß Sie in dem vorzeitigen Todesfall eines unserer Teilhaber ermitteln, und ich möchte Ihnen meine Dienste anbieten.«

»Ihre Dienste?« fragte T. S. »Die Nachrufe sind schon ausgeliefert worden.«

»Nein, nein. Nicht als Bürobote. Als Ihr Assistent.« Der alte Mann verbeugte sich, schnellte die zusammengeballte Faust nach vorn und ließ sie mit einem dumpfen Schlag gegen seine Brust knallen. T. S: zuckte zum zweitenmal zusammen. Er würde eindeutig seinen Koffeinkonsum einschränken müssen.

»Ich bin im Training«, erklärte Mr. Wong, hob ein Bein hoch und beugte das andere Knie. »Es ist kein Witz.« Er hob eine Faust hoch und hielt sie T. S. zur Inspektion hin. »Sie ist sehr stark. Könnte nützlich sein.«

»Ja, sicher. Herbert. Ich weiß nicht, was ich sagen soll.« T. S. räusperte sich. »Es ist sehr freundlich von Ihnen, daß Sie mir Ihre Hilfe anbieten. Aber diese Dinge überlasse ich der Polizei. Ich helfe wirklich nur etwas mit dem Papierkram, ganz inoffiziell. Ziehe ein paar Erkundigungen ein. Solche Sachen.«

Der ältliche Bote nahm diese Neuigkeit ziemlich niedergeschlagen zur Kenntnis. »Das ist nicht recht«, sagte er. »Sie sollten Ihnen die Leitung der Ermittlungen übertragen.« Er kam näher und hieb T. S. auf den Rücken. »Sie sind ein guter Mann und sehr, sehr klug. Viel klüger sogar als die Teilhaber, sage ich immer. Sie sollten Ihnen die Leitung übertragen.«

T. S. brachte ein Lächeln zustande. »Danke, Herbert. Ich weiß Ihr Vertrauen zu schätzen.«

»Dann sieht es so aus, als hätten wir alle Vertrauen in den geschätzten T. S. Hubbert.« Felicia Fullbright lehnte am Türrahmen und beobachtete amüsiert die Szene.

Herbert Wong sah aufmerksam von T. S. zu Miss Fullbright und wieder zurück zu T. S. »Ich muß gehen«, sagte er schnell, verbeugte sich und zog sich in Richtung Tür zurück.

»Ich würde aufhören, mir diese Bruce-Lee-Filme anzusehen«, riet sie liebenswürdig dem sich zurückziehenden

Büroboten. Mr. Wong gab sich mit einer würdevollen Verbeugung als Erwiderung zufrieden.

»Der Präsident Ihres Fanclubs?« fragte sie T. S. und richtete eine imaginäre Verdrehung der großen Schleife, die sie anstelle einer Krawatte trug, gerade.

»Gott sei gedankt für Mitarbeiter wie Herbert Wong«, entgegnete T. S. mit Inbrunst. Wer war sie, daß sie sich über Leute lustig machte, die er eingestellt hatte? Insbesondere über solche, die fünfzehn Jahre bei Sterling & Sterling gewesen waren – fast doppelt so lange wie sie.

»Ein Mitarbeiter wie Mr. Wong hat vielleicht Robert Cheswick erstochen«, bemerkte sie und strebte schnurstracks auf den Besuchersessel zu. »Er steht auf der Liste der Leute, die sich an dem Abend austragen mußten.«

»Kommen Sie doch herein, Miss Fullbright«, sagte er eine Spur zu höflich, als sie sich auf die angewärmte Sitzfläche des Sessels plumpsen ließ.

»Danke, das werde ich.« Ihr Gesicht war rot angelaufen, aber dann sah er, daß ihr Hals ebenso rot war, und begriff, daß sie übers Wochenende einen schweren Sonnenbrand davongetragen hatte.

»Es scheint, daß Sie ein wunderbares Wochenende draußen in der Natur verbracht haben.« Wieder sah er sehnsüchtig auf den blauen Himmel. Es war wahrscheinlich ein großartiger Tag zum Golfspielen. Wenn er nur Golf spielen würde.

Sie ignorierte seinen Versuch, eine höfliche Unterhaltung anzufangen. »Ich habe ein paar Probleme, und ich brauche Ihren Rat«, sagte sie.

»Meinen Rat? Ich bin sicher, Sie sind ohne weiteres in der Lage, mit allen anfallenden Problemen selbst fertigzuwerden.«

»Natürlich bin ich das. Aber was für eine Entscheidung ich auch treffe, solange Sie hier sind, bin ich im Unrecht.

Ich bin nicht blöd, wissen Sie. Ruhestand hin oder her, solange ich Ihr Okay nicht habe, hängen sie mich. Wenn ich es habe, werden Sie gehängt.« Sie warf ihm einen Blick zu. »Ich bin nicht so naiv, wie Sie glauben. Ich weiß, wie das hier läuft.«

Ja, wahrscheinlich hatte sie das ganze Wochenende damit zugebracht, diese Frage zu analysieren, während sie zu lange in der Sonne lag. Hatte ein oder zwei Flußdiagramme erstellt. »Was macht das Trauma-Team?« erkundigte er sich liebenswürdig.

Sie sah ihn mißtrauisch an, aber sein Gesicht blieb unbewegt. »Denen geht's gut. Ich habe sie in dem leeren Gruppenraum am Ende des Korridors untergebracht.«

»Stehen die Leute schon Schlange?«

»Ist mir nicht aufgefallen. Ich nehme an, es wird ein oder zwei Tage dauern, bis die Sache bekanntgeworden ist, sogar mit meinem Memo.«

»Nun, wenn der Tag so weitergeht, wie er angefangen hat, stelle ich mich vielleicht als erster in die Schlange.« Er griff nach seinem Kaffee und nahm einen kräftigen Schluck. Vielleicht hatte Sheila ein Valium, das er sich schnorren konnte, aber das wäre kaum sehr diskret und hieße vielleicht, es mit der neuentdeckten Freiheit etwas zu übertreiben. Einen Augenblick flohen seine Gedanken vor Miss Fullbright. Er dachte an die Nachricht, die Mrs. Quincy ihm übermittelt hatte. Was für eine Krise konnte Edgar Hale meinen, die wichtiger war als der Mord an einem der Teilhaber? Und was hatte Stanley Sinclair damit zu tun? Da war bestimmt etwas faul, und zweifellos steckte der Finanzmanager dahinter.

»Was gibt es für Probleme?« fragte er Miss Fullbright in der Hoffnung, sich möglichst schnell aus dieser Konferenz loszueisen.

»Verschiedene. Erstens sind heute sehr viele Mitarbeiter unentschuldigt der Arbeit ferngeblieben. Es ist absurd, und wir sind äußerst knapp an Arbeitskräften. Manchen Leuten ist jede Ausrede recht, um nicht zur Arbeit kommen zu müssen.«

Normalerweise hätte er das mit einem Achselzucken abgetan und gehofft, daß sich die Lage am nächsten Tag bessern würde. Aber jetzt war er nicht länger in der Stimmung, nachsichtig zu sein. »Lassen sie alle anrufen, und sagen Sie ihnen, wenn sie morgen kein Attest mitbringen, sind sie gefeuert. Wenn sie kein Attest kriegen können, sollten sie besser spätestens um vierzehn Uhr hier sein. Nächstes Problem.«

Miss Fullbright starrte ihn an. »Ist das nicht ein bißchen hart?«

»Das sind Faulpelze, allesamt. Cheswick wurde erstochen. Sie nicht. Nächstes Problem.« Er fuhr mit der Hand unter seinen Kragen und lockerte die Drachen-Krawatte. Gott, es fühlte sich gut an, entschieden aufzutreten und sich zur Abwechslung keine Gedanken über ein vorsichtiges Vorgehen zu machen. Der Ruhestand wirkte zweifellos belebend.

Sie beugte sich vor und glättete nervös ihren Rock. »Ich bin nur neugierig. Was machen die Ermittlungen? Haben Sie etwas herausgefunden, das die Polizei übersehen hat?«

T. S. zuckte die Achseln. »Nicht wirklich. Gibt es sonst noch etwas, wobei ich Ihnen helfen kann?«

»Nur eins«, fügte sie schnell hinzu. »Ich dachte, es wäre angemessen, wenn wir hier im Haus eine Gedächtnisversammlung für Mr. Cheswick abhalten. Eine Zusammenkunft in der mit Kerzen erleuchteten Haupthalle vielleicht. Mit einem kleinen Streichquartett, Blumen, Ansprachen und passenden Erfrischungen.«

»Wie wär's mit einer Sambagruppe und Flamenco-Tänzerinnen?« schlug er vor. Ihr Mund klappte auf. »Kommen Sie, Miss Fullbright. Eine Gedächtnisversammlung sechs Meter entfernt von der Stelle, an der er erstochen wurde, und das auch noch während der Arbeitszeit? Außerdem konnte ihn sowieso keiner leiden, und ihn selbst würde die Vorstellung mit Entsetzen erfüllen, daß die Mitarbeiter ihre Schreibtische im Stich lassen, um sich unter die Menge zu mischen und zu seinem Gedächtnis weißen Wein zu trinken. Der offizielle Gedächtnisgottesdienst ist für Mittwoch abend angesetzt. Lassen Sie die Leute aus seiner Abteilung eine Stunde früher gehen, damit sie ganz bestimmt rechtzeitig hinkommen können. Das sollte reichen.«

Miss Fullbright notierte sich schnell etwas auf ihrer Liste, erhob sich geschäftsmäßig, schob ihre Brille hoch und verabschiedete sich mit einem Nicken.

»Wenn ich Ihnen irgendwie behilflich sein kann, lassen Sie es mich wissen«, bot sie ihm kurzangebunden an.

»Das werde ich. Guten Tag.« Er zögerte einen Moment, und Rachedurst sammelte sich mit unwiderstehlicher Gewalt in den Tiefen seines Geistes. »Miss Fullbright – ich werde um elf Uhr an einer Konferenz teilnehmen. Ich denke, es wäre eine gute Idee, wenn Sie mich begleiten würden. Dann können Sie schon mal üben.« Es war die perfekte Revanche für die schäbige Art, mit der sie ihn behandelt hatte. Er würde ihr zeigen, womit sie es den Rest ihres Lebens zu tun haben würde.

Sie zuckte die Achseln, als er sie zur Tür begleitete. T. S. widerstand dem Drang, die Tür hinter ihr zu verriegeln. Er schloß sie hastig und lehnte sich einen Augenblick dagegen, um wieder zu Atem zu kommen. Sie hatte etwas Wichtiges gesagt, und er kam nicht darauf, was es war. Irgend etwas mit Mr. Wong.

Und es sprach so viel für ein abgeschieden gelegenes

Büro. Wegen der Unterbrechungen hatte er nichts von dem geschafft, was er sich vorgenommen hatte. Er und Tante Lil waren sich einig gewesen, daß bestimmte Mitarbeiter bei einem ruhigen Gespräch Informationen weitergeben würden, die sie der Polizei vielleicht nicht anvertrauten, aber eine systematische Herangehensweise erwies sich rasch als unmöglich. Jetzt würde er den Nachmittag für die Gespräche nutzen müssen. Er hoffte nur, daß die Krisensitzung nicht allzu lange dauern würde.

Er setzte sich hin und machte eine Liste der Leute, mit denen er sprechen wollte. Der erste war Mr. Dorfen, der Teilhaber, der direkt hinter Robert Cheswick saß. T. S. hoffte nur, daß Mr. Dorfen sparsam mit dem versteckten Scotch umgegangen war und in einer Verfassung sein würde, die es ihm ermöglichte, vernünftig zu reden. Tante Lil hatte ihn gebeten, mit den größten Klatschbasen von Sterling & Sterling zu sprechen. Ohne jeden Zweifel hatte sie damit Effie Abacrombie, die Cheftelefonistin, und Francine Crisp, die Chefkassiererin, gemeint. Die beiden Frauen unterhielten sich jeden Tag mit zahllosen Mitarbeitern und verbreiteten zahllose Gerüchte.

Bei Effie Abacrombie brauchte er sich nicht zu melden. Sie selbst rief ihn an, als er gerade zur Sitzung gehen wollte.

»Mr. Hubbert, Gott sei Dank, daß Sie da sind.«

Alle schienen an diesem Morgen Gott für T. S. Hubbert zu danken, außer vielleicht T. S. Hubbert.

»Hier in der Zentrale haben den ganzen Morgen Tausende von Reportern angerufen«, sagte Effie mit ihrer energischen Stimme. »Was soll ich mit den Anrufern machen? Sie wollen Mr. Hale sprechen, aber Mrs. Quincy sagt, sie bringt mich um, wenn ich noch einen einzigen durchstelle. Sie hat so schon genug zu tun. Es scheint, daß Mr. Boswell geschäftlich unterwegs ist, ohne jemandem Bescheid gesagt zu haben, und Mrs. Quincy muß seiner Sekretärin helfen, die Anrufe seiner Kunden entgegenzunehmen. Sie sagt, sie hätte es jetzt wirklich satt, den ganzen Tag am Telefon zu hängen.«

Der Gedanke, daß Mrs. Quincy einen schlechten Tag haben könnte, heiterte T. S. ungemein auf. Dann sah er Miss Fullbright vor sich, wie sie den ganzen Tag mit kleinen Problemchen und ungeschickten Versuchen, ihn auszuhorchen, in seinem Büro ein- und ausging. Er traf eine schnelle Entscheidung. »Stellen Sie alle Anrufe von der Presse zu Miss Fullbright hier in der Personalabteilung durch«, sagte er. Sie ist offizielle Sprecherin der Bank und mit allen Einzelheiten vertraut.«

Das würde sie ihm vom Leib halten.

»Danke, Mr. Hubbert«, sagte die Telefonistin. »Roger. Das werde ich tun.« Sie war ein Kriegsfilm-Fan und benutzte militärischen Jargon, wann immer es ihr möglich war.

»Und, Effie – ist Anne Marie heute zur Arbeit gekommen?«

»Ja, Sir. Kam rein und verkündete, sie könne Sterling & Sterling nicht im Stich lassen, egal, was sie durchmachen würde. Sie übertreibt es ein bißchen, wenn Sie mich fragen. Sie sollten mal ihr Kleid sehen. Schwarze Seide. Manche Leute scheinen nie . . .«

»Sie sieht sicher umwerfend aus«, unterbrach T. S. sie. »Aber könnten Sie sie bitten, Mrs. Quincy zur Hand zu gehen, so gut sie kann? Vielleicht kann sie sich um Mr. Boswells Anrufe kümmern.«

»Das ist ein zehn-vier, Mr. Hubbert. Gibt es sonst noch etwas?«

»Das ist im Augenblick alles, Effie. Und danke. Aber wenn Sie heute irgendwann einen Moment Zeit hätten, kommen Sie doch bitte mal hoch. Ich würde gern ein paar Dinge mit Ihnen besprechen.«

»Habe ich etwas falsch gemacht, Mr. Hubbert?« Als langjährige Angestellte war Effie gut geschult in der Kunst, sich einschüchtern zu lassen.

»Nein, nein. Überhaupt nicht«, beschwichtigte er sie. »Ich möchte einfach nur Ihre Ansicht zu einigen Dingen hören.«

»Geht es um den Mord?« fragte sie munter. »Ich habe gehört, daß Sie Ermittlungen anstellen.«

»Was? Wo haben Sie das gehört?«

»Oh, ich höre vieles. Und ich setze auf Sie, Mr. Hubbert, Sir. Ich wette, daß Sie ihn kriegen, bevor die Polizei es tut.«

»Danke, Effie. Aber setzen Sie nicht zuviel.« Er legte auf, saß einen Augenblick still da und versuchte zu entscheiden, ob er sich über dieses Vertrauensvotum freuen oder sich darüber ärgern sollte, daß er in der Gerüchteküche durchgehechelt wurde.

Um Punkt elf fand T. S. sich eingezwängt in einem kleinen Konferenzraum wieder, der für nicht mehr als vier Personen bestimmt war. Unglücklicherweise hielten sich jetzt sieben Personen darin auf: T. S., Edgar Hale, drei der vier Teilhaber, die die Geschäftsleitung bildeten, ein selbstgefälliger Stanley Sinclair und eine verwirrte Miss Fullbright. Nur John Boswell fehlte. Edgar Hale warf seinem leeren Stuhl einen bösen Blick zu und verkündete, daß sie jetzt mit der Sitzung beginnen würden.

»Wir können nicht länger auf Boswell warten. Verdammt verantwortungslos von ihm, sich zu einer solchen Zeit davonzustehlen.« Er blickte wütend in die versammelte Menge, als hätten sie Boswell bei der Flucht geholfen. »Sehen Sie, Hubbert«, fuhr er fort. »Die ständigen Anrufe von der Presse treiben Quincy zum Wahnsinn, und jetzt geht sie auf mich los. Sagen Sie dieser verdammten Anne Marie, daß sie ihr helfen soll. Wir bezahlen sie nicht dafür, daß sie rumsitzt und Trübsal bläst.«

War für ein empfindsamer, verständnisvoller Mensch Edgar Hale doch war. »Zufällig, Edgar«, entgegnete T. S. glücklich, »habe ich Anne Marie bereits angewiesen,

Ihrer Sekretärin zu helfen. Außerdem habe ich dafür gesorgt, daß alle Anrufe von der Presse zu Miss Fullbright hier durchgestellt werden.« T. S. liebte es, Edgar Hale mitzuteilen, daß etwas bereits getan worden war. Es irritierte den alten Griesgram gewaltig, und er war gezwungen, nach einem neuen Opfer Ausschau zu halten.

Edgar Hale starrte Miss Fullbright an, als hätte er sie noch nie gesehen. Offensichtlich hatte er vergessen, daß er T. S. einmal mitgeteilt hatte, seiner Meinung nach würde Miss Fullbright in einem schwarzen Negligé verdammt viel besser aussehen als in diesen albernen roten Hosenanzügen.

»Ich würde denjenigen unter Ihnen, die noch nicht das Vergnügen hatten, gern Felicia Fullbright vorstellen«, sagte T. S., eine Antwort auf Hales verständnisloses Starren. »Da sie in Zukunft die Personalchefin sein wird, hielt ich es für angemessen, daß sie an dieser Sitzung teilnimmt. Insbesondere, da es sich um eine Krisensitzung handelt.« Die Männer wandten die Köpfe zu Miss Fullbright, und sie sank tiefer in ihren Sitz. Edgar Hales gewittriger Gesichtsausdruck kehrte zurück, und er riß die Kontrolle über die Sitzung wieder an sich. Hinter ihm stand Kaffee in einem silbernen Kaffeeservice auf einer Eichenanrichte. Niemand hatte es gewagt, hinzugehen und sich eine Tasse zu holen, mit Ausnahme des jüngsten der anwesenden Teilhaber, Preston Freeman.

Freeman leitete die Abteilung für Unternehmensfinanzierung, galt als Genie und schien nie etwas anderes wahrzunehmen als seine Fusionen und Firmenübernahmen. Selbst jetzt hatte er einen Aktenordner offen vor sich liegen und schrieb eifrig Notizen an den Rand juristischer Dokumente. Er nahm keine Notiz von den turbulenten Ereignissen um ihn herum. Neben seinem Ellenbogen stand eine Tasse Kaffee, aus der er gelegentlich geistesabwesend einen Schluck trank. Er brachte der Bank jedes Jahr Millionen ein und hätte Edgar Hale öffentlich anpinkeln können, ohne Kritik befürchten zu müssen. T. S. beneidete ihn um seine Nonchalance.

Stanley Sinclair saß steif rechts neben Hale und bewachte einen Stapel Akten, die deutlich sichtbar in leuchtend roter Farbe mit dem Stempel »Vertraulich« versehen waren. Jeder, der auf der Suche nach saftigen Details war, würde sofort erkennen, daß diese Akten pures Gold für ihn bedeuteten. Der Finanzmanager war ein extrem dünner Mann, der zu übertriebener, fast affiger Gestik neigte. Seine Haare waren wie geschniegelt zurückgekämmt, eine gerade aktuelle Frisur, die den zurückweichenden Haaransatz betonte und das rattenähnliche Gesicht noch spitzer erscheinen ließ. Er war tadellos gekleidet, sein Anzug war in Schnitt und Farbe fast identisch mit den Anzügen der vier versammelten Teilhaber. Aber da endete die Ähnlichkeit.

Stanley Sinclair würde nie zum Teilhaber von Sterling & Sterling werden, und es schien, daß er der einzige war, dem das nicht klar war. Er hatte seine relativ gehobene Position durch extreme Speichelleckerei erreicht, aber wenn seine unterwürfige Haltung ihm auch Gehaltserhöhungen und Beförderungen eingebracht haben mochten, er hatte durch sie den Respekt der meisten Teilhaber verloren. Folglich würde er nie die höchste aller Positionen erreichen.

T. S. saß so weit wie möglich entfernt von Sinclair am anderen Ende des Tisches, eine demütige Miss Fullbright neben sich. Die übrigen Teilhaber saßen an den Seiten des Tisches. Der Stuhl links neben Edgar Hale blieb leer, falls John Boswell doch noch auftauchen sollte.

»Meine Herren, wir haben ein Problem«, bemerkte Stanley Sinclair auf eine Art und Weise, die er für energisch hielt. T. S. fiel jedoch auf, daß Sinclairs Stimme bei dem Wörtchen »wir« gequiekst hatte, und das gab ihm den Mut, leicht zu lächeln. Sinclair blickte ihn streng an. »Und ich denke, jetzt ist die Zeit gekommen, die Flut der Schwierigkeiten einzudämmen«, endete er übertrieben metaphorisch.

T. S. fühlte, wie ihn das Bedürfnis zu gähnen überkam, und er konnte nichts dagegen tun. Er stellte fest, daß er sich im Mittelpunkt der Aufmerksamkeit befand und preßte die Hand über seine weit auseinanderklaffende Kinnlade. »Entschuldigen Sie«, murmelte er.

»Ich nehme das in die Hand, Sinclair«, donnerte Edgar Hale und schlug mit der flachen Hand auf den Tisch. In der anderen Hand hielt er eine gründlich durchgekaute Zigarre, mit der er beim Sprechen herumwedelte, so daß kleine Tabakstückchen im Konferenzraum herumflogen. T. S. drückte die Daumen und hoffte, daß eins auf Sinclairs selbstzufrieden grinsendem Gesicht landen würde.

»T. S., Stanley hier sagt, daß der Kommissar die Unterlagen über die gesamten finanziellen Transaktionen der Firma sehen will.«

»Das ist richtig«, bestätigte T. S. ruhig. »Die Polizei ist überzeugt, daß finanzielle Erwägungen bei dem Mord eine Rolle spielen, und deshalb sollen die privaten finanziellen Transaktionen, die die Partner und Top-Manager in letzter Zeit vorgenommen haben, mit denen von Robert Cheswick verglichen werden. Die Polizei überprüft auch, ob größere Geld-Transfers stattgefunden haben oder ob bei Kunden von Robert Cheswick in letzter Zeit ungewöhnliche finanzielle Transaktionen zu beobachten sind.«

»Aber das ist unmöglich!« rief Hale.

»Nicht im geringsten.« T. S. lächelte. »Ich bin sicher,

daß Mr. Sinclair die Akten tadellos geführt hat. Er ist ein exzellenter Verwaltungsfachmann.«

»Das ist genau der Punkt, Hubbert«, winselte Sinclair. »Ich konnte diesen Polizisten hinhalten, indem ich ihm zuerst die Erfolgskonten der Bank gegeben habe, aber als nächstes wird er die Privatkonten sehen wollen. Wenn er nicht von seinem Büro weggerufen worden wäre, würde er sie jetzt in diesem Moment durchgehen.« Er tätschelte den Aktenstapel neben sich. »Kaum Ihr Verdienst, daß es nicht soweit gekommen ist.«

Edgar Hale mischte sich ein, bevor T. S. antworten konnte. »Sinclair hier sagt, seiner Meinung nach sind diese Ermittlungen nur eine Tarnung. Das Finanzamt versucht, unsere finanziellen Transaktionen zu überprüfen, ohne uns davon in Kenntnis zu setzen. Sie versuchen, ohne Vorwarnung eine inoffizielle außerbetriebliche Rechnungsprüfung durchzuführen, könnte man sagen. Das ist eine schwerwiegende Sache.«

T. S. fingerte an seinem Drachenschlips herum und überlegte sich gründlich, was er sagen wollte. Nicht, daß er vorhatte, vorsichtig vorzugehen. Solche banalen Feinheiten interessierten ihn nicht mehr. Er lächelte Sinclair zu, der ihn böse anstarrte, und zwinkerte Miss Fullbright zu, die nervös hinter vorgehaltener Hand hüstelte.

»Das mit dem Fianzamt ist Schwachsinn«, sagte T. S.

Preston Freeman legte seinen Stift hin und sah auf. »Sinclair sieht überall Verschwörungen des Finanzamtes. Er sollte für eine dieser miesen Fernsehshows arbeiten, die Attentate und Mordanschläge untersuchen.«

»Hören Sie, Hubbert. Das gefällt mir nicht! Die Sache ist ernst.« Sinclair umklammerte seinen Aktenstapel von beiden Seiten. Edgar Hale hielt mitten im Zubeißen inne, und seine Zigarre baumelte achtlos zwischen seinen Lippen, während er diesen Zweikampf beobachtete.

»Die Sache ist ganz bestimmt ernst«, stimmte T. S. zu. »Robert Cheswick ist erstochen worden. Ich denke, *das* ist die eigentliche Krise. Was genau wollen Sie andeuten? Daß der CIA oder das FBI Cheswick ermordet hat, damit die New Yorker Kriminalpolizei als Geheimagent für das Finanzamt an finanzielle Transaktionen herankommen kann, die wir in jedem Fall offenlegen müssen? Ich finde, das klingt ziemlich bescheuert.«

Miss Fullbright blinzelte, als sie das hörte, und Preston Freeman unterdrückte ein Lächeln. Sinclair wirkte einen Augenblick wie betäubt, schluckte den Köder aber schnell.

»Ich habe nichts derartiges angedeutet! Sie haben kein Recht, mir die Worte im Munde zu verdrehen. Robert Cheswick ist ganz offensichtlich von einem gewöhnlichen Einbrecher ermordet worden, der nach Bargeld suchte. Es ist unwahrscheinlich, daß Sterling & Sterling so etwas in den nächsten zweihundert Jahren noch einmal erleben wird. Ich möchte nur auf eine sehr reale gegenwärtige Gefahr hinweisen. Das Finanzamt hat Wind von dem Mord bekommen und die Polizei von New York zur Zusammenarbeit überredet, damit das Finanzamt seine eigene kleine Untersuchung durchführen kann. Es ist eine perfekte Tarnung. Glauben Sie mir, die wirkliche Gefahr, die uns in dieser Situation droht, geht weit über den Mord an Robert Cheswick hinaus.«

Gegen Schluß dieser Ansprache leuchtete Sinclairs Gesicht in feurigem Rot, und sein Kragen schien um den Hals herum erheblich enger geworden zu sein. Sein Adamsapfel trat verzweifelt über den Rand hinaus, als wäre er hinter dem Kragen gefangen und könne nirgendwo sonst hingelangen.

»Sie sehen überall Verschwörungen des Finanzamts, Sinclair«, erwiderte T. S. »Sie haben davon angefangen, als im Büro der Teilhaber dieser Film gedreht werden sollte. Sie dachten an eine Verschwörung des Finanzamts, als diese Zeitschrift eine Aufnahme von der *Außenseite* des Gebäudes machen wollte, verdammt noch mal.« Im Raum war es noch stiller geworden, und Edgar Hale hörte T. S. aufmerksam zu. »Und jetzt sind Sie dabei, Sterling & Sterling mehr Probleme aufzuladen, als sie es sich je hätten träumen lassen«, schloß T. S.

Edgar Hale sah beide Männer aufmerksam an. »Zum Beispiel?«

»Zum Beispiel, daß diese Angelegenheit weiter von der Presse ausgewalzt wird. Bedenken Sie, wie das in der Öffentlichkeit aussehen wird. Wir weigern uns, Unterlagen herauszugeben, die zur Aufklärung des Mordes an unserem geschätzten Kollegen beitragen könnten. Was haben wir zu verbergen? Wovor haben wir Angst? Die Polizei ist überzeugt, daß Insiderhandel dahintersteckt. So ein Gerücht kann unser Unternehmensfinanzierungs-Geschäft in einer Woche ruinieren. Und wofür? Diese Unterlagen können auf der Stelle beschlagnahmt werden, denn Kommissar Abromowitz läßt nicht mit sich spaßen. Die Polizei hat sonst nichts, worauf sie sich stützen kann. Mir wurde gesagt, daß am Tatort keine verwendbaren Spuren gefunden worden sind. Und daß Cheswick ordentlich geladen hatte, als er erstochen wurde. Das würde sich in der Presse gut machen, wenn es je herauskäme. ›Sterling-Teilhaber sturzbesoffen.‹ Und irgend etwas sagt mir, daß Abromowitz mehr als glücklich wäre, uns damit zu drohen, wenn wir die Zusammenarbeit verweigern.«

Es war die längste Rede, die er je gehalten hatte, ohne von Edgar Hale unterbrochen zu werden. T. S. war so verwirrt darüber, im Mittelpunkt der allgemeinen Aufmerksamkeit zu stehen, daß seine Stimme sich bei den letzten Worten schlicht verlor und er die Hände faltete.

»Was schlagen Sie vor?« fragte Preston Freeman ruhig. Er hatte seine Akten beiseite gelegt und hörte jetzt aufmerksam zu.

»Geben Sie der Polizei alles, was sie haben will«, antwortete T. S. »Lassen wir es zu, daß sie uns in die Waschräume und Kleiderschränke folgen, wenn sie wollen. Kooperieren Sie voll. Geben Sie ihnen ein Büro, von dem aus sie arbeiten können. Bieten Sie ihnen Telefonleitungen und die Hilfe einer Sekretärin an. Geben Sie ihnen zu essen. Lassen Sie sie mit allen sprechen, mit denen sie sprechen wollen. Lassen Sie sie Einblick in die Konten jedes Mitarbeiters und jedes Teilhabers nehmen. Um des guten Rufs der Bank willen, der unersetzlich ist, müssen wir dieses Problem lösen und weitermachen.«

»Könnten wir keine aktivere Rolle dabei spielen?« fragte jemand.

»Ich versuche es«, gab T. S. zu. »Ich stelle auf eigene Faust ein paar Ermittlungen an. Vielleicht werde ich als Insider eher etwas herausfinden.« Er zuckte die Achseln.

»Sie denken, daß jemand hier von der Bank es getan hat?« fragte Preston Freeman langsam. Er beugte sich vor und sah T. S. aufmerksam an.

Wieder zuckte T. S. die Achseln. »Möglich. Der Zeitpunkt des Mordes und die Tatsache, daß der Mörder einen kühlen Kopf behalten und sorgfältig alle Oberflächen abgewischt hat, deuten darauf hin, daß es ein vorsätzlicher Mord war und daß es eindeutig Robert Cheswick war, der umgebracht werden sollte.«

Alle saßen schweigend da und verdauten diese Information. Sogar Stanley Sinclair sah bestürzt aus. Bezeichnenderweise war es Edgar Hale, der das Schweigen brach.

»Nun, ich rate Ihnen, schnell etwas herauszufinden«, sagte er zu T. S. In seinem Befehlston klang ein leichter Anflug von Verzweiflung mit. Er starrte Sinclair böse an.

»Ich bin nicht wild darauf, daß unsere privaten Transaktionen öffentlich gemacht werden, aber ich will, daß das sobald wie möglich ein Ende hat. Sinclair, ich möchte, daß Sie Abromowitz keine Minute allein lassen. Sie haben mich gehört. Seien Sie so hilfsbereit, daß er nichts mitkriegt. Lassen Sie ihn keine Minute allein, verstehen Sie?«

»Ja, Sir«, sagte Sinclair forsch. Er warf T. S. einen kurzen Blick zu und tat sein Bestes, einen kleinen Teilsieg aus der Situation herauszuschlagen. »Ich werde dafür sorgen. Sie können sich auf mich verlassen.«

»Sorgen Sie dafür, daß er Hubbert vom Hals bleibt«, fuhr Hale fort und kaute hungrig auf seiner Zigarre herum. »Er hat recht. Das größte Problem ist unser Image. Wir verkörpern Diskretion und Vornehmheit. Wenn sich das hier noch länger hinzieht, werden die Kunden unsere Integrität und unseren Ruf in Frage stellen. Das können wir uns nicht leisten.« Er sah langsam jeden der um den Tisch herumsitzenden Menschen an, als würde jeder einzelne irgendwie sein Bestes tun, ihr Vorankommen zu behindern. Bei dem leeren, für John Boswell reservierten Stuhl hielt er inne.

»Wo zum Teufel steckt Boswell?« fragte er. Niemand antwortete. »Egal.« Er tat die Angelegenheit mit einer kurzen Handbewegung ab. »Also Zusammenarbeit. Totale Zusammenarbeit mit der Polizei ist das Motto. Erstickt sie mit Freundlichkeit.« Er stand vom Tisch auf und knallte den Stuhl an seinen Platz zurück. »Jetzt wollen wir wieder an die Arbeit gehen und Geld machen.«

Seinem abrupten und sorgfältig inszenierten Abgang wurde durch den wirbelwindartigen Auftritt seiner Sekretärin Mrs. Quincy die Schau gestohlen. Sie kam mit aufgelöster Frisur zur Tür hereingestürzt. Die Brille war ihr halb von der Nase gerutscht, ihr Gesicht war scharlachrot angelaufen, und sie schien kaum noch atmen zu können.

»Mr. Hale! Mr. Hale!« japste sie und rannte ihren Chef blindlings über den Haufen. Hale prallte von der Anrichte ab und stürzte gegen den Tisch, warf seinen Stuhl um, stolperte über Preston Freeman und landete schließlich in Miss Fullbrights Schoß. Ihr Stuhl kippte augenblicklich nach hinten um. Es gab einen Wirbel aus spitzen Schreien und wedelnden Beinen, ein Aufblitzen von Dessous, gemurmelte Flüche und zahlreiche scharrende Geräusche.

Mehrere verworrene Sekunden später kam Edgar Hale vor Wut schnaubend wieder auf die Füße. Miss Fullbright ließ er kurzerhand auf dem Fußboden liegen. Mit beiden Händen umklammerte er die Kante des Konferenztisches. Seine Knöchel traten weiß hervor. Mrs. Quincy stand da, die Hände gegen den Mund gepreßt, und starrte ihren Chef an.

Seine Stimme klang ruhig und äußerst beherrscht. Der Ton war tödlich in seiner übertriebenen Höflichkeit. »Was gibt es, Mrs. Quincy? Was für dringliche Neuigkeiten haben Sie uns mitzuteilen?«

Die in Panik geratene Frau schob sich die Brille wieder auf die Nase zurück und verwandelte die Geste dann in eine Bekreuzigung. »Es ist Mr. Boswell, Sir«, flüsterte sie. »Er ist an Land gespült worden. Er ist bei Orient Point an Land gespült worden.«

Die Reaktionen auf die Neuigkeit waren unterschiedlich. T. S. beobachtete alle mit großem Interesse. Er selbst fühlte tiefe Traurigkeit, weniger für John Boswell als für Sterling & Sterling. Dieser zweite Todesfall machte klar, daß der erste kein Zufall gewesen war, daß das Motiv mit der Bank und weniger mit dem Individuum zusammenhing – und daß die Morde mit großer Wahrscheinlichkeit weitergehen würden, wenn die Gründe dafür nicht aufgedeckt wurden. Und er stützte die Theorie des Kommissars, daß finanzielle Unregelmäßigkeiten das Motiv gewesen waren, was leicht den Tod für die Bank selbst bedeuten konnte. Und wie sehr er sich auch über Sterling & Sterling lustig machen mochte – die Bank war mehr als die Hälfte seines Lebens seine Heimat gewesen, und T. S. respektierte die Integrität, die sie sich zu bewahren suchte.

Boswells Tod konnte der Bank großen Schaden zufügen, und T. S. dachte angestrengt über Möglichkeiten der Schadensbegrenzung nach.

Stanley Sinclair reagierte mit plötzlichem Schweigen auf die Neuigkeit. Er sah starr geradeaus, das Gesicht unbewegt. Nur seine Augen bewegten sich, sie blickten nervös von Wand zu Wand. Seine kostbaren Akten waren ausnahmsweise vergessen. Ein paar Sekunden später ging ein fast unmerkliches Zittern durch seinen Körper, und in seinen Augen spiegelte sich eine Verblüffung, die schnell durch die Dunkelheit eines sogar noch stärkeren Gefühls ersetzt wurde. Vielleicht war es Angst.

Miss Fullbright umklammerte T. S.' Arm, als sie die Neuigkeit hörte, und drängte sich eng an seinen Körper. T. S. sah auf sie herunter. Ihre Unterlippe hatte zu zittern begonnen, und die Augen glitzerten fast schwarz. Er widerstand dem Impuls, von ihr wegzurücken. Sie war nicht aus so hartem Holz geschnitzt, daß zwei Morde sie nicht sehr durcheinanderbrachten, aber er hatte nicht erwartet, daß es sie, nun ja, fast erregen würde.

Unterdessen starrte die Geschäftsführung Mrs. Quincy an, als hätte der Bote, der die schlechte Nachricht überbracht hatte, die sofortige Hinrichtung verdient. Sie erwiderte die Blicke mit wilden Augen, den Körper fest gegen die Wand gepreßt. Ihre Zunge hing heraus, und sie japste fast, als stünde sie ihrem Exekutionskommando gegenüber. Ihre schlimmsten Befürchtungen hatten sich bewahrheitet. Sie erwartete jeden Moment, ihre Stelle zu verlieren und willkürlich gefeuert zu werden.

Nur Preston Freeman hatte seine Fassung bewahrt. Er blickte auf den aufgeschlagenen Aktenordner vor ihm hinunter, die Unterlippe nachdenklich vorgeschoben. Scheinbar war er durch nichts zu erschüttern.

Die größte Veränderung war mit Edgar Hale vorgegangen. Während T. S. zusah, schien der geschäftsführende Direktor buchstäblich zusammenzuschrumpfen. Seine Schultern sackten nach vorn, der Bauch wurde zu einem Wanst, und das Gesicht wurde schlaff. Geistesabwesend drückte er seine Zigarre im Aschenbecher aus. Müde fuhr er sich mit der Hand durch das schütter werdende Haar, und Falten erschienen auf seiner Stirn. Er streckte eine Hand aus, um sich abzustützen, ließ sich auf Boswells leeren Stuhl sinken und verbarg das Gesicht in den Händen. Vor ihren Augen verwandelte er sich von einer streitlustigen und impulsiven Führungspersönlichkeit in einen müden und verängstigten alten Mann.

T. S. nahm es auf sich, das unheilschwangere Schweigen zu brechen. »Wie haben Sie davon erfahren, Mrs. Quincy? Sind Sie sicher?«

Alle Blicke waren auf T. S. gerichtet, und die Sekretärin entspannte sich. In ihrer Erleichterung, nicht mehr im Zentrum der Aufmerksamkeit zu stehen, antwortete sie ihm fast höflich. »Ja, Sir. Ich bin ganz sicher. Mr. Boswells Haushälterin hat angerufen, um uns zu benachrichtigen. Die Polizei hat es gerade seiner Frau gesagt, und sie fühlt sich nicht in der Lage, die Leiche offiziell zu identifizieren. Die beiden hoffen, daß jemand aus dem Büro das tun könnte.«

»Ja, natürlich«, sagte T. S. automatisch. »Schicken Sie Jimmy, er wird damit fertigwerden.« Er konnte sich darauf verlassen, daß Jimmy Ruffino, seit Jahrzehnten Hausdiener der Teilhaber, diese unangenehme Aufgabe mit Haltung und Würde bewältigen würde.

»Hat sie gesagt, wie es passiert ist?« Die versammelte Gruppe überließ T. S. die Führung.

»Sie hat nur gesagt, daß er heute morgen gegen zehn von zwei Frauen gefunden wurde, die bei der Steilküste in der Nähe von Orient Point das Meer malten, Sir«, entgegnete Mrs. Quincy.

T. S. nickte. Er kannte die Gegend. Es war eine kleine Stadt am Meer, an der nördlichen Kralle von Long Island.

»Er ist ertrunken«, fuhr sie fort, als niemand antwortete. »Sie sagen, daß es für eine Wiederbelebung viel zu spät war. Sie überprüfen jetzt den Yachthafen. Er hatte ein Segelboot, wissen Sie. Es war sein Stolz und seine Freude.«

Edgar Hale nickte, als er das hörte, und T. S. fiel wieder ein, daß John Boswell wahrscheinlich Hales engster Freund bei Sterling & Sterling gewesen war. Boswell, der in der Firmenhierarchie gleich hinter Hale kam, war einer der wenigen Menschen, bei denen Edgar Hale sich entspannen oder denen er sich anvertrauen konnte. T. S. sah den trauernden Mann an und wandte sich dann an die Gruppe.

»Wir wissen nicht, ob es da eine Verbindung gibt. Vielleicht ist es nur ein trauriger Zufall.« Er seufzte. »Die Presse wird die beiden Todesfälle jedoch sicherlich in Verbindung bringen, ob nun zu recht oder zu unrecht. Ich schlage vor, daß wir die Sache erstmal für uns behalten. Ich werde dafür sorgen, daß alle Anrufe in meine Abteilung durchgestellt werden. Sonst gibt es kaum etwas, das wir tun können, außer mit der Polizei zusammenzuarbeiten.«

Er stand auf, um zu signalisieren, daß die Sitzung beendet war, und Miss Fullbright tat es ihm nach. Die Mitglieder der Geschäftsleitung erhoben sich zögernd. Stanley Sinclair sprang buchstäblich auf die Füße, klemmte sich seine Akten unter den Arm und ging steif zur Tür. Edgar Hale blieb sitzen und starrte schweigend auf die glatte, polierte Oberfläche des Tisches. T. S. klopfte ihm auf die Schulter, als er an ihm vorbeikam, und wandte sich an Mrs. Quincy. »Vielleicht hätte Mr. Hale gern eine Tasse Tee. Und dann möchte er vielleicht, daß Sie seinen Fahrer rufen. Es war ein schwerer Tag für ihn.«

»Ja«, bestätigte Edgar Hale und hob den Kopf. Seine Stimme klang ungewohnt leise. »Bitte sorgen Sie dafür, daß mein Fahrer mit dem Wagen vorfährt. Ich muß zu

Megan Boswell. Sicher wird sie eine feste Hand und einen Freund brauchen, der ihr zur Seite steht.«

Miss Fullbright folgte T. S. aus dem Raum, wobei sie ihm in ihrer Hast fast auf die Hacken trampelte. Er wandte sich um, um ihr einen bösen Blick zuzuwerfen, aber sie war vor Aufregung oder Angst wie entrückt und nahm keine Notiz von ihm. Sie glitt an ihm vorbei und ging fast wie in Trance zum Fahrstuhl.

Die Neuigkeit hatte T. S. traurig gemacht und erschüttert, aber hauptsächlich hatte sie ihn mit Entschlossenheit erfüllt. Es mußte mehr geben, was sie tun konnten, um herauszufinden, was hinter den Morden steckte. Er würde nicht untätig dasitzen, während die Polizei sich in Geldtransfers und Aktientransaktionen verhedderte. Als erstes würde er mit Sheila reden.

Er betrat ihr Büro, ohne anzuklopfen. Sie versuchte gerade, ein Telefongespräch mit einer ängstlichen Rentnerin zu beenden. »Nein, Mrs. Gladden. Ich bin sicher, daß niemand es auf Sterling & Sterling-Mitarbeiter abgesehen hat. Mr. Cheswicks Tod war wahrscheinlich eine Art Unfall. Vielleicht ist er von einem Einbrecher überrascht worden. Ich bezweifle, daß der Mörder demnächst in Arizona auftauchen wird.«

Dann hörte sie schweigend zu, sah zu T. S. auf und verdrehte die Augen. »Ja, ich bin ganz sicher. Und wenn Sie mich brauchen sollten, können Sie mich jederzeit anrufen. Auf Wiederhören.« Sie legte auf, seufzte und rieb sich die Schläfen. »Das geht schon den ganzen Tag so«, sagte sie und forderte T. S. mit einer Handbewegung auf, Platz zu nehmen. »Einige von ihnen haben wirklich Angst. Was denken die sich bloß? Daß irgendein Verrückter sich wahllos seine Opfer aus dem Telefonverzeichnis von Sterling & Sterling heraussucht?«

T. S. verschränkte die Füße unter dem Stuhl. »Sheila, John Boswell ist ertrunken im Long-Island-Sund gefunden worden.«

Sie hatte gerade wieder nach dem Telefonhörer gegriffen und erstarrte. Das Blut wich ihr aus dem Gesicht, und die Lippen zitterten. Sie bewegten sich, aber es kam kein Laut heraus. Sie versuchte es noch einmal, und diesmal drang ein sehr schwaches »Was?« an T. S.' Ohren.

»Es tut mir leid. John Boswell ist ertrunken im Long-Island-Sund gefunden worden.«

Sheila lehnte sich in ihren Stuhl zurück und starrte intensiv auf ihre Füße, dann preßte sie eine Hand gegen die Augen und seufzte.

»Es tut mir leid. Ich wollte Ihnen keinen Schock versetzen.« Er hatte nicht erwartet, daß die Neuigkeit sie so mitnehmen würde.

»Es geht mir gut«, sagte sie schwach. »Ich war nur überrascht. Einer war schon genug. Aber zwei ...« Ihre Stimme verlor sich.

»Ja. Es ist um so tragischer, weil ich bezweifle, daß es ein Zufall ist. Die Leiche wurde heute morgen gefunden. Es sind noch keine Einzelheiten bekannt. Ich fürchte, ich brauche Ihre Hilfe.«

»Natürlich. Was kann ich tun?« Ihre Stimme klang leise, immer noch wie betäubt.

»Sprechen Sie und Ihr Mann noch miteinander?«

»Ja. Ich sage ›Guten Morgen‹ und Brian sagt ›Bis dann‹. Er hat die Nachtschicht übernommen. Wahrscheinlich mit Absicht.«

»Glauben Sie, er könnte uns Einzelheiten über Boswells Tod verraten? Abromowitz wird wahrscheinlich keine große Hilfe sein. Ich denke, sie haben ihm den Fall übertragen, und für jemanden wie mich wird er keine Zeit haben.«

»Warum glauben Sie das?«

»Er wurde heute morgen plötzlich von hier weggerufen, sagt Stanley Sinclair. Es muß wegen Boswell gewesen sein. Die Polizei wird sofort eine Verbindung zwischen den beiden Todesfällen hergestellt haben.«

»Das sollten sie auch«, sagte sie ohne Gemütsbewegung.

Er nickte. »Ja. Aber ich muß die Einzelheiten wissen. Alles, was uns helfen könnte. Ich gebe zu, ich habe nur mit den Ermittlungen angefangen, um Tante Lil einen Gefallen zu tun und die drohende Langeweile des Ruhestands abzuwenden. Aber das hier gefällt mir überhaupt nicht. Edgar Hale ist vor meinen Augen zu einem alten Mann geworden. Möglicherweise sind noch mehr Menschen in Gefahr. Hier bei Sterling & Sterling. Und ich glaube nicht, daß die Polizei auf der richtigen Spur ist. Sie ist überzeugt, daß der Mord an Cheswick mit finanziellen Mauscheleien zusammenhängt, aber das kann ich nicht glauben. Er war ein ehrlicher Mann, wenn das auch das einzig Positive ist, das man von ihm sagen kann.«

»Was wollen Sie wissen?« Sie hatte einen schmalen Notizblock und einen Stift hervorgezogen und war bereit, seine Instruktionen aufzunehmen.

»Alles, was Sie über die Umstände von Boswells Tod herausfinden können. Wurde irgend etwas bei ihm gefunden? Fehlte etwas? Was hatte er an? Gab es irgendwelche Ähnlichkeiten zwischen seinem Zustand und dem von Cheswick?«

»Zum Beispiel?« fragte sie.

»Ich weiß nicht. Irgendwas. Ein offener Hosenschlitz. Ein Messer in der Brust.«

»Gut«, sagte sie ruhig. »Was sonst noch?«

»Ich bin ganz sicher, daß sie eine Autopsie machen werden. Fragen Sie Brian, ob er die Ergebnisse rauskriegen kann. Und die Polizei sucht jetzt nach Boswells Segelboot. Lassen Sie mich wissen, wo und wann sie es gefunden haben.«

Sie nickte, schrieb ihre Notiz zu Ende und schob das Blatt neben das Telefon. »Gut, alles klar. Wann brauchen Sie die Informationen?«

»Sobald wie möglich.« Er trommelte mit den Fingern auf den Schreibtisch. »Und da ist noch etwas, wenn Sie es für sich behalten.«

»Natürlich.«

»Finden Sie heraus, ob die Polizei Cheswicks private Papiere aus seinem Schreibtisch genommen hat. Ich habe Abromowitz schon gefragt, aber ich konnte nichts aus ihm herauskriegen.«

Sie notierte sich etwas auf ihrem Block. »Ich werde sehen, was ich tun kann. Aber es kann ein bißchen dauern. Brian muß erst jemanden finden, der an dem Fall arbeitet. Jemanden, der mit ihm reden wird.«

»Ich verstehe. Aber es ist sehr wichtig. Wir brauchen Ihre Hilfe.« Er stand auf, um in sein Büro zurückzugehen. Mit John Boswell würde er nicht mehr sprechen können. Aber es gab andere.

Die Nachricht von Boswells Tod war noch nicht zur Presse durchgesickert, wie die wenigen Anrufe bewiesen, die zu Miss Fullbright durchgestellt wurden. Andererseits war es offensichtlich, daß die Neuigkeit sich unter der Belegschaft schnell verbreitet hatte. T. S. entdeckte in jedem Stockwerk, das er besuchte, kleine Grüppchen von Leuten, die miteinander flüsterten, die meisten voll aufrichtiger Bestürzung. Er sah sogar ein paar Tränen. John Boswell war beliebt gewesen, einer der wenigen oberen Chefs von Sterling & Sterling, der sich seinen Weg zur Spitze tatsächlich hart erarbeitet hatte.

Tante Lil war zu Hause und ging gleich ans Telefon. Er kam sofort zur Sache. »Es hat noch einen Mord gegeben.«

Am anderen Ende der Leitung war zu hören, wie jemand scharf die Luft einsog. Er konnte fast vor sich sehen, wie sie weise den Kopf schüttelte. »Das überrascht mich nicht, Theodore. Das überrascht mich überhaupt nicht.«?

»Sie haben noch einen Teilhaber gefunden. Dieser ist ertrunken.«

»Bist du sicher, daß es Mord war?«

»Ja. Aber es ist noch nicht offiziell.«

»Sag mir nicht, wer es war«, sagte Tante Lil. »Laß mich raten.« Beim zweiten Anlauf hatte sie es. T. S. war beeindruckt.

»Woher hast du das gewußt?«

»Durch etwas, was ich gesehen habe«, antwortete sie.

»Du mußt es mir sagen. Ich bin schließlich derjenige, der hier mitten drin steckt. Woher soll ich wissen, was für Fragen ich stellen soll, wenn du mir nicht alles sagst?«

Sie seufzte. »Es ist nichts, wirklich. Nur diese unwichtige Sache, die du so leichthin abgetan hast, die Aktennotizen, die möglicherweise aus den Akten einiger Teilhaber entfernt wurden. John Boswell war einer von ihnen.«

»Aber das ist dreißig Jahre her«, protestierte er.

»Ja«, sagte sie fest. »Das ist es.«

»Ich muß jetzt gehen. Ich wollte noch einige Mitarbeiter befragen. Ich laß dich wissen, was ich herausgefunden habe.«

»Wollen wir heute abend zusammen essen?« fragte sie munter.

»Ich weiß noch nicht. Ich habe das Gefühl, es wird ein sehr langer Tag werden. Ich ruf' dich später an.«

Sie war enttäuscht, aber das konnte er nicht ändern. Er

wußte nicht einmal, wonach er suchen sollte, woher sollte er also wissen, wie lange es dauern würde?

Tante Lil war der Ansicht gewesen, daß ein Gespräch mit Frederick Dorfen, dem Teilhaber, der hinter Cheswick und Boswell saß, sich als nützlich erweisen könnte. Aber T. S.' Befürchtungen bewahrheiteten sich, als klar wurde, daß der alte Teilhaber ziemlich betrunken war.

»Hallo, T. S.«, sagte Mr. Dorfen fröhlich und faltete seine lange Gestalt auf dem Drehstuhl zusammen. Er war sehr alt, aber immer noch außerordentlich elegant. Sein reinweißes Haar war dicht und sorgfältig gekämmt, und aus der Brusttasche seines maßgeschneiderten Anzugs ragte ein weißes Leinentaschentuch hervor. Er sah genauso aus, wie man sich eine distinguierte und kompetente Wall-Street-Führungskraft vorstellte. Unglücklicherweise war nach Meinung seiner Mitteilhaber seine Zeit vorbei. Es war nicht nur reines Mitgefühl, daß sie ihn bleiben ließen. Frederick Dorfen hatte der Firma fünf Jahre lang als geschäftsführender Direktor recht gute Dienste geleistet. Zwar war das vor dreißig Jahren gewesen – er war schnell durch jüngere Männer ersetzt worden –, aber bei vielen galt er immer noch als ein Relikt der alten Sterling & Sterling-Tradition der Vornehmheit.

Was die Jahre aus einem Menschen machen konnten. T. S. konnte im Atem des Teilhabers deutlich den Scotch riechen, und Dorfens Augen blickten fast träumerisch.

»Mr. Dorfen. Wie schön, Sie wieder mal zu sehen, Sir.« T. S. schüttelte ihm warm die Hand. Er erinnerte sich an Frederick Dorfen in der Blüte seiner Jahre, wie er sich eine Bahn durch die überfüllte Schalterhalle schnitt. Selbstsicher, gutaussehend, die Verkörperung der Sterling-Eleganz, die Wall-Street-Version von Errol Flynn.

»Nennen Sie mich Fred, T. S. Sie sind jetzt alt genug.«

Der alte Mann sprach leicht undeutlich und lehnte sich etwas zu sehr nach rechts.

T. S. seufzte. Nur ein einziges Mal hätte er sich gern seine Illusionen bewahrt.

»Weshalb wollten Sie mich sprechen?« fragte Mr. Dorfen. »Es ist doch nicht wegen Miss Butterworth, oder?«

»Wie bitte?« T. S. sah den alten Mann fragend an. »Was sollte ich mit Miss Butterworth zu tun haben?«

Der alte Mann klatschte mit der Faust gegen die offene Handfläche und lehnte sich zurück. »Sie droht mir ständig, mich wegen sexueller Belästigung anzuzeigen, wenn ich nicht mit meinen Bemerkungen aufhöre.« Er beugte sich vor. »Es gefällt ihr, wissen Sie. Diese zähe alte Schnepfe.« Er legte sorgsam die Fingerspitzen zusammen und schlug die Beine übereinander. Das Manöver nahm einige Zeit in Anspruch. Schließlich waren es extrem alte Beine, und er war betrunken. »Sie beschwert sich, aber ich weiß, daß es ihr gefällt. Wer sonst würde ihr Komplimente über ihre Beine machen? Ich würde es nicht tun, wenn ich nicht wüßte, daß es sie jung hält.« Er beugte sich verschwörerisch vor. »Ich zwicke sie nur dann und wann in ihren alten Hintern, das ist alles. Es überrascht mich, daß sie es überhaupt spürt, bei diesem Stahl-Hüfthalter, den sie trägt.« Er lehnte sich zurück und gab ein trokkenes Lachen von sich, das zu einem Hustenanfall wurde. Erschreckt wartete T. S., bis er sich erholt hatte, und beschloß dann, am besten gleich zur Sache zu kommen, bevor der alte Mann ihm ohnmächtig vor die Füße fiel.

»Sie sitzen direkt hinter Robert Cheswick und John Boswell, Frederick«, sagte T. S.

»Was?« Der alte Mann schien verwirrt über den Themenwechsel, erholte sich aber bald. »Also das ist es. Sie schnüffeln ein bißchen herum. Sehr überraschend, das Ganze. Sehr überraschend.«

»Sie fanden es überraschend?«

»Natürlich. Wer sollte die beiden schon umbringen wollen?« Mr. Dorfen schüttelte den Kopf. »Cheswick war ein richtiger Tugendbold. Tat so, als wäre er älter als ich. Und der Trottel Boswell dachte, es würde ihn jung halten, wenn er den ganzen Tag auf Schürzenjagd ging.«

»Soll das heißen, daß sie es verdient haben, ermordet zu werden?« fragte T. S.

Mr. Dorfen sah angemessen zurechtgewiesen drein. »Natürlich nicht. Ich finde es bewundernswert, daß Sie die Sache untersuchen wollen. Was wollen Sie wissen?« Er saß so steif auf seinem Stuhl, als könnte er auf den Fußboden rutschen, wenn er sich entspannte. Was ja auch durchaus passieren konnte.

»Ist Ihnen in letzter Zeit an einem der beiden etwas Ungewöhnliches aufgefallen?«

»Etwas Ungewöhnliches?« Der alte Mann dachte über die Frage nach und rieb sich mit einer Hand über das Kinn. »Ja, ich nehme an«, sagte er schließlich.

T. S. wartete. »Nun«, sagte er endlich ermutigend, als nichts weiter kam. »Was ist Ihnen denn aufgefallen?«

»Cheswick war noch reizbarer als sonst. Ziemlich griesgrämig. Ich bin älter als er, wissen Sie. Es wäre ihm kein Zacken aus der Krone gefallen, wenn er mich mit etwas mehr Respekt behandelt hätte.«

»Was genau hat er getan?«

»Er hat mich praktisch beschuldigt, in seiner Post rumzuschnüffeln.« Ganz offensichtlich war der alte Mann in seinem Stolz verletzt worden. »Er kam jeden Morgen rein, schnappte sich seine verdammten Briefe und sah mich an, als würde ich seine Post durchwühlen oder so. Ich habe sehr viel zu tun, wissen Sie, ich habe keine Zeit, mich um die Briefe anderer Leute zu kümmern.«

»Aber natürlich«, sagte T. S. beruhigend. »Gab es sonst noch etwas?«

»Er hat stark getrunken«, erklärte der alte Mann dunkel.

T. S. war versucht zu fragen, ob Cheswick an Dorfens Flasche gegangen war, aber er widerstand dem Impuls. »Woher wollen Sie das wissen?« fragte er statt dessen.

»Woher ich das weiß?« Mr. Dorfen gab ein wohlerzogenes Schnauben von sich. »Wenn er vom Essen zurückkam, stank er nach dem Zeug.« Er tippte langsam mit dem Finger gegen seine Nase. »So alt bin ich auch wieder nicht. Mein Refaktorius ist noch völlig in Ordnung.«

»Olfaktorius. Der Geruchsnerv«, korrigierte T. S.

»Der auch«, sagte der alte Mann fest.

T. S. seufzte. »Ist Ihnen sonst noch etwas Ungewöhnliches aufgefallen?«

Mr. Dorfen schlug geistesabwesend die Finger gegeneinander und tappte leicht mit dem Fuß, während er nachdachte. »Er hat seine Anrufe nicht erwidert«, sagte er endlich.

»Woher wissen Sie das?«

»Seine herrschsüchtige Sekretärin kam ständig rein und erinnerte ihn daran, daß Soundso wieder angerufen und gefragt hätte, was denn mit ihm los sei, warum er nicht zurückrufen würde. Sie hat ihm ganz schön zugesetzt. Eine ziemlich aggressive Frau, auch wenn sie toll aussieht.«

»Mit anderen Worten, er machte den Eindruck, als würde ihn etwas beschäftigen?«

»Ja.« Der alte Mann nickte, zufrieden mit dieser Diagnose. »Das ist alles, was mir einfällt.«

Es war nicht gerade viel, aber T. S. hatte es zumindest versucht. Er stand auf und streckte die Hand aus, um auf Wiedersehen zu sagen. Aber der alte Teilhaber packte seine Hand und hievte sich aus dem Stuhl hoch, wobei er ein Dankeschön murmelte.

»Vielen Dank, daß Sie vorbeigekommen sind, Frederick. Sie waren mir eine große Hilfe.«

Der alte Mann bückte sich, um die Falten in seiner Hose glattzustreichen. »Ich bin froh, daß ich Ihnen helfen konnte.« Er richtete sich auf. »Jederzeit gern zu Diensten.« Er strebte auf die Tür zu. Kurz vorher drehte er sich noch einmal um. »Glauben Sie mir, Cheswick war ein echter Miesepeter. Fragen Sie John Boswell.«

»Frederick – John Boswell ist auch tot. Erinnern Sie sich?«

»Das ist wahr. Das ist wahr.« Der alte Mann nickte mit dem Kopf und sah verwirrt aus. »Ich vergesse es immer wieder. Butterworth hat es mir erzählt.« Er seufzte. »Zu dumm. Er hätte Ihnen sagen können, worüber sie sich gestritten haben.«

»Wer hat sich gestritten?« fragte T. S. schnell.

»Gestritten, zum Teufel. Die sind sich an die Kehle gesprungen, die beiden.« Der alte Mann lachte ungläubig. »Und wie, Mann. Es gab zwei gewaltige Auseinandersetzungen. Mitten im Büro der Teilhaber. Die eine am Dienstag, die andere am Donnerstag. Alle außer mir waren zu Tisch gegangen. Beim zweitenmal ist Jimmy Ruffino reingekommen, und da waren sie sofort ganz still. Aber was mich angeht, die taten so, als wäre ich gar nicht da. Kein Respekt. Ich hätte ebensogut eine Tapete sein können. Ich habe alles gesehen. Sie brüllten sich an wie nichts Gutes.« Er machte *Ts-ts* und schüttelte den Kopf. »Kaum ein passendes Benehmen für Sterling & Sterling-Teilhaber.«

»Worum ging es bei dem Streit?«

»Keine Ahnung.« Der alte Mann zuckte die Achseln. »Ich habe gehört, daß Boswell zu Cheswick sagte, er solle sich lieber wieder auf die Arbeit konzentrieren, sonst würde die Bank Millionen verlieren. Die Probleme würde er sich nur einbilden. Die Sache würde sich leicht regeln lassen, sagte Boswell. Dann meinte Cheswick, es wäre ein Witz, daß ausgerechnet Boswell das sagen würde, und seine außerehelichen Aktivitäten würden sie noch mal alle in Schwierigkeiten bringen. Das ist alles, woran ich mich erinnern kann. Glauben Sie etwa, ich würde lauschen?« Er wandte sich zum Gehen, wirbelte wieder herum, hob eine Hand und fügte munter hinzu: »Auf eine Margarita bei Magritte.«

»Was?« fragte T. S. »Was haben Sie gesagt?«

»Auf eine Margarita bei Magritte!« wiederholte der alte Mann fröhlich.

»Wer ist Magritte?« fragte T. S.

Mr. Dorfen klammerte sich mit zitternden Händen an den Türrahmen und beugte sich vor. Seine Augen verengten sich, als er versuchte, seinen Blick auf T. S. zu richten. »Sie war etwas anderes«, sagte er. »Eine Lügnerin, wissen Sie. Nichts als ein Haufen Lügen. Aber trotzdem, es ist sehr traurig. Wirklich sehr traurig.«

T. S. starrte den alten Mann an. »Wer war sie?« fragte er. »Erzählen Sie mir mehr.«

Mr. Dorfen sah ihn aufmerksam an, und ein fast verschlagenes Lächeln breitete sich auf seinem Gesicht aus. »Es ist nur ein alter Witz«, sagte er endlich zu T. S. »Ich kann mich nicht erinnern, wie er entstanden ist. Ich habe den Spruch seit Jahren nicht gehört, bis ich neulich zufällig mitbekam, wie Cheswick ihn Boswell zuflüsterte.«

Er schwankte munter zur Tür hinaus und ließ einen verwirrten T. S. zurück.

T. S. hatte entschieden, daß es Zeit sparen würde und sich als kluger Schachzug erweisen könnte, die größten

Klatschbasen der Firma gemeinsam zu interviewen, aber ihm wurde sehr bald klar, daß er nicht ganz bei Verstand gewesen sein mußte. Francine Crisp und Effie, die Telefonistin, brachten es fertig, mehr Fehlinformationen und verrückte Theorien aufzuhäufen als die Teilnehmer einer Gruppentherapiesitzung draußen in Creedmoor, dem berüchtigsten psychiatrischen Krankenhaus der Stadt.

Die beiden Frauen saßen mit großen Augen vor ihm. Sie waren wie eine Studie in unglücklichen Gegensätzen. Effie war mollig, hatte die grauen Haare hochgesteckt und trug eine alte hellblaue Katzenaugenbrille, die mit silbernen Kordeln hinter ihren Ohren befestigt war. Rheinkiesel blinkten T. S. von dem Gestell an, das bedenklich schräg auf dem Rand ihrer großen, breiten Nase balancierte. Sie trug einen purpurroten, zweiteiligen Hosenanzug aus Polyester.

Mrs. Crisp hingegen war sehr klein und vogelähnlich, und sie trug ihr Haar kurzgeschnitten, eine viel zu jugendliche Frisur für ihr verhärmtes, faltiges Gesicht. Sie trug einen adretten Hosenanzug aus grauem Flanell und wirkte mehr wie ein Portier als wie eine Kassiererin.

»Wir haben gehört, daß Sie dabei sind, den Mord aufzuklären, Mr. Hubbert«, sagte Mrs. Crisp.

»Die Morde«, unterbrach Effie schnell. »Wir haben das mit Mr. Boswell gehört.«

»Vielleicht«, sagte T. S. vorsichtig. »Ich stelle Nachforschungen an. Natürlich ermittelt die Polizei ebenfalls.«

»Die Polizei!« schnaubte Mrs. Crisp. »Bei meiner Tochter ist eingebrochen worden, und als die Polizisten herausfanden, daß sie nicht versichert war, haben sie gesagt, daß es keinen Sinn hätte, überhaupt einen Bericht zu machen. Stellen Sie sich das mal vor!«

»Es geht das Gerücht um, daß Gelder veruntreut wurden«, erzählte Effie aufgeregt. »Wäre das nicht was, wenn der alte Mr. Cheswick all die Jahre Geld unterschlagen hätte?«

»Ja. Wir glauben, daß er einen Komplizen hatte«, fügte Mrs. Crisp hinzu. »Wir nehmen an, daß Mr. Boswell es herausgefunden hat und daß der Komplize erst Mr. Cheswick und dann Mr. Boswell ermordete, um der Gefahr der Entdeckung zu entgehen.«

»Mr. Cheswicks Nerven waren letzte Woche in einem schrecklichen Zustand«, sagte Effie vertraulich. »Wahrscheinlich hatte er Angst davor, entlarvt zu werden. Wir glauben, daß er vorhatte, die ganze Sache zu gestehen, weil er Schuldgefühle hatte. Deswegen mußte er zum Schweigen gebracht werden, verstehen Sie?«

Sie blickten T. S. erwartungsvoll an.

»Na ja, es ist eine Theorie«, räumte er ein.

»Die Frage ist ...« Hier hielt Mrs. Crisp dramatisch inne und wies zur Decke. »Wer ist der Komplize?«

»Ich weiß es«, sagte Effie wichtigtuerisch.

»Du weißt es?« Mrs. Crisp beäugte ihre Kollegin argwöhnisch. »Oder hast du nur geraten?«

»Es ist eine wohlbegründete Vermutung«, entgegnete die andere ärgerlich. »Nur eine Frage – wer führt hier die Bücher?« Als niemand antwortete, sprach sie weiter. »Und wer ist für die Prüfung von Schlüsselkonten zuständig? Und wer macht einen Riesenaufstand, wenn *irgend jemand* einen Blick darauf werfen möchte? Sagen Sie mir das.« Sie starrte T. S. an, aber er war nicht gewillt, in ihre Falle zu tappen.

Er seufzte. »Wer, Effie?« So weit würde er ihr entgegenkommen.

»Mr. Stanley Sinclair, das ist derjenige«, verkündete sie triumphierend, und Mrs. Crisp sah sie bewundernd an.

»Tatsächlich«, sagte Mrs. Crisp. »Wer hätte das gedacht. Aber es überrascht mich überhaupt nicht. Sein Aussehen hat mir noch nie gefallen. Er hat ein Gesicht wie eine Ratte und sagt nie danke, wenn er einen Scheck bei mir einlöst.«

»Nehmen Sie mein Wort darauf, Mr. Hubbert. Er ist es.« Effie nickte weise und verschränkte die molligen Arme vor ihrem üppigen Busen. »Das werde ich auch diesem Kommissar Abromowitz sagen, wenn er hier wieder auftaucht«, verkündete sie. »Aber ich wollte Ihnen einen Vorsprung geben. Dewegen wette ich auch, daß Sie vor der Polizei herauskriegen.«

»Ich weiß den Tip zu würdigen«, sagte T. S. liebenswürdig. »Können Sie mir sagen, ob sich Mr. Cheswick oder Mr. Boswell in den letzten Tagen sonst irgendwie ungewöhnlich verhalten haben? Vielleicht haben Sie etwas von den anderen Mitarbeitern gehört? Über die Toten, meine ich«, fügte er hastig hinzu.

»Sie meinen so etwas wie das Diamantcollier, das Mr. Boswell gekauft hat?« sagte Mrs. Crisp bedeutsam.

»Oh, ho – davon hast du mir gar nichts erzählt«, beschuldigte Effie sie.

»Manche Dinge müssen zwischen einem Mann und einer Frau bleiben.« Die Kassiererin, die in überlegener Pose auf der Stuhlkante hockte, verschränkte züchtig die Arme.

»Nun, Mrs. Crisp«, sagte T. S. beschwichtigend. »Was für ein Diamantcollier? Wissen Sie das aus erster Hand?«

»Natürlich. Ich habe es selbst gesehen.« Sie warf Effie einen triumphierenden Blick zu.

»Sie meinen«, T. S. wagte eine Vermutung, »Mr. Boswell hat Ihnen dieses Collier gezeigt?«

»Und ob er das hat. Am Donnerstag. Er kam zur Kasse runter und hat einen großen Scheck eingelöst. Es steht wir nicht frei zu sagen, wo hoch die Summe war, aber das Collier hat 5000 Dollar gekostet.«

Effie war offensichtlich beeindruckt. »Man stelle sich das vor!« sagte sie mit großen Augen.

»Ich sagte zu Mr. Boswell: ›Was haben Sie vor – wollen Sie von zu Hause weglaufen?‹ Und Mr. Boswell, der immer Zeit für ein, zwei Scherze hat, nicht wie manche mir bekannte Leute, die kürzlich ermordet wurden, sagte, daß er ein ganz besonderes Geschenk für eine ganz besondere Dame kaufen wolle. Als er zurückkam, kam er zur Kasse rüber und hat mir das Collier gezeigt. Er war ganz aufgeregt, wie ein kleiner Junge. Er fragte mich andauernd, ob es der Dame auch gefallen würde. Ich sagte, Mrs. Boswell wird es bestimmt wunderbar finden, und er fing an zu lachen und klopfte mir auf die Schulter und sagte, ich hätte einen wunderbaren Humor.« Nach dieser Rede lehnte sie sich stolz in ihrem Stuhl zurück, als würde sie darauf warten, daß T. S. und Effie bestätigend sagen würden, ja, sie hätte einen wunderbaren Sinn für Humor.

»Das hättest du mir auch schon früher erzählen können.« Effie verschränkte die Arme und wandte sich von Mrs. Crisp ab. »Natürlich hat das nichts mit Unterschlagung zu tun.« Sie ärgerte sich, weil sie nicht diejenige war, die T. S. mit den saftigsten Informationen versorgt hatte, und dachte angestrengt nach, ob ihr nicht noch etwas Besseres einfallen würde. »Zufällig«, sagte sie bedeutsam, »habe ich selbst eine höchst interessante Neuigkeit.«

Mrs. Crisp war offensichtlich skeptisch und schnaubte nur.

»Es hat vielleicht nicht *direkt* etwas mit den Morden zu tun«, räumte Effie ein, »aber Sie sollten es trotzdem wissen, Mr. Hubbert.«

T. S. unterdrückte einen Seufzer. »Was denn, Effie?«

»Zwischen Anne Marie und Quincy wird es Ärger geben, das sage ich Ihnen jetzt schon. Sie sind sich in der

Damentoilette in die Haare geraten. Ich war in einer der Kabinen, und sie wußten nicht, daß ich da war, also verhielt ich mich mucksmäuschenstill. Hat keinen Sinn, alles nur noch schlimmer zu machen, sage ich immer. Quincy sagt zu Anne Marie, sie würde nicht hart genug arbeiten, und Anne Marie sagt zu Quincy, sie solle sich um ihre eigenen Angelegenheiten kümmern. Dann teilt Quincy Anne Marie mit, sie würde bloß so vornehm tun, und Anne Marie läßt sich darüber aus, daß Quincy sich ihrer Meinung nach wie eine Kuh anzieht.«

»Eine Kuh?« fragte Mrs. Crisp ungläubig. »Das wird Ärger geben.«

»Ich denke, Quincy ist bloß eifersüchtig wegen der Aufmerksamkeit, die gewisse Teilhaber, mögen sie in Frieden ruhen, Anne Marie geschenkt haben.«

»Das ist nicht wahr, Effie, und das weißt du«, protestierte Mrs. Crisp. »Anne Marie hat nie ihren Stand vergessen, sogar als junges Mädchen nicht, wenn so viele andere Frauen sich von jungen Männern zum Narren halten lassen. Ich will keine Namen nennen. Natürlich war ich selbst immer zufrieden damit, einen Mann wie Mr. Crisp bekommen zu haben. Anne Marie hätte nie etwas mit einem Teilhaber angefangen.«

Effie lehnte sich mürrisch zurück. »Vielleicht nicht. Aber du mußt zugeben, Anne Marie macht kein Geheimnis daraus, daß sie mehr Gehalt bekommt als Quincy. Und das ist es, was Quincy wirklich ärgert. Denk an meine Worte, mit den beiden wird es Ärger geben.«

Großartig. Genau das, was T. S. noch gefehlt hatte. Ein Streit zwischen Chefsekretärinnen. »Danke für die Warnung, Effie.« Er sah schon, von den beiden würde er keine weiteren nützlichen Informationen zu hören bekommen. Er erhob sich höflich. »Meine Damen, vielen Dank, daß Sie vorbeigekommen sind.«

»Vielen Dank!« echoten sie im Chor.

»Es ist so aufregend, an einer Ermittlung teilzunehmen«, hauchte Mrs. Crisp.

»Vielleicht sollten wir das erstmal für uns behalten«, schlug T. S. vor, als er die beiden zur Tür begleitete.

»Aber natürlich«, verkündete Effie, und Mrs. Crisp murmelte etwas Zustimmendes. Sie plauderten ruhig miteinander, bis sie um die Ecke bogen.

T. S. schaute ihnen hinterher und konnte dann nicht widerstehen. Er warf einen Blick in den Hauptempfangsraum der Abteilung. Es war genauso, wie er vermutet hatte: Effie und Mrs. Crisp rasten auf die Fahrstühle zu und stießen sich in ihrer matronenhaften Hast, die erste zu sein, die die Neuigkeiten verbreitete, gegenseitig mit den Ellbogen in die Rippen.

Jimmy Ruffino, der Hausdiener der Sterling & Sterling-Teilhaber, erschien prompt, weniger als fünf Minuten, nachdem T. S. bei ihm angerufen hatte. Er war sehr blaß und wirkte verängstigt.

»Stimmt etwas nicht, Mr. Hubbert?« fragte er und wrang besorgt die Hände. »Habe ich etwas falsch gemacht?«

Gütiger Himmel. Diener der Teilhaber zu sein erzeugte zweifellos Unterwürfigkeit. »Nein, davon kann keine Rede sein, Jimmy. Ich wollte nur mit Ihnen sprechen.«

Der Mann schlich zaghaft ins Zimmer und setzte sich auf die äußerste Kante des Stuhls, als würde er einen elektrischen Schlag bekommen, wenn er sich entspannt hinsetzte. »Worüber wollten Sie mit mir sprechen?«

»Über eine Reihe von Dingen. Ich bin dabei, in Mr. Hales Auftrag die Morde zu untersuchen, wissen Sie.« T. S. sah ihn an. »Fühlen Sie sich nicht wohl?«

»Doch sicher, Sir, es ist nur, daß ... nun ja.« Er

rutschte unbehaglich auf dem Stuhl hin und her. »Ich mußte heute nachmittag Mr. Boswells Leiche identifizieieren. Das hat mich etwas mitgenommen.«

»Aber natürlich. Das hatte ich vergessen. Es überrascht mich, daß Sie zurück ins Büro gekommen sind.«

»Ich dachte, Mr. Hale würde mich vielleicht brauchen. Und ich wollte mich von dem, was ich gesehen hatte, ablenken, Sir, wenn Sie verstehen, was ich meine.«

»Sehr begreiflich. Es muß schrecklich gewesen sein.«

»Ein gräßlicher Anblick.« Jimmy schüttelte den Kopf. »Es sah aus wie Mr. Boswell, aber auch wieder nicht, wenn Sie verstehen, was ich meine. Aufgebläht und bleich.« Er schauderte. »Ich würde lieber nicht darüber sprechen, wenn es Ihnen nichts ausmacht, Sir.«

»Natürlich nicht. Ich habe Sie sowieso nicht deswegen rufen lassen. Ich dachte, Sie könnten mir vielleicht bei meinen Ermittlungen behilflich sein.«

»Wenn ich kann.«

»Mr. Dorfen sagt, daß Cheswick und Boswell in den letzten Wochen oft Streit hatten. Er hat ein paar faszinierende Sachen mit angehört, und er meinte, daß Sie einen dieser Streits unterbrochen hätten.«

Jimmy nickte. »Ja, ich hatte das Gebrüll gehört. Es war um die Mittagszeit herum, und sie waren die einzigen, die sich im Büro der Teilhaber aufhielten. Es war ungefähr vor einer Woche, schätze ich. Ich bin absichtlich reingegangen.« Er schüttelte den Kopf. »Noch nie habe ich da drin so ein Benehmen erlebt. Es war höchst ungebührlich.«

»Haben Sie gehört, worüber sie sich gestritten haben?« fragte T. S.

»Ich fürchte nein, Mr. Hubbert, Sir. Ich hatte den Eindruck, es ginge, nun . . .« Er errötete leicht und lokkerte seine Krawatte.

»Nun, es schien um eine Dame zu gehen.«

»Eine Dame.«

»Vielleicht. Ich könnte mich irren.«

»Warum glauben Sie, daß es um eine Dame ging?«

»Mr. Cheswick brüllte so etwas wie: ›Sie ist es, das sage ich dir. Sie ist es!‹ Dann hörte ich Mr. Boswell lachen, und Mr. Cheswick wurde noch wütender.«

T. S. dachte über diese Information nach. Konntc eine Frau die beiden in irgendeiner Weise verbinden? Er klopfte mit dem Füllfederhalter gegen den Schreibtisch und hörte dann abrupt auf. Ging es bei dem Streit um Lilah Cheswick? Hatte Cheswick die Gerüchte gehört und Boswell zur Rede gestellt? Hatte Boswell es abgestritten? Waren die Gerüchte wahr?

»Haben Sie das der Polizei erzählt?« fragte T. S.

»Niemand hat mich befragt, Sir. Soll ich damit zur Polizei gehen?«

T. S. dachte an Abromowitz und schüttelte den Kopf. »Nein. Sie sagen, sie wüßten, was sie tun.« T. S. erinnerte sich, Ruffinos Namen auf der Check-Out-Liste gesehen zu haben. »Wann haben Sie an dem Abend, an dem Mr. Cheswick starb, das Büro verlassen?«

»Direkt nach Ihrer Feier ...« setzte er an, hielt dann inne und schwieg.

»Direkt, nachdem Mr. Cheswick die Feier verlassen hatte?« ermunterte T. S. ihn.

»Nein, Sir«, gab Jimmy zu. »Ich habe vorher versucht, etwas mit ihm zu besprechen. Es war ein Fehler. Er hatte zuviel getrunken. Ich hätte warten sollen. Aber es war Wochenende, und ich war ... ich machte mir große Sorgen.«

»Ging es um die Gehaltserhöhung?« fragte T. S. freundlich.

»Ja.« Jimmy senkte den Kopf und scharrte mit den

Füßen. »Er hatte es schon einmal abgelehnt, mir eine Gehaltserhöhung zu geben, aber ich brauche das Geld dringend, und ich hatte gehofft, ich könnte ihn umstimmen. Mona ist sehr krank, wissen Sie, und die Arztrechnungen ruinieren uns. Erst wollte ich Mr. Boswell bitten, sich bei Mr. Cheswick für mich einzusetzen, aber als ich ins Büro der Teilhaber kam, telefonierte Mr. Boswell gerade. Er war wütend, und ich habe mich nicht getraut, ihn zu unterbrechen. Dann sah ich, wie Mr. Cheswick aus dem Waschraum kam und ins Büro der Teilhaber gehen wollte. Aber als er Mr. Boswell sah, trat er hinter eine Tür und fing an, das Gespräch zu belauschen. Er versteckte sich. Dann folgte ich ihm in die Halle vor dem Büro der Teilhaber und versuchte, mit ihm über meine Gehaltserhöhung zu sprechen, aber er lachte mich nur aus und ging weg.«

Armer Jimmy, dachte T. S. Einem Menschen so treu zu dienen und dann in der Stunde der Not so abgefertigt zu werden. »Was geschah dann?«

»Ich blieb ein paar Minuten in dem dunklen Vorraum sitzen und versuchte, meine Fassung wiederzugewinnen«, sagte Jimmy ruhig. »Als ich mich ... wieder dazu in der Lage fühlte, holte ich meinen Hut und meinen Mantel und ging. Mr. Boswell war mittlerweile gegangen, und Mr. Cheswick saß allein an seinem Schreibtisch.« Jimmy seufzte. »Ich fuhr nach Hause und erzählte es Mona. Sie war nicht überrascht.«

T. S. schüttelte traurig den Kopf. »Ich danke Ihnen, Jimmy. Wenn Ihnen noch etwas einfällt, lassen Sie es mich bitte wissen.« Der Diener stand auf, nickte und ging ruhig zur Tür.

»Jimmy«, rief T. S.. hinter ihm her. Jimmy hielt an und drehte sich um. »Ich werde sehen, was ich wegen der Gehaltserhöhung tun kann.«

Jimmy sah ihn ruhig an. »Ich danke Ihnen, Mr. Hubbert.«

Vielleicht bildete er sich das nur ein, aber T. S. hatte den Eindruck, daß sich Jimmys Schultern etwas hoben, als er zur Tür hinausmarschierte.

T. S. wartete bis nach sechs in seinem Büro, in der Hoffnung, daß Kommissar Abromowitz auf der Suche nach weiteren Informationen vorbeikommen und T. S. die Gelegenheit geben würde, selbst ein paar Fragen zu stellen.

Als das Telefon klingelte, hatte er gerade die zehnte abstruse Theorie darüber aufgestellt, warum jemand beide Teilhaber umbringen sollte. Es war Sheila, die von zu Hause anrief. Ihre Stimme klang leicht atemlos.

»Ich kann nicht lange sprechen, Mr. Hubbert. In einer halben Stunde gehe ich essen.«

»Haben Sie etwas herausgefunden?« fragte er begierig.

»Ich habe alles herausgefunden.« Ihre Stimme klang zuversichtlich und glücklich. Sie und ihr Mann mußten sich zur Abwechslung mal gut verstehen. »Brian kennt den Typen, der ans Telefon gegangen ist, als die Polizei von Greenport angerufen hat.«

»Greenport?«

»Ja. Orient Point ist zu klein, sie haben keine eigene Polizeistation. Sind Sie bereit für die Insider-Informationen?«

T. S. griff hastig nach einem Stift und einem Blatt Papier. »Ich bin bereit.«

»Erstens, Sie können jede Wette eingehen, daß es eine Verbindung zwischen den beiden Morden gibt.«

»Wieso?«

»Boswell trieb mit dem Gesicht nach unten im Long-Island-Sund, als er gefunden wurde. Der Reißverschluß seiner Hose war offen. Sein Hosenschlitz war offen. Verstehen Sie?«

Das tat er. »Was gibt es sonst noch?«

»An seiner Öljacke war ein verwelktes Ansteckstäußchen befestigt. Die Polizei glaubt, daß er wahrscheinlich erst betäubt und dann über Bord geworfen wurde. Er war ein guter Schwimmer, wissen Sie.«

»Weiter.«

»Sein Boot wurde heute nachmittag festgemacht im Yachthafen von Greenport gefunden. Das Boot ist acht Meter lang, und gewöhnlich braucht man zwei Leute, um es zu segeln, aber einer allein könnte es schaffen, wenn er sich auskennt. Niemand erinnert sich, gesehen zu haben, wie das Boot in den Hafen gekommen ist. Um diese Jahreszeit sind da nicht allzuviele Leute. Die Polizei glaubt, daß das Boot heute morgen ganz früh in den Hafen gebracht wurde. Noch nicht mal dreißig Meter vom Yachthafen entfernt sind eine Bahnstation und eine Bushaltestelle. Also kann derjenige, der das Boot in den Hafen gebracht hat, innerhalb von Minuten den ersten Zug nach New York City erwischt haben, wenn er die Zeit richtig abgepaßt hat.«

»Sonst noch was?«

»Ein paar merkwürdige Sachen über das Boot. Erstens gab es keine Anzeichen eines Kampfes. Es gibt zwei Kojen. Die eine war ordentlich gemacht. Bei der anderen war das Bettzeug abgezogen, als hätte er darin geschlafen und dann das Bettzeug über Bord geworfen.«

»Oder jemand anders.«

»Oder jemand anders«, räumte sie ein. »Aber das ist noch nicht das Merkwürdigste an der Sache.«

»Was denn?«

»Die Polizei hat auf dem kleinen Tisch in der Kombüse einen halbleeren Krug Margaritas gefunden. Und zwei

Gläser. Beide abgewischt. Aber sie haben den Krug mit den Margaritas einfach da stehen lassen. Wie absichtlich. Sie wollten, daß er gefunden wird.«

Schon wieder Margaritas? Magritte würde nicht lange auf sich warten lassen, überlegte er. »Das ist seltsam. Boswell machte auf mich nicht den Eindruck eines Menschen, der Margaritas trinkt. Und weiter?«

»Die Polizei hat der Ehefrau eine Liste aller Gegenstände gezeigt, die auf dem Boot gefunden wurden. Den Krug und die Gläser hatte sie nie zuvor gesehen. Sie sagt, es wäre billige Ware, keins ihrer Kristallgläser. Und es fehlt ein Revolver.«

»Ein Revolver?« fragte T. S.

»Ja. Offensichtlich hatte Boswell einen unter dem Steuerrad aufbewahrt, zu seinem Schutz. Er lag in der Schublade mit den Seekarten. Ich nehme an, wegen der Leute, die im Sommer auf dem Wasser unterwegs sind. Sie wissen schon, die Hampton-Clique. Drogen und so. Er meinte, man könne nicht vorsichtig genug sein. Die Ehefrau hat sofort nach dem Revolver gefragt. Und er ist weg.«

»Was für eine Art Revolver ist es?«

»Oh, verdammt, Mr. Hubbert, das weiß ich nicht. Ich hätte fragen sollen.«

»Egal.« Er notierte sich etwas auf seinem Block. »Sie waren großartig. Kommen Sie morgen zur Arbeit?«

»Klar«, sagte sie. »Wenn ich nicht zu erschöpft bin von heute nacht!« Sie kicherte mädchenhaft. »Ach – da ist noch etwas. Abromowitz leitet die Ermittlungen, weil der Fall so im Blickpunkt der Öffentlichkeit steht. Er wollte einen Karriereschub und hat ein paar Fäden gezogen. Es heißt, er hat einen guten Draht zur Polizeiführung. Aber was er nicht hat, ist Erfahrung. Er denkt, daß die Reißverschlüsse und die Ansteckräußchen und all das nur falsche Spuren sind. Spuren, die es aussehen lassen sollen, als hätten wir es mit einem verrückten Mörder zu tun anstatt mit jemandem, der die Opfer kannte und mit ihnen zusammen in finanzielle Unregelmäßigkeiten verwickelt war. Aber die anderen Kriminalbeamten, die an dem Fall arbeiten, sind sich da nicht so sicher. Ich glaube, die schätzen Abromowitz genausowenig wie Sie. Ich muß los.« Sie legte auf, bevor er zustimmen konnte.

Er sah auf die Uhr. Er würde doch Tante Lil anrufen. Gewöhnlich aßen sie früher zusammen zu Abend, aber der Gedanke, allein in seine leere Wohnung zurückzukehren, war unendlich deprimierend.

Beim Abendessen berichtete er Tante Lil ausführlich von den Ereignissen des Tages. Sie hörte ihm aufmerksam zu und unterbrach ihn ausnahmsweise nur gelegentlich. Die dicken Lammkoteletts lagen unberührt auf ihrem Teller und wurden langsam kalt, obwohl sie sich darüber beugte, als wolle sie sie vor einem mutmaßlichem Angriff von T. S. schützen. Das Essen konnte warten. Am meisten interessierten sie die Umstände von Boswells Tod und Stanley Sinclairs Reaktion. Mord war eins der wenigen Themen, die auf Tante Lils Prioritätenliste Vorrang vor dem Essen hatten.

»Du sagtest, er schien Angst zu bekommen, als er von Mr. Boswells Tod erfuhr?«

»Na ja, wir hatten alle Angst«, gab T. S. zu. »Aber bei Sinclair war es anders. Er zog sich in sich selbst zurück, als müßte er etwas sehr gründlich durchdenken. Als wüßte er etwas, das wir nicht wußten.«

»Du kannst diesen Stanley Sinclair nicht ausstehen, stimmt's, Theodore?«

»Nein, er ist ein Speichellecker«, gab T. S. zu. »Woher weißt du, daß ich ihn nicht leiden kann?«

»Dein Tonfall wird etwas herablassend, wenn du von

ihm sprichst. Ganz zu schweigen davon, daß du gesagt hast, er hätte ein Gesicht wie eine Ratte. Ein Gesicht wie ein Pferd wäre wahrscheinlich ebenso treffend gewesen. Deine Wortwahl ist bezeichnend.«

»Er hat ein Gesicht wie eine Ratte«, protestierte T. S. störrisch. »Ich versuche nur, genau zu sein.«

»Zweifellos. Aber er ist nicht die Ratte, hinter der wir her sind. Ich sage immer noch, es ist eine Frau. Hinter Cheswicks Tod steckte so viel Leidenschaft. Könnte ein Mann wegen Geld so eine Leidenschaft entwickeln?«

T. S. überlegte. »Na ja, wenn irgend jemand es könnte ...« Er brach ab.

Tante Lil irgnorierte ihn. »Wo ist dieses Diamantcollier, das Boswell gekauft hat? Es war nicht für seine Frau bestimmt, daß wissen wir beide. Die Polizei weiß nichts davon. Das heißt, es ist weg.«

»Wo ist es hin?«

»Das ist die 5000-Dollar-Frage.« Tante Lil trank den letzten Schluck Bloody Mary und setzte anmutig das Glas ab. Ein Kellner, der zwei bereifte Gläser auf einem Tablett trug, segelte an ihnen vorbei. Sie schaute mit großem Interesse hinterher. »Was ist das in den Gläsern, Theodore?«

»Geeiste Margaritas. Der Barkeeper verabscheut es, Margaritas zu mixen. Bitte bestell keine. Er würde es mir nie vergeben.«

»Ich habe nicht die Absicht, eine zu bestellen.« Sie legte den Kopf schief und umfaßte ihr Kinn mit einer Hand, eine Geste, die T. S. als eine intensivster Konzentration erkannte. »Merkwürdig«, grübelte sie, »wie ständig Margaritas auftauchen. Margaritas und jemand namens Magritte.«

»Was meinst du damit?«

»Zuerst kommt Mr. Dorfen mit dieser seltsamen Redewendung, und dann wird ausgerechnet ein Krug Margaritas auf dem Segelboot gefunden.«

»Vielleicht gibt es da keinen Zusammenhang. Mr. Dorfen ist die meiste Zeit betrunken, und wer weiß, an was er sich wirklich erinnert. Und wenn Boswell da draußen irgendeine Frau umworben hat, was könnte an einem sonnigen Tag besser geeignet sein als ein Krug Margaritas?«

»Trotzdem.« Sie starrte hinter den Drinks her. »Ich denke, wir sollten das besser im Kopf behalten, Lieber.« Sie schrieb in ihr kleines Notizbuch: *Margaritas?*

»Was sollen wir jetzt tun?« fragte er sie. »Ich meine, wegen Stanley Sinclair.«

»Du denkst, er könnte etwas damit zu tun haben?« fragte sie.

»Er hat hartnäckig versucht durchzusetzen, daß niemand die Privatkonten zu sehen bekommt«, argumentierte T. S.

»Ja, aber das scheint so eine Angewohnheit von ihm zu sein, oder? Für mich klingt das eher nach Finanzamts-Fetischismus, Theodore.«

»Fetischismus?« Er lächelte sie an. »Was weißt du von Fetischismus?«

Sie lächelte zurück, wobei sie aussah wie eine Katze, die bereits drei Mäuse verschluckt hat und keinen weiteren Bedarf mehr hat. »Theodore, mein Lieber, als ich jung war, haben wir all das getan, was du auch getan hast. Und das tun sie immer noch. Denk daran. Die Zeiten mögen sich ändern, aber die menschliche Natur nicht.«

»Soll ich Abromowitz anrufen und ihm von Stanley Sinclair erzählen?«

Sie begutachtete gründlich die kandierten Karotten, sucht sich die dünnste heraus und probierte vorsichtig, bevor sie alle vertilgte. »Aber natürlich, erzähl es dem

Kommissar«, sagte sie mit vollem Mund. »Sicher wird er gerade in der Stimmung sein, sich Theorien anzuhören.« Sie entdeckte ihre Kartoffel, die innerhalb von Sekunden verschwunden war.

T. S. sah Tante Lil aufmerksam an. »Mit anderen Worten, er hat keine Zeit für uns und würde uns für verrückt halten.«

Sie wischte sich sorgfältig mit der Serviette den Mund ab und faltete sie zu einem Viereck zusammen. »Wahrscheinlich hat er schon angefangen, Sinclair genauer unter die Lupe zu nehmen, wenn er so einen Aufstand wegen der Akten gemacht hat, wie du sagst. Abromowitz steckt vermutlich bis über beide Ohren in Theorien und möglichen Motiven und wird wahrscheinlich nicht dazu aufgelegt sein, uns ernstzunehmen.«

»Sollten *wir* Sinclair vergessen?«

»Auf keinen Fall. Du hattest den Eindruck, daß er etwas weiß. Du hast seit dreißig Jahren Leute eingestellt und wieder entlassen und dich mit Mitarbeitern unterhalten, Theodore. Deiner Intuition würde ich blind vertrauen.«

Das Kompliment erfüllte ihn mit übertriebenem Stolz. »Also, was sollte ich deiner Meinung nach tun?«

»Ich denke«, sagte sie und legte die Serviette sorgfältig neben ihren Teller, »daß du gleich morgen früh Mr. Sinclair danach fragen solltest.«

Es sah ihr ähnlich, das Unmögliche wirklich ganz einfach erscheinen zu lassen.

Das Essen mit Tante Lil hatte sein Selbstvertrauen gestärkt. Sie hatten verschiedene Spuren auseinandersortiert, und einige Erkenntnisse ergaben langsam einen Sinn. Er hatte das Gefühl, daß sie es zusammen vielleicht schaffen würden, die Antwort auf die große Frage herauszutüfteln und weitere Morde zu verhindern.

Diese Hoffnung erfüllte ihn, als er vom Abendessen zurückkam. »Guten Abend, Mahmoud«, sagte er höflich zu dem Portier, wie es seine Gewohnheit war.

Aber anstatt an seine Mütze zu tippen, sah Mahmoud T. S. auf eindeutig geheimnistuerische Art an und kam schnell hinter dem Empfang hervor. »Mr. Hubbert«, flüsterte er, obwohl sonst niemand in der Eingangshalle war, »da ist eine Frau, die Sie sprechen möchte.« T. S. war leicht gekränkt darüber, daß der Portier das so erstaunlich fand. Hielt die Welt ihn denn für einen Eunuchen?

Er sah sich um. »Was für eine Dame?«

»Die in der Limousine.« Mahmoud hob die Augenbrauen und wies in Richtung Straße.

Neben dem Eingang des Apartmenthauses, direkt vor dem Feuerhydranten, war ein großer Wagen geparkt. »Die Limousine da?« fragte T. S.

»Genau die«, flüsterte Mahmoud zurück. Er legte die Hand auf T. S.' Arm und beugte sich noch weiter vor. »Was ist das, Mr. Hubbert? Sie brechen neuerdings die Herzen der Damen?« T. S. sah in verständnislos an. »Sie hat geweint«, erklärte der Mann. Es klang beeindruckt. »Der Fahrer kam herein und fragte nach Ihnen, aber ich konnte die Dame sehen, durch die Frontscheibe hindurch. Sie hielt ein Taschentuch vor das Gesicht.«

Beunruhigt ging T. S. zur Tür. »Hat sie einen Namen genannt?«

»Nein, der Fahrer meinte, ich solle Ihnen nur sagen, die trauernde Witwe würde gern mit Ihnen sprechen.« Maumouds Augen wurden weit, und er musterte T. S. scharf. »In was für eine Geschichte sind Sie da hineingeraten? Weiß Ihre Tante Lil davon?«

»Ob sie davon weiß?« T. S. knöpfte sich den Mantel bis zum Kragen zu. »Diese ganze Sache ist einzig und allein ihre Schuld.«

Er trat wieder in den kühlen Märzabend hinaus und ging mit schnellen Schritten auf die Limousine zu. Er hatte eine recht gute Vorstellung davon, wer die Dame war, aber es war trotzdem ein Schock, eine tränenüberströmte Lilah Cheswick auf dem Rücksitz vorzufinden.

Der Fahrer hielt T. S. ernst die Tür auf, und er glitt ins Auto und setzte sich neben Lilah. Ihr damenhaftes Schluchzen erfüllte den Wagen, und er war zu überrascht, um sie zu fragen, warum sie weinte. Sie war zu sehr mit Weinen beschäftigt, um einen Grund zu nennen.

Ach du liebe Zeit, dachte er. Und ich war so stolz auf meine Fähigkeit, die menschliche Natur zu durchschauen. Bitte sag nicht, daß Lilah Cheswick in einen Mord verwickelt ist. Er sah fünfundzwanzig Jahre seiner geheimsten Träume im Nichts verpuffen.

»Du wirst mich hassen, Theodore«, schluchzte sie durch ihr Spitzentaschentuch hindurch.

T. S. rückte näher an sie heran und zog behutsam die Hand mit dem Taschentuch herunter. »Das möchte ich ernsthaft bezweifeln, Lilah. Was ist denn los? Wie kann ich dir helfen? So schlimm kann es doch gar nicht sein.«

Sie schniefte und schnappte nach Luft. »Doch.« Sie wischte sich mit einem exquisit bestickten schwarzen Handschuh über die Augen. »Oh, doch.«

Sie hatte nicht geweint, als sie vom Tod ihres Mannes erfuhr. Welche Nachricht konnte sie nur so mitgenommen haben? »Möchtest du nicht reinkommen?« fragte er. »Wir etwas trinken, und du erzählst mir, was los ist.«

»Nein«, sagte sie mit einer winzig kleinen Stimme und wich seinem Blick aus. »Du wirst mich nicht mehr in deiner Wohnung haben wollen, wenn du gehört hast, was ich dir zu sagen habe.«

»Das ist doch Unsinn, Lilah«, versicherte er ihr. »Niemals würde ich dich fortschicken. Erzähl es mir einfach.«

Ihre Tränen waren fast zuviel für ihn. Obwohl er es gewohnt war, sich mit den beruflichen und privaten Sorgen anderer Menschen auseinanderzusetzen, war es ihm immer schon unerträglich gewesen, eine Frau weinen zu sehen. Und wenn die Frau Lilah war, nun, das war um so schlimmer.

»Ich weiß, du hast mich gern, Theodore«, sagte sie langsam. T. S. warf einen kurzen Blick auf die Trennscheibe zwischen den Sitzen, um zu sehen, ob der Fahrer zuhörte. Er lehnte gegen die Tür und war offensichtlich eingeschlafen. T. S. hoffte inständig, daß die Trennscheibe schalldicht war.

»Ja, natürlich habe ich dich immer gern gemocht«, ermutigte er sie. »Sprich weiter.«

»Ich wünschte, es wäre alles anders gekommen«, sagte sie und betrachtete ihr Taschentuch. »Wir haben uns in all den Jahren nicht sehr oft gesehen, aber ich denke immer an dich, bei den merkwürdigsten Gelegenheiten. Und es ist mir wichtig, was du von mir hältst.« Sie sah ihn kurz an, und es war wie ein Aufblitzen der alten selbstsicheren und lebendigen Lilah.

»Ich halte sehr viel von dir«, sagte er und kam sich sofort blöd vor. Wie konnte er so etwas Förmliches sagen.

»Ich möchte, daß du das auch weiterhin tust. Deshalb bin ich hier. Ich habe mich gefragt, warum du mir am Sonntag diese Frage gestellt hast. Du weißt schon, ob sich . . . jemand um mich kümmern würde. Ein anderer *Partner,* hast du sogar gesagt.« Sie sah ihn anklagend an, und er schämte sich. »Guck mich nicht so an, Theodore. Ich bin diejenige, die sich schämen sollte. Ich habe mich zum Narren gemacht. Ich hätte wissen müssen, daß er nicht diskret sein würde. Wieso sollte er? Er hat keine seiner Affären diskret behandelt. Ich nehme an, das weißt du.«

»Ich weiß, daß John Boswell ... so etwas wie ein Frauenheld war.« T. S. sah unbehaglich auf den Fahrer. Wie konnte der Mann bei sowas schlafen?

»So etwas wie?« Sie lachte bitter. »Er war immer der Schlimmste. Und ich kenne ihn seit dem College. Ich konnte nie verstehen, warum Megan ihn geheiratet hat.« Sie schwieg einen Augenblick. »Aber schließlich konnte Megan auch nie verstehen, warum ich Robert geheiratet habe.« Sie zuckte die Achseln. »Ich habe mir viele Demütigungen gefallen lassen, aber die Demütigungen, die Megan ertragen mußte, hätte ich nie geduldet.«

»Aber du hast ...«

»Eine Affäre ist etwas anderes. Ich hatte mich dazu entschlossen. Und ich habe verdammt lange gebraucht, um mich zu entscheiden. Er hat seit fünfundzwanzig Jahren versucht, mich ins Bett zu kriegen, weißt du.« Sie sah ihn zustimmungsheischend an, und es gelang ihm mit Müh und Not, nicht rot zu werden.

»Aber warum jetzt?« fragte er.

»Zum einen, Megan ist – war – er mittlerweile scheißegal. Sie ist schon seit Ewigkeiten, nun ja, intim mit ihrem Stallknecht. Oh, schau nicht so schockiert, Theodore. Wir sind auch nur Menschen. Sie braucht Trost genauso sehr wie alle anderen.

T. S. unterbrach sie nicht mit der Neuigkeit, daß er es stets geschafft habe, seinen Trost auf andere Art zu finden.

Sie räusperte sich dezent. »Außerdem habe ich am Sonntag gelogen, als ich sagte, daß ich mich an Roberts Art gewöhnt hatte. Ich habe mich nie daran gewöhnt. Es hat nie aufgehört, weh zu tun. Mein Mann hat nie auch nur bemerkt, daß ich existiere. Über fünfundzwanzig Jahre lang bin ich ausgeritten und zu offiziellen Mittagessen gegangen, ich habe unsere Töchter erzogen, nie eine Affäre gehabt und so getan, als würde mir das alles nichts ausmachen. Schließlich konnte ich es einfach nicht mehr ertragen.«

»Aber warum erzählst du mir das?« fragte er.

»Weil ich weiß, daß du Gerüchte gehört hast. Und weil ich ihn an dem Tag gesehen habe, an dem er starb.«

»Boswell? Du hast John Boswell gestern gesehen?«

»Ja.« Sie faltete rasch ihr Taschentuch zusammen und packte es weg, als wäre sie mit solchem Unsinn wie Tränen fertig. »Er kam am Sonntagmorgen und wollte sich dafür entschuldigen, daß er mich an dem Abend, an dem Robert ermordet wurde, versetzt hatte. Er wollte mich wissen lassen, daß er alle Vorbereitungen für das Begräbnis getroffen hatte und ich mich nicht darum kümmern müßte. Und er wollte mir sagen, daß er mich nicht mehr sehen wollte.« T. S. war entsetzt. Lilah starrte ihn an und zuckte die Achseln.

»Fühl dich nicht gedemütigt für mich«, sagte sie. »Ich wußte, worauf ich mich einließ. Es war keine große Liebesaffäre. Wir haben genau dreimal miteinander geschlafen. Silvester bin ich schwach geworden, bei der Silvesterfeier der Teilhaber. Alle Ehefrauen waren anwesend. Ich nehme an, alle anderen Möglichkeiten hatte er mittlerweile ausgeschöpft, und er beschloß, es noch mal bei mir zu versuchen. Er hat mir sehr geschmeichelt, und plötzlich schien es mir die natürlichste Sache der Welt zu sein, etwas zu tun, irgend etwas, um aus dem Leben auszubrechen, in dem ich gefangen war. Also willigte ich ein und traf mich mit ihm. Aber sobald ich eingewilligt hatte, verlor er viel von seinem Enthusiasmus, und ich habe ihn sehr selten gesehen. Willst du wissen, was das Komische daran war? Er war nicht besser im Bett als Robert. Ich wäre lieber allein gewesen, um ein gutes Buch zu lesen oder auf einem meiner Pferde auszureiten.«

T. S. schluckte und sah trostsuchend auf seine Schuhe.

»Ich will es nicht der Polizei sagen, Theodore«, sagte sie. »Und Megan Boswell ist eine meiner engsten Freundinnen. Ich könnte ihr nicht mehr ins Gesicht sehen, wenn sie es wüßte.«

»Könntest du nicht einfach sagen, daß er vorbeikam, um dir sein Beileid auszusprechen?«

»Angeblich befand er sich auf einer Geschäftsreise nach Japan. Zumindest hatte er das seiner Frau erzählt. Megan würde sofort Verdacht schöpfen.«

T. S. blickte nachdenklich auf den Wagenboden. »Wo ist er dann am Wochenende gewesen? Hat er etwas gesagt, das wichtig sein könnte?«

»Ja«, sagte sie schlicht. »Deswegen bin ich hier. Ich mag eine Ehebrecherin sein, aber ich bin keine Mörderin. Ich will, daß der Täter gefaßt wird, der die beiden umgebracht hat.«

»Die beiden? Du nimmst an, daß es nur einen Mörder gibt?«

»Natürlich. In der zweihundertjährigen Geschichte von Sterling & Sterling hat es kaum je einen Taschendiebstahl gegeben, und plötzlich sterben zwei Teilhaber innerhalb von drei Tagen. John Boswell soll ertrunken sein? Er war ein guter Schwimmer, einmal wäre er fast in die Olympiamannschaft gekommen. Er wäre nie ertrunken.«

»Was hat er so Wichtiges gesagt?« Er erinnerte sich an Tante Lils Methoden, zog einen Block aus der Tasche und traf Anstalten, sich Notizen zu machen. Lilah starrte ihn an. »Es ist nur für mich bestimmt«, versicherte er ihr.

»Glaubst du, das wird ein bißchen von dem wiedergutmachen, was ich Robert angetan habe?«

Robert Cheswick war tot. Lilah Cheswick nicht. »Ich denke, die Frage ist eher, was er dir angetan hat«, erinnerte T.S. sie sanft. »Du bist auch nur ein Mensch.«

»Ja. Das bin ich. Das ist es ja, was ich so hasse. Daß ich so berechenbar bin.«

Er brachte ein Lächeln zustande. »Du bist einer der unberechenbarsten Menschen, die ich kenne.«

Sie begann zu erzählen. »Er kam am Vormittag so gegen zehn. Einfach so, er hat nicht mal vorher angerufen. Ich nehme an, ihm war klar, wie wütend ich wegen Donnerstag abend sein würde. Der Abend, an dem Robert starb. Wir wollten uns in einem kleinen französischen Restaurant im Village treffen, während Robert auf deiner Ruhestandsfeier eine Rede hielt. Aber John kam nicht. Ich wartete eine Stunde, dann ging ich. Der Ober war sehr freundlich und entschuldigte sich ständig für Johns Benehmen. Ich beschloß, ins Büro zu fahren, um zu sehen, ob mein Mann noch da war. Das war so gegen neun, halb zehn. In den Wochen vor seinem Tod war er immer ziemlich lange im Büro geblieben. Ich dachte, vielleicht würde er mit mir zu Abend essen. Damit wollte ich meine Schuldgefühle beschwichtigen und gleichzeitig meinen verletzten Stolz lindern.«

»Aber der Wachmann konnte ihn nicht finden?«

»Nein. Ich nahm an, er wäre bereits gegangen, um die Nacht im Yale-Club zu verbringen. Also fuhr ich wieder nach Hause. Ich war ziemlich durcheinander. Siehst du, John hatte davon gesprochen, daß wir ein langes Wochenende zusammen verbringen könnten. Er sagte, wir könnten sein Segelboot für die Saison einweihen und eine Segeltour von drei Tagen machen, vielleicht nach Block Island. Megan war in Oregon und besuchte Verwandte, und ich hatte Robert gesagt, ich würde übers Wochenende auf eine Schönheitsfarm fahren. Es sollte unsere erste gemeinsame Reise werden. Aber ungefähr eine Woche, bevor es losgehen sollte, hörte John auf, davon zu sprechen, und ich hatte damit gerechnet, daß wir im

Restaurant die letzten Details besprechen würden. Und dann stand ich da. Versetzt. Und ich wußte nicht, wie ich meinem Mann erklären sollte, daß ich nicht weggefahren war. Ich kam mir vor wie der letzte Trottel.«

Ihr Ton war barsch, als hätte sie die Strafe verdient. »Schießlich brauchte ich keine Ausrede. Als sie mich am Freitagmorgen anriefen und mir sagten, daß Robert ermordet worden sei, habe ich versucht, John zu erreichen, aber seine Haushälterin sagte, er würde den ganzen Tag unterwegs sein. Im Büro war er auch nicht. Ich bin ein ziemliches Risiko eingegangen, als ich in der Bank angerufen habe. Ich glaube, es war Roberts Sekretärin, die sich gemeldet hat. Ich habe versucht, meine Stimme zu verstellen, aber ich bezweifle, daß ich sie täuschen konnte. Da wußte ich Bescheid – John hatte eine Frau getroffen, die ihm besser gefiel als ich, und ich sollte still und leise verschwinden. Also rief ich wieder bei ihm zu Hause an und hinterließ eine Nachricht. Er sollte mich zurückrufen. Dann rief ich meine Familie an und teilte ihnen mit, daß Robert gestorben war.«

»Hat Boswell dich zurückgerufen?«

»Nein. Seine Haushälterin rief Samstag früh an und sagte, sie sollte mir ausrichten, daß er sich um das Begräbnis kümmern würde und ich mir keine Sorgen machen solle. Er würde mich in ein paar Stunden anrufen. Das hat er natürlich nicht getan.« Sie zog eine Schachtel Zigaretten aus ihrer Abendtasche, steckte sich eine an und rauchte mit wütender Inbrunst. T. S. staunte, daß sie es geschafft hatte, so lange damit zu warten. »Ich hatte das Rauchen aufgegeben, und jetzt gebe ich es auf, mit dem Rauchen aufzuhören«, sagte sie.

»Vielleicht sollte ich auch eine nehmen«, bemerkte T. S., womit er sie beide überraschte.

»Nur, wenn du es nicht Tante Lil erzählst«, warnte sie.

Er lächelte. »Das werde ich nicht, wenn du es nicht tust.«

Die Zigaretten waren tröstlich. Sie pafften wie zwei Kinder, die sich heimlich hinter der Scheune eine anstekken.

»Was hat er gesagt, als er am Sonntagmorgen kam?«

»Er machte irgendeinen schrecklichen Witz über das regnerische Wetter und wie gut es sei, daß wir nicht mit dem Boot rausgefahren wären. Ich warf ihm einen Blick zu, und er hielt abrupt inne. Dann sagte er, es täte ihm schrecklich leid wegen Robert, und es müßte ein furchtbarer Schock für mich sein. Eben all das, was bei der Gelegenheit üblich ist.«

»Wo war er am Freitag und Samstag gewesen?«

»Ich weiß es nicht. Bei einer anderen Frau, da bin ich ganz sicher. Das hat er nicht gesagt, aber . . .«

»Wann hatte er deinen Mann zuletzt gesehen?«

»Er sagte, er hätte Streit mit ihm gehabt wegen irgendeiner geschäftlichen Angelegenheit und ihn zuletzt am Donnerstag abend gesehen, so gegen acht. Es sollte sich so anhören, als hätte er mich deswegen versetzt. Ich habe ihm das nicht abgekauft.«

»War er betroffen über den Tod deines Mannes?«

Sie drückte ihre Zigarette in einem silbernen Aschenbecher aus und zuckte die Achseln. »Um ganz offen zu sein, ich glaube, es kümmerte ihn einen Scheißdreck. Laß uns den Tatsachen ins Auge sehen. Robert war eine ziemliche Belastung für die Bank. Seine Beziehungen und seine Nützlichkeit hatten sich schon vor einiger Zeit erschöpft. In letzter Zeit hatte er offensichtlich ziemlichen Mist gebaut, und um sich gegen Kritik zu verteidigen, wurde er langsam bösartig. Johns Mangel an Trauer war nicht das Merkwürdige an der Sache.«

»Was war merkwürdig?«

»Er schien nicht überrascht zu sein. Ich war immer noch im Schockzustand wegen Robert. Nicht aus Trauer. Aus purem Erstaunen. Wer sollte sich die Mühe machen, Robert zu erstechen? Aber John wirkte überhaupt nicht überrascht.«

»Was hat er noch gesagt?«

»Er wollte mir erzählen, er hätte nie geglaubt, daß ich ernsthaft vorgehabt hätte, übers Wochenende mit ihm wegzufahren, und deshalb hätte er unsere Pläne nicht durchgeführt. Ich habe vor dreißig Jahren auf dem College schon bessere Ausreden gehört.«

»Bist du sicher, daß er das nicht wirklich geglaubt hat? Es wäre ein außerordentliches Risiko für dich gewesen, mit ihm wegzufahren.«

»Natürlich bin ich sicher. Ich bin kein totaler Schwachkopf. Nur gelegentlich etwas töricht. Er hatte etwas Besseres gefunden, das ist alles. Eine Jüngere zweifellos. Megan war nicht in der Stadt, und das war eine zu gute Gelegenheit, um sie an mich zu verschwenden.«

»Hast du eine Ahnung, wer die Frau war? Hatte sie einen Namen? Hieß sie Magritte?«

»Nein«, sagte sie. Sie sah T. S. neugierig an, ließ aber nicht erkennen, ob sie sich erinnerte, den Namen auf dem Lesezeichen ihres Mannes gesehen zu haben. »Und mir war auch nicht danach, ihn nach Einzelheiten auszufragen. Er wollte nur weg, und ich wollte nur, daß er ging. Er hat sich nicht mal die Mühe gemacht, sein Jackett aufzuhängen. Er hatte sich in sein Kapitäns-Outfit geworfen und war bereit, mit dem Boot rauszufahren.« Ihr Ton war bitter. »Ich weiß nicht mal, ob ich ihm auf Wiedersehen gesagt habe oder nicht.« Sie hielt inne, dachte über diese Äußerung nach und brach urplötzlich wieder in Tränen aus.

T. S. holte sein Taschentuch hervor und drückte es ihr

in die Hand. Er hatte es noch nie geschafft, in emotionalen Krisensituationen Ratschläge zu geben, und so blieb ihm nichts anderes übrig, als ihr wiederholt auf die Schulter zu klopfen und gelegentlich »Na, na, na« zu sagen.

»Wenn ich gewußt hätte, daß er ermordet werden würde, hätte ich natürlich auf Wiedersehen gesagt«, würgte sie erstickt zwischen ihren Schluchzern hervor.

»Machte er sich Sorgen um seine persönliche Sicherheit?« fragte T. S., als die neue Tränenflut nachließ.

Sie schniefte. »Ich kann mich nicht erinnern. Ich war zu durcheinander.« Sie seufzte tief, schüttelte sich und setzte sich aufrecht hin. »Das war's. Das war alles. Keine Tränen mehr. Verdammt, ich habe mich wie eine Idiotin benommen. Für solche Sachen bin ich viel zu alt.«

T. S. löste die Finger ihrer linken Hand, die zu einer Faust zusammengeballt gewesen war, und tätschelte sie sanft. »Wenn wir uns pausenlos Sorgen darüber machen, ob wir uns zum Narren machen könnten, haben wir nie die Chance, wirklich zu leben.«

»Das klingt nach Tante Lil.« Sie dachte kurz über den Ratschlag nach, verschwendete aber wenig Zeit damit, seine Vorzüge abzuwägen. »Was soll ich nur tun?«

»Ich weiß es nicht«, gab er zu. »Es ist wichtig, daß die Polizei erfährt, wo Boswell am Sonntag gewesen ist. Besonders, wenn es Mord war.«

Lilah beugte sich plötzlich vor und klopfte an die Trennscheibe. Der Fahrer wachte verdächtig schnell auf und war ganz Aufmerksamkeit.

»Wo willst du hin?« fragte T. S.

»Zur Polizei. Ich werde ihnen sagen, daß Boswell Sonntagmorgen gegen zehn bei mir vorbeikam, um mir sein Beileid auszusprechen. Den Rest können sie sich denken.«

Er langte nach dem Türgriff. »Vielen Dank für dein Vertrauen in mich«, sagte er ruhig.

Ihr Lächeln war kurz und nicht so strahlend wie sonst. »Danke, daß du mich nicht verurteilst«, erwiderte sie. »Mir fällt es in letzter Zeit schwer, mich selbst zu ertragen. Mein einziger Trost ist, daß Robert es nie erfahren hat.«

Er segnete die Diskretion, die ihn davon abgehalten hatte, ihr von dem Streit zwischen ihrem Mann und Boswell zu erzählen. War sie die Frau, wegen der sie sich gestritten hatten? Wenn ja, zog T. S. es vor, ihr etwas seelischen Frieden zu lassen. Auch wenn sein eigener Seelenfrieden durch das Wissen, daß die Gerüchte wahr gewesen waren, ziemlich gestört war.

Er sah zu, wie die schnittige Limousine davonfuhr, und durchquerte dann langsam die Eingangshalle. Mahmouds bewundernden Blick ignorierte er.

Frauen, Frauen, Frauen, dachte er. Aber wer war Magritte?«

Tante Lils Vorschlag, gleich am nächsten Morgen mit Stanley Sinclair zu sprechen, klang zwar einfach, aber es erwies sich als unmöglich. T. S. war früh ins Büro gekommen und hatte nur kurz haltgemacht, um die *Post* und die *Times* zu kaufen. In der *Times* stand nichts von dem Mord an Boswell, aber die *Post* hatte jemanden gefunden, der geredet hatte. Die Schlagzeile schrie heraus *Schwimmendes Liebesnest erwies sich als tödlich,* und die Unterzeile verkündete: *Mörder jagt die Wall-Street-Elite.* Der Krug Margaritas fand ausführliche Erwähnung, außerdem eine geheimnisvolle Blondine, mit der Boswell am Yachthafen gesehen worden war. Das war T. S. neu. Soviel zu Megan Boswells Würde. Jeder Leser der Geschichte mußte den Eindruck gewinnen, daß John Boswell nackt im Wasser treibend gefunden worden war, in einer Hand den Krug Margaritas und in der anderen die Blondine. Offensichtlich wurde von allen eine Verbindung zwischen den Morden hergestellt. Wenn nicht jetzt schon, dann garantiert, wenn sie die Geschichte gelesen hatten.

Als er das dachte, wurde ihm die Bedeutung des Ausdrucks auf Stanley Sinclairs Gesicht klar. *Er* hatte sofort eine Verbindung zwischen den beiden Morden hergestellt. Nicht aus Angst. Und nicht zufällig. Sondern weil er etwas wußte. T. S. legte die *Post* auf seinen Schreibtisch und überlegte, ob er sich erst einen Kaffee holen oder gleich Sinclair anrufen sollte. Er griff zum Telefon.

»Mr. Sinclair ist noch nicht im Haus«, informierte ihn die Sekretärin. T. S. hinterließ eine Nachricht und fragte sich, was das wohl zu bedeuten hatte. Um zehn war Sinclair immer noch nicht da, und T. S. hinterließ eine weitere Nachricht. Um halb elf wurde klar, daß er nicht der einzige war, dem Sinclairs Abwesenheit aufgefallen war.

Edgar Hale stürmte kurz vor elf in sein Büro, die *Post* unter dem Arm. Er schien sich von Boswells Tod erholt zu haben, da er auf gewohnte Weise geiferte und brüllte. Wut nährte seinen Sturm.

»Haben Sie das gelesen?« brüllte er T. S. an und wedelte mit der Zeitung über dem Kopf herum. Sein Gesicht hatte einen alarmierenden Rotton angenommen. »Schöne Sache für das Andenken meines Freundes und ebenso schön für den Ruf von Sterling & Sterling.«

»Setzen Sie sich, Edgar. Setzen Sie sich.« T. S. legte die Hände auf die Schultern des alten Mannes, und überraschenderweise gehorchte Edgar Hale. Er sank mit einem Plumps auf den Stuhl und blätterte wütend die Zeitung durch. »Mein Gott, sie machen ihn zu einem Genußsüchtigen! Es klingt, als wäre er während eines feuchtfröhlichen Bacchanals über Bord gefallen.«

»Sie müssen Zeitungen verkaufen«, erklärte T. S.

»Ja, und ich verkaufe Respektabilität. Eine Respektabilität, die zusehends den Bach runtergeht.«

T. S. gab besänftigende Geräusche von sich, aber Edgar Hale war zu sehr in Weißglut, um sich zu beruhigen.

»Das ist noch nicht mal das Schlimmste, Hubbert«, zischte er. Er war relativ klein, aber stämmig, und jetzt sprang er auf die Füße und beugte sich über den Schreibtisch. Seine Wut näherte sich dem Siedepunkt. »Wissen Sie, wer heute nicht zur Arbeit erschienen ist?« sagte er. »Wissen Sie das?«

T. S. wußte es, aber er hatte nicht vor, den Köder zu schlucken.

»Wie seltsam«, sagte Edgar Hale mit plötzlich tödlich ruhiger Stimme. »Wie seltsam, daß unser Mr. Sinclair heute nicht erschienen ist. Seine Frau hat keine Ahnung, wo er steckt. Sie sagt, er wäre wie immer zur Arbeit gegangen.«

T. S. antwortete nicht.

»Finden Sie das nicht auch merkwürdig, Hubbert?« Edgar Hale atmete ihm ins Gesicht, und ein Hauch Pfefferminz-Mundwasser streifte T. S. »Finden Sie es nicht merkwürdig, daß er erst versucht, diese Unterlagen geheimzuhalten und jetzt nicht auftaucht? Günstig für ihn, was?«

»Gestern fanden Sie seine Theorie noch ganz überzeugend.« Touché. T. S. unterdrückte ein befriedigtes Lächeln.

Hale ignorierte den Kommentar. »Wenn diese Schlange«, begann er, »wenn diese schlüpfrige Schlange auch nur einen Cent von dieser Bank gestohlen hat, einen einzigen Cent, dann bringe ich ihn höchstpersönlich um. Ich werde ihn mit bloßen Händen erwürgen.« Er schmiß die Zeitung auf den Fußboden und hielt seine kräftigen Hände hoch, damit T. S. sie bewundern konnte. »Dies sind die Hände eines Mannes, der früher Meister im Ringen war.« T. S. sagte klugerweise nichts.

»Verstehen Sie denn nicht?« brüllte Hale T. S. an. »Er hat Gelder unterschlagen, und Cheswick und Boswell haben es herausgefunden. Ich konnte den Mann nie leiden, Hubbert.« Er schüttelte zornig den Kopf. »Ich habe ihm nie vertraut. Aalglatt. Zu bedacht darauf, zu gefallen.«

Sicher. Nach T. S.' Erfahrungen bückten sich die Leute nur zu eifrig, wenn andere anboten, ihnen den Arsch zu küssen. »Was werden Sie unternehmen?« fragte T. S.

»Ich setze jeden einzelnen Mitarbeiter der Revisionsabteilung auf Sinclairs Akten an. Und ich werde ihnen persönlich dabei helfen. Die Vertraulichkeit interessiert mich einen Scheißdreck. Es ist mir egal, wer erfährt, wann ich welche Aktien gekauft habe. Ich will wissen, was dieses Wiesel mir gestohlen hat.« Er schlug heftig mit der Handfläche auf den Schreibtisch, und T. S. zuckte zusammen. »Ich habe Abromowitz alles erzählt. Er hat seine Leute hergeschickt. Es wird unser Ruin sein. Der Skandal! Noch nie hat jemand Geld von Sterling & Sterling unterschlagen.«

»Niemand?« fragte T. S. schwach.

»Nicht seit 1887!« brüllte der geschäftsführende Direktor zurück. »Damals unterschlug ein Bankangestellter 567 Dollar. Ist die Weste weiß genug für Sie?«

»Ja, ja, natürlich. Ich wollte keine Witze darüber machen.« T. S. versuchte, den Mann zu beruhigen, aber der hatte sich in wilde Raserei hineingesteigert.

»Stanley Sinclair wird sich noch wünschen, er hätte die Türen von Sterling & Sterling nie von innen gesehen. Das sage ich Ihnen.« Abrupt setzte Hale sich wieder hin. »Ich kreuzige diesen Bastard«, schloß er ruhig.

Noch lange, nachdem Hale gegangen war, saß T. S. an seinem Schreibtisch und erinnerte sich an die wilde Wut im Gesicht des alten Mannes und an die Stärke, die der Zorn ihm verliehen hatte. Hale war stark gewesen. Und entschlossen. Seine mörderischen Absichten waren durchaus überzeugend gewesen.

Kurz nachdem Hale aus der Tür gestürmt war und sie hinter sich zugeknallt hatte, wobei er einen fliegenden Mahlstrom aus losen Zeitungsseiten und Flüchen hinter sich zurückließ, rief Tante Lil an, eine ruhige Stimme inmitten von Chaos und Verwüstung.

»Theodore, Lieber? Hier ist Tante Lil. Hast du mit Mr. Sinclair gesprochen?«

»Nein. Er scheint verschwunden zu sein.« Am anderen Ende der Leitung war es still.

»Edgar Hale kam selbst her, um mir das mitzuteilen. Es war eine höchst erfreuliche Erfahrung.« Während er sprach, hob er mit der freien Hand herumliegende Zeitungsblätter auf.

»Das ist merkwürdig«, sagte sie. Ihre Stimme klang ganz klein.

»Das würde ich auch sagen. Ziemlich verdächtig, findest du nicht?«

»Das ist eine schlimme Neuigkeit.«

»Eine schlimme Neuigkeit für Sterling & Sterling. Und für uns. Es scheint, daß Abromowitz recht hatte. Geld war das Motiv.«

»Nein, Theodore, das war es nicht, was ich meinte.« Es herrschte wieder Schweigen, während sie über die Sache nachdachte. Er wartete ungeduldig.

»Was denn? Was denn? Komm schon, Tante Lil, Edgar Hale hat hier gerade einen Wutanfall von mammutartigen Ausmaßen bekommen, die Polizei ist hinter Stanley

Sinclair her und, um das Maß vollzumachen, Lilah Cheswick ist nicht ganz so lilienrein, wie ich es mir erträumt habe. Willst du sagen, daß die Polizei sich irrt? Ist es das, was du mir sagen willst?«

»Die Lage ist gefährlich«, sagte Tante Lil. »Mr. Sinclair ist in Gefahr.«

»Das würde ich auch sagen. Edgar Hale wird ihn in Stücke reißen.«

»Nein.« Ihre Stimme war höflich, aber fest. »Ich glaube nicht, daß er Geld unterschlagen hat. Ich glaube, er hat erraten, wer der Mörder ist. Ihm ist etwas klargeworden. Irgendwann zwischen eurer Sitzung gestern und heute morgen.«

T. S. schwieg. Er wollte ihr glauben. Es wäre besser für Sterling & Sterling, wenn sie recht hätte. Alles war besser, als daß der Finanzmanager der Firma Gelder unter der Nase wegstahl und dann zwei ihrer Teilhaber abmurkste.

»Bist du noch da, Theodore?« fragte sie knapp.

»Ja.«

»Wie hat sich Mr. Sinclair verhalten, bevor ihr von Boswells Tod gehört habt?«

»Wie immer. Lästig, ärgerlich und paranoid.«

»Genau. Er benahm sich wie immer. Er benahm sich genauso wie bei früheren Gelegenheiten, als er überzeugt war, daß das Finanzamt Spione bei Sterling & Sterling einschleusen wollte.«

»Also?« sagte T. S. zweifelnd.

»Es war die Nachricht von Boswells Tod, die ihn verändert hat. Er wußte nichts von dem Mord.«

»Vielleicht war er nur überrascht, daß die Leiche so schnell gefunden worden war.«

»Nein«, sagte Tante Lil schnell. »In den Zeitungen steht etwas von einem schwimmenden Liebesnest.«

»Das ist nur Sensationsmache.«

»Nein, Theodore. Warum sollte John Boswell mit Stanley Sinclair segeln gehen, wenn er wußte, daß er Geld unterschlug? Es wäre der Gipfel der Dummheit. Warum war dann ein Bett benutzt, und warum standen Drinks auf dem Tisch? Boswells Tod warf ein neues Licht auf die Morde. Sinclair ist klargeworden, daß die beiden Todesfälle miteinander in Verbindung stehen, und er hat Angst. Wahrscheinlich mit gutem Grund.«

»Also du denkst, er ist untergetaucht?« fragte T. S.

»Ja. Weil er ebenfalls in Gefahr ist. Es gibt irgendeine Verbindung zwischen den drei Männern. Wenn wir herausfinden könnten, welche, kennen wir das Motiv. Wo könnte er sich versteckt haben?«

»Ich habe keine Ahnung«, gab T. S. zu. »Er ist kein wirklich kluger Mann. Gerissen, aber nicht klug.«

»Ist er tapfer?«

»Du lieber Himmel, nein. Er ist ein Feigling.«

»Dann muß er jemandem erzählt haben, wo er hingeht. Jemandem, dem er vertraut. Vielleicht seiner Frau. Ist er verheiratet?«

»Ja. Seit kurzem. Ich verstehe nicht, wie sie ihn ertragen kann.«

»Wahrscheinlich denkt er das auch im tiefsten Grunde seines Herzens. ›Wie kann sie mich nur ertragen?‹ Es klingt, als wäre er ein Mensch, der sich selbst haßt.«

»Natürlich haßt er sich selbst. Er tut immer das, was die Mehrheit tut.«

»Wie dem auch sei. Aber deswegen wird er ihr vertrauen. Weil er weiß, daß sie ihn aus irgendeinem Grund, den er nicht verstehen kann, liebt. Sie könnte uns vielleicht helfen, wenn wir mit ihr reden.«

»Ich bin sicher, daß sich die Polizei das auch schon gedacht hat.«

»Sie wird darauf vorbereitet sein, daß die Polizei

kommt«, sagte Tante Lil zuversichtlich. »Auf mich wird sie nicht vorbereitet sein.«

In Long Island warteten sie eine halbe Stunde vor dem Haus von Stanley Sinclair, weil Tante Lil davon überzeugt war, daß ein harmloser blauer Sedan, der in der Einfahrt geparkt war, in Wirklichkeit ein nicht gekennzeichnetes Polizeiauto war. T. S. ließ ihr ihren Willen und brachte die Zeit damit zu, ihr von Lilah Cheswicks Indiskretion zu erzählen. Ausnahmsweise hatte sie wenig zu sagen, tätschelte nur verständnisvoll seine Hand und schüttelte den Kopf über seine Enttäuschung. Schließlich kamen wirklich zwei Polizisten aus dem bescheidenen Haus, stiegen in den Wagen und fuhren weg.

»Du hattest recht«, gab T. S. zu, bevor sie es ihm unter die Nase reiben konnte.

»Nicht sehr groß, was?« bemerkte Tante Lil, während sie das zweistöckige Haus und den sauber gemähten Rasen musterte. »Verdient er so wenig?«

»Du würdest überrascht sein, wieviel dieses Haus kostet«, belehrte T. S. sie. »Nach den vielen Jahren in einer Wohnung mit Mietpreisbindung bist du nicht mehr auf dem laufenden, was die Immobilienpreise angeht.«

»Ja, wahrscheinlich.« Sie stieg aus dem Wagen, und er folgte ihr. Sie standen auf dem Gehweg vor dem Haus und sahen die Haustür an.

»Wie sollen wir an die Sache herangehen?« fragte er.

»Überlaß das mir.« Sie stürmte durch den Vorgarten.

Ihr Vorgehen war deutlich und direkt. Als die Tür von einer fast attraktiven Frau geöffnet wurde, die jünger war, als T. S. erwartet hatte, griff Tante Lil nach ihren Händen und sagte ruhig: »Wir sind gekommen, um Ihnen zu helfen.«

Die Frau starrte Tante Lil an, aber sie zog die Hände nicht zurück. Sie hatte geweint, und ihre Augen waren verquollen.

»Ich bin Lillian Hubbert«, fuhr Tante Lil ruhig fort. »Das ist mein Neffe Theodore Hubbert.« Sie wies mit dem Kopf auf T. S. »Er ist ein Freund Ihres Mannes von Sterling & Sterling. Vielleicht hat Stanley mal von ihm gesprochen.«

»Stan hat nie über seine Arbeit gesprochen«, antwortete die Frau.

»Wir wissen, daß er in Gefahr ist«, fuhr Tante Lil fort. »In schrecklicher Gefahr. Und wir wissen, daß er keinen Cent von Sterling & Sterling gestohlen hat. Dazu ist er einfach viel zu loyal.« Tante Lil sprach in einem fast evangelistischen Ton und betonte bestimmte Worte in einem Rhythmus, der die zuhörende Frau in seinen Bann zog.

»Hat Stan Ihnen das erzählt?« fragte sie.

»Einiges davon«, sagte Tante Lil. »Dürfen wir reinkommen?« Sie sah über die Schulter zurück auf die Straße. »Wir haben gewartet, bis die Polizei weg war. Das hier sollte unter uns bleiben.«

Die Frau trat zur Seite, und sie betraten ein tristes, aber gemütliches Einfamilienhaus. Das Haus war schmal gebaut, und gleich hinter dem Eingang führte eine Treppe steil nach oben. Mrs. Sinclair führte sie in ein kleines Wohnzimmer, das in Grün- und Brauntönen eingerichtet war. T. S. unterdrückte ein Schaudern und betrachtete statt dessen Sinclairs Frau. Sie war dünn und unscheinbar, aber nicht reizlos. Ein schönes Lächeln oder eine gewinnende Geste hätte sie zu einer attraktiven Frau machen können, wenn sie nur etwas Derartiges besessen hätte. Im Augenblick lächelte sie weder noch gestikulierte sie, sondern saß hölzern neben Tante Lil, die sich praktisch auf das Sofa gestürzt und es sich bequem gemacht hatte, wobei sie freundlich auf die Kissen neben sich klopfte.

»Theodore«, befahl Tante Lil. »Vielleicht hätte Mrs. Sinclair gern eine Tasse Tee?« Mrs. Sinclair nickte und machte Anstalten, sich zu erheben.

»Nein, Liebes. Sie bleiben hier. Sie haben eine Menge durchgemacht. Theodore wird sich darum kümmern. Die Küche muß da hinten sein.« Sie wies auf eine Tür, und die Frau nickte.

»Wie heißen Sie, Liebes?« fragte Tante Lil und ergriff wieder die Hand der Frau.

»Muriel.«

»Darf ich Sie Muriel nennen?«

T. S. verließ den Raum, als Muriel nickte. Er beeilte sich, die Küche und den Tee zu finden. *Stan?* Sie hatte ihren Mann »Stan« genannt. Es war ein merkwürdiger Gedanke, daß irgend jemand Stanley Sinclair »Stan« nennen könnte. Es war ein merkwürdiger Gedanke, daß er eine Frau, ein Haus und ein Privatleben hatte. T. S. schämte sich plötzlich seiner Animosität dem Finanzmanager gegenüber, und eine vage böse Ahnung erfüllte ihn.

Tante Lil saß schweigend da und sah Muriel Sinclair an, die erneut in Tränen aufgelöst war. »Hier, Liebes«, sagte Tante Lil und reichte ihr ein Taschentuch.

Die Frau nahm es und murmelte durch ihre Schluchzer hindurch etwas, das sich entfernt wie ein »Danke« anhörte.

»Die Polizei ist sehr hart mit Ihnen umgesprungen, nicht wahr?« fragte Tante Lil mitfühlend.

»Ja.« Es folgten mehr Schluchzer, und Tante Lil strich der aufgelösten Frau über das Haar.

»Die Polizei glaubt, daß Ihr Mann Geld von der Bank unterschlagen und die Teilhaber ermordet hat?«

Die schluchzende Gestalt nickte, und Tante Lils Stimme wurde vor Entrüstung lauter.

»So ein Unsinn!« rief sie aus. »Ein so pflichtbewußter Mensch wie Ihr Mann würde nie einen Diebstahl begehen!«

Muriel Sinclair hörte auf zu weinen, setzte sich aufrecht hin und blickte Tante Lil an.

Tante Lil fuhr leidenschaftlich fort: »Ich weiß, daß Ihr Mann nie jemanden töten würde. Ich weiß, daß Ihr Mann nie auch nur einen Cent stehlen würde. Ich habe recht, nicht wahr?«

»Ja«, flüsterte Muriel Sinclair. »Stan würde nie jemanden umbringen. Und er ist ein ehrlicher Mensch. Er hat nicht sehr viel Charme und nicht viel Humor, aber er ist ehrlich.«

»Er ist in Gefahr, nicht wahr?« sagte Tante Lil sachlich.

»Ja. Er hat gesagt, daß er Angst um sein Leben hätte.«

»Und daß niemand erfahren darf, wo er sich aufhält?«

»Ja.« Sie nickte unter Tränen. »Er sagt, wenn er gefunden und zurückgebracht wird, wird der Mörder von Mr. Cheswick und Mr. Boswell auch ihn töten.«

»Hat er Ihnen gesagt, wen er für den Mörder hält?«

»Nein, er meinte, es wäre besser, wenn ich das nicht wüßte.« Sie beugte sich wieder über ihr Taschentuch, von weiteren Schluchzern geschüttelt. »Er sagte, er würde damit fertigwerden. Er sagte, Mr. Hale würde wissen, was zu tun sei.«

»Hale? Hat er mit Edgar Hale gesprochen?«

Die in Tränen aufgelöste Frau schüttelte den Kopf. »Stan hat gestern abend versucht, ihn anzurufen, als er von der Arbeit kam, aber er mußte eine Nachricht hinterlassen. Später hat jemand ihn zurückgerufen. Als er auflegte, schien er sehr erleichtert zu sein. Und dann sagte er, daß Mr. Hale wissen würde, was zu tun sei.«

»Sind Sie ans Telefon gegangen, als Mr. Hale zurückrief? Wie hat seine Stimme geklungen?«

»Nein.« Das Weinen wurde lauter. »Es war nicht Mr. Hale, der zurückrief. Es war irgendeine Dame. Aber ich denke, sie wußte, worum es ging. Ich konnte nichts hören. Stan hat mir den Rücken zugedreht und geflüstert.« Sie schien die Geheimnistuerei ihres Mannes als persönliche Kränkung anzusehen.

»Wir haben Informationen, die ihm helfen könnten«, sagte Tante Lil schnell, bevor sie ihre Zuhörerin an die Hysterie verlor. »Ich muß ihn finden und mit ihm reden. Wir können ihm helfen.«

T. S. kam mit einer Tasse Tee zurück. Er sah sich nach einem Tisch um, und da er keinen fand, stellte er die Tasse vor Muriel Sinclairs Füßen ab. Tante Lil sah ihn erwartungsvoll an. »Wo ist meine Tasse, Theodore?«

»Ich wußte nicht, daß du eine wolltest.«

»Um Himmels willen.« Sie war offensichtlich verärgert.

»Sie können meinen Tee haben«, sagte Muriel Sinclair mit winzig kleiner Stimme und stupste mit dem Fuß gegen die Untertasse. »Ich will ihn nicht.«

»Unsinn«, sagte Tante Lil. »Sie können es brauchen, und Sie werden ihn trinken.« Sie griff nach dem Tee und hielt ihn der Frau hin. Muriel Sinclair nahm ihn gehorsam entgegen und balancierte Tasse und Untertasse auf den Knien.

»Hören Sie zu, Muriel.« Tante Lil sah ihr fest in die Augen und beugte sich zu ihr herüber. Ihre Stimme war sanft, aber bestimmt. »Sagen Sie uns, wo Stanley sich versteckt hält. Ich weiß, daß er Sie sehr liebt. Er muß Ihnen gesagt haben, wo er hingeht. Ich verstehe, daß Sie es sonst niemandem sagen können, weil sein Leben in Gefahr ist. Aber wenn wir nur mit ihm sprechen könnten, können wir ihm helfen.«

»Ich kann es Ihnen nicht sagen«, antwortete sie zögernd.

»Können Sie ihn anrufen? Und mich mit ihm sprechen lassen?« fragte Tante Lil.

T. S. versuchte, sich Stanley Sinclairs Reaktion vorzustellen, wenn er ihn anrufen und verkünden würde: »Stanley, mein Guter, hier ist Hubbert. Ihr Erzfeind von Sterling & Sterling. Wie ich höre, versucht jemand, Sie abzumurksen.«

»Da ist kein Telefon«, antwortete Muriel Sinclair. »Nur im Sommer.«

»Ist er zu diesem schönen Sommerhaus gefahren, von dem er so oft gesprochen hat?« riet Tante Lil. »Bitte. Ich hätte Sie nicht gebeten, ihn anzurufen, wenn wir es nicht ehrlich meinen würden.«

Die Frau zögerte, und T. S. meldete sich zu Wort. »Das ist schon in Ordnung, Muriel, wir wollen ihm wirklich helfen. Ich könnte die Adresse leicht rauskriegen, aber wir müssen schnell handeln. Bitte sagen Sie es uns.«

Vielleicht war es, weil sie die männliche Autorität in seiner Stimme hörte. Vielleicht hatte bloß das stundenlange Verhör durch die Polizei sie kleingekriegt. Oder vielleicht war es Tante Lils sanfte Stimme und ihr freundliches Verhalten, das Muriel Sinclair bewog, ihnen zu sagen, wo Stanley Sinclair sich versteckt hielt.

Tante Lil schrieb die Adresse in ihr Notizbuch und fragte dann: »Können Sie uns sagen, wie wir am besten dahin kommen?«

T. S. konnte es kaum glauben. Die hatte vielleicht Nerven. Aber die tränenüberströmte Mrs. Sinclair gab ihr mit stockender Stimme recht genaue Anweisungen. Sie sollten in die Innenstadt zurückkehren, durch den Lincoln-Tunnel zum Highway 3 West fahren und dem folgen, bis sie zur Interstate 80 kamen. Das Sommerhaus war in den Poconos, direkt hinter der Wasserscheide des Delaware.

Sie erhoben sich, und Tante Lil schien es nichts auszumachen, daß Mrs. Sinclair noch eines ihrer besten Spitzentaschentücher aus Cork fest umklammert hielt.

»Haben Sie eine Schwester?« fragte Tante Lil.

Die Frau nickte. »Eine Schwägerin.«

»Ich denke, Sie sollten besser sofort zu ihr fahren. Sie wissen, daß Sie eventuell selbst in Gefahr sein könnten.«

Die Frau sah sie aus aufgerissenen Augen an.

»Versprechen Sie mir, daß Sie sie anrufen werden?« fragte Tante Lil noch einmal, als sie in der Tür standen.

Muriel Sinclair nickte wieder und beobachtete, wie sie davonfuhren. T. S. konnte sie im Rückspiegel sehen, ein dünnes und verletzliches Geschöpf, dessen Silhouette sich im Türrahmen eines überteuerten Hauses abzeichnete, das in einem Teil von Long Island lag, der nicht-ganz-vornehm-genug war. Er seufzte. Wenn er Stanley Sinclair wiedersah, so schwor er sich, würde er netter zu ihm sein.

»Kannst du nicht etwas schneller fahren, Theodore?« Tante Lil sah besorgt auf ihre elegante Armbanduhr und seufzte.

»Nein, kann ich nicht.« Sie sausten mit hundertvierzig Stundenkilometern auf der Interstate 80 nach Westen. »Auf dieser Straße wimmelt es von Polizisten. Was sollen wir denen erzählen, wenn wir angehalten werden?«

Sie seufzte wieder. »Ich weiß, daß wir nahe dran sind. Aber ich habe das Gefühl, daß wir immer einen Schritt hinterherhinken.« Er wußte, was sie meinte, und beschleunigte, nachdem er in den Rückspiegel gesehen hatte.

Es war ein typisches Ferienhaus der Poconos-Siedlung:

ein schindelgedecktes Haus mit bis zum Boden reichendem Dach und einer Veranda aus Redwood-Holz. Das einen Acre große Grundstück lag an einem künstlichen See. Alle Häuser der Siedlung wirkten unbewohnt, und so früh im Jahr sorgten nur die Nadelbäume für etwas Sichtschutz. Zumindest die nächsten Monate würden die Häuser neben dem der Sinclairs unter den kahlen Bäumen noch deutlich sichtbar sein. Insgesamt machte die Siedlung den Eindruck, als wären riesige Monopoly-Häuser um den See herum verteilt worden.

Als sie in die Auffahrt fuhren, wies nichts darauf hin, daß das Haus bewohnt war. T. S. war sich nicht einmal sicher, daß es sich tatsächlich um das richtige Haus handelte.

»Bist du sicher, daß wir hier richtig sind?« fragte er Tante Lil. »Diese Häuser sehen alle gleich aus.«

Sie zog ihr Notizbuch zu Rate. »Ja. Das ist es.«

»Es sieht sehr ruhig aus.« Er ging automatisch um das Auto herum und half ihr aus dem Wagen. Sie standen da, seine Hand immer noch auf ihrem Arm, und sahen zu dem verlassen dastehenden Haus auf. Keiner hatte den Wunsch, die Nähe des anderen zu verlassen.

»Er würde sich kaum hier draußen im Freien aufhalten.« Aber Tante Lils Stimme klang unsicher.

»Wo, glaubst du, hat er das Auto gelassen?«

»Sicher war er klug genug, es bei einem der anderen Häuser zu parken. Oder vielleicht unten am See.« Sie zitterte, und T. S. begann, sich das Jackett auszuziehen. Sie winkte ab. »Nein, mir ist nicht kalt. Ich habe nur halt kein gutes Gefühl dabei.« Sie trat zögernd einen Schritt vor und blieb stehen.«

»Was ist los?«

»Es ist so ruhig, Theodore. Keine Vögel, keine Wellen schlagen gegen das Ufer, kein Wind. Als würde die ganze

Welt warten.« Sie zitterte wieder. »Wir werden beobachtet.«

»Unsinn.« Er sprach laut, in der Hoffnung, echten Mut in der gespielten Tapferkeit zu finden. »Nur von Stanley Sinclair.« Sie gingen langsam zum Fuß der Treppe. »Ich gehe vor«, sagte T. S. und winkte sie hinter sich. Sie nahm gehorsam ihren Platz ein.

»Stanley!« rief er. »Hier ist T. S. Hubbert. Die Polizei sucht nach Ihnen.« Keine Antwort. »Ich weiß, daß Sie nichts getan haben. Wir können Ihnen helfen. Ich will Ihnen helfen.«

Sie stiegen langsam die Treppe hinauf. Tante Lil hatte von hinten eine Hand leicht auf seinen Rücken gelegt.

»Die Tür ist offen«, verkündete T. S., um das unheilvolle Schweigen zu brechen. Er stieß die Tür auf und spähte hinein, dann wandte er sich abrupt um und sah Tante Lil an. »Geh zum Wagen zurück«, befahl er.

»Nein.« Sie rührte sich nicht von der Stelle. »Es ist etwas passiert, nicht?« Er antwortete nicht. »Das ist doch sinnlos, Theodore. Ich mache das nicht aus Jux und Dollerei.« Sie versuchte wieder, sich an ihm vorbeizuzwängen, und er versperrte ihr den Weg.

Seine Stimme klang grimmig. »Nein. Warte hier. Laß mich zumindest nachsehen, ob es ungefährlich ist.«

»Für uns ist es ungefährlich«, rief sie hinter ihm her. »Ich glaube nicht, daß sie hinter dir oder mir her sind.« Als sie keine Antwort erhielt, folgte sie ihm ins Haus. T. S. stand in der Mitte eines gewölbten, rechteckigen Wohnzimmers. Rechts führte eine Treppe zu einem Schlafboden hinauf. Der untere Raum wurde von einem großen Kamin beherrscht. Davor lag Stanley Sinclair, dessen Kopf teilweise weggeschossen worden war. Auf den gemauerten Steinen des Kamins glitzerte Blut, und eine dunkle Blutlache hatte sich unter Sinclairs Schädel angesammelt.

T. S. und Tante Lil standen Schulter an Schulter da und starrten auf die Leiche hinunter. T.S. dachte an die dünne Gestalt von Muriel Sinclair, eingerahmt von der Tür ihres Hauses. Tante Lil dachte, wie nahe daran sie gewesen waren, den dritten Mord zu verhindern.

»Da ist die Pistole«, sagte Tante Lil leise. Ihre Worte schienen laut von den leeren Wänden widerzuhallen, und T. S. zuckte zusammen. Eine Reflexhandlung. Sie wies auf einen Punkt rechts von Sinclairs zusammengesunkenem Körper. Eine blaugraue Handfeuerwaffe glänzte in einem Strahl nachmittäglichen Sonnenlichts, das durch das Oberlicht über ihnen hereinfiel. Die Pistole schien viel zu klein zu sein, um so viel Unheil anrichten zu können. Das Sonnenlicht brachte den Bernsteinton der Zederndachschindeln zum Glänzen, und feine goldene Staubkörnchen wirbelten um T. S. und Tante Lil herum, als sie den toten Körper anstarrten.

»Glaubst du, daß es Selbstmord war?« fragte T. S. mehr aus Hoffnung denn aus Überzeugung.

»Nein«, entgegnete Tante Lil sofort. Sie wies auf die Leiche, und er folgte ihrem Blick. Stanley Sinclairs Hosenschlitz war offen. T. S. sah, daß er eine königsblaue Unterhose trug, und blickte weg. Tante Lil starrte auf die Pistole hinunter. »Ich habe noch nie eine echte Pistole von nahem gesehen. »Sie beugte sich vor, um besser sehen zu können.

»Faß bloß nichts an«, warnte er sie.

Sie richtete sich auf und warf ihm einen bösen Blick zu. »Natürlich nicht, Theodore. Ich bin doch nicht schwachsinnig.« Sie ging näher an die Leiche heran, und T. S. folgte ihr widerstrebend.

»Er ist tot«, sagte sie. »Es sieht nicht so aus, als wäre noch Blut in ihm. Wie lange, glaubst du, hat er hier schon gelegen?«

T. S. blickte auf die Blutlache. Er hatte immer gedacht, es würde rot sein, aber in dem reflektierten Sonnenlicht sah es dunkelpurpurn aus. Er bildete sich ein, es fast pulsieren sehen zu können. »Kann ich nicht sagen.« Er beugte sich herunter, berührte die Haut des toten Mannes und zog die Hand so schnell zurück, als hätte er sich verbrannt. »Er ist nicht mehr warm.«

»Vielleicht war er schon tot, als wir mit seiner Frau sprachen.« Sie sagte das aus demselben Grund, aus dem T. S. es gedacht hatte. Sie hätten nichts tun können, um den Mord zu verhindern.

»Wir sollten die Polizei rufen.« T.S. sagte es zweifelnd, und ihre Antwort kam schnell und sofort.

»Noch nicht, Theodore. Ich glaube wirklich nicht, daß wir es uns leisten können, einen ganzen Abend damit zu verschwenden, uns von der Polizei befragen zu lassen. Wir haben noch nichts, was wir ihnen sagen könnten, und wir brauchen die Zeit, um den Zusammenhang zu finden.« Sie starrte auf Sinclair nieder. »Wenn wir wegfahren, werden wir anonym bei der Polizei anrufen.« Sie richtete sich auf und sah sich im Raum um. »Mal sehen, ob er uns irgendwelche Hilfen gegeben hat, bevor er starb. Hier – nimm das.« Sie durchwühlte ihre Handtasche und brachte noch ein Spitzentaschentuch aus ihrem unerschöpflichen Vorrat zum Vorschein, das sie T. S. mit beunruhigend professioneller Haltung zuwarf. Zusammen mit seinem eigenen Taschentuch benutzte er es als groben Handschuh, um keine Fingerabdrücke zu hinterlassen. Tante Lil trug wie gewohnt Handschuhe.

T. S. durchsuchte das Haus. Die sparsame Möblierung bestand aus in Massenproduktion gefertigten modernen Pinientischen und -stühlen. Eine Couch, die sich zu einem Bett mit Futon-Matratze ausziehen ließ, war der einzige Farbfleck im Raum.

Auf dem geblümten Kissen lag die heutige *Post.*

»Er hat heute morgen den Artikel über Boswells Tod gelesen.«

»Ja«, anwortete Tante Lil. »Vielleicht hat er vorgehabt, zur Arbeit zu fahren, aber in diesem Artikel stand etwas, das ihn bewogen hat, seine Meinung zu ändern. Etwas hat bestätigt, was er gestern vermutet hatte. Du sagst, daß er verwirrt wirkte. Vielleicht hat er etwas Bedeutendes in dem Text entdeckt. Sieh dich noch etwas um.«

Sie bewegten sich auf Zehenspitzen und flüsternd durch den stillen Raum, und T. S. fühlte sich wie in einer Kirche. Er sah den toten Mann an und wünschte sich den Trost einer Kirche herbei.

Tante Lil untersuchte gründlich die lange Theke, die den Küchenbereich vom Wohnbereich abtrennte. Es schien der einzig bewohnte Bereich des Hauses zu sein. An der gekachelten Theke standen mehrere Barhocker, und an einem Ende waren Papiere und Bücher aufgestapelt. Vorsichtig sah Tante Lil sie mit einem Finger durch. »Broschüren über Touristenfallen«, bemerkte sie mit geringem Interesse. »Eine Notiz der Müllabfuhr und Recycling-Anweisungen.« Sie hob einige Seiten der *Post* hoch, die auf einem Stapel Bücher lagen.

»Bingo.« Sie wies mit dem Kopf auf den Stapel. »Noch ein verwelkter Ansteckstrauß. Auf einem Stapel Bücher aus der Bibliothek. Hör dir das an – *Psychologie des kriminellen Verstandes; Frauen und Gewalt; Verhaltensabweichungen und Symptome der Wut.«* Sie sah zu T.S. auf. »Klingt, als hätte er jemand Bestimmtes im Auge.« Sie ging an der Theke entlang. »Hier steht ein Pappbecher mit Kaffee.« Sie schnupperte daran. »Nicht alt. Er muß ihn mitgebracht haben.«

T. S. öffnete den Kühlschrank. Darin lagen ein Laib Brot, eine große, ungeöffnete Packung Mettwurst in

Scheiben, ein Glas Senf und eine ungeöffnete Flasche Pepsi. Es erinnerte ihn an die Mahlzeiten, die er als kleiner Junge gegessen hatte. Er spürte eine tiefe Traurigkeit. »Ich nehme an, er plante, eine Weile hierzubleiben«, sagte er.

»Ist was zu essen da?«

»Ja. Mettwurst und Brot.«

Tante Lil seufzte. »Er hatte keine Zeit, irgendwas anderes zu besorgen. Hallo, was ist denn das?« Sie hatte einen Notizblock entdeckt. »Offenbar hat er seine Notizblöcke bei Sterling & Sterling geklaut.«

T. S. blickte über die Schulter. »Das tun wir alle. Ich habe sogar selbst ein paar Blöcke zu Hause.«

»Sieh mal, was da steht.« Sie trat zur Seite, und er beugte sich vor, um die Notiz besser lesen zu können.

Es war Sinclairs pingelige, spinnwebartige Handschrift. »R. I. P.« stand oben auf der Seite, und die Buchstaben waren dick unterstrichen.

»Requiescat in Pace?« dachte T. S. laut. Er las noch einmal. »Ziemlich morbide. Ist aber seine Handschrift.« Er seufzte, hielt dann inne und sah Tante Lil an.

»Ralph I. Peabody«, sagten sie gleichzeitig.

T. S. war in Hochstimmung. Er war im Spiel, nicht mehr einen Schritt zurück.

»Ich denke, es ist an der Zeit, ihm einen Besuch abzustatten«, fügte Tante Lil ruhig hinzu.

Sie durchsuchten gründlich die Schlafzimmer im oberen Stock, fanden aber nichts von Interesse. Als sie das Haus verließen, stand die Sonne niedrig am Nachmittagshimmel, und es war kühl geworden. Tante Lil zitterte in ihrer Cardigan-Jacke, und T. S. wurde an ihr Alter erinnert. Er half ihr in den Wagen und befahl ihr, sich nicht von der Stelle zu rühren, während er noch mal überprüfte, ob auch ganz bestimmt keine Spuren ihres Eindringens zu erkennen waren. Diesmal gehorchte sie.

Sie verließen die Feriensiedlung am See, ohne auf andere Wagen zu treffen. Als sie die Schnellstraße erreichten, hielt T. S. an der ersten Raststätte, an der sie vorbeikamen. Da er die Polizei nicht direkt anrufen wollte, weil er fürchtete, daß der Anruf auf Band aufgenommen werden könnte, wählte er die Nummer der Vermittlung und erklärte, er wäre beim Vogelbeobachten an einem Haus vorbeigekommen, dessen Tür offengestanden hätte. Beim Eintreten hätte er einen erschossenen Mann vorgefunden. Er bezweifelte, daß irgend jemand je tatsächlich Vögel beobachtete, aber als Deckgeschichte würde es reichen müssen. Er nannte weder seinen Namen noch irgendwelche anderen Einzelheiten, außer der Adresse, und legte auf, bevor die Vermittlung einwenden konnte, daß es nicht ihre Aufgabe sei, Mordfälle zu melden. Sollten sie doch machen, was sie wollten. Nichts würde Stanley Sinclair zurückbringen.

Er fuhr langsam nach Manhatten zurück und achtete sorgfältig darauf, die Geschwindigkeitsbegrenzung nicht zu überschreiten. Er wollte nicht von der Polizei angehalten werden. Nichts durfte sie mit dem Blutbad in Verbindung bringen, das sie hinter sich zurückgelassen hatten.

Wenn er Gewissensbisse hatte, weil er den Schauplatz eines Verbrechens verlassen hatte, verschwanden sie schnell, als Tante Lil in groben Zügen umriß, wie ihrer Meinung nach ihr nächster Schritt aussehen mußte.

»Du bist doch auch der Ansicht, daß nicht Unterschlagung oder Insiderhandel hinter all dem stecken, oder?« fragte sie ihn nach fast einer halben Stunde brütenden Schweigens.

»Ja, ich denke schon. Stanley Sinclair hat die Führung der Geschäftsbücher und der Konten der Teilhaber überwacht, aber er hatte eigentlich keinen Zugang zu einem der bankinternen Systeme, mit denen er Geldmittel hätte manipulieren können. Er hätte in mehreren Abteilungen Komplizen haben müssen, und das ist unwahrscheinlich. Außerdem glaube ich nicht, daß er sehr intelligent war, aber wie seine Frau halte ich ihn für ehrlich.«

»Genau. Also nur ein Gefühl von dir?«

»Ja. Und die Tatsache, daß es zwischen den drei Menschen, die bis jetzt umgebracht wurden, keine wirkliche Verbindung gibt, zumindest keine, von der ich weiß. Cheswick hat sich bei Sterling & Sterling mit Kapital- und Vermögensanlagen beschäftigt. Boswell hatte mit Kreditvergaben zu tun. Und Sinclair war in der Verwaltung tätig. Sie hätten sich kaum gegenseitig helfen können, die Bereiche, in denen sie tätig waren, waren viel zu unterschiedlich. Ich kann mir nicht vorstellen, was für eine Verbindung es zwischen ihnen geben sollte.«

»Das ist es, was auch mir Sorgen macht«, gab Tante Lil zu. Sie sah aus dem Fenster auf die vorbeigleitenden Berge. Sie ragten groß und bedrohlich in der Dunkelheit des frühen Abends auf. »Willst du hören, was ich denke?« fragte sie.

»Habe ich eine Wahl?« fragte er, aber er lächelte dabei. Er fühlte ein großes Bedürfnis, zu lächeln und etwas von der Traurigkeit auszulöschen, die sie hinter sich zurückgelassen hatten.

»Vielleicht liegt es nur daran, daß ich eine alte Frau bin«, begann Tante Lil, »aber mir scheint, daß die Wahrheit in der Vergangenheit zu finden ist. Das ist die einzige Gelegenheit, bei der sich die Pfade aller gekreuzt haben. Außerdem steckt eine solche Leidenschaft in diesen Morden. Jemand leidet sehr und kann nicht loslassen.«

»Und darum willst du mit Ralph Peabody reden?«

»Das müssen wir«, sagte sie einfach. »Wer ist sonst noch da?«

»Abromowitz würde dir sagen, daß Sinclair die beiden anderen ermordet hat und sich auf ihren Tod bezog, als er ›R. I. P.‹ hinkritzelte.«

»Und dann hat er sich mit John Boswells Pistole erschossen?«

»Ja.«

»Nachdem er sich die Hose aufgeknöpft hat, damit er sich im Tod besser erleichtern konnte?« fragte sie munter. T. S. wünschte, er könnte Sie in einem Sarkasmus-Wettbewerb gegen den Kommissar antreten lassen.

»Das scheint unwahrscheinlich zu sein«, räumte er ein. Aber ihm fielen keine Vorfälle im Personalbereich ein, an denen alle drei Toten beteiligt gewesen wären. »Willst du damit sagen, daß sie einen Mitarbeiter gefeuert oder einen Verweis erteilt haben und daß diese Person jetzt auf Rache aus ist?«

»Nein, so einfach ist das nicht.« Sie lehnte den Kopf wieder gegen den Sitz und seufzte. »Ich fürchte, daß es irgendwie mit Sex zu tun hat, und Sex ist nie eine einfache Sache.«

»Wieso glaubst du das?« fragte er. Er haßte es, wenn Tante Lil über Sex sprach. Weit davon entfernt, verlegen zu sein, redete sie sogar *lauter* über Sex, wahrscheinlich, um zu beweisen, daß das Thema sie nicht im mindesten irritierte.

»Denk nach, Theodore«, sagte sie. »Jeder Mann mit offenem Hosenschlitz?« Sie verschränkte die Arme und schüttelte mißbilligend den Kopf. »Das ist einfach niederträchtig.«

T. S. kam am nächsten Morgen zeitig ins Büro, trotz einer unruhigen Nacht, in der er von unheilverkündenden Träumen und Bildern von Sinclairs totem Körper heimgesucht worden war. In seinen Träumen wirbelte eine spanische Tänzerin mit Namen Magritte herum, die Tischen voller toter Männer große Gläser geeister Margaritas anbot, während Sinclairs Frau Muriel in einer Ecke weinte und Tante Lil herumschlich und Fotos machte. Als er endlich aufwachte, fühlte T. S. sich, als hätte er einen schrecklichen Kater. Sein Kopf dröhnte, und sein Magen drehte sich.

Was noch schlimmer war, kein Mensch in der Abteilung erwähnte seine Abwesenheit oder schien auch nur bemerkt zu haben, daß er gestern nicht im Büro gewesen war. Er wußte nicht, ob er dankbar sein oder sich gekränkt fühlten sollte. In den Zeitungen stand nichts von

Stanley Sinclair, und es erwarteten ihn keine Nachrichten von Edgar Hale. Offensichtlich war die Neuigkeit noch nicht aus Pennsylvanien nach New York durchgedrungen.

Er hatte kaum seinen Hut abgelegt, als Sheila in sein Büro stürmte und sich zwanglos in einen Stuhl fallen ließ, ohne sich die Mühe zu machen, vorher den Mantel auszuziehen. Sie zerrte hektisch am Plastikdeckel ihres Kaffeebechers, nahm gierig einen Schluck von der dampfenden Flüssigkeit und lehnte sich dann mit einem Seufzer zurück. Sie fuhr sich mit der Hand durch das zerzauste Haar. »Es war Xanax«, verkündete sie.

»Wie bitte?«

»Xanax«, wiederholte Sheila geduldig. »John Boswell wurde mit Xanax betäubt, bevor er ertrank.«

»Was um alles in der Welt ist Xanax?«

Sie zuckte die Achseln. »Eine ganze Reihe unserer Mitarbeiter könnte Ihnen eine bessere Beschreibung liefern, aber so wie ich es verstanden habe, ist es ein relativ neues Antidepressivum, das gewöhnlich in Pillenform verschrieben wird. Verursacht ein Gefühl von Euphorie.«

»Er sprang in einem Anfall von Euphorie von seinem Boot?«

Wenn es ihn überkam, war T. S. sehr gut darin, Leute vorsätzlich mißzuverstehen.

»Natürlich nicht. Es kann auch künstliche Psychosen hervorrufen. Aber das ist nicht der Punkt.« Sie sprach mit überlegener Stimme. Ihre pharmazeutischen Kenntnisse waren einer der wenigen Bereiche, in denen sie T. S. überlegen war. »Wenn es einem in Verbindung mit ausreichend Alkohol eingegeben wird, haut es einen um. Genauer gesagt, man bricht zusammen wie ein erschossenes Pferd. Bumm!« Sie klatschte in die Hände, und er zuckte zusammen. »Er wäre augenblicklich bewußtlos geworden.«

»Und dann könnte ihn jemand einfach über Bord werfen?«

»So sieht es aus, finde ich. Und sechs Millionen Zeitungsleser finden das auch.« Sie warf die neueste Ausgabe der *Post* auf seinen Schreibtisch.

Der Mord an John Boswell stand immer noch auf der Titelseite. *»Wall-Street-Größe betäubt und über Bord geworfen«*, lautete die Schlagzeile. *»Autopsie enthüllt Schocker.«* Er schob die Zeitung kommentarlos zurück.

»Warum Xanax?« fragte er sich laut. »Hat er es aus irgendeinem Grund eingenommen?«

»Nein«, antwortete sie sofort. »Er hatte einen leicht erhöhten Blutdruck, und er hat Medikamente dagegen genommen. Aber das war alles. Ich bin sicher, daß er kein Xanax genommen hat. Ich habe in seiner Akte nachgesehen, um ganz sicherzugehen.« Sie blickte T. S. erwartungsvoll an.

»Sie hatten mit John Boswells Krankenversicherung zu tun?«

»Ja, natürlich«, sagte sie etwas beklommen. »Die Teilhaber sind schlimmer als die Angestellten. Sie versuchen, jeden Cent von der Versicherungsgesellschaft zurückzubekommen.« Sie verlor ihre Ruhe unter seinem prüfenden Blick und trank einen Schluck Kaffee. »Warum starren Sie mich so an?« fragte sie anklagend. »Früher oder später arbeite ich mit jedem hier an seiner Krankenversicherung.«

Er schüttelte den Kopf, in der Hoffnung, dadurch seine Gedanken zu klären. Ihre defensive Reaktion überraschte ihn. »Nichts. Ich habe nur über das Xanax nachgedacht. Es muß Hunderte von gebräuchlicheren Medikamenten geben, die denselben Effekt haben.«

Die Frage beschäftigte Sheila nicht lange. Sie hob ihre lange Gestalt aus dem Stuhl und kämpfte sich auf dem

Weg zur Tür aus ihrem Mantel. »Keine Ahnung. Vielleicht wollte jemand innovative Vergiftungsmethoden ausprobieren.«

»Sheila«, rief er, bevor sie verschwinden konnte. »Könnten Sie mal nachsehen, wo Ralph Peabody jetzt steckt? Jemand wollte das wissen.«

Sie schwieg einen Moment, bevor sie antwortete: »Ich werde in den Akten nachsehen, aber ich glaube, er ist irgendwo in einem Pflegeheim. Er ist nicht in bester Verfassung. Brauchen Sie es bald?«

»So bald wie möglich«, entgegnete er.

»Will das nicht jeder?« Ihre Stimme verlor sich, dann war sie verschwunden. Ein leiser Duft von Zitronen blieb zurück.

T. S. rief Edgar Hale kurz nach neun an, aber der geschäftsführende Direktor war noch nicht im Büro. Er verachtete sich selbst wegen dieses Täuschungsmanövers, aber er fragte Mrs. Quincy: »Ist Stanley Sinclair schon aufgetaucht?«

»Nein«, sagte sie schnell. Sie war immer glücklich, jedem interessierten Mitarbeiter Informationen zukommen zu lassen. »Aber Mr. Hale sagt, er und die Finanzbuchhalter haben die ganze Nacht durchgearbeitet. Die Bücher sind makellos. Die Unterlagen sind sauber. Es sieht nicht so aus, als hätte Mr. Sinclair auch nur einen Cent gestohlen.«

»Sonderbar.« Das war alles, was T. S. als Antwort zuwege brachte, und das auch nur mit Anstrengung.

»Ich kann das einfach nicht begreifen«, sagte Mrs. Quincy gerade. »Warum sollte er einfach so verschwinden? Wo ist er?« Er verspürte nicht den Wunsch, irgend jemanden früher als nötig aufzuklären. »Vielleicht hat er Angst, daß ein Wahnsinniger frei in der Bank herumläuft?« schlug er vor.

»Das ist Unsinn«, sagte Mrs. Quincy entschieden. »Wer sollte sich die Mühe machen, Mr. Sinclair umzubringen? Er ist nicht mal Teilhaber.« Dann kam einer ihrer abrupten und überselbstsicheren Themenwechsel. »Ich muß mit Ihnen über Anne Marie sprechen. Sie soll mir helfen, nicht mich behindern. Sie ist völlig unzuverlässig. Wenn ich es nicht besser wüßte, würde ich sagen, daß es ihr Spaß macht, die tragische Figur zu spielen. Sie kommt spät, geht früh, macht ständig Fehler, macht Szenen im Waschraum. Ist unhöflich zu ihren Kollegen. Ich kann diese Unprofessionalität einfach nicht dulden.«

T. S. seufzte. Also verschärfte sich der Krieg zwischen den beiden Frauen. »Sie hat den Mann verloren, für den sie den größten Teil ihres Lebens gearbeitet hat«, versuchte er geduldig zu erklären. »Sie sollten ein wenig Geduld mit ihr haben. Das könnte helfen, die Wogen ein bißchen zu glätten.«

Das Schweigen am anderen Ende der Leitung sprach Bände, und schließlich fühlte er sich gezwungen, sich zu verteidigen. »Außerdem bin ich nicht länger der Personalchef. Wenn Sie sich wirklich beschweren wollen, sprechen Sie mit Miss Fullbright.« Frauen. Das hatte ihm gerade noch gefehlt. Ein Memo-Krieg zwischen Mrs. Quincy und Anne Marie. Wahrscheinlich würde Miss Fullbright eine schreiende und um sich schlagende Anne Marie zum Trauma-Team schleppen, damit sie eine Trauer-Analyse oder sonst irgendeinen Unsinn machen konnte. Er legte auf, und dann überprüfte er die Berichte über die Anwesenheitsrate der Mitarbeiter. Es sah schlecht aus. Offensichtlich war Anne Marie nicht die einzige, die Schwierigkeiten hatte, mit der Situation fertigzuwerden, und nicht alle teilten Mrs. Quincys Überzeugung, daß es nur Teilhaber erwischte. Fast sechzig Prozent der Angestellten waren der Arbeit ferngeblieben.

Sehr wahrscheinlich würde es noch schlimmer werden. Die Nachricht von Stanley Sinclairs Tod erreichte Sterling & Sterling so gegen elf, kurz bevor Sheila mit Ralph Peabodys jetziger Adresse in T. S.' Büro kam.

»Er ist in einem Pflegeheim bei Garden City, in der Nähe der Schnellstraße«, sagte sie ruhig und reichte ihm ein Blatt Papier mit einer Adresse darauf.

Er sah zu ihr auf. »Danke. Stimmt etwas nicht?«

Sie starrte auf einen Punkt über seinem Kopf. »Gestern abend ist Mr. Sinclair gefunden worden. Entweder war es Selbstmord, oder er ist erschossen worden. Ich habe ... Brian angerufen, um die Einzelheiten zu erfahren.«

Er war ein schlechter Lügner und beschloß, keine Überraschung zu heucheln. Es schien ihr nicht aufzufallen. »Woher wissen Sie es?« fragte er.

»Ich habe es im Radio gehört. Es war ziemlich verrückt.« Sie schüttelte den Kopf. »Ich war in der Cafeteria, um mir einen Kaffee zu holen. Sie wissen, die berieseln einen da die ganze Zeit mit dieser Musik.« Er nickte. »Dann und wann wird die Musik von einem Typ mit einer widerwärtig tiefen Stimme unterbrochen, der ungefähr dreißig Sekunden lang sämtliche Nachrichten vorliest.«

»Was hat er gesagt?«

»Alle Leute, die in der Cafeteria waren, hatten gerade gleichzeitig beschlossen, tief Luft zu holen, und ein paar Sekunden brach jede Unterhaltung ab. Wir haben es alle zur gleichen Zeit gehört. Der Nachrichtentyp sagte ganz deutlich, daß der Mann, der am Abend zuvor tot in einem Ferienhaus aufgefunden worden war, von der Polizei von Pennsylvanien als Stanley B. Sinclair identifiziert worden war. Ein anonymer Anruf hatte die Polizei zum Tatort geführt.«

»Haben sie Sterling & Sterling erwähnt?«

»Nein, sie hatten die Verbindung noch nicht hergestellt.«

»Weiß es die New Yorker Polizei schon?« fragte T. S.

»Ich bin sicher, mittlerweile weiß sie es. Die werden ziemlich wütend darüber sein, daß sie nicht gleich benachrichtigt worden sind.« Sie zuckte die Achseln. »Ich nehme an, die Medien werden die Verbindung zu Sterling & Sterling heute nachmittag hergestellt haben.«

Er war sicher, daß sie recht hatte. Aber er konnte es sich nicht leisten, länger zu warten. Er griff nach seinem Mantel und dem Zettel mit der Adresse, die er von Sheila bekommen hatte, rief schnell Tante Lil an und verschwand durch die Tür, ohne gesehen zu werden – obgleich er sich ein paar Sekunden im Kopierraum verstekken mußte, als er Miss Fullbright kommen hörte, die ernsthaft mit einem bärtigen Mann plauderte, offensichtlich dem Leiter des Mitarbeiter-Trauma-Teams. T. S. war nicht in der Stimmung, über Traumata zu diskutieren.

»Xanax«, sagte Tante Lil. Ihre Stimme schwankte zwischen Staunen und Verachtung. »Die denken sich jeden Tag ein neues Medikament aus. Ich kann nicht behaupten, daß ich das für eine großartige Sache halte, Theodore.« Sie fuhren aus der Innenstadt heraus in Richtung Long Island, und es gab wenig Verkehr. Sie sah aus dem Fenster. Es nieselte schon wieder.

T. S. zuckte die Achseln. »Diese Medikamente können das Leben mancher Menschen verändern. Xanax soll Depressionen effektiv bekämpfen können.«

»Der *Modus operandi* scheint ein bißchen verworren zu sein«, bemerkte sie. Sie ließ sich den offiziell klingenden Satz auf der Zunge zergehen. »Ein altes Messer, ein neues Medikament. Und ein gestohlener Revolver.« Offensichtlich hatte sie wieder in ihren Detektivmagazinen gelesen.

»Das wissen wir noch nicht. Vielleicht ist es gar nicht Boswells Pistole.«

»Natürlich ist es seine Pistole. Der Mörder ist nicht dumm. Es ist die perfekte Mordwaffe. Die Polizei kann die Spur bis zum zweiten Mord zurückverfolgen und nicht weiter.«

»Aber warum eine Pistole? Warum kein Messer?« Er war nicht gewillt, dem Mörder Anerkennung zu zollen.

»Einfach«, meinte Tante Lil. »Der Mörder wußte, daß Stanley Sinclair befürchtete, verfolgt zu werden. Das Überraschungsmoment fiel weg. Ich denke, ein Messer ist schwieriger effektiv einzusetzen, wenn, sagen wir, das Opfer mit einem Angriff rechnet. Besonders, wenn das Opfer dem Mörder körperlich überlegen ist.«

T. S. kannte nicht besonders viele Leute, denen Stanley Sinclair körperlich überlegen war; ein magersüchtiger Zwerg vielleicht. So gut wie jeder andere Mann hatte mehr Fleisch auf den Knochen. Dann begriff er. »Du denkst immer noch, daß der Mörder eine Frau ist?«

»Ja«, sagte sie überzeugt. »Das tue ich.«

»Wie kannst du dir da so sicher sein?«

»Die Reißverschlüsse«, antwortete sie.

»Schon wieder die Reißverschlüsse? Das könnte alles mögliche bedeuten.«

»Für dich vielleicht. Mir scheint es nur eins zu bedeuten.« Sie verschränkte die Arme und wartete darauf, daß seine Neugier ihn unterkriegte.

»Was denn?« Er riß das Steuer herum, um einem Bus auszuweichen, der plötzlich auf seine Spur überwechselte, und stieß fast mit einem Lieferwagen zusammen, der auf der Mittelspur überholte. Tante Lil zuckte nicht mit der Wimper.

»Es bedeutet, du hättest deine Hosen zulassen sollen, Theodore«, sagte sie forsch. »Genau das heißt es.«

Pflegeheime hatten sich verändert, seit T. S. 1961 seinen Großvater besucht hatte. Basierend auf dieser Erinnerung waren Pflegeheime für T. S. langgestreckte, weiße Holzgebäude mit großzügigen Veranden, Schaukelstühlen und schattigen Bäumen drumherum. Aber der wuchtige Backstein-Wolkenkratzer, der drohend über der Long-Island-Schnellstraße aufragte, hatte wenig Ähnlichkeit mit dieser Vision. Er erinnerte eher an ein Gefängnis oder ein Krankenhaus als an ein Heim. Er und Tante Lil gingen durch geräuschlose automatische Schiebetüren und gelangten in eine leere und sterile Empfangshalle. In gedämpften Orangetönen gehaltene Stühle waren um Glastische herumgruppiert und verliehen dem Raum eine ausgeprägte Krankenhauswartesaal-Atmosphäre. Die Empfangsdame saß in einem Plexiglaskäfig und schickte sie mit wenig mehr als einem Achselzucken in den vierzehnten Stock.

Sie warteten schweigend vor den Fahrstühlen. T. S. eingeschüchtert von der gedämpften Atmosphäre und Tante Lil ängstlich gemacht durch die Vorstellung, daß hier erwachsene Menschen in ihrem Alter leben mußten.

Der Fahrstuhl war so glatt und weiß wie ein Ei. T. S. erwartete jeden Moment, die Titelmusik von *2001* zu hören, aber noch nicht mal Fahrstuhlberieselung durchbrach die Stille.

»Zumindest ist es sauber«, machte er einen Versuch der Konversation.

Tante Lil sah sich grimmig um. »Dieser Ort ist absolut grauenerregend, Theodore. Er erinnert mich an das Innere eines Krematoriums.«

»Na, na. Bist du je in einem Krematorium gewesen?« fragte er.

Die Fahrstuhltüren öffneten sich, sie waren im vierzehnten Stock angelangt. »Ja.« Sie ging voran und suchte das Schwesternzimmer. Er brachte nicht die Energie auf, sich nach Einzelheiten zu erkundigen.

Die Schwester erwartete sie. Sie war sehr fett und benahm sich sehr geschäftsmäßig. Um den Hals trug sie eine große, rote Trillerpfeife an einem Band, und T. S. fragte sich, warum wohl. Vielleicht pfiff sie nach jemandem, der ihr wieder auf die Beine half, wenn sie stolperte und hinfiel.

»Sind Sie eine Verwandte?« fragte sie und blickte Tante Lil über große, runde Brillengläser hinweg an.

Tante Lil zwang Fröhlichkeit in ihre Stimme. »Nein, nur alte Freunde, meine Liebe. *Sehr gute* alte Freunde.

Die Schwester unterzog sie einer gründlichen Musterung, und Tante Lil stellte sich aufrechter hin, als fürchte sie, sie könnten sie packen und dabehalten, sollte sie den Test nicht bestehen.

»Ich bin ein ehemaliger Kollege von ihm«, erklärte T. S. und legte beruhigend eine Hand auf Tante Lils Schulter.

Die Schwester kreuzte etwas auf ihrem Klemmbrett an. »Er hat Ihre Namen nicht erkannt, aber das ist kaum überraschend. Er kann sich kaum an seinen eigenen Namen erinnern.« Sie watschelte den langen, weißen Korridor herunter, und sie folgten ihr, unfähig, den Blick von dem seltsam rollenden Gang der Schwester zu lassen.

»Er erkennt inzwischen niemanden mehr«, fügte sie hinzu. »Ich fürchte, er ist ein bißchen senil, und daß er nie Besuch kriegt, macht die Sache auch nicht besser. Sie beide sind die ersten Besucher, die seit drei Monaten nach ihm fragen.«

»Was ist mit seiner Familie?« fragte Tante Lil entsetzt.

»Er hat eine Tochter, die in der Stadt lebt«, entgegnete die Schwester. »In Mr. Peabodys altem Haus, wenn ich mich nicht irre. Aber wir kriegen nicht viel von ihr zu sehen.« Sie schnaubte verächtlich und winkte sie in ein großes Sonnenzimmer. Es wirkte seltsam unmöbliert, da Platz für die Rollstühle einkalkuliert war. Ein paar Frauen waren in einer Ecke des Zimmers vor einem plärrenden Fernseher versammelt. Ihre Köpfe bewegten sich auf und ab, während sie aufmerksam zusahen oder miteinander sprachen. T. S. mußte sofort an eine psychiatrische Anstalt denken, weil alle so ähnlich gekleidet waren; fast jede Frau trug eine marineblaue Strickjacke, die eng um ein geblümtes Kleid gewickelt war. Eine winzige Gestalt saß zusammengekauert in einem Rollstuhl am anderen Ende des Raums. T. S. wurde erst klar, wieviel Hoffnung er auf die Schultern von Mr. Ralph I. Peabody geladen hatte, als sie sich in Luft auflöste, sobald er erkannte, daß die einsame Gestalt der Mann war, den er suchte. Er erinnerte sich an Ralph Peabody als einen stolzen Mann mit aufrechter Haltung, dessen Haar stets akkurat frisiert und dessen Kleidung stets untadelig war. Aber heute war Ralph Peabody ein knorriger, magerer alter Mann, der zusammengekauert in einem Rollstuhl saß und aus dem Fenster starrte, wo es nichts zu sehen gab als Nebel.

»Sie haben Besuch«, brüllte die Schwester dem alten Mann ins Ohr. Sie drehte sich abrupt um, was ihre Gummisohlen auf dem Linoleum quietschen ließ, und ging forsch zum Fernseher hinüber. Sie stellte die Lautstärke herunter und segelte königlich aus dem Zimmer.

T. S. und Tante Lil starrten Ralph Peabody an, unsicher, wie sie jetzt vorgehen sollten. Der alte Mann schien ihre Anwesenheit nicht zur Kenntnis zu nehmen. Hinter ihnen lachten die alten Damen laut über einen Werbspot, in dem tanzende Hunde vorkamen.

»Besorg uns einen Stuhl, Theodore«, befahl Tante Lil. Sie beugte sich über die klägliche Gestalt und nahm seine Hand.

»Hallo, Mr. Peabody. Ich bin Lillian Hubbert, Theodore Hubberts Tante. Erinnern Sie sich an Theodore Hubbert?« Sie sprach mit normaler, aber fester Stimme. Der alte Mann schien zuzuhören. Argwöhnische Augen spähten aus Falten und schuppiger Haut heraus. Bartstoppeln umgaben die Falten. Es war klar, daß er sich nicht mehr selbst rasieren konnte und daß ein nachlässiger Pfleger keinen allzu angestrengten Versuch unternommen hatte. Die Augen waren offensichtlich einmal blau gewesen, aber jetzt sahen sie milchig und verschleiert aus.

»Nein«, sagte er. Seine Stimme klang stumpf. Er hustete stoßweise, starrte Tante Lil an und zog seine Hand weg. »Sind Sie von den Zeugen Jehovas?«

Tante Lil setzte sich auf den Stuhl, den T. S. herangezogen hatte, und rückte näher an den Rollstuhl heran. »Nein, ich bin Theodore Hubberts Tante. Erinnern Sie sich an Theodore?«

»Er kennt mich nicht als Theodore«, zischte T. S. mit beträchtlicher Befriedigung.

»Natürlich«, murmelte Tante Lil. Lauter sagte sie: »Das ist mein Neffe, T. S. Hubbert. Er ist Personalchef bei Sterling & Sterling.«

Ralph Peabody beugte sich leicht vor und wickelte seinen Pullover enger um sich herum. »Sterling & Sterling? Da habe ich mal gearbeitet. Sie haben mich vergessen. Ja, das haben sie.«

»Es tut mir leid«, brüllte T. S., der sich an das Beispiel der Schwester hielt.

»Sie brauchen nicht zu schreien!« brüllte der alte Mann zurück. Er senkte seine Stimme zu einem grantigen Grollen. »Ich höre ausgezeichnet.« Er starrte T. S. an. »Wer zum Teufel sind Sie?«

»Ich bin T. S. Hubbert. Ich habe Ihren alten Job bei

Sterling & Sterling. Ich bin Personalchef geworden, als Sie in Ruhestand gegangen sind, erinnern Sie sich?«

Der alte Mann sah ihn an. »Unsinn. Das war irgendein übertrieben selbstbewußter junger Hohlkopf.«

»Das war ich«, entgegnete T. S., der sich blöd vorkam.

»Sind Sie einer der Sterling-Jungs?«

»Ich?« Die Verwirrtheit des alten Mannes war anstekkend. »Nein. Ich arbeite nur da«, sagte T. S. »Ich habe da gearbeitet, meine ich. Ich war Personalchef. Ich bin auch im Ruhestand.«

Der alte Mann schien ihn nicht gehört zu haben. Er starrte wieder zum Fenster hinaus. »Herzmuscheln«, sagte er.

Tante Lil versuchte, seine Aufmerksamkeit wieder auf sie zu lenken. »Sehen Sie Ihre alten Freunde von Sterling & Sterling noch?« fragte sie.

»Ach, die.« Er schnaubte. »Die haben mich vergessen. Sie haben mich an dem Tag vergessen, an dem ich zur Tür hinausgegangen bin.« Er drohte T. S. wütend mit dem Finger. »Du gehst in Ruhestand, und das war's dann. Es war, als hätte ich nie existiert.« Er starrte böse auf Tante Lils Hut. »Sind Sie sicher, daß Sie keine Zeugin Jehovas sind?«

»Ganz sicher, Mr. Peabody.« Sie beugte sich wieder vor. »Bei Sterling & Sterling hat es ein paar Probleme gegeben.« Er schien sie nicht zu hören. »Robert Cheswick ist erstochen worden.«

»Wer?« fragte er laut und schlug in die leere Luft.

»Jemand hat Robert Cheswick, John Boswell und Stanley Sinclair umgebracht«, sagte sie etwas lauter.

Der alte Mann starrte auf seine Hände. »Ich kann mich nicht an sie erinnern«, sagte er. T. S. wußte, daß er log.

»Doch, das tun sie«, unterbrach er. »Als Sie Personalchef waren, waren die drei schon bei Sterling & Sterling.«

»Ich weiß nicht, von wem Sie sprechen«, entgegnete er fest. Er sah sich um. »Ist meine Tochter da?«

T. S. folgte automatisch seinem Blick. »Nein. Nein, sie ist nicht hier.«

»Dachte ich mir. Glauben Sie, daß sie tot ist?« Der alte Mann lachte. »Das wäre was. Vielleicht würde ich dann mein Haus zurückkriegen.« Er beugte sich vor und sah Tante Lil an. »Sind Sie sicher, daß Sie nicht sie sind?«

»Nein. Nein, natürlich bin ich das nicht.« Sie sah T. S. an, und er zuckte die Achseln.

»Wer sind Sie dann?« verlangte der alte Mann zu wissen. »Ich bin nicht interessiert an den Adventisten des siebten Tages, wissen Sie. Ich werde vielleicht meine Bluttransfusion brauchen.«

Tante Lil saß sittsam auf ihrem Stuhl, die Hände sorgsam im Schoß gefaltet. Sie starrte Ralph Peabody einen Moment sehr ruhig an, und dann holte sie tief Luft und sah ihm direkt in die Augen. »Auf eine Margarita bei Magritte«, sagte sie.

Ralph Peabody richtete sich gerade auf, und ein verwirrter Ausdruck zog über sein Gesicht. »Sie?« rief er. Er zog seinen Pullover eng um sich. T. S. dachte, er hätte gezittert. »Sie sind es? Darauf wäre ich nie gekommen.« Er sah genauer hin. »Sie sehen so alt aus. Muß das Gewissen sein.« Er lehnte sich zurück und starrte sie böse an. »Sie hätten diese Dinge nie tun dürfen, wissen Sie.«

»Ich bereue, daß ich das getan habe«, entgegnete Tante Lil. T. S. hörte verblüfft zu.

»Es war widerlich. Eine üble Sache. Sie haben diesen Jungs viel Scherereien bereitet.« Ralph Peabody drohte Tante Lil mit dem Finger. »Ich habe Ihnen nie geglaubt. Sie haben nicht die Wahrheit gesagt. Die Jungs hätten sogar ihren Job verlieren können.«

»Aber das haben sie nicht«, entgegnete Tante Lil.

»Nein. Haben sie nicht. Und das haben sie mir zu verdanken. Ich habe den Mund gehalten.« Er wurde ungehalten. »Ich bin derjenige, der alles vertuschen und diesen Dreck lesen mußte.« Er beugte sich wieder vor. »Sie sind sehr krank im Kopf, Fräulein.«

»Ich weiß« sagte Tante Lil entschuldigend. »Ich bereue jetzt, was ich getan habe.«

»Glauben Sie ja nicht, daß es vergessen ist«, warnte der alte Mann. »Ich habe die Beweise. Ich habe die Beweise. Worte allein können das nicht entschuldigen.«

»Was für Beweise?« Tante Lil machte große Augen und legte eine Spur von Besorgnis in ihre Stimme.

»Was für Beweise?« Er drehte sich zu T. S. um und schnaubte. »Was für Beweise, fragt sie!« Er verschränkte die Arme und starrte Tante Lil böse an. »Daran haben Sie nie gedacht, als Sie all diese Briefe geschrieben haben, nicht wahr? All diese dreckigen Briefe und Postkarten. Und diese widerlichen Fotos.« Er schüttelte den Kopf. »Diese Scherereien. Nichts als Scherereien.«

»Ich war krank«, sagte Tante Lil zu ihm. »Ich wußte nicht, was ich tat.«

Er schnaufte. »Das will ich doch hoffen. Sich so unanständig zu benehmen. Sie sollten sich schämen.«

»Das tue ich. Ich schäme mich zutiefst.« Tante Lil nahm wieder seine Hand, aber er zog sie entrüstet zurück.

»Kennen Sie diese Frau?« fragte er T. S.

»Ja.« T. S. war sich nicht sicher, was er sonst noch sagen sollte. »Ich kenne sie seit . . .«

»Sie ist gefährlich«, unterbrach ihn der alte Mann. Er klopfte sich an den Kopf. »Sie ist nicht gesund. Sie mag gut aussehen, aber sie ist nicht gesund.«

Tante Lil stand auf und ging zum Fenster. Sie starrte in

den Nebel hinaus und dachte nach. Dann drehte sie sich wieder zu dem alten Mann um. »Jetzt geht es mir wieder gut. Ich will alle Spuren meines alten Lebens vernichten. Bitte geben Sie mir die Briefe zurück. Bitte geben Sie mir die Fotos zurück.«

Ralph Peabody sah in seiner Wut fast grimmig aus. »Von mir werden Sie sie nicht zurückkriegen, Fräulein. So habe ich was gegen Sie in der Hand. Ich habe jede einzelne Ihrer widerwärtigen Anschuldigungen behalten und an einem sicheren Ort aufbewahrt. An einem Ort, an dem andere Leute sie nicht finden können. Den klaren Beweis dafür, daß Sie verrückt sind wie eine Wanze und hundertmal böser.« Er drehte seinen Rollstuhl weg und wandte sich ab.

T. S. und Tante Lil wechselten einen Blick. T. S. zuckte die Achseln. »Wir wollen Sie nicht ermüden«, sagte er zu dem alten Mann. »Ich werde Sie zu Ihrem Zimmer zurückbringen.«

Der alte Mann antwortete nicht, und T. S. schob langsam den Rollstuhl aus dem Zimmer. Tante Lil blieb nachdenklich zurück.

»Rechts oder links?« fragte T.S. Er steuerte Korridore entlang, die so gnadenlos ähnlich waren, daß er nicht einmal hätte sagen können, aus welcher Richtung sie gekommen waren.

Der alte Mann zeigte nach rechts, und T. S. schob den Rollstuhl langsam an einer Reihe offener Türen vorbei. In fast jedem der kleinen Zimmer lag ein alter Mensch auf dem Bett. Manche, die offensichtlich gebrechlich und altersschwach waren, schliefen unter der Bettdecke. Andere lagen auf der Tagesdecke und starrten ins Leere. An jedem der Türen war ein Namensschild befestigt, und T. S. schob Ralph Peabody weiter, bis sie zu seinem Zimmer kamen.

»Ich will noch nicht ins Bett«, verkündete der alte Mann plötzlich.

»Nein, natürlich nicht. Wo möchten Sie gerne sitzen? Beim Fenster?«

Ralph Peabody antwortete nicht, und T. S. schob ihn zu dem kleinen, mit Vorhängen versehenen Doppelfenster. Der alte Mann blickte auf die Schnellstraße hinunter. Geräuschlos rasten Autos vorbei. Phantastischer Ausblick für einen Menschen, der ans Bett gefesselt war.

Ralph Peabody schien nicht zu bemerken, daß T. S. ruhig das Zimmer durchsuchte. Er öffnete einen eingebauten Wandschrank und kniete sich hin, um unters Bett zu sehen. Er fand nichts, nicht einmal Staub. Er überprüfte einen kleinen, mit Vorhängen versehenen Nachtschrank, der neben dem Bett stand, und sah sogar auf dem Fensterbrett hinter den Gardinen nach. Es gab nur sehr wenig persönlichen Besitz, und nichts hatte Ähnlichkeit mit Papieren oder einer Akte. T. S. durchsuchte gerade den Kleiderschrank, als Ralph Peabody endlich etwas sagte. Seine Stimme erschreckte T. S. so sehr, daß er mit dem Kopf gegen die Kleiderstange stieß.

»Sind Sie sicher, daß diese Frau nicht meine Tochter ist?« fragte der alte Mann.

»Ja. Ganz sicher.« T. S. rieb sich den Kopf und stellte sich neben den alten Mann. »Für wen halten Sie sie?«

»Spielen Sie keine Spielchen mit mir, junger Mann.« Ralph Peabody starrte böse zu ihm hoch. »Wenn sie die ist, die sie vorgibt zu sein, paß besser auf, Freundchen.« Er drohte T. S. mit dem Finger. »Behalt bloß die Hosen an, Kleiner. Laß den Reißverschluß deiner Hose zu, und dir wird nichts passieren.«

T. S. nickte. Er fing an, sich an diesen Ratschlag zu gewöhnen.

»Herzmuscheln!« rief der alte Mann wieder aus. Er

wandte sich wieder der Aussicht zu. Es gab nichts mehr, was T. S. hätte tun können.

»Geben Sie auf sich acht«, rief er von der Tür her.

»Margaritas, wirklich«, entgegnete Ralph Peabody barsch. »Sagen Sie denen, daß mir diese verdammten Zeugen Jehovas bis hier stehen!«

T. S. ließ den alten Mann am Fenster und vor sich hingrummelnd zurück und ging Tante Lil abholen. Sie wartete ruhig in ihrem Stuhl und blickte auf die Rücken der kleinen alten Damen, die um den Fernseher versammelt waren. Er setzte sich zu ihr, nahm ihre Hand und tätschelte sie sanft. Die Hand schien sehr zerbrechlich und sehr trocken zu sein.

»Er ist nicht mehr ganz bei Verstand«, sagte T. S.

»Vielleicht will er das nicht sein. Aber wie viele alte Leute kann er sich deutlich an das erinnern, war vor langer Zeit geschah. Es ist die jüngste Vergangenheit, mit der er Schwierigkeiten hat.«

»Er schien zu glauben, er wüßte, wer du bist.«

»Ja, das tat er. Es fängt an, einen Sinn zu ergeben. Hast du etwas gefunden?«

»Nein. Da war nicht viel. Aber er hat mir geraten, meine Hosen anzubehalten.«

»Wie genau hat er sich ausgedrückt?« Tante Lil sah plötzlich auf.

»Er hat gesagt, wenn ich in deiner Nähe nicht den Reißverschluß meiner Hose zulassen würde, könnte ich Probleme bekommen.«

Tante Lil starrte T. S. an.

»Das war nur ein Spruch, Tante Lil.«

Sie schüttelte den Kopf. »Nein. Nein, das glaube ich nicht.«

»Aber er sagte, er könne sich nicht mal an Cheswick, Boswell und Sinclair erinnern.«

»Vielleicht nicht. Vielleicht wollte er sie schützen. Aber später wußte er zweifellos etwas. Er hätte die Beweise, sagte er. Briefe, Postkarten, Fotografien.«

»Die Beweise von was?«

»Das weiß ich nicht. Damit werden wir uns als nächstes beschäftigen.«

»Wo könnte er die Sachen aufbewahren?«

»Es gibt nur noch eine andere Möglichkeit«, sagte Tante Lil. Sie hatte das Kinn auf eine Hand gestützt und runzelte die Stirn, während sie nachdachte. »Die Schwester sagte, er hätte eine Tochter, die in seinem alten Haus lebt. Die Sachen müssen in diesem Haus sein.«

»Du willst, daß wir in ein Haus einbrechen?« T. S. war ungläubig, aber nicht überrascht.

»Unsinn, Theodore. Ich bin kein Einbrecher. Allerdings eine hervorragende Lügnerin.« Sie erhob sich und ging zur Tür, bereit und willens, das Pflegeheim hinter sich zu lassen.

Die massige Schwester hatte sich häuslich hinter ihrem Schreibtisch niedergelassen, eine offene Schachtel Kekse neben sich. Sie las die letzte Ausgabe des *National Enquirers* und wirkte schuldbewußt, als sie dabei erwischt wurde.

»Gehört einer der Pflegerinnen«, erklärte sie und schob die Zeitung zur Seite. »Ganz unterhaltsam.«

»Junge Dame«, unterbrach Tante Lil sie mit gezielter Schärfe. »Ich habe Mr. Peabody nach einigen lieben Erinnerungsstücken gefragt, die er von mir hat.« Sie senkte die Lider und fügte etwas sanfter hinzu: »Wir waren einmal sehr gute Freunde, Sie verstehen. Ich spreche von Andenken an eine Zeit unseres Lebens, die für uns etwas ganz Besonderes war. Warum sind sie nicht in seinem Zimmer?«

Die Schwester sah verwirrt aus. »Alles, was sie mitbringen, können sie in ihren Zimmern behalten, in vernünftigen Grenzen«, sagte sie.

»Er ist sehr aufgebracht darüber, daß die Sachen nicht da sind.«

»Vielleicht hat er sie in seinem Haus gelassen. Er war schon ein bißchen vergeßlich, als er hierherkam.« Der Schwester war offenbar unbehaglich zumute, als erwarte sie, Tante Lil würde das Pflegepersonal des Diebstahls beschuldigen.

Tante Lils Verhalten änderte sich schlagartig, sie wurde extrem liebenswürdig. Die Erleichterung war der Schwester augenblicklich anzumerken.

»Aber natürlich«, sagte Tante Lil. »Er muß sie in seinem alten Zuhause gelassen haben. Ich werde mal vorbeischauen und mit seiner Tochter sprechen. Sicher wird sie nichts dagegen haben, daß ich ihm die Sachen bringe.«

»Sie können tun, was Sie wollen«, entgegnete die Schwester und griff in die Keksdose.

»Könnten Sie mir vielleicht etwas Zeit und Mühe ersparen und mir die Adresse geben?« fragte Tante Lil liebenswürdig. T. S. stand daneben und starrte beflissen den Korridor herunter. Er fand es schwierig, der Schwester in die Augen zu sehen.

»Das kann ich nicht«, erklärte die Schwester, den Mund voller Schokoladenkeks. »Es ist gegen unsere Bestimmungen.«

»Das ist albern. Ich will da nicht einbrechen. Ich will nur mit seiner Tochter sprechen.« Tante Lil machte eine Pause, und niemand sprach in das Schweigen hinein. »Ich könnte gehen und ihn fragen, aber er ist oft nicht ganz bei sich. Einen Augenblick hat er mich für seine Tochter gehalten. Es wäre so schön, wenn er diese Andenken ansehen und sich erinnern könnte. In seinen wenigen, so kostbaren klaren Momenten.« Der Gedanke an einen zufriedenen und bei klarem Verstand befindlichen Ralph Peabody schien sie eindeutig in Verzückung zu versetzen. »Es wäre kein Problem, die Adresse anderswo zu bekommen, aber es würde uns so viel Zeit sparen.«

Die Schwester hob die pummeligen Schultern und warf ihnen einen letzten strengen Blick zu. T. S. verstand den Wink und reichte ihr eine Zehn-Dollar-Note. Sie nahm sie schnell und verstaute sie an ihrem gewaltigen Busen. »Aber nur, weil Sie die einzigen sind, die ein Interesse an ihm zeigen. Es könnte dem armen Mann guttun.« Sie öffnete einen Aktenschrank, wühlte ein paar Sekunden darin herum und zog einen dünnen, braunen Ordner heraus. Sie schlug ihn fachmännisch auf und schrieb einen Namen und eine Adresse auf ein Stück Papier.

»Natürlich haben Sie das nicht von mir bekommen«, sagte sie, als Tante Lil sich bedankte.

»Nein, selbstverständlich nicht.« Tante Lil steckte den Zettel in die Tasche ihres Pullovers, beugte sich vor und umfaßte die riesigen Pranken der Schwester mit ihren eleganten Händen. »Sie sind sehr freundlich. Es ist so eine Beruhigung zu wissen, daß Ralphie in guten Händen ist.« T. S. murmelte einen Dank und zerrte seine Tante sanft zum Fahrstuhl. Sie fuhren in die porentief saubere Eingangshalle hinunter.

»*Ralphie*?« fragte T. S. »Ein bißchen dick aufgetragen, findest du nicht?«

»Natürlich nicht.« Tante Lil segelte durch die leere Eingangshalle. »Für die sind alle alten Menschen entweder sentimental oder senil. Warum sollte ich mir ihre Unwissenheit nicht zunutze machen?«

Er hielt ihr die Wagentür auf, und sie stieg ein. »Bring mich von hier weg, Theodore«, befahl sie. »Von diesem Heim kriege ich das Gruseln.«

Ralph Peabodys altes Haus war ein schmaler, weißer Holzbau in einer ruhigen, mit Bäumen bestandenen Straße. Der Vorgarten war zwar klein, aber saftig grün, und der Rasen war ordentlich gemäht. Büsche wuchsen streng in einer Reihe und faßten das Grundstück präzise ein, ein Hinweis darauf, daß Eindringlinge nicht willkommen waren. Der Rasen stieg steil an, und T. S. mußte Tante Lil die akribisch genau verlegten Ziegelstufen hinaufhelfen. Sie klingelten an der Tür und hörten drinnen ein Glockenspiel anschlagen. Jemand kam leichtfüßig eine Treppe heruntergerannt.

Die schwere Holztür wurde praktisch aufgesprengt, und ein Junge kam zum Vorschein. Wachsam stand er hinter der Gittertür. Er trug einen Walkman und hielt eine halbgegessene Banane in der Hand. Kommentarlos musterte er T. S. und Tante Lil.

»Hallo, junger Mann«, sagte Tante Lil. »Ist deine Mutter zu Hause?«

»Sie ist einkaufen gegangen«, erklärte der Junge bereitwillig, den Mund voller Banane. »Ich soll eigentlich Hausaufgaben machen.«

»Mit deinem Walkman auf? Kannst du dich überhaupt

konzentrieren?« Tante Lil hatte die Gabe, spontan auf ungewöhnliche Situationen reagieren zu können.

Das Kind zuckte die Achseln. »Wer sind Sie?« fragte es plötzlich.

»Wir sind Freunde deines Großvaters«, erklärte T. S.

»Er wohnt hier nicht mehr. Er ist in einem Heim.« Dem Kind war der Aufenthaltsort seines Großvaters offenbar herzlich gleichgültig.

»Ja, das wissen wir. Wir haben ihn gerade besucht.« Tante Lil löschte jede Spur des süßen Tons aus, den sie gewöhnlich annahm, wenn sie mit Kindern sprach.

»Sie haben Großvater besucht?« fragte der Junge.

»Ja, er scheint bei guter Gesundheit zu sein«, bemerkte Tante Lil.

»Er ist geistig verwirrt«, sagte der Kleine, womit das Thema für ihn erledigt war.

»Ja, deswegen sind wir hier. Dein Großvater sagte, daß er vergessen hätte, einige wichtige Sachen ins Pflegeheim mitzunehmen. Er hat uns gebeten, hier vorbeizufahren und nachzusehen, ob wir sie finden können.«

Während sie sprach, beobachtete der Junge Tante Lil neugierig. »Tragen Sie immer solche Hüte?« fragte er.

Sie faßte an die Hutkrempe und schob sich eine schlaff herabhängende Blume aus dem Gesicht. »Das ist der Hut, in dem ich Besuche mache. Deinem Großvater hat er sehr gefallen.«

»Er sieht aus wie der Hut, den das Pferd trug, als Mama Weihnachten eine Kutschfahrt mit mir gemacht hat. Wir sind einmal durch den Central Park gefahren.«

Tante Lil wirkte etwas aus der Fassung gebracht. T. S. beschloß, die Sache in die Hand zu nehmen. »Dein Großvater scheint sehr um seine Sachen besorgt zu sein. Vielleicht könnten wir einfach einen Blick in sein Zimmer werfen, um zu sehen, ob sie da sind?«

Der Junge zerkaute nachdenklich den Rest seiner Banane. »Mami hat es zu einem Nähzimmer gemacht.«

»Sind seine Sachen auf dem Dachboden?« fragte T. S.

»Er hat nicht viele Sachen. Und wir haben keinen Dachboden nicht.« Er lachte herzhaft wie über einen Witz.

»Wir haben *keinen* Dachboden. Vielleicht könnten wir uns etwas umsehen. Unter deiner Beaufsichtigung, natürlich«, bot Tante Lil an.

»Unter meiner Aufsicht?« Der Junge dachte darüber nach. »Ich denke, das könnte ich machen.« Er öffnete die Tür, und sie betraten ein vollgestopftes Haus, das angefüllt war mit Teppichen, zu vielen Möbeln und einer Fülle gerahmter Ölgemälde von der Art, die zweimal im Jahr in einer Suite im Holiday Inn verkauft wird. T. S. fiel auf, daß die Sofas und Sessel mit Plastiküberzügen versehen waren. Ralph Peabodys Tochter hatte seinen Stil nicht geerbt.

»Es ist oben«, sagte der Junge, und sie folgten ihm gehorsam die Treppe hinauf. T. S. ging hinter Tante Lil her, bereit, sie anzuschieben, falls das nötig war. Aber sie schritt leichtfüßig voran und blickte sich dabei immer wieder nach allen Seiten um.

Der Junge führte sie in einen kleinen Raum neben dem Badezimmer. Nur ein winziges Fenster ließ Licht herein. Wenn Ralph Peabody hierher verbannt worden war, war er im Pflegeheim wahrscheinlich besser aufgehoben. Eine Nähmaschine und ein Nähtisch nahmen den größten Teil des Raumes ein, aber ein Doppelbett war gegen eine Wand geschoben worden, und in niedrigen Regalen standen einige Taschenbücher. »Gibt hier nicht viel zu sehen«, sagte das Kind. »Außer man mag Schnittmuster und solchen Kram.« Er trat mit dem Fuß gegen eine Pappschachtel voller sorgfältig aufbewahrter Schnittmuster und schob einen Stapel Stoff zur Seite, der auf dem Tisch lag. »Mami bringt Mary Beth das Nähen bei. Ich finde Nähen blöd.«

Tante Lil nahm ein Schnittmuster in die Hand, betrachtete es kritisch und warf es in die Schachtel zurück. »Ich kann dir nur zustimmen, junger Mann«, sagte sie munter. Sie hob Stoffe hoch und blickte darunter. T. S. ging zum Kleiderschrank und öffnete die Schranktür, woraufhin ein leichter Geruch nach Mottenkugeln durch den Raum zog.

»Großvater wird wahrscheinlich bald sterben«, sagte das Kind plötzlich.

»Warum meinst du das?« Tante Lil öffnete die oberste Schublade eines kleinen Holzschränkchens und wühlte darin herum.

»Mami hat das gesagt«, entgegnete er voller Überzeugung.

»Das ist schlimm, Liebes.« Sie fing mit der zweiten Schublade an und fand nichts außer Stoffresten.

»Das Haus gehört eigentlich ihm. Es gehört erst uns, wenn er stirbt.«

»Das ist nett«, sagte Tante Lil geistesabwesend. T. S. hatte im Schrank nichts gefunden außer einer Sammlung alter Stiefel und Schuhe und ein paar mottenzerfressenen Wintermänteln. Er kniete sich auf den Boden und spähte unter das Bett.

Der junge Mann wurde seine beaufsichtigende Rolle leid. »Kann ich gehen und weiter die Räder an meinem Lastwagen montieren?« fragte er. »Ich bin fast fertig, und wenn Mama nach Hause kommt, wird sie wütend, wenn ich keine Hausaufgaben mache.«

»Aber unbedingt«, stimmte T. S. herzlich zu. Beim Gedanken an die zurückkehrende Mutter des Jungen krampfte sich sein Magen leicht zusammen. Ralph Peabody war grantig genug gewesen. Was war, wenn seine Tochter sein reizbares Wesen geerbt hatte?

»Das ging einfacher, als ich dachte«, sagte T. S., als sie allein waren.«

»Ich weiß«, unterbrach ihn Tante Lil. »Das ist der Vorteil, wenn man alt ist. Jeder vertraut einem. Aber trotzdem will ich so schnell wie möglich von hier verschwinden, bevor seine Mutter nach Hause kommt.«

»Genau.« Unter dem Bett war eine Menge Staub und ein Paar alter Socken. Er sah gerade müßig hinter ein gerahmtes Portrait von Jesus, als Tante Lil einen triumphierenden Schrei von sich gab. Als er sich umdrehte, kniete sie vor den niedrigen Bücherregalen. Tante Lil war umgeben von einem Stapel Taschenbücher, aber in der Hand hielt sie einen schweren Archiv-Ordner aus dicker Pappe.

»Ich habe es gefunden«, sagte sie. »Das muß es sein.«

»Wo war es?«

»Hinter den Büchern, flach gegen die Wand gepreßt.« Sie schnippste pingelig den Staub vom Deckel des Ordners ab. »Glaubst du, daß es in diesem Haus jemanden gibt, der Bücher liest?«

»Ich bezweifle es.« Er kniete sich neben ihr hin. »Bist du sicher, daß es das ist?«

»Natürlich bin ich nicht sicher.« Sie hebelte den verrosteten Verschluß mit dem Daumen auf und hob den Deckel hoch. Er war durch einen mit Klebeband gesicherten Rücken, der oben eingerissen war, mit der Schachtel verbunden. »Dieser Ordner ist ziemlich alt.«

Er untersuchte ihn gründlich. »Er kommt mir bekannt vor«, gab er zu. »Ich glaube, unten im Archiv hatten sie solche alten Ordner.«

Sie glitt mit dem Finger über das oberste Blatt. »Wer ist Francine Claremont?«

»Ich habe keine Ahnung. Warum?«

»1956 hat sie 200 Dollar aus dem United-Way-Fond gestohlen.«

Er riß ihr den Ordner aus der Hand. »Was?« Er blätterte schnell die Unterlagen durch und blinzelte.

»Was meinst du, Theodore?«

»Ich denke, der alte Bussard ist vor seiner Pensionierung die Personalakten durchgegangen und hat alle peinlichen oder belastenden Unterlagen entfernt, die er finden konnte. Die meisten dieser Leute sind noch nicht mal Teilhaber! Es sind Angestellte oder Büroboten. Warum hat er das getan?«

»Gewissensbisse«, schlug Tante Lil vor. »Vielleicht war er es leid, den Großen Bruder zu spielen.«

»Vielleicht.« Er ließ den Deckel zuschnappen. »Das ist es. Laß uns von hier verschwinden.«

Sie streckte die Hand aus und versuchte, ihm den Ordner wieder wegzunehmen. »Laß mich nur schnell einen kurzen Blick darauf werfen, gleich jetzt.«

»Auf gar keinen Fall.« Er hielt den Ordner so, daß sie ihn nicht erreichen konnte. »Wir verschwinden von hier, und zwar sofort.«

Schnell stellten sie die Bücher in die Regale zurück und machten den Versuch, den Raum genauso zurückzulassen, wie sie ihn vorgefunden hatten. Dann ergriffen sie die Flucht. Sie hasteten die Treppe hinunter, sausten über die Veranda und eilten hastig die gemauerten Stufen hinunter. T. S. vergaß, Tante Lil die Wagentür aufzuhalten, und setzte sich einfach in einem milden Anfall von Panik hinters Steuer. Den staubigen Ordner stopfte er unter den Vordersitz. Tante Lil kletterte langsam ins Auto und warf ihm einen bösen Blick zu.

»Hast du es eilig?« fragte sie.

»Ich will von hier weg«, erwiderte T. S. Er fuhr mit

kreischenden Bremsen aus der Auffahrt und bog mehrmals unnötigerweise ab, nur um von dem Haus wegzukommen. Dann fuhr er zur Hauptstraße zurück.

»Du machst mich nervös, Theodore«, beschwerte sich Tante Lil.

»Ich mache *dich* nervös?« Er wandte sich ihr zu und wäre fast mit einem Bus zusammengestoßen. »Willst du wissen, was mich nervös macht? Die Art, wie du so leicht lügen und dabei so absolut überzeugend sein kannst. *Das* macht mich nervös.«

»Ich habe es gefunden«, sagte er einfach. Er hielt einen Stapel Papiere verschiedenster Größe und Farbe in der Hand. Er saß mitten in Tante Lils Wohnzimmer auf dem Fußboden, während sie neben ihm auf einem kleinen Schemel hockte. Sie waren umgeben von losen Zetteln und Aktennotizen, die auf dem Sofa und den umstehenden Sesseln und Tischen lagen.

»Was ist es?« Tante Lil zog ihre verhaßte Brille hervor und setzte sie hastig auf, ohne einen Gedanken an ihre Eitelkeit zu verschwenden. Sie streckte die Hand aus. »Laß mal sehen.«

»Nicht so schnell.« Er hob die Hand und lächelte. »Ich habe es gefunden. Ich werde dir ausgewählte Teile vorlesen.«

»Um Himmels willen, Theodore.« Sie stieß heftig die Luft aus und preßte die Hände zusammen. »Manchmal kannst du wirklich enervierend sein.«

»Das ist schon in Ordnung. Du hattest recht mit Ralph Peabody, also bin ich envervierend.«

Er sah auf das Deckblatt und las laut vor: »*Aktennotiz. An die Teilhaber. Von Ralph I. Peabody, Personalchef. Datum: 27. Februar 1959. Betr.: Patricia Ann Kelly. Sehr geehrte Herren, nach einer gründlichen Untersuchung der Angelegenheit und einem Gespräch mit allen Beteiligten bin ich zu dem Schluß gekommen, daß Miss Kellys wiederholte Anschuldigungen jeglicher Basis entbehren. Ich bin davon überzeugt, daß ihre Handlungen und die bei uns eingehende Flut merkwürdiger Briefe und sonstiger Korrespondenz deutliche Hinweise darauf sind, daß die fragliche junge Dame an einer schweren Geisteskrankheit leidet. Ich würde vorschlagen, daß wir auf unbestimmte Zeit weiter für ihren Krankenversicherungsschutz aufkommen, ein Versuch unsererseits, bei der Behandlung ihrer Probleme behilflich zu sein. Aber ich würde nicht empfehlen, Maßnahmen gegen eine der anderen beteiligten Parteien zu ergreifen. Es gibt keinen Beweis dafür, daß irgend jemandem mangelndes Urteilsvermögen oder Fehlverhalten vorzuwerfen ist, lediglich Miss Kellys Wort, und das wird durch das seltsame und irrationale Verhalten, das sie an den Tage legt, ganz offensichtlich in Zweifel gezogen. – R. I. P.«*

»Was sind das für Papiere, die da beigeheftet sind?« verlangte Tante Lil zu wissen.

»Es ist faszinierend«, sagte T. S. und blätterte die Papiere durch. »Es ist genauso, wie Mr. Peabody gesagt hat. Er hat die Beweise sorgfältig aufgehoben.«

Tante Lil schlug mit der flachen Hand auf einen kleinen Beistelltisch. »Verdammt, Theodore. Hör auf, mich aufzuziehen. Laß mich diese Papiere sehen.«

»Wir werden sie zusammen durchgehen.« Er entfernte die chaotischen Papierstapel vom Couchtisch und setzte sich aufs Sofa. Tante Lil setzte sich neben ihn, und sie nahmen die zahlreichen Unterlagen und Briefumschläge heraus, die in Patricia Kellys Akte eingeheftet waren, und breiteten alles vor sich auf dem Tisch aus.

Es war eine bunte Mischung von Briefen, Postkarten und Fotos, die an verschiedene Teilhaber adressiert waren. Die frühesten waren von 1958, aber einige der neueren Briefe und Karten waren mit 1972 datiert.

»Mein Gott«, flüsterte Tante Lil. »Das ist so traurig.«

T. S. konnte ihr nur zustimmen. Die Sammlung spiegelte den jahrelangen körperlichen und geistigen Verfall eines Menschen wider. Die frühesten Briefe waren an Robert Cheswick gerichtet. Ein paar Monate später standen auch John Boswell, Edgar Hale und Stanley Sinclair auf der Adressenliste. Noch später hatte sie Ralph I. Peabody, Frederick Dorfen und drei oder vier weitere Teilhaber mit aufgenommen. Sämtliche Briefe hatten ein gemeinsames Thema, das in verschiedenste Gedanken gekleidet war.

»Hör dir das an«, sagte Tante Lil traurig. Sie hielt eine kleine blaue Karteikarte hoch. Die Handschrift war ordentlich, korrekt und flüssig. Eine Schrift, wie sie an katholischen Mädchenschulen gelehrt wird.

»*Lieber Robert*«, las Tante Lil. »*Hier in meinem Krankenhausbett ist noch Platz für mindestens neun Leute. Sogar die Bettlaken sind heiß. Willst du nicht kommen und mich auf eine Margarita bei Magritte treffen? Ich sehne mich danach, meinen Tiger wiederzusehen. Bring doch deine Freunde mit. Sie scheinen Leute zu sein, mit denen man viel Spaß haben kann. Gestern sah ich mich und stellte fest, daß ich verschwunden war. Was hältst du davon? Viel Liebe von deiner sinnlichen Patty.*«

Sie sahen sich schweigend an. Die Worte waren auf dem Papier schon schlimm genug, aber laut vorgelesen waren sie traurig und mitleiderregend.

»Bingo auf die Margaritas und Magritte«, sagte sie.

»Das ist ziemlich zahm, verglichen mit dem hier.« T. S. blickte auf einen herausgerissenen Notizzettel. Die korrekte Handschrift der Frau war zu einem wütenden Geschmiere geworden. Der Brief war mit verschiedenen sexuellen Anträgen gepfeffert, und die grobe Zeichnung einer Frau, die von einem sexuell erregten Mann bedient wurde, dominierte die Seite.

»An wen ist das adressiert?« fragte Tante Lil. »Wie absolut gräßlich.«

T. S. sah auf den beigefügten Umschlag und seufzte. »Das hier scheint an Edgar Hale gegangen zu sein. Aber sieh mal.« Er hielt einen zusammengehefteten Stapel identischer Briefe hoch. »Sie hat noch mindestens fünf anderen einen Durchschlag geschickt.«

»Sieh dir das an.« Tante Lil hielt ihm den Nachdruck einer frühen französischen pornographischen Postkarte hin. Eine dunkle und gelangweilt aussehende Frau mit schlaff herabhängenden Brüsten und einem unregelmäßigen Gesicht lag auf einer Couch, nur mit einem perlenbesetzten Höschen bekleidet. Sie kniff sich raffiniert in die Brustwarzen und lächelte in die Kamera. Die Postkarte war an John Boswell adressiert, und die Absenderin hatte in ihrer flüssigen Handschrift geschrieben: *»Komm und hol's dir. Die Suppe ist warm. Heiß und würzig. Süß und sauer. Komm und hol's dir, so wie es dir gefällt, Stunde um Stunde. Treffen wir uns auf eine Margarita bei Magritte?«* Diesmal gab es keine Unterschrift. Tante Lil durchstöberte den Stapel und zog mehrere gleichartige Postkarten hervor.

»O je«, sagte T. S. »Sieh dir das an.« Er hielt ein Foto hoch, von der Pose her fast identisch mit der französischen Postkarte. Es zeigte eine etwas stämmige Frau, die sich auf einem modernen Sofa rekelte, nur mit etwas bekleidet, was wie das Unterteil eines Leopardenmuster-Bikinis aussah. Sie war grell geschminkt mit sehr viel Mascara und Lippenstift, und das Haar war im Stil der frühen sechziger Jahre hochtoupiert. Sie trug Schuhe mit hohen Absätzen, und die Beine lagen über der Sofalehne. Auch sie kniff sich in die Brustwarzen, auf ebenso stilisierte Weise wie die Frau auf der anderen Fotografie. Sie lächelte fröhlich in die Kamera, aber ihre Augen waren leer, fast blicklos. Das Bild war seltsam schief, als hätte jemand den Selbstauslöser eingestellt, ohne sich die Mühe zu machen, den Bildausschnitt zu überprüfen.

Tante Lil legte beide Hände auf die Lippen und machte ein klickendes Geräusch, indem sie mit der Zunge gegen die Zähne stieß. »Oh, Theodore. Die arme Frau.«

T. S. warf das Foto zurück auf den Stapel. »Die arme Frau? Sie läuft vielleicht herum und bringt Leute um.« Er hielt den Durchschlag einer sauber getippten Liste hoch. »Oh. Mein. Gott.« Er stieß jedes Wort langsam und deutlich hervor. »Unter anderen Umständen hätte ich diese Liste vielleicht amüsant gefunden.« Er starrte auf das Blatt hinunter.

»Eine Liste? Mit Namen? Sie könnten in Gefahr sein.«

Er zeigte ihr die Liste, und sie überflogen sie gemeinsam. Zehn Namen standen darauf. Die ersten drei waren Robert Cheswick, John Boswell und Stanley Sinclair. Dann folgten Edgar Hale, Frederick Dorfen, Ralph Peabody und vier weitere Namen.

»Sind all diese Männer Teilhaber?« fragte Tante Lil.

»Nein. Nur Cheswick, Boswell, Hale und Dorfen.« Er sah die Liste gründlich durch. »Du weißt von Sinclair und Peabody. Zwei andere haben sich früh pensionieren lassen. Sehr früh.« Er starrte Tante Lil an. »Zwei haben gekündigt und arbeiten jetzt für eine andere Firma.«

»Von wann ist die Liste datiert?« Sie sah auf das verschmierte Papier.

»Da steht kein Datum.«

»Was steht denn da?« Sie beugte sich vor, um die handgeschriebenen Notizen zu lesen, die unter jedem der sauber getippten Namen auftauchten. »Oh, lieber Himmel.« Sie lehnte sich zurück und blickte in die andere Richtung.

T. S. sah wieder auf die Liste. »Leistungsbeurteilungen«

lautete die Überschrift. Dann folgte eine Liste mit Namen. Hinter jedem Namen stand ein handgeschriebener Kommentar von ein, zwei Zeilen. Er las die ersten Eintragungen vor:

1. Robert Cheswick – Durchschnitt. Sie sagen, der Erste sei immer der Beste – es sei denn, der Erste weiß nicht, was er damit anfangen soll. Besser bei Bilanzen als im Bett, Bobby?
2. John Boswell – Könnte besser sein. Wenn er nur so gut wäre, wie er zu sein glaubt. Bei so viel Übung sollte man doch annehmen, er hätte etwas gelernt.
3. Stanley Sinclair – Könnte besser sein. Eigentlich wolltest du deine Mama, was, kleiner Junge? Aber ich nehme an, wenn du nicht so klein wärst, wärst du nicht so ein Baby.
4. Edgar Hale – Zufriedenstellend. Und du dachtest, du wärst der einzige? Du warst nicht mal der Beste, nur der, der es am dringendsten brauchte.
5. Frederick Dorfen – Herausragend. Sie sagen, ein älterer Mann wüßte genau, was er tut. Ich sage, Übung muß den Meister machen. Wie wär's damit? Bereit, Freddy?«

»Ich glaube, ich kann nicht weiterlesen«, sagte T. S.

»Das gereicht dir zur Ehre. Aber was sagt sie über Ralph Peabody?«

T. S. überflog die Liste und wappnete sich für die Lektüre der nächsten Eintragung:

6. »Ralph I. Peabody – Der Beste. Denn wenn man darüber nachdenkt, hat er mich bis zum Wahnsinn gevögelt, ohne je in meine Nähe zu kommen.«

Tante Lil starrte an die Wand, ohne etwas zu sagen. T. S. ließ die Liste auf den Tisch fallen.

Tante Lil hustete höflich, und er hob den Kopf und sah

sie an. »Zwei Dinge fallen mir dazu ein, Theodore«, sagte sie energisch.

»Was denn?«

»Erstens – ich bin froh, daß du nicht auf dieser Liste stehst. Zweitens, das ist ein Durchschlag. Wo ist das Original?«

Sie durchsuchten den Stapel, fanden aber keine weiteren Kopien der Liste.

»Ich nehme an, das ist die Lösung«, bemerkte er und hielt die Liste vorsichtig zwischen zwei Fingern, als könne sie beißen oder würde bestenfalls schlecht riechen.

»Ohne Zweifel«, entgegnete Tante Lil grimmig. »Und wenn sie noch Durchschlagpapier benutzt hat, ist das wahrscheinlich spätestens in den frühen siebziger Jahren geschrieben worden, meinst du nicht auch?«

Er blickte auf ihre Sammlung obzöner Korrespondenz. »Das ist richtig. Es muß vor 1973 gewesen sein, sonst hätte ich das hier bestimmt schon mal gesehen. Ich weiß nicht, wie Peabody es geschafft hat, das vor mir geheimzuhalten.« Er berührte den Briefstapel leicht mit einer Hand. »Es ist so mitleiderregend. Irgendwie schäme ich mich. Ich weiß nicht genau, weswegen.«

»Ja, die arme Frau.« Tante Lil seufzte wieder. »Und doch, Theodore, ich frage mich . . .«

Ihre Stimme vorlor sich, und er war gezwungen, nachzufragen. »Was fragst du dich?« erkundigte er sich.

Sie legte die Hand auf den Stapel Briefe und tätschelte sie sanft. »Wieviel von dem, was sie sagt, wahr ist.«

Nach der Lektüre von Patricia Kellys Akte bezweifelte nicht einmal Tante Lil, daß es an der Zeit war, die Angelegenheit Kommissar Abromowitz zu übergeben. Nach längerer Diskussion entschieden sie, daß T. S. ihm und Edgar Hale gleichzeitig enthüllen sollte, wer der Mörder war, wodurch er mit einem Schlag auch seinen eigenen Ruf verbessern würde. Das schien praktikabler zu sein als Tante Lils Vorschlag, eine Unterredung mit dem Polizeichef zu fordern.

Sobald T. S. am Donnerstagmorgen zur Arbeit erschien, informierte Sheila ihn, daß beide Männer ihn in dem Konferenzraum erwarteten, in dem Cheswicks Mordwaffe früher zur Schau gestellt worden war. T. S. empfand das als glücklichen Zufall. Er beauftragte Sheila, Patricia Kellys alte Krankenakte ausfindig zu machen und, wenn möglich, ihren gegenwärtigen Aufenthaltsort. Sheila blieb verstört zurück, als er davoneilte, um die beiden Männer zu treffen.

Edgar Hale war noch mehr zusammengeschrumpft, seit T. S. ihn zum letztenmal gesehen hatte. Da Stanley Sinclair tot war, stand er ohne Sündenbock da, und das schien ihm allen Wind aus den Segeln genommen zu haben. Er saß schweigend da, an sich schon ein bemerkenswertes Ereignis, die Hände zusammengekrampft und die Lippen zu einer dünnen Linie zusammengepreßt. Die Krawatte paßte nicht mal andeutungsweise zum Anzug, und das zerknitterte Hemd war ein weiterer Beweis für seine Verzweiflung.

»Wie ich höre, wollten Sie mich sprechen«, sagte T. S. ohne weitere Vorreden. Es hatte wenig Sinn, höflichen Small talk auf diese beiden zu verschwenden. Abromowitz stand in einer entfernten Ecke des Raumes, als wäre er aufgrund seiner eigenen schmachvollen Handlungen dorthin verbannt worden.

»Wir sind erledigt«, bemerkte Hale. »Es war nicht Sinclair. Die Polizei sagt, er kann sich nicht selbst umgebracht haben. Der Einschußwinkel und die Entfernung stimmen nicht. Er wurde von Preston Freeman ermordet.«

»Wie bitte!?« T. S. war schockiert. Preston Freeman? Der würde nie seinen Schreibtisch lange genug verlassen, um jemanden zu ermorden.

Der alte Mann seufzte. »Sterling & Sterling ist erledigt. Preston Freeman befindet sich in polizeilichem Gewahrsam. Die Polizei sagt, er ist der Mörder.«

»Das ist absurd«, entgegnete T. S. und blinzelte bei der Vorstellung, der Juniorpartner könne irgendeine Art von Gewalttätigkeit verüben. »Er denkt ausschließlich an Fusionen. Mord wäre das letzte, was ihm in den Sinn kommen würde.« T. S. dachte an die Sitzung zurück, in der Mrs. Quincy so spektakulär John Boswells Tod verkündet hatte. Es stimmte, Freeman war beim Hören der Neuigkeit völlig gelassen geblieben – aber ließ er sich je von irgend etwas aus der Fassung bringen?

»Die Pistole, mit der Sinclair ermordet wurde, gehörte John Boswell. Also muß es jemand sein, der beiden nahesteht«, unterbrach Edgar Hale. »Und es gibt konkrete Beweise dafür, daß es Preston Freeman war.«

»Nicht direkt«, korrigierte Abromowitz ziemlich selbstgefällig. »Aber wir sind nahe dran. Ich kann keine Details preisgeben, aber es hat sich erwiesen, daß meine ursprüngliche Vermutung richtig war.«

»Vergessen Sie Ihre Vermutungen«, entgegnete T. S., was ihm einen bösen Blick des Kommissars einbrachte. »Was für Beweise haben Sie? Ich spreche von Fingerabdrücken, Haarproben, Zeugenaussagen. Nicht von Vermutungen. Ohne Beweise können Sie niemanden einsperren.«

»Wir haben ein wasserdichte Theorie.« Der Kommissar verschränkte die Arme vor seinem großen Bauch und lächelte T. S. an.

»Eine Theorie? Theorien sind nicht wasserdicht. Lassen Sie mich raten – es war das Finanzamt.«

Der Kommissar starrte ihn an. »Zu Ihrer Information, wir haben in John Boswells Akten Briefe entdeckt, in denen Kunden sich über Fehler beschweren, die Cheswick bei der Anlage ihres Kapitals gemacht hat. Wir glauben, daß er hoffte, das zu vertuschen, indem er durch Insiderhandel so viel Geld zusammenbrachte, daß er das verlorene Kapital ersetzen konnte, bevor es irgend jemandem auffiel. Cheswick kam mit Preston Freemans Hilfe illegal an Informationen über Firmenübernahmen und Fusionen, aber schließlich bereute er seine Taten. Er wollte ein Geständnis ablegen, aber Preston Freeman, der sich Sorgen um seine eigene Karriere machte, versuchte, ihn davon abzubringen. Cheswick weigerte sich und wurde ermordet. Cheswicks Privatpapiere sind verschwunden. Wir glauben, daß Freeman sie gestohlen hat, als er Cheswick ermordete, weil sie Beweise für seine und Cheswicks Machenschaften enthalten könnten. Aber Cheswick hatte bereits Boswell alles gestanden, und Freeman brachte ihn um, um ihn ebenfalls zum Schweigen zu bringen. Ich rechne fest damit, daß wir Beweise finden werden, wenn wir Freemans Häuser durchsuchen.«

»Oh, kommen Sie«, sagte T. S. »Es gibt Beweise dafür, daß Cheswick mit den Gedanken woanders war und Fehler machte, aber das ist auch alles. Er hat keine Gelder unterschlagen.«

»Geben Sie uns Zeit«, erwiderte der Kommissar zuversichtlich. »Die Beweise werden schon noch auftauchen. Preston Freeman ist ein arroganter Bastard. Er würde morden, um seinen Ruf zu retten.«

Übersetzung: Freeman hatte sich Abromowitz gegenüber wenig kooperativ gezeigt, und als Folge davon war er eingelocht worden. »Und warum ist dann Stanley Sinclair tot?« fragte T. S.

Edgar Hale seufzte und sprach. »Wir denken, daß er entdeckte, was vor sich ging, als er die Privatkonten der Teilhaber prüfte. Er versuchte, Freeman zu erpressen, und als er von Boswells Tod hörte, geriet er in Panik und floh. Er wollte untertauchen, aber er hat die Sache vermasselt, wie immer. Jeder wußte, daß er dieses Sommerhaus besaß, auch Freeman.«

T. S. starrte auf die Nase des Kommissars, der an einem exotischen Hautausschlag zu leiden schien, und warf dann einen Blick auf Edgar Hale. Der alte Mann sah müde aus. Der Zorn, der ihn angetrieben hatte, war jetzt erstickt von Hoffnungslosigkeit.

»Wieso sollte Cheswick sich überhaupt an Preston Freeman wenden?« wollte T. S. wissen. »Freeman ist der letzte Mensch, den ich bitten würde, das Gesetz zu brechen.«

»Cheswick hat Freeman erpreßt, damit der ihm Insider-Informationen gab«, antwortete Abromowitz steif.

»Womit erpreßt? Oh, warten Sie – sagen Sie es mir nicht. Preston Freeman hatte schon mal gemordet!« T. S. Imitation eines sarkastischen Kommissars Abromowitz blieb ohne Wirkung.

Edgar Hale hob den Kopf. »Preston ist wegen Totschlags festgenommen worden, als er auf dem College war. Es gab einen Kampf zwischen einer Reihe betrunkener Studenten, und einer fiel hin, schlug mit dem Kopf auf Beton und starb. Freeman wurde angeklagt und bekam Bewährung, da nicht erwiesen war, welcher von drei in Frage kommenden Studenten dem Opfer den tödlichen Schlag versetzt hatte.«

T. S. konnte sich nicht vorstellen, daß Preston Freeman andere menschliche Wesen je zur Kenntnis nahm, geschweige denn ihnen Schaden zufügte. »Woher wissen Sie das?«

Kommissar Abromowitz übernahm. »Freemans Vorstrafe haben wir bei einer Überprüfung aller Teilhaber und Führungskräfte entdeckt.«

»Ich hätte vor seiner Einstellung davon erfahren«, protestierte T. S. »Wir überprüfen routinemäßig den Werdegang der Bewerber.«

»Haben Sie aber nicht«, betonte der Kommissar glücklich. »Anscheinend hat John Boswell das Führungszeugnis abgefangen, bevor es die Personalabteilung erreichte, und es bei seinen vertraulichen Unterlagen aufbewahrt. Wenn Sie Ihre Personalakten gründlicher durchgesehen hätten, wäre Ihnen aufgefallen, daß Boswell Preston Freeman empfohlen hat. Er ist der Sohn eines guten Freundes von ihm. Zweifellos gab es jemanden in der Poststelle oder, noch wahrscheinlicher, in Ihrer eigenen Abteilung, der lieber Boswell gegenüber loyal war als Ihnen gegenüber.« Er schenkte T. S. ein mitfühlendes Lächeln. »Boswell bekam das Führungszeugnis als erster und hat es vor

Ihnen geheimgehalten, um seinem Freund einen Gefallen zu tun. Wir vermuten, daß es irgendwie in Cheswicks Hände geraten ist. Vielleicht als er Boswells Schreibtisch durchwühlte, um Informationen über seine Frau zu bekommen. Er benutzte das Führungszeugnis, um Freeman zur Kooperation zu zwingen.«

»Informationen über seine Frau?« fragte T. S. schwach.

»Es geht das Gerücht um, daß Lilah Cheswick und Boswell ein Verhältnis hatten«, erklärte Abromowitz. »Wenn ich es gehört habe, wird es Cheswick auch zu Ohren gekommen sein.«

»Woher wissen Sie, daß Boswell Freemans polizeiliches Führungszeugnis überhaupt je erhalten hat?« konterte T. S., um das Thema zu wechseln.

Der Kommissar lächelte süß. »Weil mir Freemans altes Führungszeugnis gestern anonym mit der Post zugesandt wurde. Es steckt immer noch in einem vergilbten firmeninternen Umschlag, der an John Boswell adressiert war. Sehen Sie den Tatsachen ins Auge: Ein Mitarbeiter Ihrer Abteilung hat es an Boswell weitergeleitet, bevor Sie es zu sehen bekamen. Pech für Sie, daß Sie nicht wußten, was in Ihrer eigenen Abteilung vorging.«

»Vielleicht war es damals noch gar nicht meine Abteilung«, entgegnete T. S. in dem angestrengten Versuch, nicht auf das Niveau des Kommissars hinabzusinken. »Sind Sie nicht neugierig, wer da wie bestellt das fehlende Führungszeugnis und den belastenden firmeninternen Umschlag entdeckt hat?«

»Vielleicht hat Boswells Frau es unter den Papieren gefunden, die er zu Hause aufbewahrte, und es mir einfach zugeschickt, weil sie keine Lust hatte, in die Sache verwickelt zu werden. Sie wissen, wie diese High-Society-Damen sind. Sie wollen nicht, daß ihr Ruf darunter leidet, daß sie etwas mit der Polizei zu tun haben.«

»Haben Sie sie gefragt?« erkundigte sich T. S. ruhig. »Mir war nicht klar, daß alle Welt weiß, daß Sie die Ermittlungen leiten und außerdem Ihren Namen und Ihre Anschrift kennt.«

»Natürlich habe ich sie nicht gefragt.« Abromowitz fuhr ungeduldig mit einer Hand durch die Luft. »Was sollte das nützen? Das Führungszeugnis wurde mir anonym zugesandt. Offensichtlich will die Quelle unerkannt bleiben. Wer würde zugeben, der Absender gewesen zu sein? Was die Tatsache angeht, daß ich die Ermittlungen leite . . .« Er verstummte und inspizierte seine Fingernägel. »Ich würde sagen, so ungewöhnlich wäre es nicht, wenn sich herumgesprochen hätte, daß sie einen Spitzenmann auf die Sache angesetzt haben. Ich habe einen ziemlichen Ruf, wissen Sie.«

Ja, T. S. wußte es. Sheila hatte es ihm erzählt. Aber es war wahrscheinlich nicht der Ruf, der Abromowitz vorschwebte. T. S. zuckte die Achseln. »Ich nehme an, Sie glauben, daß Boswell sich ebenfalls mit Insiderhandel befaßt hat?«

Der Polizist schüttelte den Kopf. »Nein. Wir glauben, daß er herumzuschnüffeln begann, als Cheswick anfing, sich merkwürdig zu benehmen, und entdeckte, was los war. Vielleicht war er sogar derjenige, der Cheswick endlich überredet hat, sich zu stellen. Mehrere Zeugen haben beobachtet, daß sie in den Wochen vor ihrem Tod oft Streit miteinander hatten.«

»Sie haben auf alles eine Antwort«, gab T. S. zu, »obwohl ich zugeben muß, daß ich es ausgesprochen erstaunlich finde, daß Stanley Sinclair Freeman erpreßt haben soll. Es paßt nicht zu seinem Charakter, einem Teilhaber auch nur zu widersprechen, geschweige denn, ein falsches Spiel mit ihm zu treiben. Ich selbst wäre nie fähig gewesen, den großen logischen Sprung zu machen. Von vermurksten Kapitalanlagen zu Insinderhandel, versteckten Führungszeugnissen, stehlenden Ehefrauen, Morden im Jugendalter und feigen Erpressern.«

Abromowitz entging der Sarkasmus in T. S.' Stimme. Er blies sich wichtigtuerisch auf. Endlich meldete sich Edgar Hale zu Wort. »Mein bester Mann. Preston Freeman war mein bester Mann. Er hat uns Millionen eingebracht. Wir haben ihm Millionen bezahlt.« Er schüttelte traurig den Kopf. »Meinetwegen könnte er mitten im Parkett seine eigene Großmutter ermorden.«

T. S. klopfte dem alten Mann auf den Rücken. »Er irrt sich, Edgar. Ich bin überzeugt, daß der Kommissar sich irrt. Alles, was sie wirklich haben, ist die Information, daß Cheswick gepfuscht hat. Daß er sich Sorgen machte. Durcheinander war. Möglicherweise war er aus irgendeinem anderen Grund nervlich so stark belastet. Einem Grund, der mit dem Mord an ihm zu tun hat. Hat die Polizei in Cheswicks Akten irgendwelche Beweise dafür gefunden, daß er sich eines Vergehens schuldig gemacht hat?«

»Nein, aber das werden sie noch. Es paßt zu gut zu dem, was ich mit eigenen Augen gesehen habe. Ich kann es nicht länger leugnen. Cheswick stand unter großem Streß. Boswell war wegen irgend etwas wütend auf ihn.« Edgar Hale sah mit dem dankbarsten Gesichtsausdruck zu T. S. auf, zu dem er fähig war – ein Gesichtsausdruck, der mehr an Widerwillen erinnerte als an Dankbarkeit. »Sie haben es versucht, T. S., das weiß ich. Ich weiß es zu schätzen. Aber ich denke, es ist an der Zeit, aufzugeben.«

»Hören Sie mir zu. Abromowitz irrt sich.« T. S. ignorierte das ungläubige Lachen des Kommissars und zog den Stuhl direkt neben Hale hervor. Er stellte den modrigen Archiv-Ordner vor ihnen auf den Tisch. »Erinnern Sie sich an Patricia Kelly?«

Edgar Hale sah ihn voller Entsetzen an. »Das ist kaum die richtige Zeit oder der richtige Ort, diese Schweinerei wieder auszugraben. Das ist lange vorbei. Als ob wir nicht auch so schon genug Probleme hätten.«

»Es ist nicht vorbei.« T. S. sprach so nachdrücklich, daß sogar der Kommissar unwillig näherkam und einen Finger auf die Akte legte.

»Worum geht's?« verlangte er zu wissen.

»Ich habe Ralph Peabody besucht«, erklärte T. S. Abromowitz. »Er war vor vielen Jahren hier Personalchef.«

»Sprechen Sie nicht darüber«, befahl Edgar Hale so herrisch wie früher. Aber seine Hände zitterten, und er legte sie flach auf den Tisch, damit das Zittern aufhörte.

»Nein, Edgar. Es ist wichtig. Ich bin überzeugt, daß es da einen Zusammenhang gibt.« T. S. holte die alten Briefe, Postkarten und Fotos aus der Akte und breitete sie auf dem Tisch aus. Er schlug Patricia Kellys Personalakte auf, die er unter den anderen Papieren versteckt gefunden hatte. Die verblaßte Schwarzweiß-Fotografie einer hoffnungsvoll aussehenden jungen Frau lag vor den Männern. »Sehen Sie sich das an. Das ist eine Frau, die hier vor mehr als dreißig Jahren als Sekretärin beschäftigt war. Sie scheint mit ziemlich vielen Männern aus der Bank ein Verhältnis gehabt zu haben. Männer die später sehr wichtige Positionen besetzten. Teilhaber. Direktoren anderer Firmen. Dann geriet sie in Rage und fing an, obszöne Briefe zu schreiben. Ralph Peabody hat jede Erinnerung an sie aus den Akten getilgt, als hätte sie nie existiert.«

»Wir waren damals alle noch sehr jung«, unterbrach Edgar Hale ihn. »Sie war ein labiler Mensch. Hat sich alles nur eingebildet. Arme Frau. Lassen wir's gut sein. Es ist lange her.«

»Nein, es ist nicht vorbei«, sagte T. S. noch einmal.

»Sehen Sie sich das an.« Er reichte dem Kommissar verschiedene Briefe. »Lesen Sie sie. Sie sind ganz offensichtlich das Werk eines seelisch labilen Menschen. Sehen Sie sich diese Liste an.« Er hielt die Liste mit den Namen und den sexuellen Leistungsbeurteilungen hoch. »Die ersten drei Namen: Cheswick, Boswell, Sinclair.« Seine Stimme wurde leiser und verlor sich, als ihm plötzlich bewußt wurde, daß der nächste Name auf der Liste der von Edgar Hale war. Es war besser, nicht alles auf einmal vorzubringen. Er schob die Liste geschickt wieder in den Stapel. Der Kommissar griff nach einer besonders pornographischen Postkarte und studierte sie. »Wo haben Sie das Zeug her?«

»Von Ralph Peabody. Er hat es versteckt. Als er in Ruhestand ging, hat er offensichtlich so gut wie jede für die Mitarbeiter peinliche Aktennotiz, die er je geschrieben hat, mitgenommen.«

»Was?« Edgar Hale war empört. »Ich habe ihn dafür bezahlt, daß er . . .«

»Er hatte Gewissensbisse. Ich glaube, er schämte sich. Um ganz ehrlich zu sein, ich weiß, wie ihm zumute war«, sagte T. S. »Sie haben mich gut bezahlt, Edgar, aber nicht gut genug, um den Großen Bruder zu spielen und trotzdem noch nachts gut schlafen zu können. Zumindest nicht jede Nacht.« Er warf dem alten Mann einen vorwurfsvollen Blick zu.

»Sie meinen, diese Frau ermordet die Männer, mit denen sie vor Jahren geschlafen hat?« fragte der Kommissar ungläubig, während er sich durch die Zettel und Briefe arbeitete. »Wie alt wird sie jetzt sein? Fünfzig, sechzig vielleicht? Und zudem ein Fall für die Irrenanstalt?«

»Sie hat mit niemandem geschlafen«, zischte Hale wütend. »Reines Wunschdenken.«

»Denken Sie daran, was auf Boswells Yacht gefunden wurde«, sagte T. S. zu dem Kommissar und ignorierte Hales Verzweiflung. »Ein Krug Margaritas.«

»Große Sache«, murmelte der Kommissar, obwohl er hastig und mit einem panischen Ausdruck im Gesicht die Akte überflog.

»Cheswick und Boswell hatten eine Woche, bevor sie beide starben, einen Streit, in dem es darum ging, jemanden auf eine Margarita bei Magritte zu treffen«, erklärte T. S.

»Wo haben Sie das gehört?« wollte Abromowitz wissen und blickte T. S. mißtrauisch an.

»Ich habe meine Informationsquellen«, antwortete T. S. »Lassen Sie mich zu Ende reden. Sehen Sie, sie hat all ihre Briefe und Postkarten mit ›Auf eine Margarita bei Magritte‹ unterschrieben.«

»Magritte?« wiederholte der Kommissar, der Schwierigkeiten mit dem ungewohnten Namen hatte.

»Wer weiß, was sie gemeint hat?« rief Edgar Hale wütend. »Sie war geistesgestört, begreifen Sie das nicht?« Er schüttelte den Kopf. »Gott, was für einen Ärger diese Frau uns gemacht hat.«

T. S. widerstand dem Drang, darauf hinzuweisen, wie unwahrscheinlich es war, daß sie den Ärger ganz alleine gemacht hatte, rein technisch gesehen. Irgend jemand hatte zweifellos die Hosen runtergelassen. »Sie müssen zugeben, daß es da einige merkwürdige Übereinstimmungen gibt«, betonte er.

Der Kommissar kratzte sich am Kopf. »Ich werde das mitnehmen«, verkündete er schließlich und zog den Archiv-Ordner zu sich herüber. T. S. preßte die offizielle Personalakte fest gegen den Tisch – er war nicht gewillt, so ohne weiteres loszulassen.

»Nicht so schnell«, sagte er entrüstet zu Abromowitz.

»Ich habe es rausgekriegt. Ich denke, Sie sollten mir wenigstens die Höflichkeit erweisen, mich an den Ermittlungen ...«

»Sie sind aus purem Glück darüber gestolpert. Sie hätten es besser wissen und die Sache gleich der Polizei übergeben sollen«, erklärte der Kommissar. »Ich habe keine Zeit, mich mit Amateuren abzugeben, die sich einbilden, daß ... « Ein entschiedenes Klopfen an der Tür unterbrach seine warnende Ansprache.

»Gehen Sie weg«, brüllte Hale mit erneuter Wut.

»Ich bin's«, rief Sheila. »Ich habe etwas für Mr. Hubbert. Er sagte, es sei dringend.«

»Ich habe sie gebeten, die alten Krankenakten dieser Frau herauszusuchen«, erklärte T. S. »Damit können wir vielleicht herausfinden, wo sie sich jetzt aufhält. Eine Aktennotiz deutet darauf hin, daß Sterling sich bereiterklärt hat, für ihre Behandlungskosten aufzukommen, zumindest eine Zeitlang. Wir wissen, daß sie schließlich in eine psychiatrische Klinik eingewiesen wurde. Sheila hat herumtelefoniert, um herauszufinden, wann sie entlassen wurde.«

»Also kommen Sie schon rein«, schrie Hale als Antwort. »Ich werde Ihr Polizeiabzeichen zum Frühstück essen, wenn Sie vorschnell etwas über Preston Freeman an die Presse haben durchsickern lassen«, warnte er Abromowitz.

»Ich habe die Sachlage erklärt«, sagte T. S. zu Sheila. Sie hielt eine dünne Akte in der Hand und sah Edgar Hale ängstlich an. »Was haben Sie herausgefunden?«

»Sie ist tot.« Sheila warf einen braunen Schnellhefter auf den Tisch. »Sie ist letzten Monat gestorben.« Sie warf einen Blick auf die aufgeschlagene Personalakte unter T. S.' Händen, beugte sich etwas vor, um besser sehen zu können, und entdeckte, die alte Fotografie. Sie blinzelte.

»Was?« T. S. sah sie an. »Sind Sie sicher?«

Sheila starrte immer noch auf das Foto. Sie blinzelte wieder, als wolle sie den Anblick verscheuchen, dann schluckte sie und wandte sich endlich T. S. zu. Sie sprach langsamer als zuvor. »Ob ich sicher bin? Völlig. Die arme Frau ist nicht mehr aus Creedmoor herausgekommen, in den ganzen letzten drei Jahren ihres Lebens nicht. Sie ist da gestorben, als Mündel des Staates. Keine Familie. Ich habe eine Freundin in der Krankenhausverwaltung angerufen. Ich habe oft mit ihr zu tun, da einige unserer Mitarbeiter ihre ambulante Versorgung in Anspruch nehmen. Sie hat es noch mal für mich überprüft. Patricia Kelly ist tot. Das steht außer Frage.«

T. S. war zu betäubt, um etwas zu erwidern. Mit steigendem Entsetzen betrachtete er die Briefe und Postkarten, die über dem Tisch verstreut lagen. Was hatte er nur getan? Diese Schweinerei auszugraben, ohne mehr Beweise zu haben. Er sah auf. Hale und Abromowitz tauschten einen Blick, der deutlich machte, daß T. S. jetzt ein Teil des Problems war und nicht mehr die Lösung.

»Wie gut, daß Sie sich auf Beweise stützen«, sagte der Kommissar mit einem Lächeln. »Anstatt bloß Theorien aufzustellen.«

T. S. hob entschuldigend die Schultern. »Ich war so sicher. Es schien Hand und Fuß zu haben.«

Hale schob mit einer schnellen, wütenden Bewegung die Akte zur Seite. »Schaffen Sie diesen Mist hier raus«, donnerte er. »Und erinnern Sie mich nie wieder daran.« Zornig starrte er T. S. an. »Vielleicht war es Zeit für Sie, in Ruhestand zu gehen. Unglaublich, ausgerechnet das auszugraben.«

»Ich habe nur versucht zu helfen«, erwiderte T. S. hilflos.

»Etwas Anerkennung hat er schon verdient«, meinte der Kommissar besänftigend. T. S. starrte ihn mit plötzlichem Mißtrauen an. Abromowitz hatte ein Blatt Papier aus dem Durcheinander gezogen und las es mit großem Vergügen durch. »T. S. hat nur versucht, beim Boß Punkte zu sammeln.«

»Sehen Sie«, fing T. S. an, wurde aber rasch von Abromowitz unterbrochen.

»Denn, Edgar«, sagte der Polizist und schob die Liste mit der Beurteilung der sexuellen Leistungen über den Tisch, »jetzt, wo Sinclair nicht mehr ist, wer steht da wohl als nächstes auf der Liste?«

Edgar Hale warf einen kurzen Blick auf das Papier und schleuderte es über den Tisch zurück. »Na und? Mein Name und der von einem Haufen anderer Leute. Werden Sie nicht impertinent.«

»Er hätte Ihr Leben retten können«, betonte der Kommissar auf seine widerwärtige Art. »Mal sehen, was sie über Sie zu sagen hat – ah, hier ist es. Sie waren zufriedenstellend. Nicht schlecht, nehme ich an. Und Sie brauchen es am dringendsten. Ist das jetzt ein Kompliment oder eine Beleidigung?«

Edgar Hales Lippen zogen sich zu einem so dünnen Strich zusammen, daß sie so gut wie verschwanden. Er stand auf und ging zur Tür. »Die Sitzung ist vertagt. Tun Sie, was Sie tun müssen, Kommissar. Und T. S., um Himmels willen, versuchen Sie, diese peinliche Angelegenheit wiedergutzumachen, indem Sie sich um die Schadensbegrenzung bei dieser Preston-Freeman-Sache kümmern. Und zwar gründlich. Überlassen Sie das nicht Ihrer albernen Nachfolgerin. Nicht, daß es etwas nützen würde. Sterling & Sterling ist ruiniert.«

Er ließ eine sprachlose Sheila zurück, die T. S. anstarrte, während Abromowitz glücklich vor sich hinpfiff.

T. S. sammelte die abgelehnten Akten ein und ging schweigend mit Sheila hinaus.

»Es tut mir leid, Mr. Hubbert«, sagte sie entschuldigend.

»Sind Sie wirklich ganz sicher?« fragte er sie.

»Ja. Ich habe auch bei den Nachrufen nachgesehen, die die verrückte Miss Turnbull uns immer schickt. Da stand es auch drin. Hier, nehmen Sie das.« Sie reichte T. S. noch eine Akte. Zornig drückte sie auf den Fahrstuhlknopf. »Ich habe die Briefe gesehen. Ich weiß, was da drinstand. Sie brauchen mir nichts vorzumachen. Wieso sollte diese arme Frau überhaupt auf die Idee kommen, sowas anzufangen, wenn da nicht irgend etwas passiert wäre? Zum Tangotanzen gehören immer zwei.« Die Fahrstuhltüren öffneten sich, und sie betraten die Kabine. Sheila marschierte auf dem kleinen Stückchen Teppich hin und her. »Das sieht den Männern ähnlich, einer Frau die ganze Schuld in die Schuhe zu schieben«, erklärte sie bitter. T. S. hüstelte diskret, und Sheila bemerkte endlich die Gegenwart mehrerer verblüffter Mitarbeiter, die sich an die Rückwand des Fahrstuhls drückten und mit großem Interesse zusahen. Sie machte den Mund zu und stellte sich neben T. S. Er konnte ihre Wut fast fühlen. Sie hing fast greifbar in der Luft, und er wunderte sich über die Intensität ihres Zorns.

»Nein, Theodore«, protestierte Tante Lil am Telefon. »Das kann nicht sein. Es muß ein Irrtum sein. Es paßt alles zu gut zusammen.«

»Es kann sein«, korrigierte er sie. »Und es ist so. Sie starb ganz allein in einer psychiatrischen Klinik, ohne einen Cent Geld oder einen Freund auf der Welt. Ich lese gerade den Nachruf.«

»Den will ich auch sehen«, verlangte sie.

»Bring die Akten zum Abendessen mit.«

»In Ordnung. Aber ich habe genug von dieser Detektivspielerei. Ich habe mich heute wirklich lächerlich gemacht.«

»Es ist noch nie jemand daran gestorben, daß er wie ein Esel gewirkt hat«, erinnerte ihn Tante Lil.

»Das ist ein ziemlich schwacher Trost.«

»Ich glaube immer noch, daß wir recht haben.«

Er seufzte. »Ich sehe dich heute abend.«

»Gut. In der Zwischenzeit gehe ich in die psychiatrische Klinik.«

»Eine *so* aufwühlende Erfahrung war es nun auch wieder nicht.«

»Sei nicht albern, Theodore. Ich fahre nach Creedmoor, wo Patricia Kelly gestorben ist. Ich will es mit eigenen Ohren hören. Beim Abendessen vergleichen wir unsere Notizen.«

»Du vertraust niemandem, oder?«

»Nicht ganz. Dir vertraue ich immer noch.«

T. S. legte auf und rieb sich die Schläfen. War das ein Kompliment? Oh, was würde er nicht darum geben, Kommissar Abromowitz ordentlich gedemütigt zu sehen. Vielleicht sogar erniedrigt. Er dachte sich unterhaltsame Szenarien aus, in denen Abromowitz für seine unerträgliche Großkotzigkeit angemessen bestraft wurde. In einer besonders lebhaften Phantasievorstellung war Abromowitz gezwungen, in Unterhosen durch die Angestellten-Cafeteria zu marschieren, immer im Kreis herum.

Ein Klingeln durchdrang diesen wunderschönen Tagtraum. Sheilas Telefon schrillte beharrlich, dann läutete es auf seinen Anschluß. Er wartete darauf, daß die Empfangssekretärin den Anruf entgegennahm, und als keine Entlastung kam, nahm er widerstrebend selbst den Hörer ab. Ohne Zweifel eine der Blaugetönten, die saftige Details hören wollte. Oder Miss Turnbull, die einen neuen Todesfall melden wollte.

»Personalabteilung«, sagte er knapp. »Sheila O'Reillys Anschluß. T. S. Hubbert am Apparat.«

»T. S.?« fragte eine männliche Stimme. »Sind Sie das? Hier ist Brian O'Reilly. Sheilas Mann.«

»Hallo Brian. Ich fürchte, Sheila ist gerade nicht an ihrem Platz.«

»Macht nichts. Sagen Sie ihr nur, daß ich wieder da bin. Ich sehe sie dann heute abend.«

»Wieder da? Ich dachte, Sie arbeiten an dem Mordfall.«

»Welchem Mordfall?« Brian O'Reilly war eindeutig verwirrt.

»Die Sterling-Morde«, sagte T. S.

»Die Sterling-Morde? Hey, was habe ich verpaßt? Was war denn los? Ich war eine Woche am Lake Ontario fischen, mit ein paar Kumpels. Wer ist ermordet worden?«

T. S. war verwirrt. »Ich dachte, Sie wären an der Spurensicherung auf Boswells Yacht beteiligt gewesen«, sagte er endlich.

»*John* Boswells Yacht? Der Teilhaber mit den schneeweißen Haaren? Er wurde ermordet? Heilige Scheiße.« Am anderen Ende der Leitung war ein Pfeifen zu hören. »Und Sie waren eine Woche weg?«

»Klar. Hab'einen Neunundzwanzig-Pfünder gefangen. Aber es scheint, die wirklich große Sache hab' ich verpaßt. Sagen Sie Sheila, Sie soll mir zu Hause alle Einzelheiten erzählen.«

»Das werde ich.« T. S. legte auf. Wie war Sheila an die Einzelheiten über Boswells Tod gekommen? Der Kaffee in seinem Magen wurde sauer, und T. S. griff nach dem Telefon. Vielleicht konnte Tante Lil ihn beruhigen.

Sie hatte die Wohnung bereits verlassen. T. S. lauschte

fünfzehnmal dem dumpfen Klingeln ihres Telefons, bevor er den Hörer wieder auf die Gabel legte.

Laß es nicht Sheila sein, dachte er. Jeder andere meinetwegen, aber nicht Sheila.

Seit ihrem letzten Fahrversuch waren Monate vergangen, und Tante Lil war die erste, die zugegeben hätte, daß ihre Fahrkünste aufgefrischt werden müßten. Der zweite war der Fahrer eines Lieferwagens, der gezwungen wurde, auf den Gehweg zu fahren, als sie bei einer roten Ampel rechts abbog, da sie vergessen hatte, daß dieses Manöver in New York illegal ist. Er schüttelte wütend die Faust, als sie langsam an ihm vorbeiglitt, sorgsam darauf bedacht, ihr Tempo niedrig zu halten. Sie hatte vergessen, wie hoch die offizielle Geschwindigkeitsbegrenzung innerhalb der Stadt war, aber sie nahm an, daß vierzig Stundenkilometer nicht verkehrt sein konnten. Die anderen Autofahrer auf der Straße waren weniger gesetzestreu. Sie rasten wütend an ihr vorbei. Die Höflicheren hupten wie wild, die weniger Höflichen waren sehr viel einfallsreicher. Tante Lil bekam Gesten zu sehen, die sie nie zuvor im Leben gesehen hatte, nicht einmal auf einer Reise durch den Balkan und die Türkei, die sie kürzlich unternommen hatte.

Nur ein Autofahrer folgte ihrem guten Beispiel. Sie sah in den Rückspiegel. Natürlich, auf den ersten Blick schien es kein ungeduldiger Amerikaner zu sein. Sie konnte sein Gesicht nicht sehr deutlich sehen, aber es schien sich um einen älteren asiatischen Mann in einem blauen Buick zu handeln. Er war durchaus gewillt, vorsichtig hinter ihr herzufahren, trotz des wütenden Brüllens anderer, weniger vorsichtiger und offenkundig rücksichtsloser Autofahrer. Sie näherte sich einer weiteren Kreuzung und fühlte instinktiv, daß die Ampel jeden Augenblick auf Gelb umschalten würde. Sie wollte keinen Unfall riskieren, dafür war ihre Mission viel zu wichtig. Unglücklicherweise erwies sich ihre Vermutung als falsch, und hinter ihr hupte ungeduldig eine wütende Schlange von Autofahrern. Nun, laß sie warten. Sie war sicher, daß die Ampel irgendwann auf Gelb umspringen würde, und nach ungefähr zehn Sekunden tat sie das auch. Tante Lil wartete geduldig darauf, daß aus dem Gelb Rot wurde. Es hatte keinen Sinn, ein Risiko einzugehen. Wenn sie einen Unfall hatte, würde Theodore sie das nie vergessen lassen. Er bekniete sie seit Jahren damit, daß sie ihren Wagen abschaffen sollte, aber das wollte sie nicht. Sie war überzeugt, daß sie ihre Unabhängigkeit verlieren würde, wenn sie ihr Auto aufgab. Außerdem würde *er* nie auf seinen Wagen verzichten. Es war reine Eifersucht, all dieses Gerede, wie schlecht sie Auto fuhr. Sie wußte mit Bestimmtheit, daß er einmal einen Strafzettel wegen zu schnellen Fahrens bekommen und versucht hatte, ihn vor ihr zu verstecken. Wenn sie den Strafzettel nicht eines Tages rein zufällig in einem unbeschrifteten Schnellhefter in einer Schreibtischschublade gefunden hätte, während er unterwegs war, um ihr eine bestimmte Sorte Blätterteiggebäck zu besorgen, hätte sie es vielleicht nie erfahren. Natürlich wäre es indiskret gewesen, ihre Entdeckung zu erwähnen, ganz zu schweigen davon, daß es etwas peinlich gewesen wäre, ihre Methodologie zu erklären, also hatte sie die Information für sich behalten. Zwar war das fünfzehn Jahre her, aber es war ein eindeutiger Beweis dafür, daß sie besser Auto fuhr als er.

Außerdem wäre sie ohne einen Wagen jetzt nicht auf dem Weg nach Creedmoor, der psychiatrischen Klinik, in der Patricia Kelly die letzten Jahre ihres Lebens verbracht hatte. Sie war sicher, daß die Frau sie auf eine wichtige Spur führen würde, und überlegte hin und her, was für eine Spur das sein könnte. Gedankenverloren kroch sie auf die Klinik zu, ohne auf den blauen Buick hinter sich zu achten. Der schlich hinter ihr her, ebenso entschlossen wie sie, bog rechts ab, wenn sie rechts abbog, und blieb gelegentlich etwas zurück, als wolle der Fahrer nicht bemerkt werden.

Der Parkplatz der Klinik war fast voll, und als Tante Lil endlich einen freien Platz entdeckt und für sich beansprucht hatte, hielt der Buick in der Nähe des Eingangs, anstatt selbst nach einer Parkmöglichkeit zu suchen. Der Fahrer beobachtete, wie Tante Lil aus ihrem Plymouth kletterte und auf den Haupteingang zuging. Er sank in den Sitz zurück und rutschte halb unters Lenkrad, behielt sie aber wachsam im Auge.

Es war genauso, wie Tante Lil es sich vorgestellt hatte. Nicht sauberer, aber auch nicht dreckiger. Patienten bewegten sich schwerfällig, wie in Zeitlupe, durch die ungepflegten Grünanlagen und blickten um sich, als sähen sie das Gras und die Pflanzen zum allerersten Mal. Einige Patienten saßen mit Besuchern auf Betonbänken. Alle sahen mürrisch und zornig aus, als verlaufe die Rückkehr zur Normalität für alle Beteiligten nicht schnell genug.

Sie fand etwas, das wie eine Anmeldung aussah, aber die dazugehörige Schwester konnte sie erst nach ein paar Minuten auftreiben. Nachdem sie dem Mädchen versichert hatte, daß sie nur hier war, um mit dem Pflegepersonal zu sprechen, das ihre liebe Nichte während ihrer letzten Tage auf Erden betreut hatte, wurde ihr formlos erlaubt, auf den gewundenen Wegen herumzuwandern und nach dem richtigen Backsteingebäude zu suchen.

Es waren keine Ärzte und nur wenige Krankenschwestern zu sehen. Sogar Hilfspfleger waren selten. Die Klinik hatte offensichtlich Schwierigkeiten, angemessenes Pflegepersonal zu bezahlen oder welches zu finden, oder beides. Sie war so konzentriert auf ihre Gedanken, daß sie in einen grobschlächtigen Mann hineinrannte, von seiner faßartigen Brust abprallte und gegen die Tür eines Gebäudes stieß. Er ging weiter, ohne eine Wort zu sagen, und sie beließ es klugerweise dabei. Er schien sich kaum seiner eigenen Existenz bewußt zu sein, geschweige denn ihres kurzen Gastspiels in seiner Welt.

Tante Lil war der Meinung, daß es so etwas wie einen wahnsinnigen Menschen nicht gab. Die geistig Kranken waren vielmehr *zu* gesund. Es gelang ihnen nicht, an den alltäglichen Selbsttäuschungen festzuhalten, die die sogenannten normalen Menschen brauchten, um sich die Lust am Leben zu erhalten. Geistig gestörte Menschen sahen das Leben allzu klar, in all seiner nackten und unzulänglichen Wirklichkeit, und sie reagierten, angemessen genug, mit überwältigender Verzweiflung.

»Kann ich Ihnen helfen?« Die Frage wurde von einer molligen schwarzen Frau gestellt. Sie saß auf einem Stuhl neben dem Eingang eines Gebäudes, sonnte sich und blätterte eine Zeitschrift durch, die sich mit dem Leben von Berühmtheiten befaßte. »Ich kann mich gar nicht an Sie erinnern. Sind Sie neu hier? Sie sehen heute wirklich sehr hübsch aus.« Ihre Stimme war leise und melodisch, und sie hatte den Anflug eines karibischen Akzents. Sie sprach mit Tante Lil wie mit einem Kind.

Tante Lil starrte sie einen Augenblick lang an und

verdaute diese Frage. Als ihr die Bedeutung klar wurde, beeilte sie sich zu antworten. »Gütiger Himmel, nein.« Sie brachte ein Lachen zustande. »Ich bin keine Patientin, fürchte ich.« Warum um alles in der Welt hatte sie das Bedürfnis, sich dafür zu entschuldigen? »Ich bin hier, um mit den Menschen zu sprechen, die sich um meine Nichte gekümmert haben, bevor sie starb. Ihr Name war Patricia Kelly. Bin ich hier richtig?«

Die mollige schwarze Frau blickte sie unbewegt an. »Patricia war hier, das stimmt. Sie ist letzten Monat gestorben. Was wollen Sie wissen? Wollen Sie uns verklagen oder was?«

»Gütiger Himmel, nein.« Tante Lil legte die Hände auf die Kehle, als würde sie der bloße Gedanke schockieren. »Ich wollte nur gern wissen, wie ihre letzten Jahre verlaufen sind.«

»Das ist gut. Weil sie im Schlaf gestorben ist. Nicht festgebunden oder sowas, verstehen Sie. Im Schlaf. Sie hat die Mühsal des Irdischen abgeworfen, ohne jede Hilfe von mir oder irgend jemandem sonst.« Die Frau sah Tante Lil seelenruhig an.

Du meine Güte. Eine Schwesternhelferin, die Shakespeare zitierte. Tante Lil bekam augenblicklich ein besseres Gefühl, was die Zukunft der Menschheit anging.

»Sie kommen von den Inseln?« fragte sie die Frau. »Aus Haiti vielleicht?«

»Das stimmt.« Zum erstenmal schlich sich ein Gefühl in die Stimme der Frau. Unglücklicherweise war es Mißtrauen. »Woher wissen Sie das?«

Tante Lil lächelte ihr breitestes Lächeln. »Einmal hat eine Näherin aus Haiti für mich gearbeitet, die einen genauso schönen Akzent hatte wie Sie. Sie hat ihre Arbeit sehr gut gemacht, wissen Sie. Und ich nehme an, das tun Sie auch.«

Die Frau nickte. Sie war entweder unbeeindruckt, immun gegen Schmeicheleien oder hatte sich bei den Medikamenten der Patienten bedient. »Was wollen Sie über Patricia wissen?«

Tante Lil sah sich um. »Könnten wir uns hier irgendwo privat unterhalten? Vielleicht auf irgendeiner Bank?«

»Kann nicht. Ich bin im Dienst. Einer von denen da drin könnte mich brauchen.« Die Frau wies mit dem Daumen auf die Tür. Tante Lil machte sie nicht darauf aufmerksam, daß sie wahrscheinlich besser auf die Patienten achten könnte, wenn sie sich im Haus und in ihrer Nähe aufhalten würde.

»Das hier ist eine offene Abteilung«, erklärte die Frau, als hätte sie Tante Lils Gedanken gelesen. »Die meisten sind um diese Zeit draußen und gehen spazieren. Eine ist gestern abend über die Straße gewandert und in den Supermarkt gegangen«, bemerkte sie. »Der Filialleiter rief so um neun herum an. Er wußte, daß sie von hier sein mußte. Ich hatte mich schon gefragt, wo sie hingeraten war. Aber es ging ihr gut. Sie hatte nur versucht, einen zwanzig Pfund schweren Tiefkühl-Truthahn zu stehlen, und ist erwischt worden. Kann mir nicht vorstellen, warum. Sie hatte ihn sich um den Bauch gebunden und einen Pullover drübergezogen, als hätte sie ein großes Baby im Bauch. Als sie sie erwischt haben, fing sie an zu schreien und tat so, als hätten die Wehen eingesetzt, bevor sie das Ding fallenließ. Dann wollte sie das Baby halten. Keine Ahnung, warum der Filialleiter das so ungewöhnlich fand, schließlich sind wir in New York.«

»Gibt es hier einen Stuhl, den ich mir herholen könnte?« fragte Tante Lil schwach. Das Beste war, die Frau einfach erzählen zu lassen. Wer weiß, was sie dabei alles erfahren konnte.

»Bedienen Sie sich.« Sie wies auf das Gebäude, und

Tante Lil schlich sich still durch die Türen. Innen roch es nach Ammoniak. Sie schauderte, zerrte einen Plastikstuhl nach draußen und stellte ihn auf den Gehweg neben den der Schwesternhelferin.

»Wie heißen Sie?« fragte sie die Frau. Wie gewöhnlich suchte sie den Stuhl sorgfältig nach unidentifizierbaren nassen Flecken ab, bevor sie sich hinsetzte.

»Evelyn.« Die Frau klappte die Zeitschrift zu und verstaute sie unter dem Stuhl. »Patricia war also ihre Nichte, was?« Sie schüttelte langsam den Kopf und fixierte Tante Lil. »Sie hatte eine Menge Verwandte, die sich nie sehen ließen, als sie noch lebte, aber sofort angerannt kamen, als sie starb.«

»Ich habe im Ausland gelebt«, erklärte Tante Lil. »Ich konnte nicht früher kommen. Ich habe deswegen ein schlechtes Gewissen. Deshalb ist es so wichtig für mich, zu wissen, wie sie ihre letzten Tage verbracht hat.«

Evelyn sah Tante Lil aufmerksam an. »Zu welcher Seite der Familie gehören Sie?« fragte sie abrupt. »Der reichen?«

»Was meinen Sie damit?« fragte Tante Lil, ganz angespannte Aufmerksamkeit.

»Ein reicher alter Mann kam letzten Freitag her und stellte Fragen über Patricia. Er sagte, er sei ihr Onkel und wolle sehen, ob sie Geld brauche. Er sah reich aus. Maßgeschneiderter Anzug. Lederschuhe. *Benahm* sich auch, als wäre er reich, wenn Sie wissen, was ich meine.«

Tante Lil nickte. »Das könnte Vetter John gewesen sein, oder vielleicht auch der liebe Vetter Stanley?« fragte sie.

Die Frau zuckte die Achseln. »Ich kenne seinen Namen nicht. Dafür, daß er so besorgt um seine Nichte war, hat er es ziemlich ruhig aufgenommen, als er hörte, daß sie gestorben war. Fast befriedigt, wenn Sie mich fragen. Hmmm . . .« Sie verschränkte die Arme und streckte die stämmigen Beine in die Sonne. »Dieser verdammte Idiot Walter hat ihm alles erzählt, was er wußte. Er dachte, der Typ würde ihm Geld oder sowas geben, weil er sich so gut um sie gekümmert hat. Natürlich, Walter ist ein Trottel, der die Hälfte seines Gehalts für Lottoscheine ausgibt. Mich hat der Mann nicht zum Narren gehalten. Er hätte mir mit der Brieftasche vor der Nase rumwedeln können, das hätte ihm auch nichts genützt. Ich weiß verdammt gut, daß es so etwas wie einen reichen *und* großzügigen Mann nicht gibt. Du wirst nicht reich, indem du großzügig bist. Nicht in dieser Welt jedenfalls.«

»Walter?« fragte Tante Lil süß.

»Mein Kollege«, erklärte Evelyn. »Er ist beim Mittagessen. Die nächsten drei Stunden wahrscheinlich, so wie ich Walter kenne. Aber er kannte Patricia nicht so gut wie ich. Ich habe mich seit zehn Jahren um sie gekümmert, mit Unterbrechungen, wissen Sie. Früher ging es ihr schlechter, sie war in einer der geschlossenen Abteilungen untergebracht. Es würde ihr irgendwann bessergehen, sagten sie immer. Besser als was, möchte ich mal wissen. Aber ich hatte nicht vor, Herrn Groß-und-Mächtig mein Herz auszuschütten, also hab' ich Walter reden lassen. Ich wußte, daß der sich von keinem einzigen Cent trennen würde. Ihr Herr Vetter war nicht der Typ dafür, großzügig oder dankbar zu sein.«

»Er hatte weißes Haar. Wie Schnee? Eine imponierende Erscheinung?« fragte Tante Lil.

Evelyn zuckte die Achseln. »Vielleicht. Wer weiß? Ihr Weißen seht in meinen Augen alle gleich aus. Ich pflege euch nur. Ich mach' mir nicht die Mühe, mich an euch zu erinnern.«

Tante Lil ignorierte diesen Kommentar. »Ist meine Nichte friedlich gestorben?« fragte sie.

»Würde ich meinen. Bei all den Medikamenten, die sie

nahm. Wenn sie noch etwas friedlicher gewesen wäre, hätte sie nicht mehr geatmet. Ich dachte zuerst, sie hätte sich das Leben genommen.« Die Stimme der Frau wurde weicher. »Ich hätte ihr keinen Vorwurf gemacht, wenn es so gewesen wäre. Das arme Ding hatte nicht mehr viel vom Leben.«

»Sie dachten erst, es wäre Selbstmord gewesen?« Tante Lils Gedanken rasten, sie entwarf Theorien und verwarf sie wieder.

»Sicher. Weil ein paar Tage vorher eine ganze Menge Pillen und sowas aus dem Medikamentenschrank gestohlen worden waren. Also haben sie eine dieser Autopsie-Operationen gemacht. Sie hatte einen Haufen Medikamente im Blut, wohlgemerkt. Aber keine, die nicht hätten da sein sollen.« Sie schnaubte verächtlich und verfiel in Schweigen.

»War sie einsam, als sie hier war?« fragte Tante Lil. »Hat sie Besuch bekommen?«

»Alle, die hier sind, sind einsam«, entgegnete Evelyn. »Auch alle, die hier arbeiten. Es ist ein einsamer Ort.«

»Also hat niemand sie je besucht?«

»Nein, das habe ich nicht gesagt. Eine Freundin hatte sie. Die hat sie so einmal im Monat besucht, aber Patricia hat sich meistens geweigert, mit ihr zu sprechen. Aber kurz vor ihrem Tod hat sie sich mit ihr unterhalten. Schien keine große Rolle für Patricia zu spielen, ob diese Freundin nun kam oder nicht, so traurig es klingt. Ich hab' sie nie lächeln sehen. Nicht ein einziges Mal.«

»Wie sah diese Freundin aus?«

Evelyn blickte Tante Lil mißtrauisch an. »Warum fragen Sie mich das? Der reiche Mann wollte das auch wissen. Ich sag' Ihnen genau das, was ich ihm gesagt hab. Ich kann mich nicht erinnern. Ihr weißen Typen seht in meinen Augen alle ziemlich gleich aus.«

»Hören Sie, ich glaube nicht, daß Sie das wirklich meinen«, sagte Tante Lil sanft. »Und ich will Sie nicht beleidigen, indem ich versuche, Sie zu bestechen. Sie sind zornig, weil ihre Familie und ihre Freunde sich nicht um Patricia gekümmert haben und Sie ein Mensch sind, dem andere nicht gleichgültig sind. Also werde ich Ihnen die Wahrheit sagen.«

Die Frau blickte Tante Lil an. Ein seltsamer Ausdruck, der zwischen Interesse und Respekt lag, ließ ihre ruhigen Augen aufleuchten. »Wird auch Zeit, daß jemand mal mit der Wahrheit rausrückt. Vetter Dingsbums hat das garantiert nicht getan.«

»Ich glaube, daß vor vielen Jahren etwas Schreckliches mit Patricia geschehen ist und daß es wieder zum Vorschein gekommen ist, um Menschen zu verletzen.«

»Wer Wind sät, wird Sturm ernten«, bemerkte die Schwesternhelferin.

»In der Tat. Aber unschuldige Menschen könnten zu Schaden kommen. Sie könnten sogar getötet werden. Könnten Sie mir nicht sagen, wie diese Freundin aussah?«

Evelyn zuckte die Achseln. »Einfach wie eine richtige Dame. Nett angezogen. Hatte immer ein Tuch um den Kopf und trug eine große Sonnenbrille. Sogar an bewölkten Tagen. Ich könnte Ihnen nicht mal sagen, wie alt sie ist. Hat sich geschämt, hier gesehen zu werden, nehme ich an.«

Tante Lil seufzte. »Hat sonst noch jemand Patricia besucht?«

Evelyn dachte gründlich nach. »Dann und wann kam ein Priester. Eine alte Nonne, sie konnte kaum noch gehen, ist alle paar Monate vorbeigekommen. Das hier sind die Vergessenen, wissen Sie. Die Verwandten stecken sie hier rein, um sie zu vergessen.« Sie seufzte tief, ihre rauhe Fassade wurde schließlich durchbrochen von einem Anflug von Mitgefühl. Tante Lil dachte, daß Evelyn eigentlich gar nicht so übel war. »Ja. Sie sind vergessen. Aber ich werde nicht vergessen.« Tante Lil saß ruhig da, die Hände im Schoß gefaltet, und starrte auf eine Hecke, die dringend geschnitten werden mußte. »Es ist eine komische Sache«, murmelte Evelyn schließlich. »Du denkst, du kennst die Menschen, aber dann geben sie dir immer neue Rätsel auf.«

»Was wollen Sie damit sagen?«

»Da ist diese Frau, Patricia. Sie lebt, und niemand interessiert sich für sie. Dann stirbt sie, und alle Welt kommt und schnüffelt rum. Und dann die Blumen.«

»Die Blumen?«

»Sie bekam seit Jahren jede Woche Blumen. Nie war eine Karte oder ein Brief dabei. Nur die Blumen. Wer würde einer vertrockneten alten Frau, die etwas wirr im Kopf ist und sich verzweifelt bemüht zu sterben, Blumen schicken?« Evelyn schüttelte den Kopf.

»Jede Woche Blumen?«

»Jede Woche. Und schöne Blumen. Sie dufteten so gut. Sie dufteten teuer.« Die Pflegerin atmete tief durch. »Gut für sie, würde ich sagen. Gut für sie, ein Geheimnis zu haben.«

»Wie schwer krank war sie?« fragte Tante Lil.

Evelyn zuckte die Achseln. »Schwerer als manche. Nicht so schwer wie andere. Aber unberechenbar. In einer Minute fiel sie über sämtliche männliche Patienten her, sogar über den armen Walter. In der nächsten Minute lag sie auf ihrem Bett und starrte tagelang nur an die Decke. Weigerte sich, zu essen oder zu sprechen.«

»Was für Medikamente sind gestohlen worden? Sie sagten, es wären Medikamente gestohlen worden, kurz bevor sie starb.«

Evelyn zuckte die Achseln. »Wenn hier Medikamente

geklaut werden, stellst du keine Fragen. Das beste ist, nichts zu wissen. Die Leute denken sonst, die hättest selbst Interesse. Wahrscheinlich war es nur irgendein Patient oder Pfleger, der ein bißchen Geld machen wollte.« Sie seufzte wieder. »Du findest immer jemanden, der bereit ist, für Drogen Geld auszugeben.«

Tante Lil dachte darüber nach. »Gibt es sonst noch etwas, das Sie mir erzählen könnten?« fragte sie sie.

Evelyn sah ihr direkt in die Augen, ihre Seelenruhe wiederhergestellt. »Was auch immer mit dieser Frau passiert ist, es ist nicht hier passiert. Die Menschen kommen hierher, um dem Leben aus dem Weg zu gehen. Sie kommen nicht hierher, um es zu leben.«

Tante Lil erhob sich und lächelte dankbar. »Ich danke Ihnen. Sie waren eine große Hilfe. Sie hätten mir nicht zu helfen brauchen, und das weiß ich.«

»Nein, hätte ich nicht«, stimmte Evelyn zu. »Ich muß wieder an die Arbeit, alle zusammentrommeln. Da ist diese Dame, die einmal die Woche kommt und versucht, sie dazu zu bewegen, Tonschüsseln zu machen. Sie sollten mal die Aschenbecher sehen, die wir hier haben.« Sie wies ruckartig mit dem Kopf auf die Station und verdrehte die Augen. »Ich hab' sie gefragt, warum sie ihnen nicht mal mit was anderem kommt als mit Tonschüsseln. Warum können sie nicht zur Abwechslung mal malen? Sie sagt nur, daß es ihnen gut täte, ihre Hände in den Ton zu stecken und fest zuzudrücken.« Evelyn machte eine Pause und schüttelte ungläubig den Kopf. »Ich hab' ihr gesagt, erzähl das bloß nicht den Patienten. Erzähl ihnen nicht, daß sie ihre Hände um etwas legen und fest zudrücken sollen, sag' ich. Wir wollen ihnen schließlich keinen Floh ins Ohr setzen.« Sie öffnete die Tür und verschwand. Eine Wolke von Jasminparfüm und Desinfektionsmittel blieb zurück.

»Warum sollte Sheila sie umbringen?« fragte Tante Lil, spießte eine Garnele auf und steckte sie energisch in den Mund. Ihr Appetit war offensichtlich besser als seiner. Bis T. S. mit seinem Verdacht gegen Sheila herausgeplatzt war, war er unfähig gewesen, sein Essen anzurühren.

»Ich habe nicht gesagt, daß sie es getan hat. Ich finde es nur merkwürdig, daß sie soviel über Boswells Tod wußte. Und mir vorgelogen hat, daß Brian mit an dem Fall arbeitet.«

»Na, ich bezweifle, daß sie sich ihr eigenes Grab schaufeln und dir derartige Details mitteilen würde, wenn sie die Mörderin wäre«, erwiderte Tante Lil. »Gib ihr eine Chance, es zu erklären.«

»Wahrscheinlich hast du recht.« Er klammerte sich an diese Hoffnung. »Ich konnte sie heute nachmittag nicht finden.«

»Laß uns die anderen Akten über Patricia Kelly ansehen«, befahl Tante Lil. Sie schob ihren so gut wie leeren Teller zur Seite, nachdem sie eine ganze Portion Scampi mit neuen Kartoffeln und Spargel in weniger als fünf Minuten vertilgt hatte, sehr zum Vergnügen eines Herrn, der am Nebentisch allein zu Abend aß. Gleichzeitig hatte sie T. S. über ihren Besuch im Krankenhaus ins Bild gesetzt, wobei sie mit dem Mund voller Krabben einen glaubwürdigen haitischen Akzent nachgeahmt hatte. Beide waren sich einig, daß John Boswell der geheimnisvolle Cousin XY war. Aber keiner der beiden konnte mit der Identität von Patricia Kellys Freundin aufwarten.

»Alles, was ich habe, ist Patricias alte Personalakte. Den größten Teil davon hast du gesehen. Und die alten Krankenakten, die Sheila ausgraben konnte«, erklärte T. S.

»Was ist das?« Tante Lil hielt einen Zeitungsausschnitt hoch.

»Die Todesanzeige der Kelly. Freundlicherweise zur Verfügung gestellt von der Braut des Todes.«

Tante Lil sah ihn neugierig an.

»Es gibt eine verrückte pensionierte Angestellte namens Miss Turnbull. Sie schickt Sheila all die Todesanzeigen und Nachrufe der Angestellten im Ruhestand, die sterben. Führt eine regelrechte Totenzählung von Sterling & Sterling-Beschäftigten durch, die den Löffel abgeben. Die hat nie geheiratet, also nennen wir sie die Braut des Todes. Das ist aus einer alten *Schatten*-Episode . . .«

»Ich weiß, woraus es ist«, erwiderte Tante Lil knapp und überflog den Ausschnitt. »Und es scheint mir ein bißchen unter deiner Würde zu sein, Theodore. Sie muß in letzter Zeit eine sehr beschäftigte Frau sein.«

T. S., der wieder einmal dazu gebracht worden war, Leber mit Zwiebeln zu bestellen, blickte angewidert auf sein Essen hinab. »Warum bestellst du das nie selbst, wenn du es so gern magst?« verlangte er zu wissen.

Sie starrte voller Abscheu auf seinen Teller. »Wer sagt, daß ich Leber mit Zwiebeln mag? Ich finde es widerlich.«

Mit großer Konzentration wandte sie sich wieder ihrem Zeitungsausschnitt zu. »Das ist sehr seltsam, Theodore.«

»Was ist seltsam? Sie ist gestorben. Es kam in die Zeitung.«

»Eine so unbedeutende Frau würde dort nie in die Zeitung kommen. Du sagst, sie ist mittellos gestorben, ohne einen Freund. Aber dies ist eine bezahlte Todesanzeige.«

»So?« Er kaute niedergedrückt auf einem Stück Leber herum.

»Na, wer hat die Anzeige bezahlt? Du hast gesagt, sie war ganz allein, als sie starb. Keine Familie.«

T. S. dachte über die Frage nach. »Ein Freund?« schlug

er vor. »Die geheimnisvolle Freundin? Oder die Nonne oder der Priester.«

»Vielleicht. Wer sonst? In einer Nervenheilanstalt hat man wenig Gelegenheit, Freunde zu gewinnen, sollte ich meinen. Wenigstens nicht die Art Freunde, die Nachrufe verfaßt und das nötige Kleingeld hat, sie in der Zeitung veröffentlichen zu lassen. Und was für ein seltsamer Gedenkvers.«

»Warum? Was steht drin?« Er wußte, er hätte den Ausschnitt noch mal durchlesen sollen, bevor er ihn Tante Lil überließ. Jetzt war sie ohne Zweifel im Begriff, das ganze Geheimnis aufzuklären.

»Es ist eigentlich kein Totengedicht«, sagte sie und bewegte stumm die Lippen, als sie die Zeilen immer wieder las. »Und doch kommt es mir sehr bekannt vor.«

»Hör zu ...« Tante Lil hielt sich den vergilbten Zeitungsausschnitt vor die Augen und begann, die Worte artikuliert und deutlich vorzutragen, war ihr weitere interessierte Blicke von dem Herren am Nebentisch eintrug:

»Patricia Kelly – 1938 bis 1991.
Nichts Altes, nichts Neues.
Nichts Geborgtes, nichts Blaues.
Vielleicht kannst du im Tod die Würde wiedererlangen,
die sie dir nahmen.«

Sie endete mit einer schwungvollen Gebärde und starrte T. S. an. Er würgte die Leber herunter und dachte sorgsam nach. »Ein merkwürdiges Totengedicht«, räumte er schließlich ein.

»Merkwürdig?« Sie rümpfte die Nase. »Ich finde, ›bizarr‹ wäre ein treffenderes Wort. Kommt es dir bekannt vor?« wollte sie wissen.

Er dachte darüber nach. »Ein wenig. Dieser Teil über nichts Altes und nichts Neues. Ist das nicht ein altes Sprichwort?«

»Ich glaube ja«, ihre Stimme verlor sich. »Aber da stimmt etwas nicht . . . *Etwas.* Das ist es, Theodore!« Der Kellner hielt mit quietschenden Sohlen an ihrem Tisch, aber Tante Lil winkte ihn weg und beugte sich in großer Aufregung zu T. S. hinüber. »Das ist es. Es heißt *etwas,* nicht ›nichts!«

»Wie bitte?«

»Es heißt ›etwas Altes, etwas Neues, etwas Gebrauchtes, etwas Blaues‹. Es ist ein Hochzeitsspruch. Was die Braut auf ihrer Hochzeit trägt.«

»Ja?« fragte er verwirrt.

»Und wenn es keine Hochzeit gibt, trägst du nichts, stimmt's?«

»Wie bitte?«

»Wenn der Mann dich nicht heiraten will, trägst du nichts Altes und nichts Neues. Verstehst du nicht?«

»Nein, ich verstehe nicht.« Er dachte, vielleicht hat die letzte Bloody Mary ihr den Rest gegeben. Er hatte ihr dringend geraten, es langsam anzugehen.

»Sei nicht so herablassend«, schnauzte sie ihn an. »Sie soll vereinsamt gestorben sein, aber diese Anzeige ist von jemandem bezahlt worden. Es gibt eine deutliche Anspielung auf keine Hochzeit. Darauf, ihrer Würde beraubt worden zu sein.« Sie starrte T. S. erwartungsvoll an, und er blickte sich nervös um. »Was war das Schlimmste, das einem netten irisch-katholischen Mädchen vor dreißig Jahren passieren konnte?« erkundigte sie sich schließlich.

»Schwanger zu werden«, sagte er augenblicklich und automatisch.

»Genau. Schwanger zu werden und nicht zu heiraten.« Sie stand auf und schob ihren Stuhl energisch wieder an seinen Platz zurück. »Verlang' die Rechnung, Theodore. Das ist es.«

»Das ist es?« Er winkte dem Kellner, der Tante Lil nervös beobachtete.

»Ja, Patricia Kelly mag tot sein, aber ich würde jede Wette eingehen, daß sie eine uneheliche Tochter hat, die sehr lebendig ist. Lebendig und zornig. Und wir müssen sie finden. Denk an die verwelkten Ansteckblumen, die an allen Tatorten gefunden wurden. Wann trägt ein Mann Ansteckblumen? Auf einer Hochzeit, natürlich. Das ändert alles. Was würdest du sagen, wie alt müßte die Tochter jetzt sein?«

»Fünfundzwanzig. Sechsundzwanzig. Ende Zwanzig. So in der Richtung.«

»Nun denn. Wir haben eine Menge Verdächtige.«

»Warum bist du so sicher, daß es eine Frau ist?« fragte T. S. »Vielleicht ist es ein Sohn.«

»Die Reißverschlüsse und John Boswells schwimmendes Schlafzimmer von einem Segelboot.«

»Wie kannst du so sicher sein, daß es jemand ist, den wir bereits kennen?«

»Sie schüttelte den Kopf. »Sie hatte Zugang zum Gebäude und den Opfern, ohne eine nennenswerte Spur zu hinterlassen. Ganz bestimmte Akten fehlen, als ob die Mörderin wußte, wo sie waren. Diese Männer kannten sie. Sie war in der Lage, nahe an sie heranzukommen. Hätte eine völlig Fremde das geschafft?« Sie ließ ihre Fragen unbeantwortet stehen. »Wir müssen alle Angestellten in dieser Altersstufe in Betracht ziehen, insbesondere die Attraktiven. Sogar Sheila, fürchte ich.«

»Aber wir kennen ihre Mutter«, protestierte T. S. »Um Himmels willen, du hast sie zum Brunch eingeladen. Sheila kann nicht Patricia Kellys Tochter sein.«

»Sie könnte adoptiert sein«, gab Tante Lil zu bedenken. »Anne Marie gibt selbst zu, daß sie anderthalb Jahre aus dem Beruf raus war.«

»Wer würde gern schwanger vor allen Leuten rumlaufen?« fragte er.

»Oder nicht schwanger.« Sie ließ das einsinken und fuhr fort: »Natürlich kommt bei dieser Theorie Lilah Cheswick nicht in Frage.« Sie sah ihn über ihre Brille hinweg an. »Ein Glück für dich.«

Er preßte die Lippen fest zusammen, um eine scharfe Erwiderung zu unterdrücken. Es war am besten, die Büchse der Pandora nicht wieder zu öffnen.

»Ich denke, unter diesen neuen Gesichtspunkten würde es sich auch lohnen, den Werdegang und die Herkunft jeder Frau genauer zu überprüfen, die in irgendeiner Weise mit den toten Männern in Verbindung stand. Kannst du an die Personalakten herankommen?«

»Natürlich.« Er schwieg und wartete auf Instruktionen.

w›»Morgen als allererstes kannst du anfangen, die Akten durchzugehen«, befahl sie. »Besonders vor dem Hintergrund dessen, was wir über Patricia Kelly wissen. Such nach Ungereimtheiten. Nach Dingen, die keinen Sinn ergeben.«

»Das habe ich getan, bevor ich überhaupt mein Okay gegeben habe«, machte er ihr klar.

»Ja, aber jetzt weißt du, daß etwas da ist«, sagte Tante Lil und trommelte energisch mit den Fingern gegen den Tisch. »Während du das tust, werde ich anderen Hinweisen nachgehen.«

»Was für andere Hinweise?« Ob er wohl bald anfangen würde, diese Detektivspielerei zu kapieren?

»Nun«, meinte sie nachdenklich, »sie sagen, daß die Toten nicht reden können. Ich bin mir da nicht so sicher.«

Er wirkte verblüfft. »Du wirst doch keinen übersinnlichen Unsinn mit reinbringen, oder?« fragte er. Alles, was über das Rationale hinausging, entsprach nicht der Hubbertschen Denkart.

»Sei nicht albern, Theodore. Ich werde einen Blick auf Patricia Kellys Grab werfen«, entschied sie. »Ich möchte wissen, ob es gepflegt wird. Oder ob sich der Friedhofswärter an irgendwelche Besucher erinnert. Das würde beweisen, daß die Tochter am Leben und hier in der Gegend ist. Außerdem – vielleicht wird es mich inspirieren. Möglicherweise ist in der Grabinschrift noch ein Hinweis zu finden.« Ihr Mund verzog sich zu einem Lächeln, und er konnte sehen, wie erfreut sie immer noch über ihren Triumph von eben war.

Bevor er etwas entgegnen konnte, stand sie auf und marschierte auf dem Weg zur Tür direkt am Wagen mit den Desserts vorbei, ohne einen Blick darauf zu werfen.

Ihr Nachbar sah ihr voller Bewunderung nach. »Das ist eine Frau«, sagte er beiläufig zu T.S. »Hat einen Haufen Courage. Und einen guten Appetit. Ich mag das bei einer Frau.«

T. S. starrte ihn an. Der Mann war elegant gekleidet, trug einen teuren Anzug und war offensichtlich ein wohlhabender Mann im Ruhestand. Mit ausgezeichnetem Gehör, wie es schien. »Suchen Sie sich jemand anders. Sie ist vergeben«, knurrte T. S., warf das Geld auf den Tisch und eilte hinter seiner Tante her. Kurz vor der Eingangstür holte er sie ein. »Dieser Mann hat mich praktisch nach deiner Telefonnummer gefragt.«

»Hat er?« Sie stellte sich auf die Zehenspitzen und spähte zurück zu den Tischen. »Er sieht ganz interessant aus. Hast du sie ihm gegeben?«

»Nein«, protestierte er lautstark. Mehrere Leute, die in einer Reihe warteten, drehten sich neugierig um. »Du solltest dich lieber in acht nehmen«, warnte er sie mit ruhigerer Stimme.

»Wovor? Vor alten Schwerenötern?«

»Nein, morgen auf dem Friedhof.«

»Machst du dir Sorgen wegen der lebenden Toten?«

Sie lächelte ihn an und zog ihren Mantel über.

»Ja. Genau das tue ich. Wo gehst du jetzt hin?«

»Nach Hause natürlich. Meine Wohnung liegt viel dichter bei allen Friedhöfen. Es wird meine Suche um vieles erleichtern, wenn ich morgen tatendurstig in meinem eigenen Bett aufwache, ganz wild darauf, loszulegen.« Als ob sie jemals aufwachte und etwas anderes tat, als loszulegen.

»Ich helfe dir, ein Taxi zu bekommen«, bot er an.

»Nicht nötig. Nicht nötig.« Sie winkte ihn zur Seite und strebte auf die Tür zu. »Ich kann das allein.«

Natürlich konnte sie das, überlegte er. Sie konnte es besser als er.

Tatsächlich erwischte Tante Lil augenblicklich ein Taxi. Kleine alte Damen waren spätnachts ausgezeichnete Fahrgäste, da sie nicht dazu neigten, Pistolen zu zücken und Geld zu verlangen. Bei ihr hielten die Taxifahrer immer mit kreischenden Bremsen an.

Als sie zufrieden auf den Rücksitz glitt und ihre Adresse herauszirpte, bemerkten weder sie noch T. S. die schattenhafte Gestalt eines älteren asiatischen Mannes, der am Holzzaun einer nahegelegenen Baustelle lehnte. Er zog sich den Mantel eng um den Körper. Schatten bedeckten sein Gesicht, als er Tante Lils Abgang beobachtete. Ein blauer Buick parkte in der Nähe.

Wieder einmal brachte T. S. die Nacht damit zu, mit Alpträumen zu kämpfen. Dieses Mal waren er und Tante Lil in einem Wäscheschrank im Pflegeheim eingesperrt. Er spähte durch das kleine Bullaugen-Fenster, während Tante Lil ihm von hinten ihren Regenschirm in die Rippen stieß. Ralph Peabody rollte munter in einem riesigen Rollstuhl vorbei, mit Sheila auf dem Schoß. Sie schmiegte sich glücklich an ihn und zerzauste ihm das Haar, während sie abwechselnd aus einer kleinen Sauerstoffflasche inhalierten und miteinander kicherten. Als sie am Fenster vorbeifuhren, begann Sheilas Gesicht zu altern, die Haut wurde rissig, und Falten bildeten sich um Augen und Mund. Ihr Haar ergraute und verblich zu weiß. Sie blickte über die Schulter zurück, und T. S. sah, daß sie sich in Lilah Cheswick verwandelt hatte – in eine Lilah Cheswick ohne Zähne. Plötzlich erschien Robert Cheswick am Ende des langen Korridors und kroch langsam den Gang entlang, wobei er eine Spur von purpurrotem Blut zurückließ. T. S. sah voller Entsetzen zu, wie Cheswick unter den riesigen Rädern des Rollstuhls zerquetscht wurde. Weder Lilah noch Peabody nahmen Notiz davon. Cheswick begann zu schreien, und Tante Lil stimmte mit ein. Die Schreie erfüllten den winzigen Schrank.

Kein Wunder, daß er schreiend aufwachte, um festzustellen, daß er wieder verschlafen hatte, aber trotzdem immer noch erschöpft war. Wie lange hatte der Wecker schon geklingelt? Brenda und Eddie miauten ihn anklagend an, als er sich hastig anzog und aus dem Zimmer stürzte.

Morgens um neun aufstehen, dachte er in der U-Bahn, kurz nach zehn und immer noch in Ungnade bei Sterling & Sterling angetanzt kommen – seine Disziplin ließ sehr viel schneller nach, als er es sich je hätte träumen lassen.

»Ist Sheila schon da?« fragte er Margaret im Vorbeifliegen, Hut in der Hand. Er war entschlossen, sich sofort an die Arbeit zu machen und schnell mit diesem Unsinn aufzuräumen, daß Sheila die vermißte Tochter sein sollte.

»Nein«, entgegnete die von läutenden Telefonen umgebene Emfangssekretärin kurz angebunden. »Sie hat angerufen und sich einen Tag freigenommen. Sie kommt erst Montag wieder.« Sie drehte ihm den Rücken zu und sprach hastig in zwei Telefone gleichzeitig hinein.

Bildete er es sich nur ein, oder hatte sie ihn mit weniger Respekt behandelt als gewöhnlich? Vielleicht hatte es sich bereits herumgesprochen – er hatte sich gestern vor Edgar Hale zum Narren gemacht und war jetzt in Ungnade gefallen. Eine beispielhafte dreißigjährige Karriere ruiniert durch einen einzigen törichten Fehler. Er hoffte inständig, daß Tante Lil mit Patricia Kellys Tochter recht hatte, ungeachtet der Tatsache, daß er fast alle Verdächtigen persönlich kannte. Ihm fiel nichts anderes ein, was seinen Ruf oder den Ruf der Bank retten könnte.

Eine extrem bedrängt aussehende Miss Fullbright eilte an ihm vorbei. Sie ignorierte T. S., als er hinter ihr herrief. Effie mußte gute Arbeit leisten und zahlreiche

Anfragen der Medien an Miss Fullbright weiterleiten. Oder vielleicht war die Abwesenheitsrate weiter angestiegen. Die Empfangshalle und der Fahrstuhl waren verlassen gewesen. Es bestand kein Zweifel daran, daß die Firma sich in Chaos auflöste. Bald würde Miss Fullbrights Trauma-Team die einzigen Mitarbeiter von Sterling & Sterling sein, die zur Arbeit kamen. Sie würden in einem leeren Gebäude herumsitzen und sich gegenseitig analysieren müssen.

Nicht einmal dieser Gedanke heiterte ihn auf. Es schien ihm, daß er aus dem engeren Kreis entfernt worden war, daß die zahlreichen und vielfältigen Aufgaben, die er so gut erledigt hatte, jetzt in den nur allzu fähigen Händen von Miss Fullbright lagen. Er seufzte und richtete sich hinter seinem Schreibtisch ein. Was tat er hier überhaupt noch? Seine Zeit war abgelaufen.

Wie konnte Miss Fullbright es wagen, nicht einmal seinen Gruß zu erwidern? Was in aller Welt konnte so wichtig sein, daß sie ihn einfach ignorierte?

Aus Rache würde er sich zuerst ihre Personalakte vornehmen. Der Gedanke an Miss Fullbright, die in Handschellen weggeführt wurde, während sich ein Meer von Sterling & Sterling-Angestellten teilte, um sie vorbeizulassen, hob seine Laune beträchtlich.

Nach einer gründlichen Prüfung ihrer Akte verpuffte seine Befriedigung. Nichts wies darauf hin, daß sie nicht die war, die sie zu sein vorgab, und plötzlich schämte er sich wegen seiner Animosität ihr gegenüber. Sie war nur eine hart arbeitende, alleinstehende Frau, die von ihrer Mutter großgezogen worden war, sich das Geld für ihre College-Ausbildung selbst verdient hatte und nach Höherem strebte. Wenn sie diese Höhen erreicht hatte, und sei es auf Kosten seines Stolzes, wer war er, daß er ihren Wert in Frage stellte? Er kam sich sehr klein und schäbig vor, als er ihre Akte durchsah. Laut ihrem Bewerbungsschreiben war ihr Vater gestorben, als sie noch ein kleines Mädchen war. Es konnte weder für sie noch für ihre Mutter leicht gewesen sein.

Er schob den Ordner zur Seite und grübelte. War der tote Vater vielleicht eine Ausrede für gar keinen Vater? Sicher nicht. Aber wo war sie die ganzen letzten Tage gewesen? Er hatte nicht mehr allein mit ihr gesprochen, seit sie sein Gespräch mit Herbert Wong unterbrochen und sich über den alten Büroboten lustig gemacht hatte. Sie hatte ihn mit seinen Bruce-Lee-Filmen aufgezogen und T. S. darauf hingewiesen, daß Wong auf der Liste der Leute stand, die das Gebäude an dem Abend, an dem Cheswick ermordet wurde, spät verlassen hatten.

Die Liste? T. S. richtete sich auf. Woher wußte Miss Fullbright, welche Mitarbeiter auf der Liste standen und einem polizeilichen Verhör entgegensahen? Er hatte nichts davon gehört, daß irgendeiner von ihnen bereits befragt worden war. Die Wachleute wußten, daß sie die Namen für sich behalten sollen. Selbst wenn Abromowitz Miss Fullbright verhört hatte, hätte er ihr die Namen nicht verraten. Sie war eine Fremde für ihn, und die Ermittlung war auch so schon genug kompromittiert worden. Und dennoch hatte sie das so selbstsicher und überzeugt vorgebracht, entschied T. S., als wären ihr Informationen zugänglich, die ihm vorenthalten wurden.

Als er nun angefangen hatte, sie zu verdächtigen, tauchten weitere Fragen auf. Wieso hatte sie am Montag nach Boswells Tod so einen schweren Sonnenbrand gehabt? Wo konnte man sich besser einen Sonnenbrand holen als auf einer Segeljacht an einem unerwartet sonnigen Nachmittag? Warum hatte sie versucht, ihn auszuhorchen, wieso hatte sie wissen wollen, was er herausgefunden hatte? Wo war sie gerade eben hingerast?

Vielleicht war es ein unbewußtes Verlangen, seine Position bei Sterling & Sterling zurückzubekommen, das seinen augenblicklichen Verdacht gegen Miss Fullbright anstachelte. Vielleicht hatte er einfach Angst. Was auch immer der Grund war, seine Unruhe führte dazu, daß er sofort mit seinen unbeantworteten Fragen herausplatzte, als Miss Fullbright selbst unerwarteterweise in der Tür stand.

»Tut mir leid, T. S.« sagte sie. »Ich hatte vorhin keine Gelegenheit, guten Morgen.«

Also versuchte sie jetzt, ihn einzuwickeln, um seinen Verdacht zu zerstreuen. »Warum sind Sie an dem Abend, an dem Cheswick ermordet wurde, länger im Büro geblieben?« rief er. Er würde nicht auf ihren kleinen Trick hereinfallen. Sie blickte ihn erstaunt an. »Nach dem Verlassen meiner Feier sind Sie noch mehr als eine Stunde im Haus geblieben«, erinnerte er sich zornig. »Was haben Sie in dieser Zeit gemacht?«

»Ich habe meine Sachen in mein neues Büro gebracht. Warum fragen Sie mich das jetzt?« Ihre Stimme wurde lauter, als ihr die Bedeutung seiner Frage klarwurde.

»Und wo hatten Sie den Sonnenbrand her?« fragte er mit so lauter Stimme, daß er selbst schockiert war über seine rasende Wut. »Woher wußten Sie, daß Herbert Wong auf der Liste der Leute stand, die das Gebäude spät verlassen haben?« Er erhob sich von seinem Stuhl und machte einen Schritt auf sie zu. »Wo waren Sie an dem Sonntag, an dem Boswell starb?« Sehr zu seiner eigenen Verlegenheit stellte er fest, daß er den klassischen anklagenden Finger auf sie gerichtet hatte.

Miss Fullbright stand da mit offenem Mund und weißem Gesicht. Dann machte sie einen plötzlichen Satz auf ihn zu, und er begriff, wie töricht er sich benommen hatte. Wenn sie eine Waffe hatte, war er das nächste

Opfer. Aber alles, was sie tat, war, ihm hart und mit erstaunlicher Kraft ins Gesicht zu schlagen. Sie rieb sich die Hand und marschierte voll sichtbaren Abscheus zur Tür. Mit einer Hand auf der Türklinke blieb sie stehen und fixierte ihn mit einem vernichtenden Blick. »Es geht Sie verdammt noch mal nichts an, was ich in meiner Freizeit mache!« brüllte sie. »Das geht niemanden etwas an außer mir!« Sie knallte ihm die Tür vor der Nase zu.

Sein Herz hämmerte. Was war bloß in ihn gefahren? Begann die Panik, die die Mitarbeiter ergriffen hatte, auch auf ihn überzugreifen? Er holte tief Luft. Es gab beunruhigende Fragen hinsichtlich Miss Fullbright, das stimmte, aber das bewies nicht, daß sie die Mörderin war. Er hatte sich töricht benommen. Er hatte seinen persönlichen Gefühlen gestattet, seiner Arbeit in die Quere zu kommen. Das war ihm noch nie passiert.

In diesem Augenblick wurde ihm bewußt, wie leicht er inzwischen die Beherrschung verlor und wie tief er den Verlust des Sterling & Sterling, das er gekannt und geliebt hatte, betrauerte. Er fühlte sich Edgar Hale näher als je zuvor. Er schwor sich, die Nachforschungen erst aufzugeben, wenn er die Wahrheit herausgefunden hatte, ganz egal, wer der Schuldige war. Und wenn es Tante Lil selbst wäre.

Er würde wie ein Esel dastehen, und vielleicht würde sich herausstellen, daß er ein Trottel war, aber er würde sein Bestes tun, um herauszufinden, wer Sterling & Sterling in seinen Grundfesten erschütterte. Und er würde damit anfangen, indem er die restlichen Akten durchsah.

Er hatte noch nicht mal die erste Akte aufgeschlagen, als das Klingeln des Telefons seine Überlegungen unterbrach. Vielleicht rief Tante Lil an, um über ihre Fortschritte zu berichten. Es gefiel ihm gar nicht, daß er keine Verbindung mit ihr hatte.

»Mr. Hubbert, Gott sei Dank sind Sie da!« Effies unverkennbare Telefonistinnen-Stimme drang scharf durch den Hörer. Ihr knapper militärischer Ton bebte vor Dringlichkeit, denn sie war im Begriff, eine Notstandsmeldung durchzugeben.

»Es gibt eine wirkliche Krise, Sir«, sagte sie. »Mr. Hale will niemanden sehen. Er sitzt allein in seinem Büro und weigert sich, irgend jemanden hereinzulassen oder auch nur Anrufe entgegenzunehmen. Was natürlich heißt, daß Quincy sich schrecklich aufregt und es an uns allen ausläßt. Ich dachte schon, sie würde Anne Marie heute morgen ins Gesicht schlagen, als sie zu spät zur Arbeit kam. Ich sage Ihnen, Sir, die Situation eskaliert.«

»Wenn Sie Probleme mit irgendwelchen Anrufern oder Besuchern haben, schicken Sie sie zu mir«, sagte er widerstrebend. Es war besser, wenn er sie beruhigte, bevor sie mit dem Ruf »Mayday! Mayday!« auf den Lippen durch die Bank lief und die Panik sich verbreitete wie ein Lauffeuer.

»Roger, Sir. Ich wußte, daß Sie helfen würden.« Sie legte abrupt auf, und er spürte eine bescheidene Genugtuung. Zumindest Effie hatte immer noch Zutrauen in seine Fähigkeiten.

Edgar Hale war im Schockzustand. Sterling & Sterlings Mühlen würden stockend zum Stillstand kommen. Wer war da, der die Leitung übernehmen konnte? Er konnte nicht lange über dieses Problem nachdenken. Unbewußt hatte er Sheilas Telefon im angrenzenden Raum klingeln gehört, und es wählte diesen Augenblick, auf seinen Apparat überzuspringen und ihn aus seiner Träumerei aufzuschrecken.

»Personalabteilung«, bellte er, nicht gewillt, eine vollständige Vorstellung vom Stapel zu lassen.

»Sind Sie das schon wieder, T. S.?« Mit leichtem Abscheu erkannte er Brian O'Reillys Stimme. »Was ist los? Sind Sie zum Telefondienst abkommandiert worden?« Er lachte herzlich über seinen Witz.

T. S. konnte wirklich nicht verstehen, warum Sheila so einen Volltrottel geheiratet hatte.

»Hey, ist meine Frau da?« fragte er. T. S. kam der Gedanke, daß der Mann vielleicht getrunken hatte. Seine gesunde und muntere irische Art war eine Spur zu gesund und munter.

»Nein, sie hat sich einen Tag freigenommen«, sagte T. S. kurz. »Ich nahm an, um ihn mit Ihnen zu verbringen.« Nicht, daß er sich vorstellen konnte, daß jemand den Wunsch haben sollte, einen Tag mit Brian O'Reilly zu verbringen, nicht in dem schändlichen Zustand, in dem er sich befand.

»Hat sich freigenommen? Warum, zum Teufel?« schrie der irische Polizist durchs Telefon. »Bestimmt nicht, um sich bei mir freizumachen!« Er lachte laut über diesen Witz, und zum erstenmal hörte T. S. schwachen Lärm im Hintergrund. Stimmengemurmel und Gläserklirren. Er sah auf die Uhr. Gütiger Himmel, es war kaum Mittag, und der Mann ließ sich in einer Kneipe vollaufen. Kein Wunder, daß Sheila nicht zu Hause war.

Die Frage blieb – wo war Sheila?

»Tun Sie mir einen Gefallen, T. S., ja?« In Brian O' Reillys Stimme klang eine wachsende Feindseligkeit mit, die T. S. überhaupt nicht gefiel. »Wenn Sie meine entzükkende Frau sehen, fragen Sie sie, wo zum Teufel sie letzte Nacht war.«

T. S. hörte, wie der Telefonhörer auf die Gabel geknallt wurde, gefolgt von einer plötzlichen und vollständigen Stille. Er dachte: »Höchste Zeit, noch mal mit Anne Marie zu sprechen.«

Anne Marie sah blaß und dünn aus, als T. S. sie in sein Büro führte. »Ich hoffe, es dauert nicht allzulange«, sagte sie fast entschuldigend. »Es fehlen so viele Leute, ich mußte einen Haufen Extraarbeit übernehmen, und heute kann ich auch nicht so furchtbar lange bleiben. Diese Quincy nutzt die Situation wirklich schamlos aus. Kommandiert mich von vorne bis hinten herum.«

Anne Marie war so gut angezogen wie immer, aber winzige Haarsträhnen flatterten ihr ums Gesicht herum, was untypisch war, und beim Sprechen rang sie die Hände. Ihre Stimme wurde hart, als sie Mrs. Quincy erwähnte.

»Nein, natürlich nicht, ich werde Sie hier nicht lange festhalten«, stimmte er geistesabwesend zu, bevor er entschied, auf Umwegen an die Sache heranzugehen. »Wissen Sie, wo Sheila heute ist?«

Anne Marie blickte in die Richtung, in der das leere Büro ihrer Tochter lag. »Ich glaube, sie hat sich heute einen Tag freigenommen. Sie hat heute früh angerufen und gesagt, ich brauchte an der U-Bahn-Station nicht auf sie zu warten.« Sie sprach leichthin, aber ihre Augen hatten sich verengt, und sie sah ihn voller Mißtrauen an.

Er dachte schweigend über ihre Antwort nach. Wofür brauchte Sheila so plötzlich einen freien Tag?

»Wieso fragen Sie?« erkundigte sich Anne Marie und rutschte auf ihrem Stuhl hin und her. »Man darf sich einen Tag freinehmen, oder nicht? Sie macht das ganz selten.«

»Ja, ja, natürlich ist das den Mitarbeitern erlaubt. Steht auf Seite 19 des Personalhandbuchs.« Er dachte angestrengt nach. »Hat sie von zu Hause angerufen?«

»Natürlich«, entgegnete die Frau eine Spur zu schnell.

»Sind Sie sicher?« fragte er.

Sie schwieg ein paar Sekunden. »Ich habe es angenommen.« Bildete er sich das nur ein, oder versuchte sie, seinem Blick auszuweichen? Vielleicht war eine etwas direktere Herangehensweise angebracht.

»Anne Marie – wenn Sie wissen, wo Sheila ist, müssen Sie es mir sagen.«

Die Frau sah zu T. S. auf, und er sah, daß sie eindeutig verstört war. »Wieso ist es so wichtig, wo Sheila ist?« fragte sie ihn. »Ich dachte, das Privatleben der Mitarbeiter wäre privat.« Ihre Stimme schwoll indigniert an.

»Das ist es auch«, versicherte er ihr. »Aber um ganz offen zu sein, es hat in letzter Zeit ein paar beunruhigende Widersprüche und Zufälle gegeben, was Sheilas Kommen und Gehen angeht. Durch die Morde stehen wir alle unter Verdacht.« Er bemerkte, wie sich augenblicklich Besorgnis in ihrem Gesicht abzeichnete, und redete hastig weiter. »Nicht daß Sheila *wirklich* unter Verdacht stünde. Keine Sekunde lang. Aber ich bin gebeten worden, festzustellen, wo sie sich zu bestimmten Zeiten aufgehalten hat, und es scheint, daß sie mir nicht die ganze Wahrheit gesagt hat.«

Sie schwiegen beide, und als keine Antworten kamen, fuhr T. S. fort: »Sie verstehen sicher, wie wichtig es unter diesen Umständen ist, die Wahrheit zu sagen, nicht wahr?«

»Es ist so schrecklich«, sagte Anne Marie. Ihr Mund zitterte, und sie holte ein Taschentuch aus ihrer Handtasche. T. S. hoffte, daß sie nicht in Tränen ausbrechen würde. Noch eine in Tränen aufgelöste Frau wäre eindeutig zuviel für ihn.

»Ich versichere Ihnen, daß alles, was Sie mir erzählen, streng vertraulich behandelt werden wird«, erklärte er.

Sie zögerte und betupfte sich die Augen. »Sheila und Brian ... haben ... Eheprobleme. Sie ist schon lange nicht mehr glücklich mit ihm.« Sie seufzte so tief, daß ihre Schultern sich hoben. »Ich kann das verstehen. Es ist nicht leicht, mit einem Polizisten verheiratet zu sein, und wenn er so viel trinkt, wie Brian, nun ja ...« Sie ließ ihre Stimme verebben, aber ihre Augen blitzten in plötzlicher Wut, und sie sah T. S. völlig unerwartet böse an. »Zweifellos leidet er unter dem gleichen Problem wie mein Mann«, bemerkte sie bitter.

»Was für ein Problem?« erkundigte er sich. Seine Stimme war eine Oktave zu hoch.

»Nicht für ihn natürlich. Die Unfähigkeit eines Ehemannes, seiner Frau treu zu sein, ist eigentlich nur ein Problem für die Ehefrau, finden Sie nicht?« T. S. wandte den Blick ab. Er erinnerte sich, daß der Kommissar Tommy Shaunessy nicht hatte auftreiben können, als Anne Marie verhört werden sollte, und wie er seine Witze über die augenfällige Untreue ihres Mannes gerissen hatte. Nun, offensichtlich wußte Anne Marie Bescheid, und sie fand es eindeutig nicht so belustigend wie der Kommissar.

»Seltsam, nicht wahr, daß Polizisten solche Schwierigkeiten damit haben, ihre Pistolen oder ihre ... Geschlechtsteile da zu lassen, wo sie hingehören. Finden Sie nicht auch?« In ihrem Blick schwelte ein zorniges Feuer.

»Das ist mir noch nicht aufgefallen«, versicherte T. S. hastig. O Gott, was er so alles über die Leute erfuhr. War denn niemand so anständig, wie er zu sein schien? »Wo ist Sheila gewesen?« wiederholte er behutsam seine Frage. «Brian rief an und sagte, sie wäre heute nacht nicht nach Hause gekommen.«

Die Frau sah mit aufrichtigem Erstaunen zu ihm hoch. »Ich versichere Ihnen, das weiß ich nicht.« Sie preßte die Lippen zusammen. »Ich dachte, Sie wollten wissen, wo sie *heute* ist. Heute hat sie einen Termin bei einem Anwalt. Sie will die Trennung und, ich nehme an, die Scheidung.« Dieses letzte Eingeständnis war zuviel für sie, und sie begann leise zu weinen.

»Aber, aber, Anne Marie«, sagte T. S., den ihr Unglück fast so mitnahm wie sie. »Es lassen sich jeden Tag Leute scheiden. Das ist kein Verbrechen.«

Sie sah mit tränenüberströmten Wangen zu ihm auf. »Sagen Sie das Vater O'Donnell. Wahrscheinlich wird sie exkommuniziert werden.«

»Aber sicher macht sich die Kirche doch heutzutage nicht mehr die Mühe« – er suchte nach dem richtigen Wort – »die Leute *offiziell* zu exkommunizieren.«

»Oh, Sie würden überrascht sein«, schluchzte sie. »Aber eine Scheidung ist das Beste für sie. Das weiß ich.« Sie machte eine dramatische Pause. Die Tränen liefen ihr über die Wangen. »Besser exkommuniziert werden als die Demütigungen durchmachen, die sie erdulden mußte.« Wieder blickte sie T. S. böse an. »Die Männer sind alle gleich.«

Er hob protestierend die Hände. Er war überhaupt nicht so. Er hatte sich immer für ziemlich außergewöhnlich gehalten. Aber zumindest hatte sie ihm einen Teil dessen erzählt, was er wissen mußte, wenn auch nicht alles. Wenn Sheilas häusliche Probleme so ernst waren, hatte sie vielleicht einfach bei einer Freundin übernachtet. Er sah noch einen Augenblick länger zu, wie Anne Marie in ihr Taschentuch schluchzte, bevor er entschied, daß er ebensogut den entscheidenden Sprung wagen konnte, da sie ja sowieso schon weinte.

»Anne Marie – ist Sheila adoptiert?« fragte er.

Die Wirkung war erstaunlich. Sie hörte augenblicklich auf zu weinen, das Taschentuch halb an die Nase gehoben. Ein Gefühl, das er nicht benennen konnte – Zorn, Mißtrauen, Panik oder wilde Wut –, glitt über ihr Gesicht und war verschwunden.

»Ist Sheila adoptiert?« fragte er noch einmal.

»Wer hat Ihnen das gesagt?« zischte sie. Die Tränen waren vergessen.

»Ich . . . niemand. Es war nur eine Vermutung.«

»Solche Sachen vermutet man nicht einfach.« Anne Marie beugte sich vor. Zorn war an die Stelle ihres Kummers getreten. »Was wissen Sie darüber?« Sie beugte sich vor und wiederholte die Frage noch etwas lauter. »Was wissen Sie darüber?«

»Nichts«, entgegnete er völlig erstaunt. »Ehrlich. Es war nur eine Vermutung.«

»Sie haben mir geschworen, daß niemand es je erfahren würde«, erklärte sie bitter.

»Wer sind sie?« fragte er und ignorierte ihren vorwurfsvollen Blick.

»Die Nonnen in der Agentur.«

»Sie haben Sheila über die Kirche adoptiert?«

»Natürlich.« Sie setzte sich aufrecht hin und putzte sich geziert die Nase. »Ich nehme an, jetzt werden Sie wissen wollen, warum wir keine eigenen Kinder haben konnten«, sagte sie leicht gehässig.

»Nein, nein, nein.« Er war entsetzt über diesen Seitenhieb gegen seine guten Manieren. »Ganz bestimmt nicht. Ich kann es Ihnen jetzt nicht erklären, aber es ist sehr wichtig, daß ich erfahre, ob Sheila adoptiert ist oder nicht.«

»Ich sag' es Ihnen trotzdem«, verkündete Anne Marie. »Es liegt daran, daß der große Tommy Shaunessy steril ist. So ist es! Dieser große, harte Bursche kann kein Kind zeugen.« Ihre Stimme triefte vor Hohn. »Aber macht er sich deswegen Gedanken? Nein, nicht im mindesten. Er verschwendet keinen Gedanken an die Qualen, die seine Frau deswegen ausstehen mußte. Oh, nein.« In ihrem Blick lag eine Bosheit, die ihm Angst machte. »Nein, er benutzt es seit Jahren als Ausrede dafür, daß er fremdgeht. Mein Ehemann betrügt mich seit Jahrzehnten, und das nur, weil er kein Kind zeugen kann!«

»Bitte, Anne Marie. Bitte.« Er flehte sie praktisch an. Er wollte nichts mehr von untreuen Ehemännern und Sex hören. Wie schnell die Vornehmen ordinär wurden, wenn man die Oberfläche ankratzte. »Erzählen Sie mir nur von Sheila. Es ist zum Besten Ihrer Tochter«, bat er sie. »Bitte, Anne Marie. Sie kennen mich seit Jahren, sicher können Sie mir vertrauen. Wir könnten es auch auf andere Art herausfinden, wissen Sie.«

»Viel würden Sie nicht herausfinden«, erwiderte sie gehässig. »Diese Unterlagen sind unter Verschluß.«

»Wir könnten einen Gerichtsbeschluß erwirken«, konterte er in ebenso ärgerlichem Ton. Er war diese Spielchen leid. »Und das werde ich auch, wenn ich muß.«

Urplötzlich änderte sich ihr Verhalten. »Nicht einmal Sheila weiß es«, erzählte sie ihm. »Nur ihr Vater und ich. Und ... ein, zwei andere Leute.« Sie zerrte an ihrem Taschentuch. »Es war schrecklich, daß wir keine eigenen Kinder bekommen konnten. Alle fragten ständig, wann wir denn eine Familie gründen wollten. Es wurde gemunkelt, daß es an mir läge. Natürlich. Niemand hätte sich träumen lassen, daß einer der Shaunessy-Jungs Nieten schießen könnte.« Sie lachte bitter, und T. S. seufzte. Hoffentlich fing sie nicht wieder *damit* an.

»Sie können sich nicht vorstellen, wie das war, damals«, sagte sie traurig. »In einer katholischen Gegend zu leben, in der es von kleinen Jungen und Mädchen wimmelte, und keine eigenen Kinder zu haben. Wir waren die einzige Familie in unserem Block, die keine Kinder hatte.« Sie wirkte viele Kilometer und viele Jahre entfernt von dem Ort, an dem sie saßen.

»Schließlich nahmen wir Kontakt mit dem Priester

einer anderen Gemeinde auf ... in Long Island, glaube ich. Es war die Idee meiner Mutter, Gott hab' ihre Seele gnädig. Sie hat alles arrangiert. Sie meinte, es wäre besser für Sheila – obwohl wir zu dem Zeitpunkt noch nicht wußten, daß wir Sheila bekommen würden – wenn niemand vermutete, daß sie adoptiert sei. Und besser für Tommy, zweifellos.«

Wieder putzte sie sich zierlich die Nase und fuhr dann fort: »Um eine lange Geschichte kurz zu machen, wir brauchten nicht lange zu warten.« Sie sah voller Entrüstung zu T. S. hoch. »Es gab damals keine Alternativen für schwangere Frauen, verstehen Sie.« Er nickte. »Heutzutage ist das natürlich ... anders.« Sie hielt inne, als würde ihr bewußt werden, daß sie dabei war, wieder vom Thema abzukommen. »Jedenfalls, wir nahmen Kontakt zu einer Agentur auf und erfuhren von einem jungen Mädchen, deren Kind in ungefähr sechs Monaten kommen sollte. Ich fuhr zu meiner Tante nach Maine, und wir verbreiteten das Gerücht, daß ich die ganze Schwangerschaft über im Bett bleiben müßte. Als Sheila geboren wurde und sich herausstellte, daß es Sheila war, holten Tommy und ich sie einfach im Krankenhaus ab und brachten sie nach Hause. Niemand hat es je erfahren. Da ich nicht physisch schwanger gewesen war, war ich nicht vorbereitet auf das ungeheuerliche Maß meiner Liebe für sie.« Sie brach wieder zusammen und begann zu schluchzen.

»Ich will nicht, daß Sheila es erfährt«, flehte sie T. S. unter Tränen an. »Sie würde mich hassen, weil ich es ihr nicht zuerst erzählt habe. Ich will nicht, daß sie es weiß.« Ihr Schluchzen wurde lauter.

»Ich werde nichts sagen, wenn ich nicht muß«, versicherte T. S. ihr hastig. Warum um alles in der Welt hatte sie es Sheila nicht erzählt, als sie jünger war? Es war schließlich keine *so* große Sache. Gott, alle Leute waren so nervös. Viel länger würde er diese Anspannung nicht aushalten können.

»Ich konnte es nicht ertragen, sie allein zu lassen und so kurz, nachdem ich sie bekommen hatte, wieder arbeiten zu gehen«, flüsterte Anne Marie. »Mr. Cheswick hat mir meine Stellung noch ein Jahr offengehalten. Er war der einzige, der die Wahrheit kannte.« Sie hielt in ihrer Geschichte inne, Tränen auf Wartestellung, und sah T. S. scharf an. »Woher wußten Sie es?« fragte sie noch einmal.

Er zuckte die Achseln. »Sie sieht Ihnen oder ihrem Vater überhaupt nicht ähnlich«, brachte er vor. Er hatte das Bedürfnis, sich zu verteidigen. »Denken Sie an Sheilas blondes Haar. Ihre Haare sind blauschwarz.«

»Ach, wer sieht schon seinen Eltern ähnlich?« Sie wartete noch einen Augenblick, erkannte aber, daß sie nichts weiter aus ihm herausbekommen würde. »Jedenfalls, Sheila darf es nicht erfahren.«

»Sind Sie sicher, daß sie es nicht schon weiß? Kinder haben so eine Art, genau die Dinge zu ahnen, die wir vor ihnen verbergen wollen.«

»Natürlich bin ich sicher. Sie hat die Möglichkeit nie auch nur in Erwägung gezogen oder zur Sprache gebracht«, sagte Anne Marie schnell. »Und ich sehe nicht ein, warum wir das jetzt machen sollten.«

Tante Lil hatte also recht gehabt, Sheila war adoptiert. Aber das bewies noch lange nicht, daß sie die Mörderin war oder daß Patricia Kelly ihre richtige Mutter war. Wirklich noch lange nicht. Seine Gedanken wurden durch das schrille Klingeln des Telefons unterbrochen. Anne Marie zuckte zusammen.

Er griff nur zögernd nach dem Hörer, da er heute nichts als schlechte Nachrichten durchs Telefon empfangen hatte.

»Hallo?«

»Warum zum Teufel schikanieren Sie Felicia Fullbright?« Kommissar Abromowitz' wütende und fiese Stimme war nicht zu verkennen.

»Was wollen Sie damit sagen?« fragte T. S. schwach, den Blick auf die nervöse Anne Marie gerichtet. Sie drehte ihr Taschentuch in den Händen.

»Sie wissen verdammt gut, was ich meine. Sie haben sie des Mordes beschuldigt. Sie gefragt, wo sie ihren Sonnenbrand her hat und ob sie John Boswell ermordet hat. Sie haben angedeutet, sie hätte Cheswick erstochen.«

»Das habe ich nicht gesagt, ich habe sie lediglich gefragt ... «

»Es ist mir scheißegal, was Sie gesagt haben. *Lassen Sie sie in Ruhe.* An dem Sonntagnachmittag, an dem sie sich den Sonnenbrand geholt hat, war sie mit mir zusammen. Nicht, daß Sie das *irgendwas* anginge. Ich will, daß diese Schikanen aufhören, oder ich lasse Sie festnehmen, weil Sie die Ermittlungen in einem Mordfall behindern. Noch besser, ich will, daß mit *all* Ihren Aktivitäten Schluß ist. Die Spielstunde ist vorbei.«

T. S. war sprachlos. Miss Fullbright und Kommissar Abromowitz? Mein Gott, was war, wenn sie heirateten und sich fortpflanzten? Dann war die Leitung tot.

»Wer war das?« fragte Anne Marie. Sie beugte sich ängstlich vor.

Er sah sie an. »Sie sagen, daß Sheila heute zu einem Rechtsanwalt gegangen ist?«

»Ja. Später treffen wir uns hier. Wir wollen uns die Ice Capades im Garden ansehen. Wer war das eben am Telefon? Worüber haben Sie gesprochen?«

T. S. rieb sich müde die Schläfen. »Niemand, Anne Marie. Bitte fragen Sie nicht. Gehen Sie einfach zurück an die Arbeit und vergessen Sie es.« Er hatte das Gefühl, letzte Nacht kein Auge zugetan zu haben. Er seufzte tief.

»Ich muß mit Sheila sprechen, wenn sie kommt«, sagte er zu Anne Marie. »Umgehend. Ich muß ihr ein paar sehr wichtige Fragen stellen.«

Anne Marie suchte in T. S.' Gesicht nach Hinweisen. Ein dunkler Schatten legte sich über ihr Gesicht. Ihre Blicke trafen sich, aber er wollte nicht nachgeben, und so stand sie schließlich auf und strich sich automatisch den Rock glatt. »Ja, natürlich. Ich werde sie hochbringen. Könnten Sie mir nicht sagen, warum Sie sie sprechen wollen?« Sie sah ihn ängstlich an, und er seufzte.

»Ich weiß, daß sie nichts Unrechtes getan hat«, versicherte er ihr ruhig. »Ich habe mehr Vertrauen zu Ihrer Tochter als zu jedem anderen Menschen bei Sterling & Sterling, aber es gibt ein paar Fragen, die ich ihr stellen muß.«

Wenn er nur so überzeugt wäre, wie er sich anhörte. Er stand auf und ging zum Fenster hinüber, zog die Stäbe der Jalousie auseinander. Fremde Menschen gingen auf der Straße vorbei, und er fragte sich, was für Geheimnisse sie wohl zu verbergen hatten. Mehrere lange Sekunden war er völlig in Gedanken versunken. Er drehte sich nicht einmal um, als Anne Marie sich schließlich wieder zu Wort meldete.

»Werden Sie ihr sagen, daß sie adoptiert ist?« fragte sie mit winziger Stimme von der Tür her.

Er dachte darüber nach. »Nur, wenn ich es für notwendig halten sollte. Obwohl ich nicht verstehe, warum Sie es ihr nicht sagen wollen. Früher oder später muß sie es doch erfahren.« Er ließ die Jalousie wieder zurückfallen und seufzte.

Sie wirbelte herum und knallte mit einem aggressiven Krachen die Tür hinter sich zu.

T. S. saß hinter einem Stapel Personalakten und sah ungeduldig auf die Uhr. Es war fast zwei, und er hatte noch nichts von Tante Lil gehört. Die meisten verbleibenden Akten war er gründlich durchgegangen und hatte keine Unstimmigkeiten im Werdegang der Frauen gefunden. Er hatte sich die Akten aller weiblichen Angestellten der richtigen Altersstufe gezogen, die irgendeinen wie auch immer gearteten Grund gehabt hatten, mit den toten Männern zusammenzutreffen, sogar die von drei Mitarbeiterinnen im Speisesaal. Alles in allem gab es mehr als drei Dutzend, die in Frage kamen, und jede einzelne schien aus einem guten Elternhaus zu kommen und eine gute Schule besucht zu haben. Keine hatte sonderbare oder verdächtige Lücken in ihrem Lebenslauf – sie wären auch nie eingestellt worden, wenn es welche gegeben hätte –, und alle hatten Referenzen von angesehenen Leuten für buchstäblich jede Zeitspanne ihres Lebens: von Lehrern, Pastoren, Pfadfinder-Führern, Persönlichkeiten des öffentlichen Lebens. Wieder fand er es tröstlich, sich daran zu erinnern, daß der Beweis, daß Sheila adoptiert war, noch lange kein Beweis dafür war, daß sie die Mörderin war.

Er seufzte. Edgar Hale weigerte sich, ihn zurückzurufen, Sheila war noch nicht da, und er wußte nicht, wo Tante Lil steckte. Was konnte er schon tun?

Das Telefon klingelte, als er gerade erwog, ob es wohl erforderlich war, daß er die Akten noch einmal durchging.

»Ich habe sie gefunden«, rief Tante Lil gleich in großer Aufregung.

»Die Tochter? Sei vorsichtig, sie könnte . . .«

»Nein. Nein. Die Tote. Sie ist in Brooklyn begraben. Ich habe den ganzen Vormittag gebraucht, um sie aufzuspüren. Ich hatte angenommen, sie würde in Queens begraben sein, da sie ja Katholikin war.« Tante Lil schien das erheiternd zu finden, und T. S. hörte ihr fröhliches Lachen mit ausgesprochener Erleichterung. Sie war in Sicherheit. »Ich habe stundenlang Beerdigungsurkunden durchgesehen, und endlich habe ich sie gefunden. Ich fahre jetzt zum Friedhof. Ich wollte dich nur wissen lassen, daß es mir gutgeht.«

»Ich hatte mir schon Sorgen gemacht,« gab er zu. »Du fährst doch nicht mit dem Wagen, oder?«

»Nein. Ich bin doch nicht blöde. Wo sollte ich denn parken? Hast du etwas entdeckt?« Sie beeilte sich, jede Andeutung zu verdrängen, daß sie nicht in der Lage sein könnte, auf sich selbst aufzupassen.

Er erzählte ihr, daß Sheila adoptiert war.

»Mach dir keine Gedanken wegen Sheila«, teilte sie ihm mit. »Du bist ein sehr guter Menschenkenner. Diese Ehegeschichte erklärt einiges. Du wirst dich besser fühlen, wenn du mit ihr selbst gesprochen hast. Was ist mit den Personalakten der anderen Frauen?«

»Nichts. Sieht alles sauber aus. Ich weiß nicht, wonach ich suchen soll.«

»Nach irgend etwas, daß auf eine Verbindung mit

Patricia Kelly hinweisen könnte. Vielleicht ist sie nach Patricias Mutter benannt. Oder im gleichen Stadtteil aufgewachsen. In dieselbe Schule gegangen. Vielleicht stimmt eine Adresse überein. Hast du dir die Kelly-Informationen eingeprägt?«

»Äh, nein«, gab er zu. »Du hast nur gesagt, ich soll mir die anderen Akten ansehen.«

»Um Himmels willen, Theodore. Zeig ein bißchen Initiative. Vergleich sie mit der Kelly-Akte. Such nach einem Magritte. Hat eine der Frauen einen Verwandten namens Magritte?«

»Nein. Daran würde ich mich erinnern.«

»Es ist seltsam und sehr verwirrend.« Sie schwieg einen Moment. »Ich weiß, daß ›Magritte‹ wichtig ist, und ich weiß nicht, wo ich anfangen soll. Bist du sicher, daß die Akten sauber sind?«

»Es scheint so. Ich werde die Akten noch mal mit Patricia Kellys Akten vergleichen. aber ich weiß nicht, was ich danach noch tun könnte.«

»Warum versuchst du nicht, noch mal mit Mr. Dorfen zu sprechen? Wir müssen herausbekommen, wer Magritte ist.«

»Lieber Himmel. An einem Freitag? Wer weiß, ob er überhaupt noch fähig ist, aufrecht zu gehen.«

»Vielleicht wirst du dich wundern, Theodore. Schließlich sind drei seiner Kollegen ermordet worden. Das reicht, um jeden auszunüchtern.«

»Ich werde es versuchen«, versprach er.

»Gut. Ich melde mich später«, sagte sie. T. S. konnte im Hintergrund Verkehrslärm hören. Irgendwie schien Tante Lil dadurch sehr, sehr weit weg zu sein, und er wurde von einer plötzlichen Angst ergriffen. Wovor wußte er nicht.

»Ruf mich bald zurück«, bat er. »Ich werde versuchen,

Sheila zu erreichen. Vielleicht habe ich gute Nachrichten.« Ein Köder, damit sie ganz bestimmt mit ihm in Verbindung blieb. Außerdem versuchte er wirklich, Sheila zu erreichen. Ihm fiel keine einfache Erklärung dafür ein, daß sie so genau über die Umstände von Boswells Tod Bescheid gewußt hatte, aber sie hatte die Gelegenheit zu einer Erklärung verdient.

»Ich ruf dich an, nachdem ich das Grab gesehen habe«, versprach Tante Lil. »Jetzt sieh diese Akten durch und sprich noch einmal mit Mr. Dorfen. Denk daran – such nach Unstimmigkeiten.«

»Gut.« Er legte auf und starrte auf die Akten, die vor ihm lagen. Such nach Unstimmigkeiten.

Die erste Unstimmigkeit erwies sich als dicker Brocken. Als er nach der Akte Patricia Kelly griff, stellte er fest, daß sie verschwunden war.

Es war ein trüber Märztag – Wolken und Smog verdeckten die Sonne –, und als Tante Lil den Friedhof in Brooklyn erreichte, hatte die Luft sich merklich abgekühlt. Tante Lil hatte an einem Tag so viele Gräber gesehen, daß sie annahm, daß sie die Toten bereits in Schichten begruben. Es war kein erfreulicher Gedanke, von einem anderen Sarg über oder unter sich eingezwängt zu werden, sogar im Tode. Sie mußte unbedingt daran denken, ihr Testament zu ändern und zu verlangen, im Norden des Bundesstaates neben ihrem geliebten Bruder begraben zu werden.

Es war ein langer Weg zum hinteren Ende des Friedhofs. Der Friedhof, der von allen Seiten von breiten Durchgangs- und Schnellstraßen umgeben war, schien sich endlos hinzuziehen. Autos rasten vorbei und hupten wie toll – für das schnelle Vorwärtskommen auf der Überholspur wurde der Respekt vor den Toten ignoriert.

Schatten formten sich an den Rändern der Gräber, als die Nachmittagsonne endlich durchkam. Tante Lil wikkelte sich den Mantelkragen enger um den Hals und zitterte in der frischen Brise. Die Friedhofsbetreiber hatten den Versuchungen der Habsucht soweit widerstanden, daß am Rand ein paar große, schattige Bäume stehengeblieben waren und eine niedrige Steinmauer umfaßten, die den Friedhof vom Bürgersteig trennte. In dem kalten Märznachmittag streckten die Bäume ihre knochigen Äste mit einem abstoßend habgierigen Anstrich über die kahlen Steine der Mauer. Tante Lil eilte hastig an ihnen vorbei. Die Sonne wanderte langsam auf den Westen zu und warf unerfreuliche Schatten auf den Weg vor ihr.

Hinter ihr, versteckt in der Dunkelheit unter einem großen Baum, stand der asiatische Mann. Er wartete ruhig in seinem dunklen Zufluchtsort, regungslos, die Hände in den Manteltaschen. Nur seine Augen bewegten sich leicht, als er Tante Lils Schritte verfolgte. Als er eine dritte Gestalt näherkommen sah, trat er tiefer in die Schatten zurück und setzte seine umsichtige Wache unbemerkt fort.

Als Tante Lil das gesuchte Grab entdeckte, vergaß sie alles um sich herum und stieß einen kleinen Triumphschrei aus. Sie kniete sich vor dem Grab hin und holte tief Luft. Der Grabstein war so einfach wie die Grabinschrift:

Patricia Kelly, 1938–1991
Geliebte Freundin & Mutter

Aber es war nicht der Stein, der Tante Lils Interesse gefangennahm. Sie streifte anmutig ihre Handschuhe ab und hob einen riesigen, verrotteten Blumenstrauß hoch, der in eine billige goldbemalte Plastikvase gestopft worden war. Es waren keine passenden Blumen für ein Grab. Sie war ganz sicher, daß es sich um einen braungewordenen und verwelkten Brautstrauß handelte. Die Bänder waren aus dreckigem und zerfetztem weißem Satin, und sie waren um etwas gebunden, das einmal ein großer Strauß weißer Rosen und Maiglöckchen gewesen war. Getrocknetes Schleierkraut und ausgewählte Farne vervollständigten die Komposition. Unter den Blumen kamen einige Gegenstände zum Vorschein, die sorgfältig auf der Grabstätte verteilt worden waren. Ein billiges ovales Holzkästchen lag am Grabstein. Der Deckel war grell mit bunten Farben bemalt. Es war ein billiges Schmuckkästchen aus Mexiko, das man in jedem Importladen kaufen konnte. Langsam öffnete sie den Deckel und fand in das Kästchen eingebettet ein Diamantcollier von solcher Brillanz, daß es im schwindenden Nachmittagslicht Feuerzungen versprühte. Die Qualität des Colliers sprach für John Boswells auserlesenen Geschmack in Juwelen.

Sie legte das Collier neben den verwelkten Strauß und begann, Erde von einem vergrabenen Rechteck herunterzuschaufeln. Schnell hatte sie ein schmales Buch ausgegraben, das mit dem schweren Plastikschutzumschlag einer Bücherei versehen war. Sie kratzte feuchte Erde von ihm ab, und der Titel *Frauen und Wahnsinn* kam zum Vorschein, hingegossen über die reißerische rotschwarze Illustration einer schreienden Frau. Tante Lil schlug das Buch hinten auf und entdeckte den Stempel »Eigentum der öffentlichen Bibliothek von Little Neck« auf einer kleinen braunen Papptasche. Little Neck? Das war Stanley Sinclairs Heimatort.

Ein weiterer Gegenstand steckte in einem kleinen Erdhügel, der vor dem Grabstein angehäuft war – ein großer Briefbeschwerer aus Sterlingsilber, der wie ein Löffel geformt war. Langsam las sie die Widmung, die jahrzehntealten Worte, die sie erwartet hatte:

Für Robert, mit meinen wärmsten Glückwünschen.
Sie sind auf dem Weg zur Spitze.
R. I. P.

Sie legte die Gegenstände auf ihren Schoß. Ein Gegenstand für jeden Mord. Sorgfältig ausgewählte Objekte, da war sie sicher. Tante Lil hob den Briefbeschwerer hoch und murmelte: »Etwas Altes.«

Sie nahm das Collier in die Hand, und es glitzerte im Licht. »Etwas Neues«, flüsterte sie.

»Etwas Geborgtes«, dachte sie und starrte auf das Buch. »Eines baldigen Tages gefolgt von etwas Blauem.«

Sie war so versunken, daß sie die hochgewachsene junge Frau mit widerspenstigem blondem Haar nicht bemerkte, die leichtfüßig um die Ecke bog. Sie hielt den Kopf gedankenverloren gesenkt und sah erst auf, als sie über eine auf Irrwegen befindliche Baumwurzel stolperte. Ihre grünen Augen richteten sich auf Tante Lil, und in ihrem Gesicht war Beunruhigung und Überraschung zu lesen. Sie blieb mehrer Reihen von Patricia Kellys Grab entfernt stehen und musterte die knieende Gestalt. Die blonde Frau zitterte vor Angst oder vor Aufregung, oder vor beidem.

Der Asiate unter dem Baum wurde lebendig. Er kannte die Jüngere. Was hatte sie hier zu suchen?

Tante Lil streichelte die Gegenstände sanft mit einem feinen behandschuhten Finger. Der sehr einfache und unendlich traurige Kern des Rätsels war ihr durch ihren Fund klargeworden. Etwa Altes, etwas Neues, etwas Geborgtes, etwas Blaues für eine Frau, die in ihrem Leben nie die Gelegenheit gehabt hatte, sich an den traditionellen Hochzeitsbrauch zu halten. Tante Lil seufzte. Es schien ihr, als hätte Patricia Kelly immer noch keinen Frieden und keine Würde gefunden, nicht einmal im Tod. Als würden ihre unerfüllten Hoffnungen und mißbrauchten Träume immer noch über die Erde wandern, rastlos und trauernd. Sie berührte leicht den verwelkten Blumenstrauß.

Die jüngere Frau beobachtete immer noch angespannt Tante Lil, die die Gegenstände sorgfältig wieder dorthin legte, wo sie sie gefunden hatte, und dann den Strauß wieder in die Vase zurückstellte. Tante Lil streckte eine Hand aus, umklammerte den Grabstein und zog sich zitternd vor Anstrengung hoch.

Tante Lil war zu versunken in ihre Traurigkeit, um zu bemerken, daß die blonde Frau sich endlich von der Stelle rührte. In einer fast genauen Umkehrung von Tante Lils Bewegungen fiel sie schnell vor dem nächsten Grab auf die Knie und wickelte sich den Schal, den sie um den Hals getragen hatte, eng ums Gesicht. Sie legte den Blumenstrauß, den sie in der Hand gehabt hatte, auf das Grab und senkte den Kopf, als wäre sie ins Gebet versunken. Als Tante Lil an ihr vorbeikam und geistesabwesend ein freundliches Wort murmelte, schien die junge Frau zu sehr in Trauer versunken zu sein, um etwas zu erwidern.

Tante Lils Haltung war angespannt, als wäre sie in fürchterlicher Eile. Sie betrachtete den Weg, den sie gekommen war, und in den Nachmittagsschatten kam er ihr sehr lang vor. Sie drehte sich um und musterte die niedrige Steinmauer, die hintere Grenze des Friedhofs, die nur ein paar Meter entfernt war von der Stelle, an der sie stand. Sie ging vorsichtig über den weichen Boden und blickte auf den Bürgersteig hinunter. Ein Sprung von kanpp einem Meter. Ob sie es schaffen konnte?

Die knieende Frau hob langsam den Kopf, dann drehte sie sich leicht um und sah Tante Lil, die auf der Mauerkante balancierte. Sie legte eine Hand auf den Boden und machte Anstalten, sich zu erheben, aber als der asiatische Mann ruhig aus dem Schatten heraustrat – gegen die Strahlen der untergehenden Sonne war nur seine Silhouette zu erkennen –, entspannte sie sich und widmete sich wieder dem Beten. Der Mann bewegte sich leise auf die Mauer zu und blieb ein paar Meter hinter Tante Lil stehen.

»Oh, Gott.« Tante Lil ballte die Hände zu Fäusten und stemmte sie frustriert in die Hüften. Sie beugte sich leicht vor und faßte die nahe Straßenecke ins Auge. Eine Telefonzelle, wundersamerweise leer, stand wartend da. Tante Lil biß die Zähne zusammen, setzte sich erst auf die Mauer und sprang dann schnell hinunter. Obwohl der Abstand zum Boden nicht groß war, verletzte sie sich beim Aufprall. Der asiatische Mann trat zurück in den Schatten. Er beobachtete, wie Tante Lil sich den Knöchel rieb und auf die Telefonzelle zuhumpelte. Er sah auf die betende Frau hinter ihm und dann auf den Gehweg, der gedrängt voll war mir nach Hause eilenden Menschen. Er traf seine Entscheidung, sprang leichtfüßig über die Mauer, mischte sich in die geschäftige Menge und eilte auf die Straßenecke und Tante Lil zu.

Sie war zu sehr mit der Suche nach Vierteldollarstükken beschäftigt, um Herbert Wong zu bemerken, der hastig an ihr vorbeiging, den Hut tief ins Gesicht gezogen. Er bog um die Ecke und verschwand in der Menge.

Wo war bloß die verflixte Akte geblieben? T. S. durchsuchte alle Schränke seines behelfsmäßigen Büros, obwohl er wußte, daß er sie nicht finden würde. Jemand hatte sie mitgenommen. Aber wer? Miss Fullbright, weil sie sie Kommissar Abromowitz geben wollte? Waren ihm Zweifel an seiner eigenen Theorie gekommen? Schließlich setzte T. S. sich wieder auf seinen Platz. Es war sinnlos. Die Akte war verschwunden. Und nur jemand, der hier bei Sterling & Sterling arbeitete, konnte sie genommen haben.

Jetzt hatte es keinen Sinn mehr, Akten zu vergleichen. Es gab nur noch eins, was er tun konnte, bevor Sheila kam. Er würde noch einmal mit Frederick Dorfen sprechen. Zur Abwechslung war der alte Mann eindeutig nüchtern. Er meldete sich sofort, und zwar fast schwungvoll. »Frederick Dorfen«, sagte er fröhlich. »Zu Ihren Diensten.«

»Hier ist T. S. Hätten Sie eine Minute Zeit für mich?«

»Ich weiß wirklich nicht«, erwiderte der alte Mann glücklich.« »Ich habe zur Zeit schrecklich viel zu tun. Ich springe für den armen Cheswick und den armen Boswell ein, wissen Sie. Das Geschäft muß weitergehen, und es scheint, daß ich so ungefähr der einzige bin, der mit ihren verschiedenen Aufgabenbereichen vertraut ist und genug Zeit hat. Sie werden es nicht glauben. Die Kunden erinnern sich noch an mich!«

»Das ist großartig, Frederick. Das überrascht mich überhaupt nicht. Aber es ist wichtig. Soll ich runterkommen?«

»Nein, nein. Ich komm schnell rauf«, erwiderte Frederick Dorfen. »Es steckt noch viel Energie in diesen alten Beinen. Dauert nur eine Minute, sagen Sie?«

»Nur eine Minute«, versprach T. S.

»Das ist gut«, sagte er fröhlich. »Weil ich dann wirklich wieder an die Arbeit muß.«

Der Frederick Dorfen, der T. S.' Büro betrat, war ein gewandelter Mann. Er ging stolz und aufrecht, den Kopf hoch erhoben. Ein sauberes Taschentuch lugte elegant aus einer Brusttasche hervor, und sein Haar war ordentlich gekämmt. Er setzte sich mit großer Würde hin und zog sorgfältig die steife Bügelfalte jedes Hosenbeins gerade.

»Was kann ich für Sie tun?« fragte er liebenswürdig.

Er mußte den alten Mann über Patricia Kelly ausfragen. Aber er wollte ihn nicht verjagen oder eine panische Reaktion wie bei Edgar Hale provozieren.

»Erinnern Sie sich noch an unsere letzte Begegnung?« fragte er den älteren Teilhaber.

»Sicher erinnere ich mich«, entgegnete Dorfen ruhig und würdevoll. »Es war direkt nach Boswells Tod, glaube ich. Vorgestern, nicht wahr?«

»Am Montag«, korrigierte T. S. ihn. »Sie machten damals eine Bemerkung. Eine sonderbare Bemerkung.«

»Habe ich das?« Er wartete ruhig darauf, daß T. S. weitersprechen würde, gelassen, aber wachsam.

»Über ein Treffen bei Magritte, auf eine Margarita.« In der Stille, die folgte, beobachtete T. S. den Mann aufmerksam. Es sah so aus, als würden sich die Schultern des alten Mannes versteifen.

»Vielleicht habe ich das«, gab Dorfen zu. »Ja, das habe ich. Es war unvorsichtig von mir.«

»Sie sagten, Sie könnten sich nicht erinnern, wo diese Redewendung herkäme«, ermutigte T. S. ihn behutsam. »Haben Sie noch mal darüber nachgedacht?«

»Das brauchte ich nicht«, entgegnete der alte Mann sehr ruhig. »Ich weiß inzwischen sehr gut, wo diese Redewendung herkommt. Nüchtern zu sein hat seine Vorteile.«

»Sie müssen es mir sagen. Es ist eine Frage von Leben oder Tod.«

»Ich weiß. Sinclairs Tod hat das bewiesen.« Das Seufzen des alten Mannes war so voller Gram und Intensität, daß sein Rückgrat zusammen mit dem Laut aus ihm herauszufließen schien. Er lehnte sich in das weiche Leder des Sessels zurück und rieb sich die Augen. Seine Schultern sanken herab. »Die Welt hat sich verändert, T. S.«, sagte er. »Nichts ist mehr so, wie es mal war. Ich erinnere mich, wie ich als junger Mann hier anfing. Was für eine Verantwortung und Würde war damals mit unserer Stellung bei Sterling & Sterling verbunden. Jeder von uns war sich seiner Rolle als Beschützer und Berater unserer Kunden intensiv bewußt.«

Erinnerung und Bedauern ließen seine Stimme schwer und düster werden. »Jetzt geht es nur noch um Geld. Ehre und Integrität sind Vergangenheit.« Seine Schultern strafften sich leicht. »Der Wandel kam sehr schnell. Als ich Teilhaber geworden war, war schon nichts mehr so, wie es mal war. Die Männer, die heute diese Bank leiten, sind so verschieden von mir wie die Nacht vom Tag. Und die jungen Männer unter ihnen sogar noch mehr. Es wird jedes Jahr schlimmer.«

»Was war mit Magritte?« erinnerte T. S. ihn sanft.

Frederick Dorfen schüttelte den Kopf. »Ich weiß wirklich nicht, was in jener Nacht geschehen ist. Ich nehme an, ich wollte es auch nie wissen. Ihre Väter waren Freunde von mir. Sie war nur eine junge Sekretärin aus Queens, oder vielleicht war es Brooklyn. Aussage stand gegen Aussage. Und Ralph Peabody hat mir versichert ... Als sie später diese Dinge über mich schrieb, *wußte* ich, daß sie log. Also war ich noch überzeugter davon, daß sie damals auch gelogen hatte.« Seine Stimme verlor sich.

»Sie sprechen von Patricia Kelly, nicht wahr, Frederick?« T. S. sprach leise. Die Trauer des alten Mannes war fast ansteckend.

»Ja.« Er seufzte wieder. »Patricia Kelly. Dieses arme Kind. Sie hatte keine Chance. Sie war nicht sehr stark. Seelisch, meine ich. Aber sie war schön. Sehr schön.«

Er hustete, und seine Stimme gewann neue Kraft. Er setzte sich gerader hin und sah T. S. gelassen an. »Magritte ist keine Person. *Magritte* war der Name eines privaten Clubs, hier direkt um die Ecke. Das Haus steht noch, aber der Club heißt schon seit Jahren anders. *The Bull Pen* oder irgend so etwas Blödsinniges. Etwas ist da eines Nachts mit Patricia Kelly geschehen. In einem privaten Gastzimmer im ersten Stock. Ich weiß nicht was. Es ist lange her. Ich habe es nur erfahren, weil ich zu der Zeit geschäftsführender Direktor war. Damals begann ich zu ahnen, daß die Welt sich änderte und ich nicht in der Lage sein würde mitzuhalten. Ralph Peabody nahm die Sache in die Hand. Er sagte, er hätte eine gründliche Untersuchung durchgeführt und ihre Anschuldigungen wären unbegründet. Das Produkt einer kranken Phantasie.«

»Was für Anschuldigungen?« fragte T. S. fest. »Was für Anschuldigungen hat sie erhoben?«

»Vergewaltigung«, antwortete Frederick Dorfen schlicht. »Ich glaube, sie hat die Männer beschuldigt, sie vergewaltigt zu haben. Notzucht wurde es damals genannt. Wir konnten sie nur mit Müh und Not davon abhalten, zur Polizei zu gehen.«

»Wen hat sie beschuldigt, Frederick? Es ist sehr wichtig, daß ich das erfahre.«

Er sah verblüfft zu T. S. auf. »Wieso? Das ist doch offensichtlich. Robert Cheswick. John Boswell. Stanley Sinclair. Edgar Hale.«

»Edgar Hale?« wiederholte T. S. automatisch. »Niemand sonst?«

»Niemand sonst als Edgar«, bestätigte Dorfen. »Er ist immer ihr Anführer gewesen.«

Sobald Tante Lil den Friefhof verlassen hatte, erhob sich

die junge Frau mit den blonden Haaren aus ihrer anbetenden Haltung und ging zu dem Grab, an dem Tante Lil gekniet hatte. Sie näherte sich der Grabstelle nur langsam, erfühlte sich ihren Weg wie eine Blinde. Sie beugte sich vor und strich mit ihren langen Fingern über den in Stein gemeißelten Namen. In Nachahmung von Tante Lils Geste kniete sie vor der einfachen Grabinschrift nieder und hob den verwelkten Blumenstrauß hoch in die Luft. Gegenstände fielen vor ihr zu Boden, und sie hob jeden der Reihe nach auf. Sie hielt den Kopf tief gesenkt, als sie die Sammlung untersuchte, und viele Minuten lang blieb sie in dieser Position. Als sie den Kopf wieder hob, liefen Tränen langsam über ihre Wangen und glitzerten in der schwindenden Nachmittagssonne. Sie fuhr sich mit zitternder Hand durch das kurzgeschnittene Haar, schob den Schal von ihrem Kopf und legte ihn sich wieder um die Schultern. In Gedanken versunken suchte sie den Himmel nach einer Anwort ab, dann hob sie geistesabwesend jedes der traurigen Objekte noch einmal der Reihe nach hoch. Ihre Unterlippe hatte zu bluten begonnen, so fest hatte sie daraufgebissen, und die Tränen auf ihren Wangen glitzerten hell wie das Diamantcollier.

Sie ignorierte das Buch und steckte das Collier samt Kästchen in ihre Handtasche. Den schweren Silberlöffel-Briefbeschwerer wog sie nachdenklich in der Handfläche und legte ihn dann ebenfalls in die Handtasche. Sie erhob sich und ging auf die niedrige Mauer zu. Als sie Tante Lil in der Telefonzelle an der Ecke entdeckte, verschmolz sie mit den Schatten der Bäume, genau wie Herbert Wong Augenblicke zuvor.

Tante Lil hatte große Schmerzen, ihr Knöchel pochte. Sie zog den Mantel enger um sich, zum Schutz gegen die zunehmende Kälte, und wartete unruhig darauf, daß T. S. endlich ans Telefon ging. Zu ihrer Erleichterung nahm er nach dem dritten Klingeln ab.

»Theodore«, rief sie atemlos ins Telefon. »Ich habe mir den Knöchel verletzt, aber diesmal haben wir es wirklich gefunden.«

»Was gefunden?« Seine Stimme drang blechern durch die Leitung, und sie strengte sich an, ihn zu verstehen.

»Die Verbindung. Den Beweis. Es *ist* die Tochter. Ich bin mir absolut sicher. Ich kann jetzt nicht darüber sprechen.« Tante Lil unterbrach sich und blickte sich mißtrauisch um. »Wer weiß, vielleicht werde ich beobachtet.«

»Laß dich nicht allzusehr hinreißen«, sagte T. S. müde. Er war in Gedanken noch bei dem, was Frederick Dorfen ihm erzählt hatte. Die Welt um ihn herum hatte sich als übel und abscheulich erwiesen, und es gefiel ihm überhaupt nicht. »Was genau hast du gefunden?«

»Den Briefbeschwerer und das Collier und eins von Sinclairs Bibliotheksbüchern«, erklärte sie. »Sie lagen auf dem Grab wie eine Art Opfergabe. Es war schrecklich traurig.«

»Geh sofort von da weg«, befahl er. Seine Stimme wurde scharf. »Und laß alles genau so, wie du es vorgefunden hast. Sie darf nicht erfahren, daß sie entdeckt ist, wer immer sie sein mag.«

»Natürlich«, versprach sie, ziemlich beleidigt, daß er ihre Geschichte so rüde unterbrochen hatte. »Ich mach' mich jetzt auf den Weg. Wir müssen die Männer warnen, die auf dieser gräßlichen Liste aus Patricia Kellys Akte stehen.«

T. S. seufzte. »Wir müssen uns absolut sicher sein, weißt du.«

»Ich bin sicher. Ich habe die Sachen gesehen. Was hast du beim Vergleich der Akten herausgefunden?«

»Nichts. Irgend jemand hat heute vormittag Patricia Kellys Akte von meinem Schreibtisch gestohlen.«

Am anderen Ende der Leitung herrschte kurzes Schweigen. »Heute vormittag?«

»Heute vormittag.« Seine Stimme klang matt. »Das steht fest. Heute morgen war sie noch da, und jetzt ist sie weg.«

»Nun, das ist eine gute Nachricht«, sagte sie zögernd.

»Ist es das?«

»Ja. Das heißt, die Mörderin befindet sich wahrscheinlich bei Sterling & Sterling.«

»Wie beruhigend«, sagte er trocken.

»Besser da als direkt hinter mir«, erklärte sie indigniert.

»Ja, ja. Du hast ganz recht.« Ihre Schlußfolgerung erleichterte ihn. »Zumindest habe ich Leute um mich herum.«

»Was hast du von Frederick Dorfen erfahren?«

»Du hattest recht mit dem ›wo Rauch ist, muß auch Feuer sein‹. Er sagt, daß *Magritte* ein privater Club hier in der Nähe war. Direkt um die Ecke. Etwas ist da eines Nachts mit Patricia Kelly geschehen. Sie hat behauptet, daß Cheswick, Boswell und Sinclair sie vergewaltigt hätten. Und noch einer.«

»Noch einer?«

»Noch ein Mann.«

»Wer?«

»Edgar Hale.«

Erst herrschte Schweigen am anderen Ende der Leitung, dann drang ihre Stimme klar und scharf zu ihm durch. »Das hier ist kein Spiel, Theodore«, sagte sie. »Ich habe Gegenstände am Grab gefunden, die den toten Männern gehörten. Edgar Hale ist der nächste. Du mußt ihn warnen.«

»Er würde mir nicht glauben«, entgegnete T. S.

schlicht. »Ich habe mich letztes Mal zum Narren gemacht.«

»Dann komme ich vorbei und sage es ihm selbst.«

Er blickte hilflos auf die Uhr. »Er wird schon weg sein, wenn du kommst«, wandte er ein. »Laß uns den Kommissar anrufen. Ihm sagen, war wir haben.«

»Du rufst den Kommissar an. Und dann ruf Edgar Hale an und sag ihm, er soll auf mich warten. Wir müssen noch heute mit ihm sprechen.«

Sie legte auf, bevor er protestieren konnte, eine abrupte Reaktion, die mehr auf den Schock eines plötzlichen und unerwarteten Wiedererkennens als auf Eile zurückzuführen war. Sie hatte während des Telefongesprächs auf eine winzige Kirche auf der anderen Straßenseite gestarrt. Unbewußt hatte sie jedes Detail der kleinen, aber ansprechenden Fassade in sich aufgenommen. Die magere Steinkirche war zwischen zwei riesigen Wohnblöcken eingequetscht, und die Kirchtürme wirkten winzig neben den Hochhäusern. Sie reichten kaum höher als ein paar Stockwerke.

Aber es war nicht die Architektur, die ihr aufgefallen war. Es war der Name. Ein ungewöhnlicher Name für eine Kirche. Einer, den sie schon mal gehört hatte. Er war tief in Stein eingemeißelt worden. Wahrscheinlich würden nicht einmal Jahrhunderte von Smog die Buchstaben je auslöschen können: *»Unserer lieben Frau der immerwährenden Hilfe.«* Das ist das, was *wir* brauchen, dachte Tante Lil. Immerwährende Hilfe. Aber wo hatte sie den Namen schon mal gehört? Sie ließ ihre Gedanken zu den Ereignissen der Tage nach Robert Cheswicks Tod schweifen. Irgend jemand hatte diesen Namen erwähnt. Es war höchst ärgerlich, so nah dran zu sein. Sie zog ihr Notizbuch aus der Handtasche, blätterte es schnell durch, und dann hielt sie ebenso plötzlich inne.

Sie hatte ihren Notizblock gezückt wie eine erfahrene Stenographin, und gerade das hatte ihrem Gedächtnis nachgeholfen. Anne Marie. Anne Marie war in die Schule »Unserer lieben Frau der immerwährenden Hilfe« gegangen. T. S. hatte das für eine Sekretärin so angemessen gefunden.

Aber gab es da eine Verbindung? Konnte es eine Verbindung geben?

Wie in Antwort auf ihre Gedanken oder vielleicht ihre unausgesprochenen Gebete kam eine ältere Nonne um die Ecke und bewegte sich langsam auf die Steinstufen der Kirche zu, wie jemand, der von Arthritis geplagt wird. Über ihrem Arm hing ein altmodischer Einkaufskorb, und sie trug den traditionellen schwarzweißen römisch-katholischen Habit.

Eine alte Nonne. Eine sehr alte Nonne. Eine, der das Gehen schwerfiel. Was hatte die Pflegerin in der psychiatrischen Klinik gesagt? Daß Patricia Kelly sehr wenig Besuch bekommen hatte. Eine geheimnisvolle Dame. Dann und wann ein Priester. Und eine alte Nonne, die kaum gehen konnte. Und wo sonst würde Patricia Kelly begraben werden als in der Nähe des einzigen Ortes, an dem man sich noch an sie erinnerte?

Tante Lil überprüfte automatisch, ob noch Vierteldollarstücke in der Rückgabeklappe lagen, und ging dann auf die andere Straßenseite. Sie würde zur gleichen Zeit an der Kirchentür ankommen wie die Nonne.

Hinter ihr kam Herbert Wong langsam aus seinem Versteck hinter der Straßenecke hervor. Er war nicht weit gegangen. Er beobachtete, wie Tante Lil die Straße überquerte und die ältere Nonne begrüßte. Wong wirkte verwirrt und besorgt. Erst als er sah, daß Tante Lil durch das massive Eichenportal der Kirche ging, entspannte er sich. Er lehnte sich gegen die Steinwand und wartete.

Hinter ihm, im Schatten einer Eiche, verschränkte Sheila die Arme und wartete ebenfalls.

T. S. rief Abromowitz an, um ihm von Tante Lils Fund zu berichten. Die Sache spitzte sich zu. Es war an der Zeit, die Angelegenheit den Leuten zu übergeben, die von Berufs wegen dafür zuständig waren, ob es ihnen nun gefiel oder nicht.

»Wer ist da?« bellte der Kommissar rüde. Seine Version von »Hallo.«

»T. S. Hubbert. Ich habe neue Informationen, die Sie vielleicht . . .«

»Kein Interesse. Zischen Sie ab.« Er knallte den Hörer so heftig auf die Gabel, daß es T. S. in den Ohren dröhnte.

Sollten sie doch alle verdammt sein. Seinetwegen konnten sie sich ruhig gegenseitig umbringen. Aber Tante Lils Worte hallten in ihm nach: »Das ist kein Spiel, Theodore.«

T. S. wählte resigniert Edgar Hales Nummer, darauf gefaßt, daß Hale wieder mal einfach auflegen würde.

»Hale«, dröhnte die vertraute unsympathische Stimme aus dem Hörer.

»Hier ist T. S., Edgar.« Schweigen.

»Was wollen Sie?« bellte der alte Mann schließlich. »Schlau von Ihnen, mit Ihrem Anruf zu warten, bis Mrs. Quincy weg ist.«

T. S. sprach schnell weiter, bestrebt, alles anzubringen, bevor der alte Mann auflegen konnte. »Edgar, ich weiß, daß Sie mich für verrückt halten, aber Tante Lil ist absolut überzeugt, Beweise dafür entdeckt zu haben, daß es hier um eine Sache von Leben oder Tod geht.«

»Was für ein Schwachsinn«, erwiderte Edgar Hale.

»Leben oder Tod für Sie«, rief T. S. verzweifelt aus. Die Qual in seiner Stimme bewog Edgar Hale, ihn anzuhören.

»Ich warte«, sagte der geschäftsführende Direktor endlich, »aber es sollte besser Hand und Fuß haben, was Sie vorzubringen haben. Ich habe heute ein extrem demütigendes Mittagessen mit Frederick Dorfen über mich ergehen lassen müssen. Er sprach von nichts anderem als der Patricia-Kelly-Affäre. Wir haben Jahrzehnte gebraucht, um diese Schweinerei zu begraben, und Sie gehen hin und graben alles wieder aus.«

»Ich entschuldige mich nochmals, Edgar. Ich weiß nicht genau, was Tante Lil entdeckt hat, aber sie ist auf dem Weg hierher, und sie ist der Ansicht, daß Sie sich in Gefahr befinden. Könnten Sie auf sie warten?« Sollte sie doch versuchen, Edgar Hale davon zu überzeugen, daß Patricia Kelly noch lebte, zumindest im Geiste. Nicht, daß Edgar Hale eine Warnung verdient hatte. Er hatte die ganze Zeit gewußt, was *Magritte* bedeutete, und es vorgezogen, sein Wissen für sich zu behalten.

Der alte Mann schnaubte. »Ich kann die ganze Nacht warten. Haben Sie es noch nicht gehört? Preston Freeman sitzt in der Kanzlei seines Anwalts und sagt kein einziges Wort, und es wird Tage dauern, seine beiden Wohnungen und drei Häuser in vier verschiedenen Bundesstaaten zu durchsuchen. Wie viele Häuser braucht ein einzelner Mensch denn, zum Teufel? Und ich habe gerade festgestellt, daß Cheswick vor seinem Tod die Kapitalanlagen seiner Kunden nicht nur vernachlässigt hat, er hat sie praktisch vernichtet.« Der alte Mann seufzte, und in der plötzlichen Stille, die folgte, hörte T. S. deutlich das Echo eines entfernten Krachens.

»Was zum Teufel?« hörte er Edgar Hale brüllen. »Was zum Teufel ist denn jetzt wieder los?« Der Hörer wurde mit einem dumpfen Knall fallengelassen, und T. S. hörte Schreie und laute Rufe im Hintergrund.

»Aufhören!« dröhnte Edgar Hales Stimme aus einiger

Entfernung. »Aufhören. Was ist denn da los? Verschwinden Sie! Verschwinden Sie, sage ich Ihnen! Frederick – holen Sie Hilfe!«

T. S. wartete nicht ab, ob er noch mehr zu hören bekommen würde. Er war bereits halb aus der Tür.

Es wirkte ganz selbstverständlich, daß Tante Lil der älteren Nonne ihre Hilfe anbot. Sie schnaufte und keuchte zu sehr, um zu protestieren, als Tante Lil ihr den Einkaufskorb abnahm, nach ihrem Ellenbogen griff und sie in die Kirche geleitete.

Die Beobachter sahen voller Interesse zu. Als Tante Lil im Innern der Kirche verschwand, warf Sheila einen Blick auf die Uhr und biß sich auf die Lippen, dann drehte sie sich energisch um und eilte zum Friedhofsausgang. Herbert Wong stand gegen die niedrige Ziegelmauer gelehnt und behielt die Kirchentüren im Auge.

Während die Nonne sich umständlich um ihre Einkäufe kümmerte, stand Tante Lil in der Dunkelheit des Vorraums und fragte sich, wo die alte Schwester hier wohl wohnen mochte. Das Gebäude wirkte von innen ebenso wie von außen, nämlich als würden die Hochhäuser auf beiden Seiten das Leben aus den Steinen herauspressen. Ein schmaler Mittelgang verlief zwischen kurzen Reihen von Kirchenbänken, aber der Altar machte an Tiefe wieder wett, was ihm an Breite fehlte. Der Boden bestand aus grünem Marmor, der mit weißen Sternen eingelegt war, aber die Kirchenbänke waren voller Kerben und

Kratzer. Die Fenster waren hoch und schmal, und die Wohnblöcke nahmen das Licht, das früher durch die farbigen Glasmalereien geströmt war. Es war jammerschade. Die ausdrucksvollen Gesichter der Heiligen waren jetzt im Dunkeln verborgen, und alle Hoffnung, die sie symbolisiert haben mochten, war dahin.

Die alte Nonne schien nicht zu bemerken oder sich nicht dafür zu interessieren, daß das Leben aus ihrem Heim herausgepreßt wurde. Sie lächelte Tante Lil dankbar an, steuerte flink auf eine in den Schatten des Altars verborgene Holztür zu und überließ Tante Lil dem Gebet.

Folglich sprach Tante Lil ein kurzes Gebet und beantwortete es selbst. »Schwester«, rief sie. »Könnte sich Sie kurz sprechen?«

Die Nonne hielt inne, einen Fuß auf der Altarstufe, und wandte sich um. Tante Lil wirkte harmlos genug – schon älter und sauber. Nett angezogen, der Hut war vielleicht ein bißchen zu flott, aber zumindest hatte sie den Kopf bedeckt. Es gab nur wenige Frauen, die sich heutzutage noch diese Mühe machten. Eigentlich wirkte sie sogar vornehmer als die Leute, die sie sonst zu sehen bekam. Trotzdem, es konnte nicht schaden, vorsichtig zu sein. Das hatte Schwester Bridget Mary im Laufe der Jahre gelernt. Gott war überall, aber in New York City wurde er manchmal etwas zur Seite gedrängt.

»Wenn Ihnen etwas Sorgen macht«, sagte sie sanft zu Tante Lil, »sollte ich vielleicht Vater Davies rufen. Er kann so etwas viel besser als ich.«

»Nein, das ist es nicht.« Tante Lil ging ganz langsam den verdunkelten Mittelgang hinunter und näherte sich vorsichtig der Nonne. »Ich möchte mit Ihnen sprechen. Über eine Frau, die Sie möglicherweise gekannt haben.«

Die Nonne legte ihr Bündel auf der Stufe ab und ging

den Mittelgang entlang auf Tante Lil zu. Sie stützte sich im Vorbeigehen mit der Hand an jeder Kirchenbank ab. Ihr Gesicht war zu einer grimmigen Maske erstarrt, als wüßte sie, was Tante Lil fragen wollte, und hätte Angst davor, das Thema anzusprechen. Als sie bei Tante Lil angekommen war, setzte sie sich auf eine Kirchenbank. »Über wen wollen Sie mit mir sprechen?« fragte sie leise. Sie rutschte auf der polierten Oberfläche entlang und machte Tante Lil Platz neben sich.

Tante Lil konnte es nicht über sich bringen, eine Nonne zu belügen. Was für eine dreiste Herausforderung des Schicksals. Und sie konnte dem Vertrauen der Frau auch mit nichts Geringerem als der Wahrheit begegnen.

»Es geht um Patricia Kelly«, sagte sie ruhig. Leise Echos wehten den Mittelgang herauf. »Sie war Mitglied dieser Gemeinde, nicht wahr?«

»Das war sie einmal«, gab die alte Nonne traurig zu und bekreuzigte sich diskret und automatisch. »Sie ist jetzt in Gottes Hand.«

»Ja. Ich weiß. Ich komme gerade von ihrem Grab. Es ist eine sehr traurige Geschichte, nicht wahr?«

»Das hängt davon ab, wieviel Sie von der Geschichte wissen.« Die Nonne war fast unmerklich etwas von Tante Lil abgerückt, und ihre Stimme war wachsamer geworden.

»Ich werde Sie nicht belügen, Schwester«, wisperte Tante Lil eindringlich. »Die Wahrheit ist, ich habe sie nicht gekannt. Ich war mir nicht mal sicher, ob sie zu dieser Gemeinde gehörte, aber als ich den Namen der Kirche sah, wurde ich an jemanden erinnert. An jemanden, der in Verbindung zu Patricia Kelly gestanden haben muß. Jedenfalls vermute ich das. Ich bin hergekommen, um herauszufinden, ob dem so ist.«

»Wer ist diese Person?« Die Nonne blickte auf den Altar, und Tante Lil fragte sich, wo der Priester sein mochte.

»Ihr Name ist Anne Marie Shaunessy«, sagte Tante Lil. »Ich weiß, daß sie hier zur Schule gegangen ist.«

»Wir haben hier keine Schule«, sagte die Nonne nachdrücklich.

»Heute nicht mehr. Das ist offensichtlich. Aber vielleicht gab es eine vor vielen Jahren.«

»Vielleicht.« Die Nonne faltete die Hände wie zum Gebet und starrte auf den Marmorfußboden. »Wir hatten keine Anne Marie Shaunessy in der Schule«, sagte sie ruhig.

»Sie ist verheiratet. Sie wird hier unter ihrem Mädchennamen bekanntgewesen sein.« Tante Lil blickte auf den gebeugten Kopf der Nonne herunter. Sie würde ihre Abwehr langsam aushöhlen, die Nonne war keine Frau, die lange an einer Lüge festhalten konnte. Schwester Bridget Mary war an eine friedlichere Welt gewöhnt als die, in der Tante Lil sich bewegte. Es war eine Schande, so in ihre Zufluchtsstätte einzubrechen, aber Tante Lil hatte keine andere Wahl. »Ich denke, Sie wissen, von wem ich spreche«, teilte sie der Nonne mit.

Der Seufzer war so schwach wie das Rascheln von Seide. »Was wollen Sie wissen? Selbst wenn Sie keine Katholikin sind, glauben Sie doch sicher daran, daß man die Toten in Frieden ruhen lassen sollte.«

»Ja, daran glaube ich. Ganz fest. Aber ich glaube nicht, daß Patricia Kelly in Frieden ruht. Genau aus diesem Grund bin ich hier. Um ihr Frieden zu bringen.«

»Woher wußten Sie, daß Sie mich darauf ansprechen konnten?«

Tante Lil rutschte unbehaglich auf dem harten Holz herum. »Ich war in dem Krankenhaus, in dem sie gestorben ist. Da wurde mir gesagt, daß eine Nonne zu den wenigen Menschen gehörte, die sie besucht haben.«

»Eine alte Nonne, zweifellos.« Die Frau brachte ein Lächeln zustande, das sie hinter der Hand versteckte, als ob es Gott irgendwie kränken könnte.

»Vielleicht. Ich bin kaum jemand, der mit Steinen werfen könnte«, betonte Tante Lil. »Gelegentlich ist sie noch von einer anderen Frau besucht worden. Sie konnten mir keine Beschreibung geben.«

»Das muß Anne Marie gewesen sein«, antwortete die Nonne ruhig. »Sie hat Patricia sehr geliebt. Sie war die einzige, denke ich, die begriff, wie sehr Patricia gelitten hatte. Was sie aufgegeben hatte.«

»Wie hatte sie gelitten?« fragte Tante Lil. »Ich will nicht die Ruhe der Toten stören oder traurige Erinnerungen heraufbeschwören, die besser begraben bleiben. Aber ich mache mir Sorgen um die Lebenden, und schon viele Menschen sind zu Schaden gekommen. Was Sie mir zu sagen haben, kann sehr wichtig sein.«

»In letzter Zeit ist sie recht oft hiergewesen.« Die alte Nonne schwieg einen Moment.

»Wer?«

»Anne Marie. Ich denke, daß die traurigen Erinnerungen vielleicht von ganz allein zurückkehren.«

»Wie hat Patricia Kelly gelitten?« wiederholte Tante Lil sanft. Die Nonne lehnte sich gegen die Kirchenbank. Ihre Kutte raschelte. Sie streckte die Hände unter den Schürzenlatz und blickte zu dem riesigen Glasbild von Jesus hinauf, das die Wand hinter dem Altar beherrschte. Es war das einzige Fenster, das von hinten erleuchtet wurde, und goldenes Licht strömte durch den Heiligenschein, der seinen Kopf umgab. Sein Kopf hing in einer anhaltenden Traurigkeit herab, während Hände ihm vom Kreuz herunterhalfen.

Zum erstenmal seit vielen Jahren fühlte Tante Lil sich Gott nahe. »Ich weiß nicht, was ich sonst noch sagen kann, außer, daß ich es wissen muß«, sagte sie.

»Ich wußte, daß nichts Gutes dabei herauskommen konnte«, erwiderte die alte Nonne traurig. »Wir erleben hier viel Traurigkeit, wissen Sie. Die Leute kommen jeden Tag mit ihren Problemen zu uns. Breiten sie vor uns aus. Bitten uns, alles wiedergutzumachen.« Sie seufzte wieder, ein sehr tiefer Seufzer. »Vor langer Zeit dachte ich, wir hätten die Kraft dazu. Aber jetzt . . .« Ihre Stimme verlor sich, und sie zuckte die Achseln. Dann straffte sie die Schultern, und ihre Stimme klang entschlossener. Eine Entscheidung war gefallen.

»Wenn ich die Geschichte von Patricia Kelly und Anne Marie Gallagher erzählen soll, müssen wir viele Jahre zurückgehen. Viele, viele Jahre. Wir hatten das Grundstück nebenan noch nicht verkauft. Die Schule stand noch und die Unterkünfte für die Schwestern. Damals waren wir mehr als ein Dutzend. Ich bin die einzige, die übriggeblieben ist, wissen Sie. Ich sorge für Vater Davies. Ich glaube, die Kirche hat unsere Existenz so gut wie vergessen. Wir mußten das Grundstück verkaufen, weil wir kein Geld hatten, und die Menschen in unserer Gemeinde haben heutzutage andere Dinge nötiger als eine Sekretärinnenschule.« Sie schnitt eine Grimasse.

»Patricia und Anne Marie sind zusammen in die Schule gekommen. Am ersten Schultag hielten sie sich an der Hand, daran erinnere ich mich. Wir kannten beide Familien gut. Sie waren Nachbarn und wohnten nur ein paar Blocks weiter. Damals war die Gegend noch weitaus angenehmer. Weder Patricia noch Anne Marie hatten eine Schwester. Beide kamen aus riesigen Familien, in denen es von Jungen nur so wimmelte.« Sie sah Tante Lil scharf an. »Ich gebe zu, mir ist oft der Gedanke gekommen, wieviel besser es wäre, wenn wir in dieser Welt alle als Männer geboren werden würden.« Tante Lil nickte verständnisvoll.

»Sie fühlten sich spontan zueinander hingezogen. Anne Marie war damals ein richtiger Wildfang. Sie war immer braun wie ein kleiner Indianer. Sie konnte besser radfahren, segeln und fischen als all ihre Brüder. Die Bucht war damals noch sauber. Anne Marie lebte praktisch auf dem Wasser. Sie brachte uns freitags immer Fisch für unser Mittagessen mit. Patricia war anders. Sie war schüchtern. Sie machte alles mit, was Anne Marie tat, aber ohne Anne Maries Enthusiasmus. Patricias Mutter was schon ziemlich alt, als Patricia geboren wurde, jedenfalls für damalige Verhältnisse. Anne Marie hat Patricia in vieler Hinsicht die Mutter ersetzt, habe ich immer gedacht.

Aber alles änderte sich, als sie mit der Ausbildung zur Sekretärin anfingen. Sie hatten sich nie gefragt, was sie einmal werden wollten. Damals kamen nette junge Mädchen hierher, um sich zur Sekretärin ausbilden zu lassen. Basta. Gleichzeitig konnten sie hier die mittlere Reife machen. Ich war die Schreibmaschinen- und Steno-Lehrerin.« Sie hielt ihre knotigen Hände hoch. »Können Sie sich vorstellen, daß ich einmal ziemlich gut darin war? Ich glaube, Steno wird heutzutage nicht mal mehr gelehrt. Warum sich die Mühe machen? Es gibt Diktiergeräte. Videokameras. Wer braucht schon Steno?

Sie waren beide gut in der Schule. Klassenbeste. Anne Marie war die Beste, natürlich, aber Patricia kam gleich danach. Sie entwickelten sich zu schönen jungen Damen. Patricia besonders, sie war so groß und auffallend wie eine nordische Prinzessin, vielleicht.« Sie lachte kurz und bedeckte wieder mit der Hand den Mund, als wäre der Laut unangemessen.

»Sie hatten ein, zwei Jahre eine Phase, in der sie Nonnen werden wollten, aber bei dem Aussehen war klar, daß das nicht von Dauer sein würde. Bevor sie fünfzehn waren, warteten schon Jungs an der Straßenecke auf sie. Ich weiß nichts über das Privatleben der Mädchen, aber bald war keine Rede mehr davon, daß sie Nonnen werden wollten.

Als Anne Marie ihren Schulabschluß machte, war sie zu einer richtigen jungen Dame geworden. Keine Spur von einem Wildfang mehr. Immer gut angezogen, sogar Handschuhe. Das Haar war sorgfältig frisiert, und sie legte das bißchen Make-up auf, das ihre Mutter ihr erlaubte. Auch Patricia hatte sich verändert. Sie war nicht mehr so brav, so bereit, Anne Marie in allem zu folgen. Sie war zu einem Wildfang geworden, laut und fröhlich und ausgelassen. In der Klasse zettelte sie einen Aufstand nach dem anderen an. Aber um die Wahrheit zu sagen« – sie hielt inne und sah Tante Lil an –, »ich mochte Patricia lieber. Sie war laut, aber so ehrlich und so lustig. Als hätte sie eben das Leben entdeckt und festgestellt, daß es wunderbar ist. Ich sah sie an und hatte das Gefühl, selbst nicht soviel zu versäumen, weil sie da war. Anne Marie war damenhaft, das stimmt. Aber beherrscht. Zu beherrscht. Trotzdem wußte ich, daß sie im Leben gut zurechtkommen würde.

Beide nahmen eine Stellung bei irgendeiner Wall-Street-Bank an. Für die damalige Zeit bekamen sie ein Spitzengehalt. Es überraschte mich nicht, daß sie bei derselben Firma angefangen hatten, sie waren immer noch unzertrennlich. Danach verlor ich sie ein paar Jahre aus den Augen. Die meisten unserer Mädchen machen eine Phase durch, in der sie keine Zeit für die Kirche haben. Sie bauen sich ein eigenes Leben auf, gründen eine Familie, haben andere Dinge im Kopf.

Oder sie heiraten und ziehen weg. Wechseln über zur Diözese ihres Mannes. Ich glaube, ich habe nie wirklich damit gerechnet, eine der beiden je wiederzusehen.«

Die kleine Tür hinter dem Altar öffnete sich. Ein alter Mann in Straßenkleidung kam zum Vorschein. Nur der steife weiße Kragen verriet ihn. Er schritt schnell über den abgetretenen Boden, sah kurz auf Tante Lil, hob eine Hand und setzte seinen Weg nach draußen fort. Schwester Bridget Mary wartete ein paar Sekunden, bevor sie weitersprach.

»Ein paar Jahre später kam Patricia hierher, um mit Vater Williams zu sprechen. Er ist nicht mehr da. Tot, wie so viele. Manchmal beneide ich sie, wissen Sie. Die Kirche will, daß ich in Ruhestand gehe, aber ich habe kein Geld, und was sollte ich tun? Wer würde sich hier um alles kümmern?« Sie blickte wieder auf ihre Hände. »Patricias Problem war nicht ungewöhnlich. Aber ich war überrascht, daß es Patricia passiert war. Sie bekam ein Kind, und sie war nicht verheiratet. Sie hatte Angst, daß es ihre Eltern umbringen würde, wenn sie es erführen. So wie ich ihre Eltern kannte, muß ich sagen, daß ich ihr da fast zustimmte. Sie hatte einen Plan. Wenn wir ihr dabei helfen würden, einen Ort zu finden, an dem sie bleiben und das Kind bekommen konnte, würde eine Freundin von ihr es aufziehen. Die Freundin war seit mehreren Jahren verheiratet, konnte aber keine Kinder bekommen und sehnte sich verzweifelt nach einem Baby. Es war Anne Marie, natürlich. Sie hatte diesen gräßlichen Tommy Shaunessy geheiratet. Gott allein weiß, warum. Obwohl ich mir durchaus vorstellen kann, warum Gott es für richtig hielt, ihm einen eigenen Sohn zu versagen.« Sie schauderte vor Widerwillen, führte die Bemerkung aber nicht weiter aus. Tante Lil wollte es auch gar nicht wissen.

»Ich war gegen den Plan. Es war wahrscheinlich das

einzige Mal, daß ich dem Vater öffentlich widersprochen habe. Aber ich hielt es für keine gute Idee, das Kind bei jemandem unterzubringen, den Patricia kannte. Es würde immer da sein, so nahe, wissen Sie, und sie an das erinnern, was hätte sein können. Sie hatte sich bereits verändert, verstehen Sie. Ich konnte es in ihren Augen sehen. Ein verlorener, fast wilder Blick. Sogar damals machte ich mir schon Sorgen um sie. Wenn das Kind in ihrer Nähe blieb, würde sie sich nie ein neues Leben aufbauen können. Und trotz allem, was über die katholische Kirche gesagt wird, liegen uns die Lebenden sehr wohl am Herzen.

Ich wurde überstimmt, und Patricia wurde weggeschickt. Wir arrangierten die Adoption. Ich dachte zum zweitenmal, daß die Geschichte damit ein Ende gefunden hätte.« Die Nonne holte ein Taschentuch unter ihrem Schürzensattel hervor und hielt es sich an die knollige Nase. Ihre Stimme bebte, aber sie sprach weiter und wandte das Gesicht von Tante Lils mitfühlendem Blick ab.

»Viele Jahre später erhielt ich einen Anruf von Anne Marie. Sie war in Tränen aufgelöst, so sehr, daß ich kaum verstehen konnte, was sie sagte. Patricia war in eine psychiatrische Klinik eingeliefert worden, wie es schien. Nachdem sie ein so . . . schockierendes und beunruhigendes Verhalten an den Tag gelegt hatte, daß ihre Familie sich von ihr losgesagt hatte. Es gab niemanden, der sich um sie gekümmert hätte, niemanden, der ihr beistand. Ich glaube, es war zuviel für Anne Marie, sie konnte es nicht ertragen. Sie flehte mich an, Patricia besuchen zu gehen. Was konnte ich sagen?« Schwester Bridget Mary zuckte die Achseln, und in ihrem Gesicht spiegelte sich Traurigkeit bei der Erinnerung.

»So begann das erste der vielen, vielen Jahre, in denen ich Patricia in diesen Krankenhäusern besuchte. Ich fand, sie durfte nicht vergessen werden. Manchmal wurde sie entlassen und durfte sich wieder unter uns bewegen, aber ich glaube nicht, daß sie je wieder wirklich sie selbst war. Nicht einmal einen einzigen Augenblick lang. Sie wanderte in einer anderen Welt, die sie sich hatte aufbauen müssen, aus irgendeinem Grund. Ich habe nie darum gebetet, daß sie sterben möge, das wäre falsch gewesen, aber manchmal fragte ich Gott, warum er nicht bereit war, ihre Leiden irgendwie zu lindern.«

Die alte Nonne kniete auf der niedrigen, gepolsterten Betbank nieder, die an der Kirchenbank von innen angebracht war. Sie blickte angespannt auf das bemalte Glasfenster. »Anne Marie hatte ich seit Jahrzehnten kaum gesehen und selten mit ihr gesprochen, nicht einmal in den letzten Wochen, wenn sie hierherkam, um zu beten. Aber ich habe Patricia bis zu ihrem Tod jeden Monat besucht. Ich wollte nur, daß sie wußte, es gab jemanden, der sich erinnerte, wer sie gewesen war, und dem sie etwas bedeutete. Jemand außer Gott.«

Als sie das gesagt hatte, legte die Nonne die Wange auf die Kirchenbank vor ihr und begann leise zu weinen. Es war ein trauriges und rasselndes Geräusch, das die Leere der Kirche erfüllte. Die verlassenen Ecken schienen das Geräusch fast willkommen zu heißen, sie machten sich das Schluchzen zu eigen, als würden die steinernen Wände sich an der Einsamkeit laben. Tante Lil sah auf die Schatten und die Dunkelheit und dann wieder auf das gemalte Glasfenster. Sie kniete sich neben Schwester Bridget Mary hin und strich sanft über ihre bebenden Schultern. »Es tut mir so leid«, flüsterte sie. »Es tut mir so leid, daß ich die Erinnerungen wieder wachgerufen habe.«

Trotz ihrer direkten Art glaubte Tante Lil in vieler Hinsicht tief an die Privatsphäre der menschlichen Seele. Sie ließ die in ihrem Schmerz weinende alte Nonne allein und trat langsam aus der Kirche heraus in den letzten Rest des Märznachmittags. Die frische Luft machte ihren Kopf klar und fegte den Schmerz der Jahre fort, mit dem sie so unvermittelt konfrontiert worden war. Aber sie konnte nichts gegen den Schmerz tun, der an ihrem eigenen Herzen nagte. Sheila war Patricia Kellys Tochter. Wer wäre besser geeignet als sie, den Tod ihrer Mutter zu rächen? Tante Lil hatte nicht vorgehabt, ihrem eigenen Neffen das Herz zu brechen. T. S. würde nie wieder derselbe sein.

Sie blieb auf den Steinstufen stehen, wandte sich dann um und betrat noch einmal die Kirche. Sie war leer. Schwester Bridget Mary hatte sich in die vertraute Behaglichkeit ihres eigenen Zimmers geflüchtet. Die Votivkerzen flackerten verloren auf einer Seite des Altars. Lediglich fünf brannten. Die ärmliche Opferbüchse sah mitgenommen und eingedellt aus, und die Zündhölzer lagen wild durcheinander. Tante Lil kniete vor den Kerzen nieder und ließ eine Zwanzig-Dollar-Note in die Opferbüchse gleiten. Sorgfältig entzündete sie drei der unförmigen Wachshaufen. Eine Kerze für Patricia Kelly, eine für Sheila und eine für ihren lieben Theodore.

Ein Dutzend verschiedener Szenarien malte sich T. S. aus, als er die Feuertreppe herunterstürmte. Das erste, was einem in den Kopf kam, war natürlich Edgar Hale, der gerade vor der Mörderin zu Tode gewürgt wurde. Vielleicht von jemandem, den T. S. kannte. Vielleicht sogar von Sheila. Wo steckte sie heute den ganzen Tag? In seiner Verwirrung stellte er sich sogar vor, wie Kommissar Abromowitz rittlings auf Edgar Hale saß, Sterlings antiken Schürhaken hoch über den Kopf erhoben.

Wie wildgeworden sauste er durch die Haupthalle.

Hätte er Zeit gehabt, darauf zu achten, wäre er überrascht gewesen, wie wenig Leute aufsahen, als sie ihn vorbeirasen sahen. Tatsache war, die meisten befanden sich bereits im Büro der Teilhaber. T. S. bahnte sich einen Weg durch die dichte Menge von Sterling & Sterling-Mitarbeitern. Das wilde Gemurmel der Stimmen bildete einen konfusen Hintergrund für seine verwirrenden Gedanken. Er konnte gebrüllte Sätze hören, aber die Worte nicht verstehen. Er war sich undeutlich bewußt, daß die Mitarbeiter johlten und brüllten, als befänden sie sich bei einem Fußballspiel. Feuern sie den Mörder an? dachte er vage. Die Welt war verrückt geworden.

Sogar noch verrückter, als selbst er es sich hätte vorstellen können. Er brach durch die Menge und fand sich in einem grob umrissenen Kreis wieder, der sich unter dem Portrait von Samuel Sterling und seinen Söhnen gebildet hatte. Feuerzangen, Schürhaken und der Ofenschirm lagen in wildem Durcheinander auf dem Teppich verstreut. Edgar Hale stand an einer Seite des Kreises, den Mund weit geöffnet in stillschweigender, rasender Wut, und sein Gesicht leuchtete in einem alarmierenden Purpurrot. Frederick Dorfen hatte sich auf einen Stuhl gestellt. Seine alten Beine zitterten. Er hatte die Arme weit ausgebreitet und versuchte, mit seinen Rufen die Menge zu übertönen. Er forderte ungehört die Wiederherstellung der Ordnung.

In der Mitte des Kreises standen Anne Marie und Mrs. Quincy. Sie standen sich wie zornige Gladiatoren gegenüber, die Arme vorgestreckt und die Hände kampfbereit angespannt. Ein langer Kratzer zog sich über eine Hälfte von Anne Maries Gesicht, und Blut rann aus einem Schnitt an Mrs. Quincys Nase. Anne Maries Haar flog ihr in wilden Strähnen ums Gesicht, und ihr Kleid war zerrissen – ein Ärmel hing schlaff herunter wie ein gebrochener Flügel. Sie verlor einen Schuh, als sie sich erneut auf Mrs. Quincy stürzte und sich dann in ihre Ecke des behelfsmäßigen Rings zurückzog. Etwas, das wie ein schlapper Waschbär aussah, baumelte in ihrer zusammengeballten Faust.

Mrs. Quincy gab einen wütenden, schrillen Schrei von sich, und T. S. sah verblüfft in das verzerrte Gesicht der alten Sekretärin. Ihre Haare waren verschwunden, ersetzt durch eine fleckige und merkwürdig gefärbte Stoppelfläche, die ihren eierförmigen Schädel wie sterbendes Gras überzog.

Anne Marie schwenkte die Perücke über dem Kopf wie eine Trophäe und schrie ihre Feindin an. »Du hast Nerven«, kreischte sie. »Zu sagen, daß ich mit die Haare färbe. Du hast nicht mal welche!« Sie wedelte wieder mit der Perücke, und T. S. wurde sich mit Entsetzen bewußt, daß verschiedene Leute aus der Menge ihr anfeuernde Worte zuriefen.

»Gib's ihr, Anne Marie!« rief ein bislang würdiger leitender Angestellter. T. S. warf ihm einen Blick zu, der den Mann bewog, augenblicklich in Stillschweigen zu verfallen.

»Aufhören! Mach doch jemand Schluß mit diesem Unfug!« rief Frederick Dorfen.

Mrs. Quincy ergriff die Gelegenheit, vorzustürmen und Anne Marie gegen das Schienbein zu treten. T. S. hätte es nie für möglich gehalten, daß sie den Ausdruck kannte, den sie dabei brüllte.

Anne Marie war weniger überrascht. Sie schleuderte das, was von Mrs. Quincys Perücke übriggeblieben war, auf den Fußboden und spuckte darauf. »Ich hab' keine Angst vor dir!« kreischte sie. Ihr fein modulierter Tonfall war verschwunden und ersetzt worden durch die schrille, nasale Stimme eines wütenden jungen Mädchens aus

Brooklyn. »Ich tret' gegen dich an. Los doch! Los doch!« Sie hob die Fäuste wie zu einem Boxkampf, und T. S. entschied, daß die Dinge jetzt weit genug gediehen waren.

Er warf sich zwischen die beiden Frauen und wurde mit einem erstaunlich kräftigen rechten Kinnhaken belohnt. Seine Wut war jedoch so groß, daß ihn das nicht lange aufhalten konnte. Er packte Anne Maries Hände, schleuderte sie herum und drehte ihr die Arme auf den Rükken. »Schnappen Sie sich Quincy. Schnell!« befahl er Edgar Hale. Der alte Mann gehorchte und griff mit wenig Enthusiasmus nach den zerbrechlichen Armen seiner Sekretärin. Als sie die Berührung ihres Chefs spürte, verlor Mrs. Quincy all ihren Kampfgeist. Plötzlich sah sie aus, als hätte sie Angst. Sie starrte voller Entsetzen auf die Menge. Jede Hoffnung, sich ihre Würde bewahren zu können, war zerstört. Tränen quollen ihr aus den Augen, und Dorfen bewies, daß er wirklich ein Gentleman war, als er versuchte, die Menge unter Kontrolle zu bekommen.

»Das war's!« rief er von seinem erhöhten Platz aus. »Genug ist genug. Verlassen Sie sofort den Raum. Ohne Zögern. Ich meine es ernst. Verlassen Sie *augenblicklich* den Raum.« Er stand über der Menge wie ein Polizist, der mit ausgestreckter Hand den Verkehr regelt. Er blickte die sich nur langsam vorwärtsbewegenden Mitarbeiter drohend an. Endlich sammelten sich die Angestellten in Grüppchen, murmelten ungläubig vor sich hin und grummelten, weil ihr Spaß unterbrochen worden war.

»Sie dürfen alle früher nach Hause gehen!« rief Dorfen schließlich verzweifelt aus, und das Tempo beschleunigte sich. »Wir schließen die Bank für diese Woche. Gehen Sie nach Hause!« Er hatte die magische Formel gefunden. Innerhalb von Minuten war niemand mehr im

Raum außer Edgar Hale, T. S., den beiden Frauen und Dorfen.

Der älteste Teilhaber kletterte langsam von seinem Stuhl herunter. Behutsam legte er den Arm um die jetzt schluchzende Mrs. Quincy. »Na, na, Mrs. Quincy«, sagte er sanft. »Jeder verliert mal die Beherrschung. Wir stehen alle unter großem Streß. Bald werden alle vergessen haben, daß das je geschehen ist.« Er führte sie die Halle hinunter auf die privaten Konferenzräume zu.

T. S. hatte weniger Glück mit dem Versuch, Anne Marie zu beruhigen. Sie murmelte leise zornige Drohungen vor sich hin, und T. S. schnappte Bruchstücke ihres lange vergrabenen Brooklyner Akzents auf.

»Anne Marie, bitte«, flehte er. »Holen Sie tief Luft. Bitte beruhigen Sie sich. Wir sind alle etwas überreizt.« Er wiederholte sich, bis sie sich zu entspannen begann. Edgar Hale machte einen Schritt auf sie zu, aber da wurde sie wieder starr vor Anspannung. T. S. mußte ihn bitten, den Raum zu verlassen, eine Aufgabe, die der Teilhaber mit solcher Begeisterung ausführte, daß er auf dem Weg nach draußen beinahe Sheila niedergemäht hätte. Sie fegte in den Raum, schnappte nach Luft, sah T. S. an und dann ihre Mutter. Laut rufend stürzte sie auf sie zu, und Anne Marie riß sich los und lief in die Arme ihrer Tochter. Sie fiel gegen Sheila und brach in Schluchzen aus wie ein zu großgeratenes Kind. Sheila streichelte ihr Haar, brachte es wieder in Ordnung und blickte dabei T. S. böse an.

»Was ist passiert?« fragte sie zornig. »Was ist hier los?«

»Ich habe nicht die leiseste Ahnung«, protestierte er. »Wo sind Sie gewesen?«

Sheila irgnorierte seine Frage und versuchte, ihre Mutter zu beruhigen. T. S. zog sich den Stuhl heran, den Frederick Dorfen als Podium benutzt hatte, und ließ sich mit einem dumpfen Plops darauf nieder. »Wie um alles in der Welt ist es zu diesem Streit gekommen?« fragte er müde.

Anne Marie flüsterte ihrer Tochter etwas zu, und Sheila sah T. S. mit bittenden Augen an. »Bitte, Mr. Hubbert«, sagte sie, »es war wegen etwas, das Mrs. Quincy gesagt hat. Mama ist in letzter Zeit so mit den Nerven runter gewesen. Sie können es sich nicht vorstellen. Bitte lassen Sie mich das machen. Der Arzt hat ihr Beruhigungsmittel verschrieben Anfang der Woche. Ich werde dafür sorgen, daß sie die Tabletten nimmt. Es wird alles wieder in Ordnung kommen, ich verspreche es. Ich werde mich darum kümmern. Nur lassen Sie uns bitte allein.«

»Wo sind Sie gewesen?« beharrte er. »Ich habe den ganzen Tag versucht, Sie zu erreichen. Ich muß sofort mit Ihnen sprechen.« Wollte sie ihm aus dem Weg gehen?

Ihr Gesicht nahm einen verzweifelten Ausdruck an. »Das weiß ich. Ich muß auch mit Ihnen sprechen. *Unter vier Augen.* Bitte. Könnten Sie nicht in Ihrem Büro auf mich warten? Ich werde hochkommen, sobald ich kann.«

Er sah keine andere Möglichkeit. Er hatte keine Ahnung, was los sein könnte. »Gut«, teilte er ihr so streng mit, wie er es in seiner Sorge zuwegebringen konnte. »Ich warte oben auf Sie.«

Sheila führte ihre Mutter bereits behutsam zur nächsten Damentoilette. T. S. war noch nicht einmal halb die Haupthalle hinaufgegangen, als Effie Abacrombie an seinem Ellenbogen zupfte. Sie hatte ihren Posten in der Telefonzentrale mit solcher Hast verlassen, daß um ihren Hals immer noch die Kopfhörer baumelten. Die abgetrennten Anschlußkabel überkreuzten sich auf ihrer üppigen Brust wie ein Patronengurt.

»Haben Sie sowas schon mal gesehen, Sir? Was für ein Kampf. Ein regelrechtes Gefecht. Eindeutig ein Unentschieden. Beide Seiten haben tapfer gekämpft, sie waren würdige Gegner. Aber wie gut, daß es schon so spät ist und keine Kunden mehr anwesend waren.«

»In der Tat«, stimmte T. S. zu. Er hatte das Gefühl, ungefähr hundert Jahre alt zu sein. Sein geordnetes Leben hatte sich in Wahnsinn aufgelöst. Er wäre nicht überrascht gewesen, wenn Effie »Noch mal in die Bresche!« gebrüllt hätte und in die Zimmerpalmen gesprungen wäre.

»Ich muß jetzt wirklich nach oben, Effie«, teilte er ihr mit. »Ich habe nicht die Energie für ein Gespräch.«

»Ich dachte, Sie würden es vielleicht gerne wissen«, flüsterte sie eindringlich.

Er konnte spüren, wie die die Firma verlassenden Mitarbeiter um sie herum langsamer wurden und sich vorbeugten, um besser zu hören. Er packte Effie fest am Ellenbogen und führte sie die Halle hinunter auf die Fahrstühle zu, wo es eine abgeschiedene Nische gab. »Was wollen Sie mich wissen lassen, Effie? Sagen Sie es einfach und offen und geradeheraus. Was ist es, das ich hören sollte?«

»Was das Gefecht ausgelöst hat, Sir. Ich habe alles gehört. Ich verließ gerade die Damentoilette.«

Was immer es war, er bezweifelte, daß er es wissen wollte. Aber was für eine Wahl hatte er jetzt schon noch? An dieser ganzen Geschichte gab es nichts mehr, das ihn glücklich machen würde. »Was wurde gesagt?« fragte er die Telefonistin.

»Quincy hat sie als verrückt bezeichnet«, informierte Effie ihn wichtigtuerisch. »Sie ging genau hinter Anne Marie aus der Tür, und Anne Marie blieb stehen, um ihre Strumpfhose glattzuziehen. Quincy lief direkt in sie rein und entschuldigte sich nicht mal. Sie sagte nur: ›Nun wach schon auf, Anne Marie. Du stehst genau in der Tür. Du bist genauso verrückt wie sie.‹«

»Du bist genauso verrückt wie sie?« wiederholte T. S. »Wer ist ›sie‹?«

»Das weiß ich nicht«, gab Effie mit einem Achselzucken zu. »Mehr konnte ich nicht hören. Aber glauben Sie mir, es war genug. Anne Marie stürzte sich auf Quincy wie eine rollige Katze und fing an, ihr das Gesicht zu zerkratzen. Und Quincy kratzt und schlägt zurück. Genau wie diese Schlamm-Ringkämpferinnen im Fernsehen. Die beiden wälzten sich am Boden und jagten sich gegenseitig mit Fußtritten die Halle hoch und ins Büro der Teilhaber rein, mit der halben Firma auf den Fersen. Ich bin ihnen nur gefolgt, um Verletzungen zu verhindern.«

»Ja, ich weiß«, murmelte T. S. schwach. »Das habe ich gesehen.«

»Kaum zu glauben, wie sie Quincy die Haare vom Kopf riß, was? Ich kenne Quincy seit zweiunddreißig Jahren, und nie ist mir der Verdacht gekommen, daß sie eine Perücke tragen könnte.«

»Man kann nie wissen«, stimmte er müde zu.

»Wenn Sie mich fragen, hat Quincy halbwegs recht, wissen Sie«, brachte die Telefonistin vor.

»Wieso das?« Er drehte sich um und drückte auf den Fahrstuhlknopf. Er würde in den Fahrstuhl steigen und sich in den Frieden und die Ruhe seines Büros flüchten.

»Die ganze Firma ist verrückt geworden. Einfach völlig verrückt.«

In der U-Bahn, auf dem Weg zu Sterling & Sterling, wurde Tante Lil klar, wie dumm sie gewesen war. Sie hätte die Wahrheit erraten müssen. Da war Cheswicks verschwundene Privatkorrespondenz, so mühelos vom Schreibtisch entfernt. Jemand hatte genau gewußt, wo er suchen mußte. Boswells Schwäche für Blondinen und seine Bereitschaft, mit einer Frau segeln zu gehen, die er kannte und der er vertraute. Eine Frau, die genau wußte, wo der untergetauchte Stanley Sinclair zu finden sein würde. Und Anne Marie, die beharrlich behauptete, daß Robert Cheswick vor seinem Tod wie immer gewesen war, während andere gesagt hatten, er hätte unter großem Druck gestanden. Ihre alberne Lüge, daß Cheswick die Blumen seiner Frau geschickt hätte, während sie die ganze Zeit an Patricia Kelly gegangen waren. Anne Marie hatte jemanden schützen wollen, der ihr nahestand und ihr teuer war, und diese Belastung hatte man ihr angemerkt. Sie hatte jemanden schützen wollen, der ihnen allen nahestand und teuer war. Es würde Theodore das Herz brechen, wenn er herausfand, daß Sheila es gewesen war.

Tante Lil hatte Theodore sofort angerufen, nachdem sie die Kirche verlassen hatte, aber es war niemand ans Telefon gegangen, nicht einmal die Empfangssekretärin der Personalabteilung. Tante Lil war beunruhigt. Sheila war den ganzen Tag verschwunden gewesen. Niemand konnte sagen, wo sie gewesen war oder was sie vorhatte.

T. S. schlich nervös um seinen Schreibtisch herum, erfüllt von düsteren Vorahnungen. Effie Abacrombie hatte völlig recht. Die Welt um sie herum war verrückt geworden.

Beruhige dich, sagte er zu sich. Sieh der Wahrheit ins Auge. Was war das Schlimmste, das passieren konnte? Das Schlimmste war, daß Sheila Patricia Kellys Tochter und die Mörderin war, nahm er an. Aber wenn es Sheila war, dann würde sie bald in seinem Büro sein und konnte nicht das Leben von Tante Lil oder Edgar Hale gefährden. Nur sein eigenes.

Kaum ein tröstlicher Gedanke. Wahrscheinlich war es unklug, mit irgend jemandem unter vier Augen zu sprechen, bevor er wußte, was Sache war.

Er hätte sich keine Sorgen zu machen brauchen. Sheila

erschien mit ihrer Mutter im Schlepptau. Anne Maries Augen waren rot vom Weinen, aber sie wirkte viel ruhiger. Er fragte sich, wie viele Tranquilizer sie wohl in sich hinein gestopft hatte. Er führte sie feierlich in sein Büro, unfähig, Sheila in die Augen zu sehen.

Beide saßen fast züchtig auf ihren Plätzen und sahen T. S. mit grimmigem Gesichtsausdruck an. Auch wenn ihre äußere Erscheinung grundverschieden war, ihre Haltung war es nicht. Sheila wirkte vielleicht etwas schuldbewußter als ihre Mutter, aber beide rutschten unruhig auf dem Stuhl hin und her, die Hände sorgsam im Schoß gefaltet, als warteten sie darauf, zum Tanzen aufgefordert zu werden.

»Worum geht es denn, Mr. Hubbert?« fragte Sheila besorgt. »Meine Mutter hat darauf bestanden, mitzukommen. Ich bin doch nicht gefeuert, oder?«

»Gefeuert?« Sein Lachen war vielleicht eine Spur zu laut. »Gefeuert? Natürlich nicht.« Wie kamen die Leute nur auf solche Gedanken? Dann fiel es ihm ein. Durch ihn.

»Es ist mir sehr peinlich«, begann T. S.

»Dann sollten Sie es vielleicht einfach ausspucken«, sagte Sheila. Ihre Stimme klang unnatürlich laut, und sie warf ängstliche Seitenblicke auf ihre Mutter, als könnte Anne Marie jeden Moment aufspringen und aus dem Zimmer fliehen. Aber Anne Marie saß da wie in Trance, den Blick auf einen unbekannten Punkt gerichtet. Zumindest hatte Sheila nicht ihren Mumm verloren, dachte er. Das machte ihm Mut. »Ich muß Ihnen ein paar Fragen stellen«, begann er langsam. »Ich weiß, es ist sehr beunruhigend, und Sie werden denken, daß ich Ihnen nicht vertraue, aber ...« Er zögerte und sah ihr dann direkt in die Augen. »Es sieht so aus, als hätten Sie mich angelogen, und ich muß wissen, warum.«

Ihre Reaktion war unmittelbar. Sie errötete tief und sah weg.

»Sie müssen mir jetzt die ganze Wahrheit sagen«, warnte er sie.

»Schießen Sie los«, murmelte sie. »Ich werde es ganz bestimmt versuchen.«

»Kann irgend jemand bezeugen, wo Sie an dem Abend, an dem Robert Cheswick starb, waren? Oder an dem Sonntagnachmittag, an dem John Boswell ertrank? Was ist mit dem Tag, an dem Stanley Sinclair erschossen wurde? Wenn Sie für nur eine dieser Zeiten ein Alibi haben, würde das schon helfen. Ich weiß, daß Brian nicht in der Stadt war, ich habe mit ihm telefoniert. War irgend jemand bei Ihnen?«

»Ja«, sagte Sheila nach einer kurzen Pause. Ihr Gesicht war scharlachrot angelaufen.

»Wer?«

»Sergeant William Perry. Vom dritten Revier.« Sie sagte den Namen so entschieden, als wären Name, Rang und Nummer das einzige, was er aus ihr herauskriegen würde.

»Oh, lieber Josef«, murmelte ihre Mutter und wandte sich zu ihrer Tochter. »Das ist das Revier deines Vaters. Oh, mein Gott.«

»Bitte, Anne Marie«, bat T. S. »Lassen Sie mich das machen. Besser, sie ist ihrem Mann untreu, als daß sie des Mordes bezichtigt wird.« Anne Marie wirkte nicht überzeugt, aber die Erwähnung von Mord verschloß ihr den Mund.

»Des Mordes?« Sheila drehte sich um und starrte ihn an. »Sie denken, *ich* hätte das getan?« Sie wedelte mit der Hand, als lägen die Leichen im Raum verstreut. »Ich dachte, Sie würden mir vertrauen«, flehte sie. »Sie wissen, daß ich nie ...«

»Ich stelle nur die Fragen, die die Polizei ebenfalls

stellen wird.« Tränen traten in ihre Augen, aber er wappnete sich innerlich und machte weiter. »Sie waren mit diesem Sergeant Perry *befreundet?* « fragte er feinfühlig.

»Ich *bin* mit diesem Sergeant Perry befreundet.«

»Noch ein Polizist? Wo soll das hinführen?« rief ihre Mutter plötzlich. Anne Marie war aufgestanden. Ihr zerrissener Ärmel baumelte immer noch herunter, und ihre Ruhe war urplötzlich verschwunden. »Du weißt doch, wie die sind! Du hast es dein ganzes Leben lang mitangesehen. Wie *konntest* du nur?«

»Er ist nicht wie Papa oder Brian«, schrie Sheila zurück. Sie machte Anstalten, sich zu erheben, ließ es dann bleiben und blickte ihre Mutter trotzig an. Ihre Stimme wurde weicher, und sie streckte die Hand aus und zupfte an Anne Maries zerrissenem Ärmel. Die letzten Fäden rissen, und Sheila hielt den Ärmel in der Hand. Alle drei startten ihn eine Sekunde lang an, bis Anne Marie ihn ihrer Tochter zornig aus der Hand riß. »Es tut mir leid, Mama«, flehte Sheila. »Ich werde dir helfen, ihn wieder anzunähen. Bitte setz dich hin und beruhige dich. Du hast ganz recht. Du hast völlig recht.«

Sheila beugte sich vor und appellierte mit ruhiger Stimme an T. S. »Müssen wir uns unbedingt in ihrer Gegenwart weiter darüber unterhalten? Es wäre vielleicht besser, wenn sie gehen könnte.«

»Ich gehe nicht«, verkündete Anne Marie. »Versuch nur, mich von hier wegzukriegen.«

T. S. sah sie an und sprach mit fester Stimme. »Sheila hat recht. Anne Marie. Ich glaube, es wäre am besten, wenn Sie uns für ein paar Minuten allein lassen würden. Warum warten Sie nicht draußen im Empfangsraum? Ich bin sicher, es wird nicht lange dauern.«

Anne Marie stand mißmutig auf und ging zur Tür. Sie stolperte leicht über die Stelle, an der die beiden Teppiche zusammentrafen. Sheila beobachtete sie ängstlich. T. S. räusperte sich, als die ältere Frau verschwunden war. »Sehr schön. Machen wir weiter. Ich hatte Sie gebeten, Informationen über die näheren Umstände von Boswells Tod zu besorgen. Wie sind Sie da rangekommen, wenn Brian nicht in der Stadt war?«

»Über meinen Freund«, sagte sie einfach. »Sie hörten sich an, als würden Sie die Informationen dringend brauchen, und Bill war glücklich, etwas für mich tun zu können.« Sie warf einen besorgten Blick in Richtung Tür. »*Bitte*, Mr. Hubbert. Ich muß Sie etwas fragen.« Sie hob ihre Handtasche hoch und begann, die Lederriemen zusammenzudrehen.

»Ich zuerst«, beharrte er sanft. »Und dann sind Sie dran. Also Sie waren letzte Nacht bei diesem Sergeant Perry?«

»Ja. Und heute morgen haben wir lange geschlafen.« Sie hielt inne und hatte den Anstand zu erröten. Tatsächlich hatte sie sich die ganze Woche einer ausgeprochen gesunden Gesichtsfarbe erfreut, und jetzt wußte T. S., warum. Ach, die Liebe, dachte er, und er hoffte inständig, daß es tatsächlich Liebe war, die das Erröten hervorgerufen hatte.

»Ich habe keinen falschen Grund angegeben, als ich mir den Tag freigenommen habe«, fügte sie ängstlich hinzu. »Ich bin heute morgen bei einer Rechtsanwältin gewesen. Sie sagt, da Brian mich geschlagen hat, wird es kein Problem sein, die Scheidung schnell durchzubekommen.«

»Er hat Sie geschlagen?« wiederholte T. S. ausdruckslos. Dieser Schweinehund. Wenn er Brian O'Reilly je wieder sehen sollte, würde er keine Zeit auf Höflichkeiten verschwenden.

Herbert Wong kam als erster bei Sterling & Sterling an. Das Beschatten von Tante Lil hatte sich als leichte Aufgabe erwiesen. Wegen ihres verletzten Knöchels ging sie so langsam, daß er ständig zurückbleiben mußte, um nicht entdeckt zu werden. Und in der überfüllten U-Bahn war es ein Kinderspiel gewesen, in der Menge unterzutauchen. Außerdem mußte man kein Genie sein, um sich auszurechnen, wo sie hinfuhren. Er nickte Albert zu, der Dienst in der Eingangshalle hatte, trug sich ein und verschwand die enge Treppe hinauf, die sich in der Marmorwand der Eingangshalle öffnete und hinauf zur Haupthalle wand. Er war jedoch kaum die Hälfte der Stufen hinaufgestiegen, als er plötzlich innehielt, langsam wieder hinunterschlich und an einer Stelle stehenblieb, wo die Treppe eine Wendung machte und ihm beschränkte Einsicht in die Eingangshalle erlaubte.

»Schön Albert«, sagte Frank gerade zu dem diensthabenden Fahrstuhlführer. »Du kannst ruhig gehen. Schönen Abend noch.«

»Ich werd' so schnell gehen, wie ich nur kann«, entgegnete Albert jovial. »Dieses Gebäude macht mich langsam nervös, das sage ich frei heraus.« Er holte seinen Mantel unter dem Pult hervor, an dem die Leute sich eintragen mußten, und zog ihn munter über. »Bist du sicher, daß Timothy bald hier sein wird?«

»Klar«, sagte Frank. »Er hat angerufen, er kommt ein paar Minuten später. Mach dir keine Sorgen – geh nur.« Albert strebte auf die Eingangstür zu und traf dabei auf Tante Lil, die gerade hereinkam. Er tippte sich an den Hut und verschwand nach draußen.

Franks Aufmerksamkeit richtete sich auf die ältere Dame, die in die Halle humpelte. »Miss Hubbert«, rief er besorgt aus. »Lassen Sie mich Ihnen helfen. Hier.« Schnell trug er einen Stuhl herbei und half Tante Lil dabei, sich hinzusetzen. »Haben Sie sich verletzt?« »Es ist nichts, Frank«, sagte sie und massierte ihren Knöchel. »Tut nur ein bißchen weh vom Gehen.« Sie mußte schnell zu T. S. und Edgar Hale.

»Treffen Sie sich heute mit Mr. Hubbert, Ma'am?« fragte er.

»Oh, ja.« Der Knöchel war etwas angeschwollen, aber sie hatte schon Schlimmeres ertragen.

»Ob er eventuell bereit wäre, einen Augenblick für mich zu erübrigen, bevor Sie weggehen?« fragte der Wachmann höflich. »Dieser Kommissar macht mir wieder das Leben schwer.«

»Ich bin sicher, er würde sich sehr freuen, Sie zu sehen. Warum kommen Sie nicht gleich mit hoch?«

»Ich muß auf den Mann von der Nachtschicht warten. Er müßte jede Sekunde hier sein. Ich bin in einer Minute oben.« Er ging zu den Eintragungslisten hinüber. »Hier, ich werde Sie eintragen, Sie heißen doch Hubbert, oder? Ich habe das doch richtig verstanden?«

Tante Lil stand auf und probierte ihren Knöchel aus. »Oh, ja. Ich bin eine Hubbert. Na ja, ein bißchen besser geht es. Dann wollen wir mal.« Sie hinkte auf die Fahrstühle zu. Frank blieb ihr besorgt auf den Fersen.

»Soll ich Mr. Hubbert anrufen und ihm sagen, daß Sie auf dem Weg nach oben sind?« fragte der Wachmann.

»Oh, nein«, beruhigte sie ihn. »Er erwartet mich.«

»Und schonen Sie dieses Bein«, warnte Frank. Er drückte für sie auf den Knopf, und die Fahrstuhltüren schlossen sich.

Im Fahrstuhl beobachtete Tante Lil die Stockwerksanzeige, tief in Gedanken. Frank würde gleich zu T. S. hinauffahren, und da T. S. Sheila den ganzen Tag nicht hatte finden können, war er für den Moment in Sicherheit. Aber wer beschützte Edgar Hale? Er mußte vor allen anderen gewarnt werden. Wie es ihre Gewohnheit war, zögerte Tante Lil nicht lange.

Wäre Frank nicht durch das Eintreten der Nachtwache abgelenkt worden, hätte er vielleicht bemerkt, daß Tante Lils Fahrstuhl im ersten Stock hielt, anstatt zur Personalabteilung hochzufahren. Der Aufmerksamkeit von Herbert Wong entging diese Tatsache jedoch nicht. Er beobachtete mit gerunzelter Stirn die Stockwerksanzeige und eilte dann die Treppe hinauf.

Wenn er sich beeilte, konnte er als erster da sein.

Die Haupthalle lag im Dunkeln. Es schien, daß alle Mitarbeiter Frederick Dorfens Vorschlag, doch früher zu gehen, aufgegriffen hatten. Es war jetzt fast achtzehn Uhr, und niemand hatte großen Wert darauf gelegt, zurückzubleiben und allein weiterzuarbeiten.

Es war hoffnungslos, in dem höhlenartigen Raum nach einem Lichtschalter zu suchen. Tante Lil hätte nicht mal gewußt, wo sie anfangen sollte. Schreibtische und Bürostühle standen unheimlich in den Schatten, wie schweigende Geister. Sie hinkte vorsichtig die Halle hinunter. Auf dem Marmorfußboden machte ihr verletztes Bein ein seltsam schabendes Geräusch. Sie hörte ein Rascheln in der Dunkelheit, verharrte und warf einen Blick zurück auf die Fahrstühle. War das Geräusch aus dieser Gruppe Zimmerpalmen gekommen? Sie schüttelte lebhaft den Kopf, umd die Angst zu vertreiben. Es waren nur die Pflanzen, die im Luftstrom der Heizung raschelten.

Weiter vorn entdeckte sie einen Lichtschein unter den Schwingtüren des Büros der Teilhaber. Sie ging dankbar auf dieses Leuchtzeichen zu.

Herbert Wong hielt sich hinter ihr, unsichtbar in der

Dunkelheit. Seine angeborene Anmut leistete ihm gute Dienste, als er von Schreibtisch zu Schreibtisch schlich. Er hatte ein Pflicht zu erfüllen, und er würde nicht versagen.

Es war ausgesprochen unerfreulich und außerdem unfair gegenüber Anne Marie, aber T. S. mußte Sheila einfach fragen, um die Atmosphäre völlig zu reinigen. Es war von entscheidender Wichtigkeit, daß er die Wahrheit erfuhr.

»Sheila«, fragte er so behutsam wie möglich, »sind Sie sich darüber im klaren, daß Ihre Eltern Sie adoptiert haben?«

Wachsam setzte sie sich aufrecht hin, und ein neuer Ausdruck huschte über ihr Gesicht. Es war Mißtrauen, gepaart mit Verwirrung, und dann sehr langsam etwas, das der Angst sehr nahe kam. »Ja. Mein Vater hat es mir schon vor Ewigkeiten erzählt...« Sie verstummte und fuhr sich nervös mit der Zunge über die trockenen Lippen.

»Ihr Vater hat es Ihnen erzählt?« Er war sicher, daß Anne Marie das nicht gewußt hatte.

»Ja.« Sheila sah ihn an, war aber mit den Gedanken woanders. »Wir haben es Mama nicht erzählt, weil wir wußten, daß sie sich bloß aufregen würde. Es war keine große Sache. Ich habe die Papiere gefunden, als ich im Schreibtisch im Arbeitszimmer nach etwas gesucht habe. Mein Vater sagt, daß sie mich durch die Kirche bekommen haben.« Sie richtete sich auf und starrte ihn angespannt an. »Wollen Sie damit sagen, daß das etwas mit den Vorfällen hier zu tun hat?« Ihr Gesicht verriet so eine aufrichtige Angst, daß T. S. sich nicht entscheiden konnte, ob er erleichtert oder frustriert sein sollte.

Edgar Hale saß über seinen riesigen Schreibtisch gebeugt

da und wühlte fast blind in seinen Akten. Heute schien er überhaupt nichts zustandezubringen. Gab es noch einen Weg, um die Bank zu retten? Er wußte einfach nicht, was er tun sollte.

Tante Lils diskretes Klopfen unterbrach seine gequälten Gedanken. »Es tut mir so leid, daß ich Sie stören muß, Mr. Hale«, sagte sie.

Er erhob sich sofort. »Kommen Sie herein. Kommen Sie doch herein, Lil. Ich erinnere mich noch gut an Sie.« Er hatte sie als charmanten Party-Gast in Erinnerung, als eine Frau, die ihn ohne weiteres unter den Tisch trinken konnte, wenn er nicht aufpaßte. »Bitte sagen Sie Edgar zu mir.« Er fragte sich, wie solch eine bemerkenswerte Frau zu einem Neffen wie T. S. Hubbert gekommen sein konnte. Vielleicht wußte sie gar nichts von der außerplanmäßigen Herumschnüffelei ihres Neffen. Aber nein, hatte T. S. nicht gesagt, daß sie da mit drinsteckte? Ach, du liebe Zeit. Er seufzte. Es war am besten, es schnell hinter sich zu bringen.

Tante Lil stand zögernd im Türrahmen. »Ich weiß, es klingt lächerlich«, begann sie. »Aber soweit ich weiß, hat T. S. Ihnen gestern von der unglückseligen Geschichte mit Patricia Kelly erzählt.«

»Er brauchte es mir nicht zu erzählen«, sagte der alte Mann scharf. »Ich kann mich gut daran erinnern. Es war Unsinn. Alles Unsinn.«

»Ja, ja. Natürlich war es das.« Tante Lil betrat den Raum und kam auf ihn zu. Ihr Vorwärtskommen wurde durch ihren verletzten Knöchel verlangsamt. »Ich weiß. Was geschehen ist, ist geschehen. Das ist Vergangenheit. Aber ich fürchte, die Geschichte ist noch nicht zu Ende.«

Edgar Hale blickte zu ihr auf, und in dem sonderbaren Licht seiner altmodischen Messinglampe sah er aus wie ein Tier, das im Scheinwerferlicht eines schnellfahrenden

Autos gefangen ist. »Was meinen Sie damit?« Er glättete nervös sein zerknittertes Hemd, als hätte er Angst, Tante Lil würde ihn anklagen.

»Ganz so beunruhigt brauchen Sie nicht zu sein«, versicherte sie ihm. »Wir haben es rechtzeitig herausgefunden, und jetzt können wir weitere Morde verhindern. Ich habe Beweise.«

Edgar Hale öffnete den Mund und schloß ihn wieder. Seine Augen weiteten sich. Wenn Tante Lil sich je besorgt gefragt hatte, ob er sie auch ernstnehmen würde – jetzt tat sie es nicht mehr.

»Ich fürchte, daß sie eine Tochter hat, die geistesgestört zu sein scheint, und ... «

»Tun Sie es nicht!« rief Edgar Hale plötzlich und sprang fast über seinen Schreibtisch.

Es war zu spät. Tante Lils Worte wurden mitten im Atemzug von einem Stück blauer Seide abgeschnitten, das ihr so fest um den Hals gewunden wurde, daß sie keine Luft mehr bekam.

»Setzen!« befahl eine scharfe weibliche Stimme. Die Anklänge eines Brooklyner Akzents wurden mit jedem Wort deutlicher. Edgar Hale setzte sich augenblicklich hin. »Wenn Sie auch nur eine einzige Bewegung machen«, fuhr die Stimme fort, »töte ich die Frau, und dann bringe ich Sie um.«

In einer Hand hielt Anne Marie Shaunessy eine Pistole, die sie gelassen auf Edgar Hale richtete. Der abgerissene Ärmel ihres Kleides war jetzt straff um Tante Lils Hals gewunden. Anne Maries bloßer, bleicher Arm schimmerte in dem schwach erleuchteten Raum, ein lebhafter Kontrast zu ihren geröteten Wangen. Nie war ihr irisches Aussehen auffälliger gewesen. Sie war eine starke Frau, die der Zorn noch stärker machte.

»Sie waren es«, sagte Edgar Hale schwach. »Sie haben

es die ganze Zeit gewußt. T. S. hatte recht. Es ist diese Patricia-Kelly-Sache.«

»Nein, ich habe es nicht die ganze Zeit gewußt«, erwiderte Anne Marie zornig. »Wenn ich es gewußt hätte, wären Sie schon seit Jahren tot. Sie hat es niemandem erzählt. Nicht einmal mir.« Sie lächelte plötzlich. Die Pistole hatte sie mit so fester Hand auf ihr Ziel gerichtet, wie es jeder Polizistenfrau beigebracht wird. »Diese *Sache*, wie Sie es nennen, dieser für Sie unerhebliche Zwischenfall, hat den Menschen zerstört, den ich mehr liebte als irgend jemanden sonst auf dieser Welt.«

Ein Windstoß fuhr durch den Raum, und die Vorhänge vor einem leicht geöffneten Fenster raschelten. Ein Schatten bewegte sich hinter Anne Marie. Dic Sekretärin hatte es nicht bemerkt, aber sie verkrampfte sich und zog den blauen Seidenärmel fester zusammen. Tante Lil hielt vollkommen still und versuchte, nicht zu würgen. Sie beobachtete Anne Marie und Edgar Hale aus schmerzerfüllten, aber entschlossenen Augen. Tante Lil hatte nicht die Absicht, jetzt schon aufzugeben.

»Sie hat es mir nie erzählt«, wiederholte Anne Marie. Das kränkliche Lächeln war verschwunden. »Sie schämte sich zu sehr. Sie hat es nie jemandem erzählt. Nicht nach Ralph Peabody. Sie hatte ihre Lektion gelernt. Sie hat ihm vertraut wie einem Vater, er war derjenige, der ihr die Stellung verschafft hatte. Aber als sie mit ihrer Geschichte zu ihm kam, was hat er da getan? Er hat sich gegen sie gewandt. Sie zerstört.«

Sie sah zu dem Bild von Samuel Sterling und seinen Söhnen auf und richtete dann die Pistole schnell wieder auf Edgar Hale. »Ihr Männer. Ihr spielt in euren Häusern voll Geld. Ihr denkt, ihr könnt die Welt kaufen. Ich habe sie gewarnt, ich habe ihr gesagt, sie soll sich von Männern wie Robert Cheswick fernhalten. Männern wie Ihnen. Ich habe ihr gesagt, ihr wolltet sie nur benutzen, bevor ihr eine Frau aus eurer Gesellschaftsschicht heiratet. Deshalb wollte sie es mir nicht erzählen. Weil sich herausstellte, daß ich recht gehabt hatte.« Anne Maries grimmige Selbstbeherrschung machte sie nur noch furchteinflößender.

»Sie hat es all diese Jahre für sich behalten«, fuhr sie ruhig fort. »Sie hat mich angelogen, sie hat mir nicht gesagt, wer wirklich Sheilas Vater war. Ich weiß nicht, warum. Vielleicht war sie sich nicht sicher. Vielleicht wollte sie Robert immer noch schützen. Aber wo war er, als sie Schutz brauchte? Wer war da, um sie zu beschützen? Wer?« Sie schrie die letzte Frage heraus und hob die Pistole.

»Um Gottes willen«, rief Hale. »Die alte Frau hat nichts getan. Lassen Sie sie gehen.«

»Nein«, antwortete Anne Marie und zerrte Tante Lil weiter nach vorn. »Ich glaube wirklich nicht, daß ich das tun werde. Sie scheint der einzige Mensch zu sein, der Bescheid weiß.«

»Das wird Ihnen nichts nützen. T. S. weiß alles.« Hale stotterte in seiner Angst.

»Dann bringe ich ihn auch um«, sagte sie ruhig. »Wissen Sie, was der Kummer aus ihr gemacht hat? Haben Sie je gesehen, wie sie die Wände anstarrte, ohne auch nur zu blinzeln? Nie lachte sie. Nie sprach sie. Nie sah sie den einzigen Menschen an, der ihr näherstand als alle anderen Menschen auf dieser Welt. Nicht einmal *mich* sah sie an.«

Edgar Hale streckte die Hand aus und umklammerte fest die Kante seines Schreibtisches.

»Und die ganze Zeit, in der sie einen langsamen Tod starb, war ich hier und arbeitete für euch. Sagte lächelnd guten Morgen. Ging für euch ans Telefon. Erkundigte mich nach euren Familien.« Sie trat einen Schritt vor und zerrte Tante Lil mit. Der Ärmel lockerte sich einen Augenblick lang. Tante Lil sog hastig die frische Luft ein und hielt dann so still wie möglich.

»Ihr dachtet, ich wüßte es, nicht wahr?« Anne Marie fuchtelte mit der Pistole. »Darum habt ihr mir immer so viel Geld gegeben. Deswegen habe ich so viel mehr verdient als alle anderen. Nicht weil ich gut war, sondern weil ihr dachtet, ihr würdet mein Schweigen erkaufen. Ihr dachtet, ihr könntet mich kaufen, so wie ihr alle anderen gekauft habt.« Anne Marie schüttelte leicht den Kopf und ließ ihren Atem in einem langsamen, bewußten Strom heraus, während sie Edgar Hale wieder fest ins Visier nahm. »Das geht nicht, wissen Sie«, sagte sie ruhig. »Ich bin nicht käuflich, und es macht mich wütend, wenn Leute denken, ich wäre es. Aber es gibt etwas, das Sie erfahren sollten, bevor Sie sterben.«

Frank pfiff vor sich hin, als er die fast dunkle Personalabteilung betrat. Er wußte, daß Mr. Hubbert alles in Ordnung bringen und dafür sorgen würde, daß dieser gräßliche Kommissar keinen Vermerk in seine Personalakte setzen ließ, wie er gedroht hatte. Schließlich sagte er die Wahrheit, alle *hatten* sich in die Check-Out-Liste eingetragen. War es seine Schuld, daß der Kommissar ihm nicht glaubte? Als er Licht in T. S.' Büro sah, dachte Frank sich nichts dabei und stieß einfach die Tür auf. »Mr. Hubbert, ich frage mich, ob Sie mit dem ... « Er brach ab und sah Sheila erstaunt an. »Tut mir leid«, murmelte er und ging rückwärts wieder hinaus. »Ich wußte nicht, daß Sie beschäftigt sind. Ich dachte, hier wären nur Sie und Ihre Tante Lil.«

T. S. wandte sich Frank zu. »Meine Tante Lil ist hier?«

Frank tippte kurz an seine Mütze. »Sie sagte, sie wollte

gleich zu Ihnen rauffahren, Sir. Ungefähr vor fünf Minuten.«

Sheila blickte T. S. mit großen Augen an, ohne auf den Wachmann zu achten. »Ich habe Ihre Fragen beantwortet. Jetzt müssen Sie meine beantworten. Ich muß ein paar Dinge erfahren. Sie müssen mir sagen, was ich . . .«

»Sheila, bitte, aus alter Freundschaft«, bat T. S., »ich habe nur noch ein paar Fragen. Bitte verstehen Sie doch, daß ich nur . . .«

»Sie sind der einzige, an den ich mich wenden kann, ich brauche Ihre Hilfe . . .«

»Ich will ja helfen, aber das kann ich nur, wenn . . .«

»Hören Sie mir zu. Sie müssen mich reden lassen.« Sheilas Stimme wurde lauter. Sie wühlte in ihrer Handtasche herum auf der Suche nach etwas.

»Nein. Zuerst müssen Sie all meine Fragen beantworten. Sie können meinen Fragen nicht länger ausweichen.« T. S. hatte ebenfalls die Stimme erhoben und beugte sich vor.

Frank hatte dem Wortwechsel schweigend zugehört, aber jetzt mischte er sich ein. »Mr. Hubbert, Sir.« Er drehte nervös seine Mütze in der Hand herum. »Ich glaube, sie möchte Ihnen etwas sagen. Warum lassen Sie sie nicht?«

»Das stimmt. Ich möchte Ihnen etwas sagen«, rief Sheila aus und brach in Tränen aus, als sie ein kleines ovales Kästchen aus ihrer Handtasche zog. Der Deckel fiel auf den Boden, und ein Seil aus Licht glitt in ihre Hand. Sie hielt es hoch. Es strahlte blendend hell, als es langsam zwischen ihnen hin und her pendelte.

T. S. saß wie betäubt hinter seinem Schreibtisch und starrte auf das Collier. Er hatte ihr nicht zuhören wollen, weil er Angst hatte vor dem, was er hören könnte. Weil er nicht wollte, daß ein Geständnis aus ihr herausbrach. Weil er wollte, daß jemand anders Patricia Kellys Tochter war. Und jetzt baumelte der Beweis buchstäblich vor seinen Augen. Das Collier, das John Boswell gekauft hatte. Was für ein lausiger Detektiv er doch war. Hier saß eine Mörderin und versuchte zu gestehen, und er konnte es nicht ertragen, sich das Geständnis anzuhören.

»Mr. Hubbert, bitte«, flehte Sheila ihn durch ihre Tränen hindurch an. »Sie müssen es mir sagen. Was hat Patricia Kelly mit den Morden zu tun? Warum ist Tante Lil heute zu ihrem Grab gefahren? Ich weiß, wer Patricia Kelly ist, ich habe sie schon mal gesehen. Als ich das Foto von ihr in ihrer Personalakte sah, an dem Tag im Konferenzraum mit Mr. Hale und dem Kommissar, erinnerte ich mich, daß ich sie gekannt habe, als ich klein war. Ich nannte sie Tante Patricia. Sie kam oft vorbei und brachte mir Spielzeug mit. Aber jetzt lügt meine Mutter mich an. Sie sagt, sie kenne sie überhaupt nicht, aber ich weiß, daß das nicht wahr ist. Ich kann mich an sie *erinnern.*« Ihre großen Augen flehten um eine Erklärung. »Gestern habe ich meine Freundin in Creedmoor angerufen. Sie hat mir gesagt, wo Tante Patricia begraben ist. Ich bin zu ihrem Grab gegangen. Ich habe Blumen mitgebracht. Ich dachte, vielleicht . . .«

Ihre Stimme verlor sich und wurde dann wieder stärker. »Ich dachte irgendwie, es würde vielleicht alles wieder in Ordnung kommen, wenn ich an ihrem Grab beten würde. Ich würde verstehen, was all das damit zu tun hatte, daß meine Mutter mich anlog. Aber als ich heute nachmittag beim Friedhof ankam, war Tante Lil schon da. Und das hier lag auf Tante Patricias Grab.«

Sheila reichte T. S. das Collier, und er nahm es langsam, drehte es in den Händen und rieb nervös an den Kettengliedern. Es war kalt und hart.

»Ich kenne dieses Collier«, sagte sie. Ihre Stimme klang

dumpf vor Furcht. »Mr. Boswell hat es benutzt, um mich dazu zu bringen, letzten Sonntagnachmittag mit ihm auf seinem Boot rauszufahren. Er hat versucht, mich damit zu kaufen. Wie ist es auf Tante Patricias Grab gekommen?«

T. S. war erstaunt. Sheila wußte, daß sie adoptiert war, aber sie wußte nicht, wer ihre leibliche Mutter war. Aber wenn der Mörder nicht Patricia Kellys Tochter war, wer war es dann?

»Sie müssen es mir sagen«, flehte Sheila. »Bitte Mr. Hubbert. Wie ist dieses Collier auf ihr Grab gekommen? Mr. Boswell hatte es bei sich an diesem Tag im Yachthafen. Ich habe mich mit ihm getroffen, aber nur, um ihn zu bitten, mich in Ruhe zu lassen. Sergeant Perry ist mitgekommen, um mich zu unterstützen, er hat im Wagen gewartet.« Sie war ihm so nahe, daß er das Shampoo in ihren Haaren riechen konnte. Sie wühlte wieder in der Handtasche und holte den Silberlöffel-Briefbeschwerer heraus. Er schlug mit einem dumpfen Klacken auf dem Schreibtisch auf. T. S. wußte sofort, was das war und woher es gekommen war. »Das war auch auf dem Grab«, erklärte sie. »Sie müssen mir erklären, was das alles damit zu tun hat, daß meine Mutter mich anlügt.«

»Anne Marie lügt?« Er sagte es versuchsweise, aber schon während er es aussprach, wurde ihm die Wahrheit klar. Er war blind gewesen. Wo war Anne Marie jetzt?

»Ich habe Angst«, gab Sheila zu und wischte sich unbewußt die Nase an ihrem Ärmel ab wie ein kleines Kind. »Sie hat sich verändert. Ich habe ihr gesagt, daß ich die Frau auf dem Foto erkannt hätte, und Mama sagte, ich wäre verrückt. Aber das war sie. Das war meine Tante Patricia.«

T. S. stand plötzlich auf. Frank bewegte sich unbehaglich und sah nervös über seine rechte Schulter.

»Was ist los, Mr. Hubbert, Sir?« fragte er T. S.

»Anne Marie!« rief T. S. laut, zur Tür gewandt. »Anne Marie? Sind Sie da draußen?«

»Da ist niemand, Sir. Die Abteilung ist wie ausgestorben. Irgendwie unheimlich, um die Wahrheit zu sagen.« Frank blickte von T. S. zu Sheila.

»Wir sind so dumm gewesen«, rief T. S. und stürzte zur Tür hinaus. Frank wurde rüde beiseitegeschoben, prallte vom Türrahmen ab und stieß frontal gegen Sheila, die bereits hinter T. S. herrannte. Der Wachmann rückte die Mütze auf seinem Kopf gerade und sprintete hinter ihnen her.

T. S. raste auf die Fahrstühle zu, aber dann sah er, daß die Türen geschlossen waren. Er rannte durch die Dunkelheit, gefolgt von Sheila und Frank. Er erreichte die Feuertreppe, stürmte durch die schwere Tür, stieß den Türanschlag zur Seite, kletterte die Treppe hinunter und verschwand außer Sicht. Die Tür schloß sich hinter ihm. Sheila und Frank hämmerten brüllend von der anderen Seite dagegen, aber T. S. hörte nichts.

Tante Lil. Wo war Tante Lil? Und wo war Anne Marie? Er würde an ihrem Schreibtisch nachsehen. Er würde Edgar Hale warnen. Er würde Tante Lil rechtzeitig finden.

Es war an diesem Tag schon sein zweites Rennen gegen die Zeit, aber diesmal war der Einsatz undenkbar hoch.

»Woher wollen Sie wissen, daß es einer von uns war?« rief Edgar Hale mit verzweifelter Stimme.

»Weil Patricia noch nie mit irgend jemandem geschlafen hatte, bevor Sie und Ihre Freunde kamen«, entgegnete Anne Marie mit beißender Stimme. Und auch lange Zeit danach nicht. Nicht bevor sie sich veränderte. Nicht bevor sie all das zu glauben begann, war ihr über sie gesagt habt. Sie liebte Robert. Und er hat ihre Liebe benutzt, um sie in jener Nacht ins *Magritte* zu locken. Er hat ihr erst das Herz gebrochen und dann ihren Verstand zerstört. Und Sie haben ihm dabei geholfen. Sie hat mir alles erzählt, bevor sie starb. Es war Ihre Idee, nicht wahr? *Ihre* Idee. Sie dachten, sie wäre nicht gut genug als Ehefrau eines zukünftigen Sterling-Partners. Sie wollten Robert beweisen, daß sie Dreck war, und als er Ihnen nicht glauben wollte, haben Sie sie dazu gemacht.« Sie schob sich näher an Hales Schreibtisch heran und zerrte Tante Lil mit sich.

Wenn sie ganz, ganz stillhielt, konnte Tante Lil ein klein wenig Luft durch die Nase einatmen, ohne daß es auffiel. Konzentrier dich auf etwas anderes, dachte sie. Vergiß das grausame Stück Stoff, das dir den Atem abschnürt. Konzentrier dich auf das Pochen in deinem Knöchel. Sie begann, jeden Stich in ihrem Knöchel zu zählen, unfähig, den Druck zu mildern.

»Sie haben es selbst gesagt«, betonte Hale hastig. »Sie hat mit uns geschlafen. Sie hat sich mit uns getroffen, und sie wußte genau, was passieren würde. Sie war willig genug. Es hat ihr gefallen. Man braucht nur daran zu denken, was sie später mit all diesen Männern gemacht hat. Das beweist, daß es ihr gefallen hat.«

Oh, lieber Gott, dachte Tante Lil. Litt der Idiot unter Todessehnsucht? Wenn sie nur sprechen könnte.

»*Es hat ihr gefallen? Sie war willig genug?* Hat sie sich deswegen eine Woche lang vor mir versteckt? Und mir erzählt, sie wäre die Kellertreppe heruntergefallen, als ich gefragt habe, wie sie zu ihren Verletzungen gekommen ist? Ist das Ihre Vorstellung von ›willig genug‹ ?« Anne Marie hielt die Pistole näher an Edgar Hales Kopf heran, und der Seniorpartner begann zu zittern. »Sie haben sie zerstört. Was sie in den Jahren danach mit all diesen Männern getan hat, war Ihre Schuld. Sie dachte, mehr wäre sie nicht wert, weil Sie sie das gelehrt haben. Sie. Und auch Robert haben Sie zerstört, lange bevor ich es tat. Sie haben die Liebe zerstört, die er für sie empfand, so daß nur Schuldgefühle zurückblieben. Die Blumen sollten seine Schuldgefühle beschwichtigen. Zuerst dachte ich, die Schuldgefühle wären genug. Ich schickte ihm unter ihrem Namen Briefe, ich folterte ihn damit und genoß seinen Schmerz. Aber dann wurde mir klar, daß das nicht genug war. Er mußte sterben. Ihr alle mußtet sterben.«

»Denken Sie an Sheila«, rief Hale und hielt sich die Hände vors Gesicht. »Sie ist immer noch Ihre Tochter. Sie lieben sie.«

»Ich denke an sie. Glauben Sie mir. Ich bin Sheila letzten Sonntag zum Yachthafen gefolgt. John Boswell hatte sie da rausgelockt. Meine Tochter. Nicht genug, daß er mitgeholfen hatte, meine beste Freundin zu zerstören. Er mußte auch noch hinter meiner Tochter her sein. Ich habe gesehen, wie er um sie rumschnüffelte. Ich wußte, daß es wieder passieren würde. Da wurde mir klar, daß ich euch alle aufhalten mußte. Ihr denkt, es sei euer *Recht* mit dem Leben anderer Leute herumzuspielen. Wenn ich Sheila nicht beigebracht hätte, Männern wie euch nicht zu vertrauen, wäre sie vielleicht mit John rausgefahren. Als sie sich weigerte, wußte ich, daß er es weiter versuchen würde. Ich wußte es. Ich *mußte* ihn aufhalten. Endgültig.« Sie lachte, ein häßliches bellendes Lachen, das zu lange dauerte und zu laut war. »Als sie gegangen war, war es ein Kinderspiel, ihn dazu zu bringen, mich auf diesem Boot mitzunehmen. Es war immer noch so einfach.«

»Aber wenn das, was Sie sagen, wahr ist, ermorden Sie vielleicht Sheilas Vater, wenn Sie mich töten.« Edgar Hale zitterte unkontrollierbar und so stark, daß sein Sessel bebte.

»Ach nee«, entgegnete Anne Marie höhnisch. »Das will ich doch hoffen.« Mit gespielter Traurigkeit schüttelte sie den Kopf. »Es tut mir nur leid, daß Patricia nicht hier sein kann, um mit mir ihre Freude daran zu haben. Ich habe sie helfen lassen, wissen Sie. Ich habe John Boswell mit den Medikamenten vergiftet, die sie mir im Krankenhaus gegeben hatte. Ich dachte, das wäre nur fair. Es hätte ihr gefallen, daß sie mir dabei helfen konnte, ihn umzubringen. Sie konnte es nie über sich bringen, Haß auf Robert zu empfinden, aber sie hat nie aufgehört, den Rest von euch zu hassen.« Sie richtete die Pistole auf und kniff zielend ein Auge zusammen. »Und Sie haben auch geholfen. Ich rief Sinclair an und sagte, Sie wollten sich an einem privaten Ort mit ihm treffen. Vielleicht in seinem Sommerhaus. Es war so einfach. Aber machen Sie sich keine Sorgen. Es wird schnell gehen. Ein Schuß. Mehr habe ich auch für Stanley Sinclair nicht gebraucht. Für eins war mein Mann gut, sehen Sie. Er hat mir beigebracht, wie eine richtige Annie Oakley zu schießen.«

In genau diesem Moment – gerade als T. S. atemlos durch die Schwingtür gestürzt kam – schoß Herbert Wong hinter den Vorhängen hervor. Sein brutaler Tritt traf Anne Marie am Handgelenk und schlug ihr die Pistole aus der Hand. Der pensionierte Bürobote ließ sich zu Boden fallen und krabbelte eilig davon, als sich ein donnernder Schuß aus der Pistole löste. Er hallte dröhnend durch den Raum.

Edgar Hale schrie auf und tauchte unter seinen Schreibtisch. Tante Lil wand sich, zerrte an dem Ärmel und grub ihren gesunden Fuß in Anne Maries Spann. T. S. sprang auf Anne Maries Rücken und stieß sie zu Boden. Tante Lil wurde mit zu Boden gezerrt, und es gab einen Wirbel von zutretenden Beinen und zupakkenden Händen. T. S. rollte sich auf Anne Marie, und ihre Fingernägel zerkratzten ihm das Gesicht. Das Blut machte ihn blind, und er mußte seinen Griff lockern. Er konnte spüren, wie sie sich losriß. Sie stand auf und griff nach der Pistole.

Der keuchende Herbert Wong stand auf und machte einen Hechtsprung, packte Anne Marie und warf sie wieder auf den Teppich, während er schrille chinesische Rufe ausstieß. Er setzte sich rittlings auf sie, legte den Unterarm über ihren Hals und preßte sie fest gegen den Boden. Sie versuchte nur einmal, den Kopf zu heben, dann gab sie auf und starrte still an die Decke, während ihr die Tränen über die Wangen liefen.

Die fast vollständige Stille, die dem Kampf folgte, war unheimlich. Tante Lil und T. S. lagen der Länge nach auf dem Teppich und atmeten schwer. Langsam kam Edgar Hale unter dem Schreibtisch hervor. »Wer zum Teufel sind Sie?« schrie er Herbert Wong an, und T. S. wäre nicht überrascht gewesen, wenn er statt dessen »Freund oder Feind?« gerufen hätte.

Herbert sah auf Anne Marie herunter, als wolle er sie warnen, sich ja nicht zu bewegen, und musterte wütend den Teilhaber. »Ich arbeite seit fünfzehn Jahren für Sie. Diese ganze verdammte Sache ist Ihre Schuld.«

»Herbert ist ein pensionierter Bürobote«, erklärte T. S. hastig. Er wandte sich an Wong: »Was machen Sie hier?« fragte er ihn, nicht undankbar.

»Sie sagten mir, ich könnte keine Hilfe sein, aber ich wußte es besser«, erklärte der Bürobote einfach. »Ich folgte ihr, um sicherzugehen, daß ihr nichts passiert.« Er nickte Tante Lil zu, und sie nickte zurück. Anne Marie begann zu zappeln, und er packte ihre Arme fester.

»Nicht bewegen!« rief eine laute Stimme. Edgar Hale tauchte wieder unter den Schreibtisch.

Frank, der Wachmann, stand in klassischer Pose im

Türrahmen, die Knie leicht gebeugt, die Pistole in beiden Händen.

»Nicht schießen! Nicht schießen!« rief T. S. »Um Gottes willen, Frank, nicht schießen.«

»Er wird nicht schießen.« Sheilas Stimme zitterte, und sie blickte ihre Mutter an. Sie hatte hinter Frank den Raum betreten und legte ihm jetzt die Hand auf die Schulter. T. S. drehte sich gerade um, als sie nach Franks Pistole griff.

Sie berührte den Lauf leicht mit einem Finger. »Halten Sie die Waffe weiter auf sie gerichtet«, befahl Sheila traurig, ging zum Kamin hinüber und entdeckte die abgefeuerte Pistole ihrer Mutter. Sie ergriff sie neugierig, drehte sie in den Händen, hob sie langsam auf und begutachtete sie, bevor sie sie auf T. S. richtete. Tränen strömten ihr übers Gesicht, und sie bemerkte nicht, wie er zurückzuckte. »Papas Pistole«, sagte sie leise und reichte ihm die noch warme Waffe. »Oh, Mama.«

»Es ist alles in Ordnung«, sagte sie sanft zu ihrer Mutter und kniete sich neben ihr auf den Boden. Sheila strich Anne Marie das Haar aus der Stirn, aber die Augen ihrer Mutter blieben blicklos. Tränen rannen ihr aus den Augenwinkeln und liefen in die weichen Kurven ihrer Ohren. »Wir haben sie im Schußfeld, Mr. Wong. Ich denke, Sie können sie jetzt loslassen.«

Herbert Wong lockerte langsam den Griff und stand auf. Die schluchzende Frau schloß die Augen. »Ich habe es auch für dich getan«, sagte sie in der Stille zu ihrer Tochter. Ihre Stimme war ausdruckslos, ohne jedes Gefühl. »Ich wollte nicht, daß dir das gleiche passiert.«

Sheila hob den Kopf ihrer Mutter hoch und bettete ihn behutsam in ihren Schoß. Immer wieder strich sie ihr die Haare aus der Stirn. Sie sah zu den anderen auf, die schweigend und respektvoll in einem Halbkreis um sie herum warteten. »Mr. Hale, rufen Sie die Polizei«, erinnerte Sheila ihn ruhig. Ihre Stimme bebte, und sie sah wieder ihre Mutter an. »Mama, es tut mir so leid. Es tut mir so leid, daß du es warst. Ich habe dich sehr, sehr lieb.«

Sheila hob den Kopf und sah T. S. an, bat stillschweigend um Anleitung und Hilfe. Es mochte schmerzlich sein, aber sie war bereit, das zu tun, war richtig war. Das stählerne Glitzern ihrer intensiven, rauchgrünen Augen war unverkennbar.

T. S. kannte noch einen Menschen, der solche Augen hatte. Er wandte sich zu Edgar Hale um, und sein Verdacht bestätigte sich – die Ähnlichkeit war da.

Als könnte sie seine Gedanken lesen, wandte Sheila sich langsam von ihrer Mutter ab und starrte Edgar Hale an. Ihre Blicke trafen sich in einem langsamen, ungewollten Erkennen.

»Sie ist verrückt«, rief Edgar Hale und kam hinter dem Schreibtisch hervor. Er wies auf Anne Marie. »Patricia Kelly war wirr im Kopf und krank. Es gab überhaupt keinen Grund für diese ganze Schweinerei.«

»Nein?« Sheilas Augen waren vor Zorn halb geschlossen, als sie Edgar Hale genau musterte. Er erstarrte und blickte in ein Gesicht, dessen Ähnlichkeit mit seinem eigenen, früher nur vermutet, jetzt offenkundig war. »Meine Mutter hat getan, was sie getan hat, weil sie mich liebte und weil sie ihre Freundin zu sehr geliebt hatte«, sagte Sheila ruhig. »Was ist Ihre Entschuldigung?«

Edgar Hale machte den Mund auf, aber es kam kein Wort heraus. Alle Blicke waren auf ihn gerichtet. Er fuhr sich mit der Zunge über die trockenen Lippen und schluckte.

»Ich weiß nicht, warum wir getan haben, was wir getan haben«, flüsterte er schließlich. Es war das Krächzen eines alten Mannes. »Ich weiß nicht, warum wir es getan haben.«

»Dann halten Sie den Mund und setzen Sie sich«, sagte Tante Lil entschieden.

Edgar Hale tat genau das.

Sie hielten die Siegesfeier in Harvey's Chelsea Restaurant ab, obwohl T. S. der Ansicht war, daß es sich bestenfalls um einen Pyrrhussieg handelte. Aber als Tante Lil darauf hinwies, daß die zumindest unbestreitbar über Kommissar Abromowitz triumphiert hatten, räumte T. S. ein, daß eine Art Feier nicht allzu unpassend sein würde.

Tante Lil lud Lilah Cheswick ein, ohne das mit T. S. abzusprechen. Er rächte sich, indem er darauf bestand, daß Herbert Wong ebenfalls anwesend sein würde.

»Aber natürlich«, hatte Tante Lil ihm begeistert zugestimmt und damit prompt seine Rache zunichtegemacht. »Ich würde ihn wahnsinnig gern bei uns haben. Er sollte der Ehrengast sein!«

T. S. band seine Drachenkrawatte um und war höchst verärgert, als Herbert Wong das nicht einmal bemerkte. Tatsächlich nahm er T. S. so gut wie überhaupt nicht wahr. Vielleicht war es wegen Tante Lils Hut. Diesmal hatte sie sich wirklich selbst übertroffen. T. S. hatte Angst, sie zu fragen, ob sie den Hut selbst kreiert hatte – wenn noch andere dieser Art existieren sollten, wollte er es nicht wissen.

Der Hut war rund, so groß wie ein Kanalschachtdeckel und bestand aus leuchtend grünem Stroh. In der Mitte befand sich eine flache Krone, auf der genügend künstliche Früchte, Gemüse und Blumen aufgetürmt waren, um eine Ausstellung der Agrarprodukte des Mittelwestens anläßlich der Zweihundertjahrfeier damit zu bestücken. T. S. war versucht zu fragen, ob der Hut nicht an einen eigenen Tisch gesetzt werden könnte, vielleicht oben, wo er die Chance hatte, mit dem Buffet verwechselt und irgendwie weggezaubert zu werden.

Der Hut ging nirgendwohin. Auch Tante Lils Mantel nicht, wie es schien. Es kam zu dem üblichen Gerangel an der Garderobe, und Tante Lil willigte erst ein, sich von ihrem Mantel zu trennen, als Herbert Wong versprach, ihn während des Essens getreulich im Auge zu behalten.

»Und Sie wissen, was für gute Augen ich habe«, betonte der pensionierte Bürobote und musterte ihren monströsen Hut, als wolle er damit seine Behauptung beweisen.

Als sie an der Bar saßen, kam Frederick selbst zu ihnen, um ihre Bestellungen aufzunehmen. Er teilte die herabhängende und sprießende Flora auf Tante Lils Hut so gelassen mit den Händen, als würde er die Drinks *immer* im Dschungel servieren. »Das Übliche?« fragte er T. S.

Bevor T. S. antworten konnte, meldete sich Herbert Wong zu Wort. »Der kleine Solly Fishbean!« rief er entzückt aus. »Wie geht es deinem Vater?«

T. S. sah ihn irritiert an. »Das ist *Frederick,* der Barkeeper.«

»Nein, das ist er nicht.« Herbert Wong zupfte spielerisch am Schnauzbart des großen Barkeepers. »Das ist der jüngste Sohn meines Freundes Hiram. Wir spielen dienstags Mah-Jongg. Ich habe deinen Vater letzte Woche groß geschlagen.« Herbert Wong drohte Frederick mit dem Finger und lächelte.

»Es tut mir leid, Mr. Hubbert«, entschuldigte sich Frederick hastig und warf T. S. einen nervösen Blick zu. »Solly schien mit einfach nicht der richtige Name für einen Barkeeper in diesem Lokal zu sein.«

»Oh, spielt keine Rolle«, kommentierte T. S. mürrisch. Dieser impertinente junge Kerl. War denn heutzutage niemand das, was er zu sein vorgab?

»Nicht das Übliche«, entschied Tante Lil. »Wir fangen mit einer Runde Margaritas an.«

»*Margaritas?*» wiederholte T. S. mit belegter Stimme. »Ist das nicht ein bißchen makaber?«

»Überhaupt nicht«, schaltete Lilah sich ein. »Ich hätte gern eine Margarita.«

Er war überstimmt und fügte sich großmütig. Außerdem drehte sich Lilah mit einem strahlenden Lächeln zu ihm um, als die Drinks kamen. »Auf dich, Theodore«, sagte sie fröhlich und hob ihr Glas. »Und auf deine brillante Tante Lil.«

»Ja, tatsächlich«, stimmte Tante Lil zu. »Es war brillante Detektivarbeit.«

T. S. nahm sich vor, auf der Liste von Tante Lils Eigenschaften die Bescheidenheit ein paar Stufen herunterzusetzen, aber er stieß trotzdem darauf an.

»Ich habe ein paar Fehler gemacht«, fügte Tante Lil in einem kurzen Anflug von Zurückhaltung hinzu.

»Einen Fehler? Du?« T. S. blickte ungläubig drein, aber Tante Lil überging seinen Sarkasmus mit dem üblichen Aplomb.

»Vielleicht einen oder zwei ...« räumte sie großmütig ein. »Winzige Fehler, natürlich.«

»Ein oder zwei *entscheidende* Fehler«, korrigierte T. S. »Aber Ende gut, alles gut.«

»Es war die menschliche Natur«, erklärte Tante Lil. »Bei den Verdächtigen hatte ich die menschliche Natur in meine Überlegungen mit einbezogen, aber ich hatte meine eigene vergessen.«

»Was meinen Sie damit, Lillian?« fragte Herbert Wong in hoffnungsloser Bewunderung. Er war den ganzen Abend um sie herumscharwänzelt, hatte ihr einen Stuhl herausgezogen, die Tür für sie geöffnet und war aufgesprungen, wenn sie die Damentoilette aufsuchte. Genaugenommen war er den ganzen Abend rauf- und runtergeschossen wie ein menschliches Stehaufmännchen. Aber seine plötzliche Weigerung, sie mit »Tante Lil« anzusprechen, wie der Rest der Welt es tat, machte T. S. wirklich mißtrauisch.

»Ich hatte nie Kinder, wissen Sie, Herbert.« Sie tätschelte liebevoll die Hand des Büroboten, und er strahlte. »Und ich habe eine sehr romantische Vorstellung davon, wie es sein würde, Kinder zu haben. Als ich erfuhr, daß Sheila Patricia Kellys Tochter ist, habe ich Anne Maries Lügen völlig falsch gedeutet. Ich hielt sie für eine grimmige Muttertigerin, die ihr Junges verteidigt. Ich hätte auf T. S. hören sollen. Er hat nie geglaubt, daß Sheila es gewesen sein könnte.«

»Ich habe jahrelange Erfahrung darin, Menschen zu beurteilen«, sagte T. S. »Schließlich war das mein Job.«

»Ja, aber was ich getan habe, war sogar noch schlimmer, als die Motive von Menschen falsch einzuschätzen«, gestand Tante Lil. »Ich bin davon ausgegangen, daß die Mörderin jung und blond und schön sein müßte, weil John Boswell sie so bereitwillig in seinem Segelboot mitgenommen hatte. Daß er sich mit weniger nicht zufriedengeben würde. Daß er eine ältere Frau nie attraktiv finden könnte.«

Lilah verschluckte sich an einem Stückchen Brot und wandte den Blick ab.

»Bist du in Ordnung?« fragte T. S. besorgt. Er klopfte

ihr leicht auf den Rücken, auf eine, wie er hoffte, ritterliche Art und Weise.

»Ja, ja«, murmelte Lilah. Ihre Stimme klang ein bißchen schwach. Sie griff nach seiner Hand und hielt sie kurz fest. Ihre Berührung brannte wie eine flüchtige Flamme.

»Ich finde ältere Frauen sehr schön«, verkündete Herbert Wong voll Enthusiasmus. »Je älter, desto besser. Schönheit beginnt mit dem Charakter.« Er sah Tante Lil hingerissen an. Sie setzte sich in Positur, erfreut über das Kompliment, während T. S. einen amüsierten Blick mit Lilah tauschte.

Wie weit er es gebracht hatte, dachte T. S. glücklich. Früher hatte er in Lilahs Gegenwart keinen Ton herausgebracht, und jetzt teilte er Geheimnisse mit ihr. Vielleicht würde doch noch etwas Gutes aus all diesem Leid herauskommen. Er machte sich noch einmal bewußt, daß sie drei Morde aufgeklärt hatten. Nach so einer Leistung war alles möglich.

»Sag mir die Wahrheit«, erkundigte sich Lilah Cheswick mit ihrer rauchigen Stimme. »Hast du mich je verdächtigt?« Sie lehnte sich zu T. S. hinüber und lächelte ihn an. Das Kerzenlicht ließ orangefarbene Lichtreflexe über ihr fast weißes Haar tanzen.

»Ich verweigere die Aussage mit der Begründung, daß eine Antwort mich belasten könnte«, antwortete er fest. Herbert Wong lachte laut, und T. S. entschied, daß der pensionierte Bürobote im Grunde doch ein großartiger Kerl war, auch wenn er Tantchen Lil zum Angeben ermutigte.

»Für Theodore hast du nie zu den Verdächtigen gehört«, versicherte Tante Lil. »Ich habe dich verdächtigt, wenn auch nur kurz. Aber nicht Theodore. Keine Sekunde lang. Er war völlig überwältigt von deinen Reizen.«

»Wirklich?« Lilah beugte sich noch weiter zu T. S. hinüber. »Und was sind das für Reize?«

Im Raum war es viel wärmer geworden. T. S. war sich bewußt, daß alle am Tisch ihn anstarrten und darauf warteten, daß er etwas sagte.

»Ironisch, findet ihr nicht?« sagte er heiter und betete, daß ein abrupter Themenwechsel ihn retten würde. »Edgar Hale verliert drei Freunde und gewinnt eine Tochter.«

»Und einen frühen Ruhestand«, fügte Lilah hinzu. »Obwohl wir nicht mit Sicherheit wissen, daß Sheila seine Tochter ist.«

»Nein«, gab Tante Lil zu. »Ein Vaterschaftstest wird das zeigen. Aber ich habe diese Augen gesehen, genau wie T. S. Ich würde sagen, die Wahrscheinlichkeit ist ziemlich hoch.«

»Mr. Hale selbst muß das auch denken«, fügte Herbert Wong höflich hinzu. »Ich habe gehört, er hat angeboten, Sheila Geld zu geben, damit sie Anne Maries Verteidigung bezahlen kann.«

Sie dachten schweigend darüber nach. »Das sieht ihm gar nicht ähnlich«, bemerkte Tante Lil schließlich. »Ich dachte, er wäre gegen Schuldgefühle gefeit.«

»Er kann von Glück sagen, daß er gegen eine Anklage gefeit ist«, sagte T. S. zornig. »Es ist niemand mehr da, der uns sagen könnte, was bei *Magritte* wirklich geschehen ist. Mit Gewißheit wissen wir nur, daß Robert sich da am späten Abend mit Patricia verabredet hatte, nachdem die Männer einen Ball im Villenviertel besucht hatten.«

Lilah zögerte, das Glas halb zum Mund erhoben. »Ich war wahrscheinlich auf diesem Ball«, sagte sie leise. »Ich war eine der passenden jungen Damen, die Anne Marie so gehaßt hat.«

»Es tut mir leid, Lilah«, sagte Tante Lil freundlich.

»Aber es scheint, daß Patricia deinen Mann all diese Jahre lang geliebt hat.«

»Es muß dir nicht leid tun«, antwortete Lilah ruhig. »Ich bin überzeugt, daß Robert sie auch geliebt hat. Ich weiß jetzt, was ihm vor so vielen Jahren den Lebensmut genommen hat. Es macht mir nichts aus. Es ist ein schöner Gedanke, daß er zu solchen Gefühlen fähig war.«

Was für eine bemerkenswerte Frau, dachte Tante Lil bei sich. Sie erinnert mich an mich selbst.

»Armer Robert«, murmelte Lilah. »Er muß sich so geschämt haben.«

»Ja, ich glaube, dein Mann hat sich geschämt. Ihm wurde schließlich bewußt, daß er sie die ganze Zeit geliebt hatte und sie immer noch liebte. Daß er zerstört hatte, war er innig liebte.« Tante Lil schüttelte den Kopf. »Vielleicht, wenn die Zeiten anders gewesen wären. Es ist eine rundum tragische Geschichte.«

»Was wird jetzt aus Sterling & Sterling werden?« fragte Herbert Wong traurig.

»Wahrscheinlich wird Preston Freeman Sterling & Sterling übernehmen«, teilte T. S. ihnen mit. »Weg mit dem Alten, her mit dem Neuen. Frederick Dorfen wird auf die Dauer nicht Schritt halten können. Aber er hatte einen letzten Augenblick der Größe, und ich ziehe meinen Hut vor ihm.«

»Aber wird Sterling & Sterling das Neue überleben?« überlegte Lilah laut.

»Sie werden überleben«, sagte T. S. zuversichtlich. »Ob du es glaubst oder nicht, die Morde scheinen der Bank irgendwie ein Image von Extravaganz und Stil verliehen zu haben, das sie bislang nicht hatte. Es ist scheußlich, aber wahr. Die *Nouveau Riche* haben Sterling & Sterling entdeckt. Ein ganz neuer Markt für die Firma. Und das vor der unvermeidlichen Geschichte im *New Yorker.*«

»Laßt uns über Miss Fullbright und Kommissar Abromowitz reden«, schlug Herbert Wong eifrig vor. »Es scheint, daß Liebe in der Luft liegt.« Er summte eine freudige Melodie.

»Ich muß zugeben, ich habe den Ausdruck auf seinem Gesicht genossen, als er in Edgar Hales Büro kam«, erinnterte sich T. S. »Ich denke gern, daß er in Canarsie landen und Parksünder aufschreiben wird.«

»Das wird er nicht«, erwiderte Lilah. »Ich habe mich bereits erkundigt. Vergeßt nicht – der Fall *ist* aufgeklärt worden. In der Öffentlichkeit wird er den Verdienst einheimsen. Aber intern, das habe ich von einem Freund von Robert gehört...« Sie erhob ihr Glas. »Der reizende Kommissar ist der neuen Spezialeinheit für Wirtschaftskriminalität zugeteilt worden, die in der City eingerichtet wird. Er wird den Rest seines Lebens über Wertpapiergeschäften brüten.«

Es war vielleicht der einzige wirklich enthusiastische Toast an diesem Abend.

Unerwartet seufzte T. S. so tief, daß ihr Gelächter plötzlich abbrach. »Ich wünschte, Sheila könnte hier sein«, gab er zu. Er hatte sie seit einer Wochen nicht gesehen, seit diesem schrecklichen Tag nicht. Und sie hatte ihn seitdem nur einmal angerufen, um zu sagen, daß sie es überleben und nicht zu Sterling & Sterling zurückkehren würde.

»Wir können ihr keinen Vorwurf daraus machen, daß sie keinen Grund zum Feiern sieht«, erklärte Herbert Wong.

»Nein, das können wir nicht«, stimmte Tante Lil zu.

Alle starrten schweigend in ihre Drinks.

»Wird sie wieder in Ordnung kommen?« fragte Herbert Wong schließlich.

»Ich hoffe es«, sagte T. S. »Sie läßt sich scheiden. Ich

kann nur hoffen, daß der neue Ehemann ein guter Mann ist.« Er stellte überrascht fest, daß beim Wiederholen dieser Neuigkeit ein Funken Eifersucht in seinem Herzen aufgeflammt war.

»Laßt uns hoffen, daß er das ist«, wiederholte Tante Lil. »Sie hat ein bißchen Glück verdient.«

Das traurige Schweigen wurde schließlich von Lilah gebrochen. »Wenn das irgendwie ein Trost ist: Edgar Hale hat keine anderen Kinder. Sheila wird wahrscheinlich eines Tages eine reiche Frau sein.«

»Geld ist kein großer Trost, wenn man zwei Mütter auf einmal verliert«, erwiderte Herbert Wong weise.

»Das ist nur zu wahr«, stimmte Tante Lil zu. »Obwohl sie zu Anne Marie hält und sie jeden Tag besucht. Aber laßt uns nicht mehr von Anne Marie sprechen«, entschied sie. »Sonst vergessen wir noch, daß wir feiern.«

Die Gruppe regte sich, es gab Gemurmel und Kopfnikken.

»Ich trinke auf Patricia Kelly«, sagte T. S. leise und hob sein Glas. »Möge sie in Frieden ruhen.« Er dachte an die Initialen R. I. P. und lächelte. Ihre erste große Spur.

»Möge sie in Frieden ruhen«, wiederholte die Gruppe, und sie stießen an.

»Das Ganze war etwas desillusionierend«, gab T. S. zu und schüttelte den Kopf.

»Armer Theodore.« Tante Lil zeigte sofort Mitgefühl. »Trotz all deiner Erfahrungen und aller Überprüfung von Werdegängen denkst du immer noch, daß die Menschen im Grunde ihres Herzens gut sind.«

Er sah auf und kam sich albern vor. »Ich würde mich mit *anständig* zufriedengeben.«

»Nein, das würdest du nicht«, neckte ihn Tante Lil, deren gute Laune zurückgekehrt war. »Theodore will, daß die Welt vollkommen ist«, erklärte sie Lilah und

Herbert. »Theodore will, daß die Menschen vollkommen sind.« Sie senkte dramatisch die Stimme. »Aber Theodore, vollkommene Menschen sind so langweilig.«

Tante Lil erhob ihr Glas zu einem weiteren Trinkspruch. »Auf die unvollkommenen Menschen dieser Welt, die viel interessanter sind.« Die Ansammlung unvollkommener Menschen am Tisch schloß sich dem Toast begeistert an.

»Hört mal«, kündigte Herbert Wong glücklich an. »Ich weiß, wo man nach dem Essen gut tanzen kann. Wer möchte mitkommen? Lillian?« Er wandte sich Tante Lil zu.

»Gieß mir noch eine Margarita ein, und ich mach' mit«, sagte sie sofort. »Noch einen Drink, und mein kaputter Knöchel wird Geschichte sein.« Sie streckte ihr Glas aus.

»Was meinst du, Theodore?« fragte Lilah, nützte den kurzen Moment der Ungestörtheit und rückte näher an ihn heran. Ein warmer Duft von Gardenien umfing ihn. »Jetzt, wo du im Ruhestand bist, brauchst du ein Hobby«, flüsterte sie. »Tanzen ist nicht Golfspielen, aber es ist ein Anfang. Findest du nicht auch?«

T. S. nickte benommen. Er war sich ihrer Nähe intensiv bewußt. Das war es wieder, das alte Gefühl. Etwas Bedeutsames würde geschehen.

»Sicher, ich komme mit zum Tanzen«, stimmte er zu, sehr zu seiner eigenen Überraschung. Er war noch nie tanzen gegangen, in seinem ganzen Leben nicht. Nun, sein Mund hatte sich von ganz allein bewegt. Vielleicht würden seine Füße das auch tun.

Er gab den Gardenien die Schuld. T. S. liebte den Duft von Gardenien. Sie erinnerten ihn an längst vergangene Jahre, an die duftenden Hecken, durch die er die exotische Frau beobachtet hatte, die nebenan wohnte. Er hatte von dem Geheimnis zwischen Männern und Frauen geträumt und sich gefragt, wann er endlich an der Reihe sein würde. O Gott, es waren eindeutig die Gardenien.

»Weißt du, was mir so an dir gefällt, Theodore?« Lilah sprach dicht an seinem Ohr. Sie schob ihren schlanken Arm durch seinen und flüsterte: »Du wirst einfach jeden Tag jünger.«